国家出版基金项目
“十二五”国家重点图书出版规划项目

中國京劇流派劇目集成

启功题签

《中国京剧流派剧目集成》编委会　编

第 拾玖 集

學苑出版社

图书在版编目（CIP）数据

中国京剧流派剧目集成．第19集 ／《中国京剧流派剧目集成》编委会编．—北京 ：学苑出版社，2014.1
ISBN 978-7-5077-4457-6

Ⅰ．①中… Ⅱ．①中… Ⅲ．①京剧－剧本－作品集－中国 Ⅳ．①I232

中国版本图书馆CIP数据核字(2013)第304582号

出 版 人：孟　白
责任编辑：潘占伟
装帧设计：徐道会
出版发行：学苑出版社
社　　址：北京市丰台区南方庄2号院1号楼
邮政编码：100079
网　　址：www.book001.com
电子信箱：xueyuan@public.bta.net.cn
销售电话：010-67675512　67678944　67601101（邮购）
经　　销：新华书店
印 刷 厂：北京信彩瑞禾印刷厂
开本尺寸：889×1194　1/16
印　　张：13.625
字　　数：330千字
版　　次：2014年5月第1版
印　　次：2014年5月第1次印刷
定　　价：200.00元（精装）

序言

◎黄克

京剧向称国粹艺术，内容博大精深，剧目十分丰富，人们常以“汉唐三千宋明八百”形容其浩瀚。其中流派剧目又以演员表演的鲜明个性使剧目显得更为多彩多姿，充满魅力，既被专业人员钻研承继，也为广大戏迷喜闻乐见，遂成为京剧舞台上一大亮点。

流派

举凡表演艺术，原本就无不带有表演者的个人色彩。京剧表演艺术因其唱念做打诸多方面功夫的综合性和繁难性，表演的个性化尤为突出；加以行当的粗分、剧目的雷同，于大致相同的条件下尽显各自的千姿百态、千变万化；一招一式、一腔一韵之中可以体现不同的特色，同样一出戏，甚至同样一个戏中人物也完全可以演出不同的风采，这种充满个性化的表演，遂成为京剧竞技场上最是为人乐道而又情趣无穷的审美内涵。倘若这种富于个性化的表演为受众所认可，且代有传人，形为规范，即可自成一家，成为迥异于他人的艺术流派。以“四大名旦”（梅兰芳、程砚秋、荀慧生、尚小云）为例，虽皆工旦行，却又各有千秋。京剧大师王瑶卿就曾这样分析这四位后起之秀的独到之处：“梅兰芳的样儿，程砚秋的唱儿，尚小云的棒儿，荀慧生的浪儿。”所谓“样儿”，指梅的艺术造诣全面，要什么有什么；所谓“唱儿”，指程以行腔之新颖动听为能；所谓“棒儿”，指尚的刀马功底深厚；所谓“浪儿”，指荀的柔媚多姿、风情万种。寸长尺短，一语道破各有专擅的各家流派特点。如此成就固然来自自己的勤学苦练、苦心孤诣，更少不了观众的知音捧场、鼓励有加。因此，一个艺术流派的形成，对于创始人来说，无疑是开拓了审美追求的新境界；对于受众戏迷来讲，则更是得到了多样化审美需求的新满足。梨园行有云：唱戏的是疯子——指其追求的执着，听戏的是傻子——指其享受的痴迷。二者相得益彰、相映成趣，或许正道出京剧流派形成之三昧。

流派剧目

在京剧传承的一二百年间，随着历史的变迁、社会的发展，以及新人辈出、师承转换，荡涤旧物、崇尚新声，传统剧目中的绝大部分早已绝迹于舞台，然而，其精华部分（包括剧目中表现出来的唱念做打等程式体系）还是被完好地保存了下来，并得到长足的发展。其间，流派创始人于剧目的推陈出新做出了不可磨灭的贡献。基于对剧目乃至剧中人物的理解和认识，以及更便于发挥自己技艺特长的需要，流派创始人对浩如烟海的传统剧目进行了严格的筛选，经过了整理加工再创作，使之又焕发出崭新的韵味和光彩；随着这样剧目的增多，最终形成了自己流派所特有的剧目系列。而另外的流派又在另外的剧目系列中发挥着自己的优势，即或剧目相同，不同流派依然可以于演出中表现出自己的独特风格。总之，在其演出的剧目中，无不打上自己表演风格的鲜明烙印。京剧舞台上一度出现的这种百花齐放、争芳斗艳的盛况，实由自丰富多彩的流派剧目，这在京剧发展史上已是不争的事实。

但也应看到，如今京剧流派剧目相对于京剧的鼎盛时期，已是光景不再。个中原因很复杂，就客观因素而言，新兴的艺术形式的多种多样，人们的欣赏习惯和娱乐方式已经有了更广泛的选择余地，因而完全可以去旁骛；此外，就京剧本身而言，演出剧目之贫乏不能不说是观众锐减的重要原因之一。本来演出场所和演出场次就不多，翻来覆去又只是那几出骨子老戏，怎么能吸引观众，特别是年轻观众呢？——连那些老戏迷们也都听腻歪了。

回过头来看，今日演出剧目的贫乏和流派创始人晚年艺术景况也不无关系。他们在艺术的巅峰期——集中在上个世纪二三十年代，创作或改编了一出出新戏，直令观众赏心悦目，目不暇接。当其时，除了富连成科班或游动的散班演出些大路戏外，北京的京剧舞台几乎就是流派剧目的天下。据1932年商务印书馆出版的《五十年来北平戏剧史材》的记载，自民国十二年（1923）至十八年（1929）这六七年间，以梅派剧目为例，只“初演”的剧目——也就是自家独创的新戏或整理改编的传统戏，就有前后本《西施》、《洛神》、《廉锦风》、头二三四本《太真外传》、《俊袭人》、全本《宇宙锋》、《凤还巢》、《春灯谜》等12出戏（其中前后四本《太真外传》这四出戏是在一年多时间里陆续完成的）；同一时间段，马派“初演”的剧目也有《化外奇缘》、全本《玉镯记》、《秋灯泪》、《战宛城》、全本《火牛阵》、《鸿门宴》、全部《临江馆（“馆”应作“关”）》、全部《浣纱溪》、《范仲禹》、全本《清风亭》、头二三四本《大红袍》、全本《天启传》、《许田射鹿》、全本《十道本》等15出戏（其中《大红袍》分头二和三四本两次演出），当然，其中还不包括“初演”以外的经常性的大量的传统戏演出。试问，这些曾经轰动一时的流派创始人编创的新剧目于今又有多少出传承下来了呢？个中主要原因就在于流派创始人到了晚年一些唱做吃重的剧目已难胜任，只有将其已臻于炉火纯青的技艺凝炼到少数剧目之中，或演出或教习也只拘囿于这少数几个剧目了。而其传人也就将这几出戏奉为圭臬，全不知其鼎盛时期的所谓“文武双全”、所谓“昆乱不挡”为何事，致使一些当年的热门戏几近失传，这不能不说是梨园一件憾事。记得梅兰芳先生曾撰文论述学艺过程中的“少、多、少”，大意是初学时会的戏（包括技艺）自然是少的。随着所学剧目的增多，技艺的增长，激发起拓宽其艺术驰骋领域的热情，兼收并蓄，从而极大地丰富了自己。进而又随着审美取向的定型，艺术见识的提高，势必要对自己所学所用下一番去芜存精的工夫，扬长避短，使自己的独特技艺集中在少数几个代表剧目之中。表面看来演出的剧目是少了，但炉火纯青，在艺术创新上却达到了新境界。从少到多，从多而少，贯穿着的是继承与发展的艺术成熟的过程，也闯出了一条攀升艺术高峰的必由之路。后学者以为，学会了几出流派代表剧目便可以薪尽火传，得到了真经，孰不料缺少广博的根基，既影响个人的发展，也造成了剧目越传越少的现实。这难道不是应该汲取的教训吗？

有道是“礼失求诸野”。由于流派剧目的独特韵味及其所富有的艺术魅力，由于京剧作为自娱自乐的审美取向已深入人心，更由于迷恋传统演唱艺术者的大有人在，京剧传统剧目——包括一些已经消失于舞台的流派剧目，至今仍在京剧爱好者中间传唱不息。我们不妨到公园里看一看那一圈圈围着的戏迷，他们来自四面八方，或许彼此并不相识，只凭一把胡琴就将大家凝聚在一起，有滋有味地互相欣赏着一段段流派唱腔。更不用说那遍布全国各地乃至国外华人聚居区的票房，他们还时不时地粉墨登场，过一把戏瘾呢！这种自拉自唱、自娱自乐的红火场面，充分显示了京剧流派剧目的深厚群众基础和顽强的生命力，对于相对落寞的京剧舞台不啻一种发人深省的挑战。然而，这又何尝不是对京剧振兴的潜在的呼唤和有力的支持呢！

流派剧目集成

正鉴于其强大的生命力和深厚的群众基础，“振兴京剧”作为文化建设的国策的提出可谓正得其时。而振兴之务，首要的是挖掘和继承优秀传统剧目，以之作为发展和创新的基础和借鉴。我们编纂《中国京剧流派剧目集成》的初衷正在于此：将流派剧目演出的精彩瞬间记录于永恒，将构成流派剧目的诸多元素一一记录在案。诸如每剧的剧情本事、创始人表演特点的提要，剧中人物行当归属、服装扮相，剧本曲文、唱腔谱、伴奏谱、锣鼓经，以及身段谱等得以再现流派表演风格的内容，都力图完整地记录整理出来，为流派艺术的教学和研究提供文字的基础资料。持此，内行自可作为表演的参考，京剧爱好者也可以作为演习的蓝本。

这一工作，对于京剧剧目的基本建设虽然可谓之善举，但具体做起来却困难多多。首当其冲的就是剧目的选定。京剧剧目虽称汗牛充栋，但保存下来的资料却十分有限。京剧形成初期，以“老生三杰”又称“前三鼎甲”的程长庚、余三胜、张二奎为代表的一代固然没有留下什么音像文字资料；即或以“老生新三杰”又称“后三鼎甲”的谭鑫培、孙菊仙、汪桂芬为代表的一代除了少量的唱片外也没有完整的剧目传下来，所以我们的剧目整理工作只能从民国初年以降的“四大须生”、“四大名旦”开始。他们受熏陶于前辈艺术家，可谓传统的集大成而又能创新的一代，整理剧目以他们为重点自然最合适不过。遗憾的是这些艺术大师大都已经作古，得到他们指点和首肯已不可能，为此，我们只能通过其亲传或再传弟子来进行流派剧目的整理工作。从中我们更深地体会到抢救要及时，当初未能抢救下来现在也不要嫌晚而不为，抢救一点是一点，否则能够保存下来的精华越来越少，越加难向历史向后人交代了。

更难的则是遴选整理者。剧目的全面整理需要全面的人才。我们在组织稿件的过程中却发现这样的人手颇不易得。如果流派创始人或其传人曾在戏校任教，且有较为完整的教案保存下来，今日稍加整理即可选用，自然不是难事。不过这样的情况并不多，大量的剧目尚需要对当年的演出本进行追忆记录，加工整理。曾经受业于流派创始人或其传人的京剧工作者虽然是整理演出本的合适人选，但是他们大都是单位的骨干，忙于演出，忙于剧务，或居于领导职位，很难分出身来。即或肯于应承下一两出戏，也常有如下的情况：能演不能说，能说不能写，能写又不能打谱。因此，完成一个剧目经常需由记录者、整理者和打谱人联袂而行，倘再加上剧目的传授者和提要的撰写人，则非四五人鼎力不可。《中国京剧流派剧目集成》收入二百多出戏，每出戏即使平均两三人参加，也要组织四五百人次。其繁难可以想见，其壮观亦可以想见。当然，这还仅就整理者的数量而言，更为难能可贵的还在于参与者的无私奉献。试想，跟演一出戏或教一出戏相比，以文字整理出一出戏，不仅费时而且费力，无疑是一桩一般人不肯为也不屑为的苦差事，而我们的整理者却能甘之如饴，乐此不疲，没有为京剧事业的传承而不计个人得失的宝贵情操，是难有这种积极性的。不仅如此，随着岁月流逝，整理流派剧日益困难，更需要求助一些老专家，他们或是资深艺员、教师，或是资深票友、戏迷，而今已是硕果仅存的京剧艺术的专家、流派历史的见证人。在他们身上洋溢着一种传承京剧流派的使命感，和对振兴京剧的期待。他们热情地参加到这项工作中来，或亲自动手，为我们整理剧目；或答惑解疑，给我们工作以指导。使我们在受教于他们的同时，油然而生一种深深的敬意。

克服了上述困难，《中国京剧流派剧目集成》终于呈现在读者面前。书中，除了囊括主要流派的主要代表剧目，试图反映京剧鼎盛时期的大致面貌而外，尚有可说道者。

首先是挖掘整理出一批流派剧目，其中不乏已近失传的流派艺术精品。其中共收流派五十余家、剧目二百多出，不仅是从装扮到曲谱俱全，而且半数以上不曾整理出版过，可算是京剧剧目建设的一个不小的工程。下列剧目可为佐证。如王（瑶卿）派名剧《南天门》（今能见到的只剩下王和老谭合拍的剧照）、余（叔岩）派名剧《太平桥》（据说是老谭给余说的开蒙戏）、马派名剧《白蟒台》（写王莽被俘后向旧臣一一乞命事，老生扮演反面人物堪称奇特）、麒派名剧《斩经堂》（其中吴汉的悲剧性格曾引起过热烈争论）、荀派名剧《鱼藻宫》（写吕后残害戚姬事，乃荀派悲剧剧目之一），以及汪（笑侬）派名剧《哭祖庙》、龚（云甫）派名剧《徐母骂曹》、徐（碧云）派名剧《绿珠坠楼》、裘（盛戎）派名剧《打銮驾》等，都是难得一见的流派剧目之珍品。而以“关外唐”名世的唐（韵笙）派名剧经其家人和传人的努力竟整理出其代表作《驱车战将》、《闹朝击犬》、《好鹤失政》、《绝龙岭》、《未央宫斩韩信》、《刀劈三关》等七出之多，堪称流派剧目建设的新收获。除此之外，《中国京剧流派剧目集成》还特别着力于武戏的挖掘整理。较之文戏，武戏更难整理，需要将演员在台上的动作招式一一准确地反映出来，没有深入的钻研领会、亲身体验，很难下笔。众所周知，杨小楼作为一代武生宗师，其“武戏文唱”乃武生的不二法门，也是令人神往的一种表演境界，在武戏剧目整理中理应得到体现。资深票友朱家溍先生得其真传，整理了杨派名剧《麒麟阁》，并详细记述了前后六次观剧的心得，惜乎不及将其用工尺谱记下的昆曲吹腔翻为简谱便溘然而逝了。另一出杨派名剧《镇潭州》则是根据京剧耆儒刘曾复先生的讲授整理出来的，其中杨再兴上场的“蝴蝶霸”、和岳飞对打的“枪架子”，皆独得杨派之秘，给人以再闻《广陵散》般的惊喜。此外，高盛麟的《长坂坡》、《走麦城》，王金璐的《落马湖》、《八蜡庙》也都走的杨派的路子，有的就是直接跟杨宗师学的。南派大武生盖叫天武功盖世，他的剧目身后却乏人整理，多亏移居上海的原中国戏校武功教师赵雅枫先生以耄耋之年勉力整出《一箭仇》，也算保存了盖派一脉。还值得一提的是收获了一批武丑戏。叶盛章当年是以武丑戏挂头牌演大轴的第一人，勇于创新，能戏甚伙，现将其创作的名剧《酒丐》、《祥梅寺》、《打瓜园》、《徐良出世》、《三盗九龙杯》、《铜网阵》等七出代表作一并推出，既再现了叶氏当年神勇，也为乏人承继的武丑行当提供一些演习之本。尤为可喜的是我们也挖掘整理出富连成科班总教习、文丑“萧派”创始人萧长华老先生的《选元戎》、《荡湖船》、《变羊记》等已近绝迹舞台的拿手剧目。凡此，整理者挖掘流派剧目的辛勤劳作成果，均为我们编纂“集成”增添了光彩。

为了方便读者翻检使用，本书采取四五出戏合编一册的形式，这样全书约有五十册之多，并拟分三批推出。第一批为老生行的余派，以及号称“南麒、北马、关外唐”的三派，和武丑行的叶（盛章）派，计五家八册。第二批则以旦行“梅、尚、程、荀”为代表，包括老旦、刀马旦等流派。第三批是老生、小生、武生、净、丑等其他流派。

预期一两年内出齐。倘若其中有重要疏漏，又得人整理，亦可考虑编辑出版“集外集”，以满足读者的需求，也使这部“集成”更为名副其实。

当然，《中国京剧流派剧目集成》的编纂，其目的只在提供流派剧目作为研究家和后学者的参考借鉴。而流派、流派，意重在“流”。所谓流，指流行和流变。流派艺术正是在流行、流变中最终形成的，即或在最终形成之后，也还是靠流行、流变而发展的，倘若泥古不化，抱残守缺，就会失掉其鲜活的生命力，艺苑奇葩也会枯萎，这已为京剧发展史所证明。不过，流派艺术发展也需要有个前提，那就是首先要掌握渗透在表演程式唱念做打、手眼身发步中的艺术个性，而流派剧目就是其艺术个性展现的载体。继承流派艺术，不能只满足于模拟外在的“体”，更要在剧目演练中去体味其艺术个性的“魂”，这样才能促使京剧流派艺术从剧目建设到表演个性都得到发扬光大。此乃传承流派剧目的题内之义，自毋庸赘言。

目录

王瑶卿

杜近芳

王世续 口述　　万凤姝 关静和 整理

南天门

谭鑫培　王瑶卿演出本

《南天门》一剧剧情如下：明朝天启年间，宦官魏忠贤专权。吏部尚书曹正邦不愿趋炎附势，托疾辞官，为此得罪了魏阉，以致全家遭到杀害，只有老仆曹福保护曹女玉莲逃脱。主仆二人共往大同蔡府投亲，一路之上跋山涉水，备历艰苦。行至广华山时，正值隆冬，大雪纷飞，曹福为了让玉莲不致在酷寒中冻死，解衣与玉莲御寒，自己反而冻饿身亡。正当玉莲绝望之时，大同总镇蔡同善遣人寻找迎接，玉莲得救。

《南天门》一名《走雪山》、《曹福升仙》。是谭鑫培代表作。1904年后王瑶卿搭入同庆班，与谭合作此剧。这个剧本是根据中国戏曲学院已故老教师雷喜福、程玉菁的授课本、由王世续口述整理的。

这是一出唱、做、表很吃工的“对儿”戏。演员带戏上场是非常重要的。王瑶卿就这出《南天门》曾和王世续讲过：“谭老的老仆曹福一出场……面带悲愤惊惶之态，微颤双手，抖动白满，步履踉跄走上，每演总是台下的掌声与台上的【乱锤】锣鼓声，浑为一体。……戏一开始，就要把主仆二人仓惶逃命、惊魂未定的情景和痛恨奸佞的心情表达出来……这两个人，一个娇弱，一个老迈，又是在雪地寒天、山险路滑的环境里赶路逃生，这一些都要一一交待清楚，才能为下面的戏点题……”王派的腔是因人因戏而设，不落俗套。例如曹玉莲唱的〔西皮原板〕没有华丽的拖腔，在落落大方的行腔之中感到人物沉重心情。王派诸多的表演均是循情顺理而发，在程玉菁的教学之中均有体现。比如玉莲扶曹福的“跪蹉”，实际是借老生的劲儿走，生左手搀旦右手是虚扶着的，而右手托旦角左肘是实搀的，二人两劲合一，才能动作协调，表现出主仆相依相扶的真实。再有表现漫天大雪、寒冷难忍所用的“双抱肩”袖，过桥跌入桥下的“屁股座子”，既有身段动作的美，又有生活的真实。雷喜福演曹福，塑造出一个年老体衰、忠心耿耿，为救主人舍身取义的忠仆形象。曹福的出场，浑身颤抖的“洒”，端面碗思念主人的“悲”，想单人独行时的“思”，跌入桥下后对小姐的“宽慰”，见小姐受冻时的“心疼”，脱衣时的“决然”，冻僵死前的“幻觉”等表演，都是有法可宗的。

程玉菁老师是王瑶卿的大弟子，有王派第一传人之称；雷喜福在艺术上刻苦钻研，对于谭派艺术的研究颇有见地，二人合作传授此戏，可谓珠联璧合。

万凤姝　关静和

人物行当

曹　福	老生	**店家乙**	丑
曹玉莲	青衣	**脚　夫**	丑
店家甲	老生	**四家将**	杂

服装扮相

曹　福　俊扮。青罗帽、白满，海青褶子、黄大带，内穿大蓝茶衣、小腰包，青彩裤，白布袜、福字履。

曹玉莲　俊扮。梳大头、茨菰叶、甩发、银头面，青素褶子、白腰包，浅色彩裤，彩鞋。

店家甲　俊扮。蓝鸭尾巾、黑三，海蓝褶子，青彩裤，白布袜、福字履。

店家乙　丑扮。绿荷叶巾、黑八字吊奔，绿花褶子，红彩裤，白布袜、皂鞋。

脚　夫　丑扮。白毡帽，白水衣子，小皮坎肩、白胖袄，青彩裤，圆口鞋。

四家将　俊扮。大板巾，紫箭衣、黑素马褂，大带，红彩裤，薄底。

道具

石礅	一个	**饭碗**	一个
马鞭	四根	**腰刀**	四把
银子	一锭		

第　一　场

〖【大锣原场】【冲头】（八大仓）

〖曹福内白：“走哇！”

〖曹玉莲内唱。

〔西皮导板〕

【大锣导板头】（3 5　6 2　7 6　5　5 5　5 5　6 5　6 4　4

5 3　3　3　12 2　2　2　2.　3　5 5　2 1　7

2 1　1　1 1　1 1）2　1　-　2　2　7　6（4
急　急

3. 6　5　5）1　1　6　6　5.　1　3　3. 5　2
忙　忙

（2. 3　5 5　2 1　6. 1　2　2）2　1. 1　6　1
走　得

2　-　2. 1　6　1. 1　6　1　2　-　2　1　1　-
慌。

〖【乱锤】曹福混身颤抖步履踉跄地从“上场门”上，（八大仓）在“九龙口”亮双手抖髯相；曹玉莲“上场门”上，双手向上撑袖相，（八 大　台 0　仓　仓　仓）曹福向左台口走三步绊步后接走前扑，右手按地（嘟　八　大　仓）曹福向“九龙口”抬左腿斜线退，退至“九龙口”走单腿跌坐。玉莲见状相扶，二人相扶“跪蹉”走至台中，曹福跪“大边”。

曹玉莲　喂呀……（拭泪）

〔西皮散板〕

曹　福　【大锣凤点头】サ（6 6　6 5　1 3　12 2　2　6 6　2 1　1 1　1 1）3　2
点　点

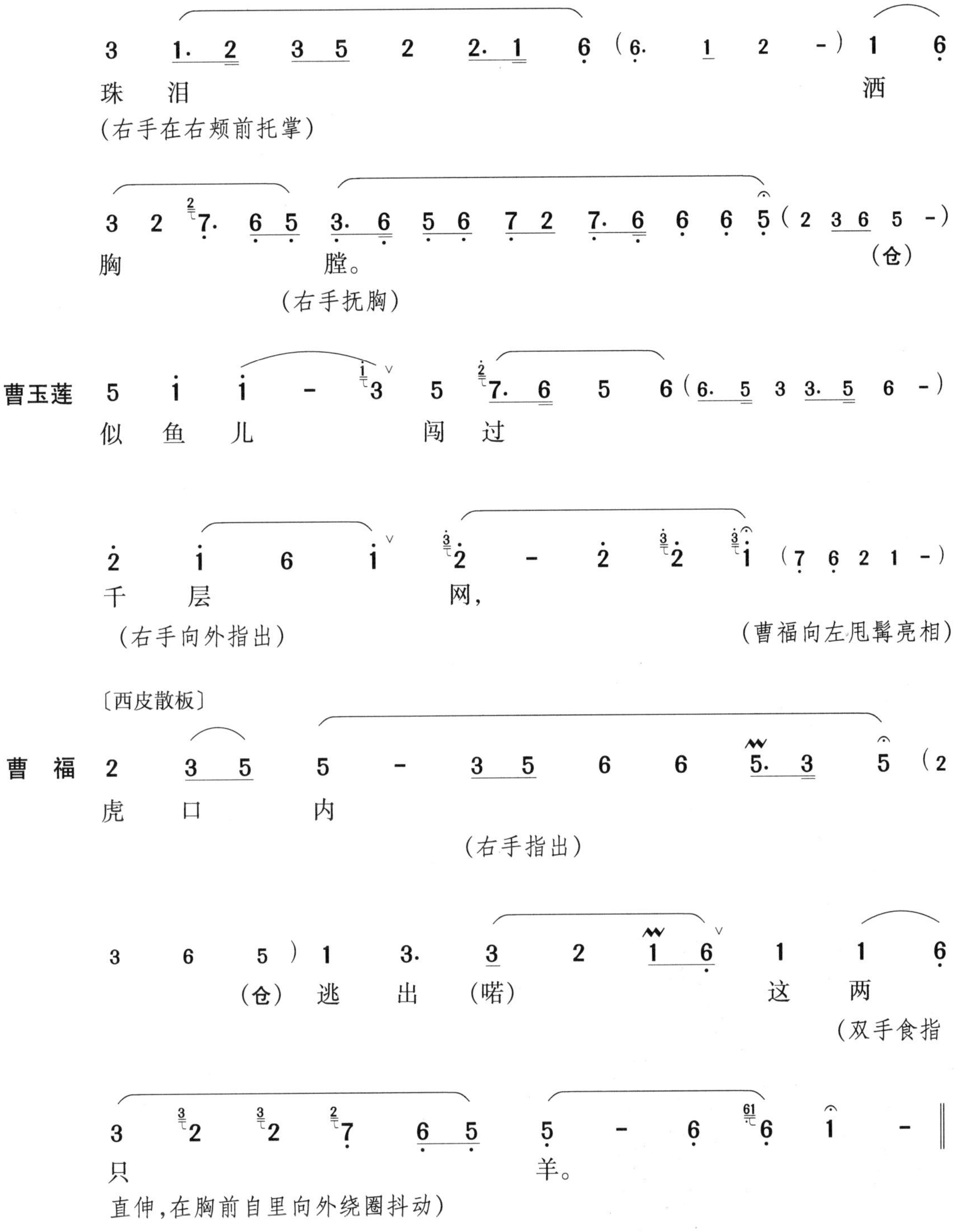

〔【大锣住头】曹福、曹玉莲对搀站起。

曹 福 啊，小姐，你我主仆逃出虎口，奔大同要紧。

曹玉莲 有劳老哥哥带路！（先双手拱请式，然后右手向外指出）

曹 福 是。

〔【慢长锤】二人“合扇”向里转身，“一翻”、“两翻”，曹玉莲归到台中，曹福站“大边”。

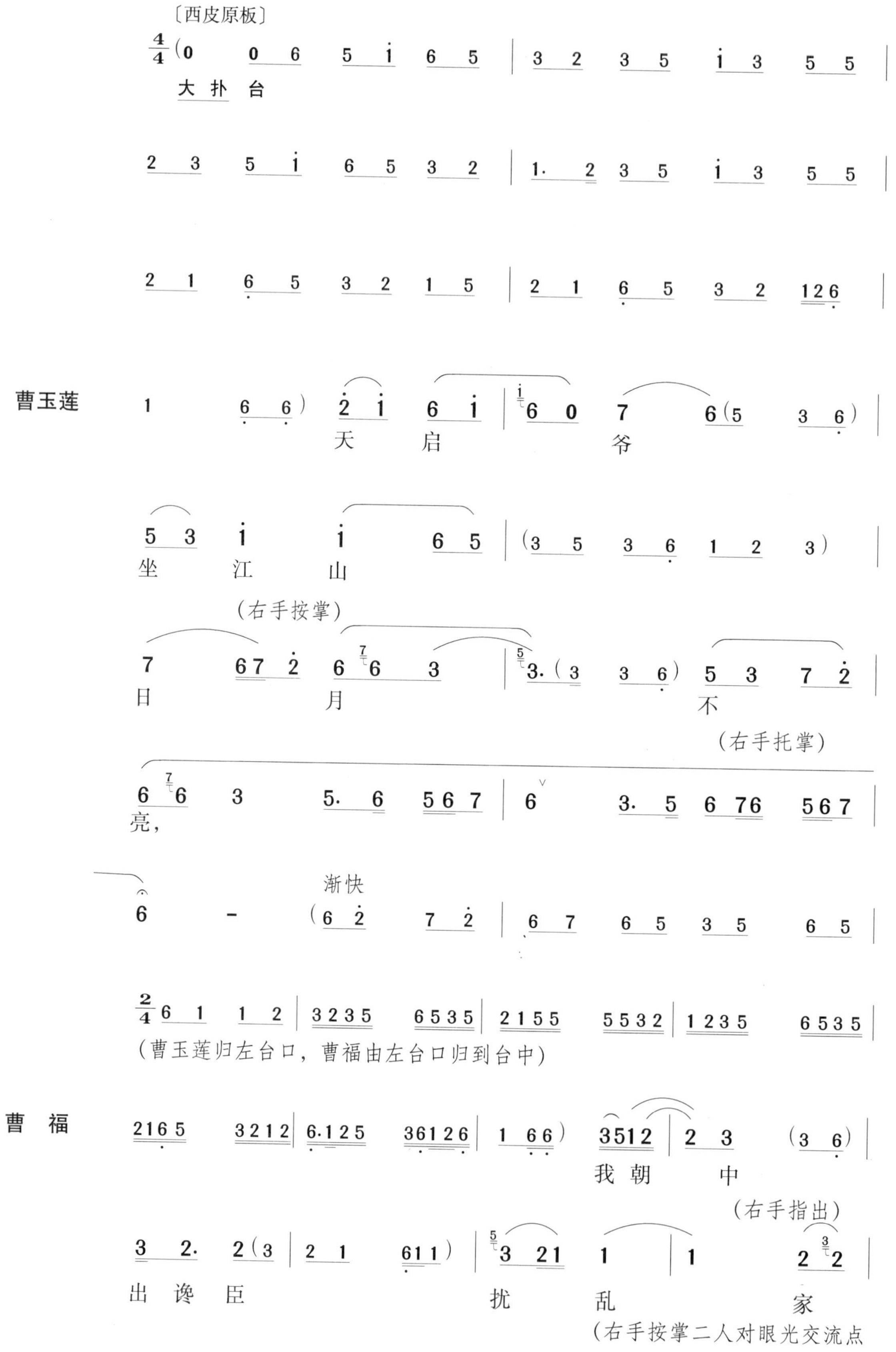
〔西皮原板〕
大扑台
曹玉莲
天 启 爷
坐 江 山
（右手按掌）
日 月 不
（右手托掌）
亮，
渐快
（曹玉莲归左台口，曹福由左台口归到台中）
曹 福
我 朝 中
（右手指出）
出 谗 臣 扰 乱 家
（右手按掌二人对眼光交流点

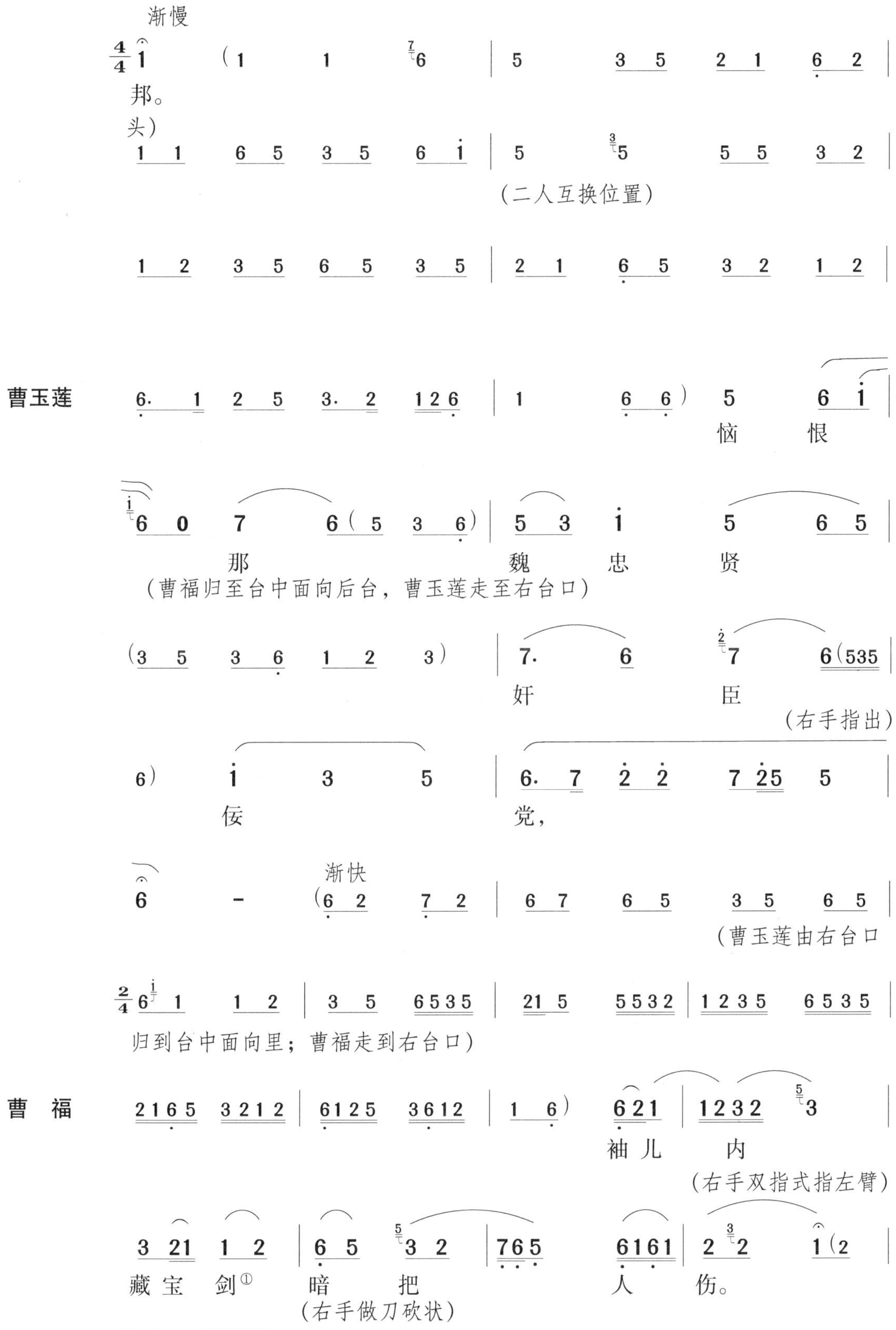

① 此句唱词有两种，一是“藏宝剑”，二是唱“藏冷本”。这两句台词均可。“冷本”更为贴切。

（二人变换位置，曹玉莲归至左台口；曹
福台中心后面）
曹玉莲
我　的　父
（双手拱请式）
修　下　了
辞　王　本
（右手做持笔状）
章，
渐快
（曹福由台中心走至前台口，曹玉莲由左台口斜线归到台中）
曹　福
辞　了　官　罢　了　职　转　回
（右手按掌）
渐慢
故　乡。

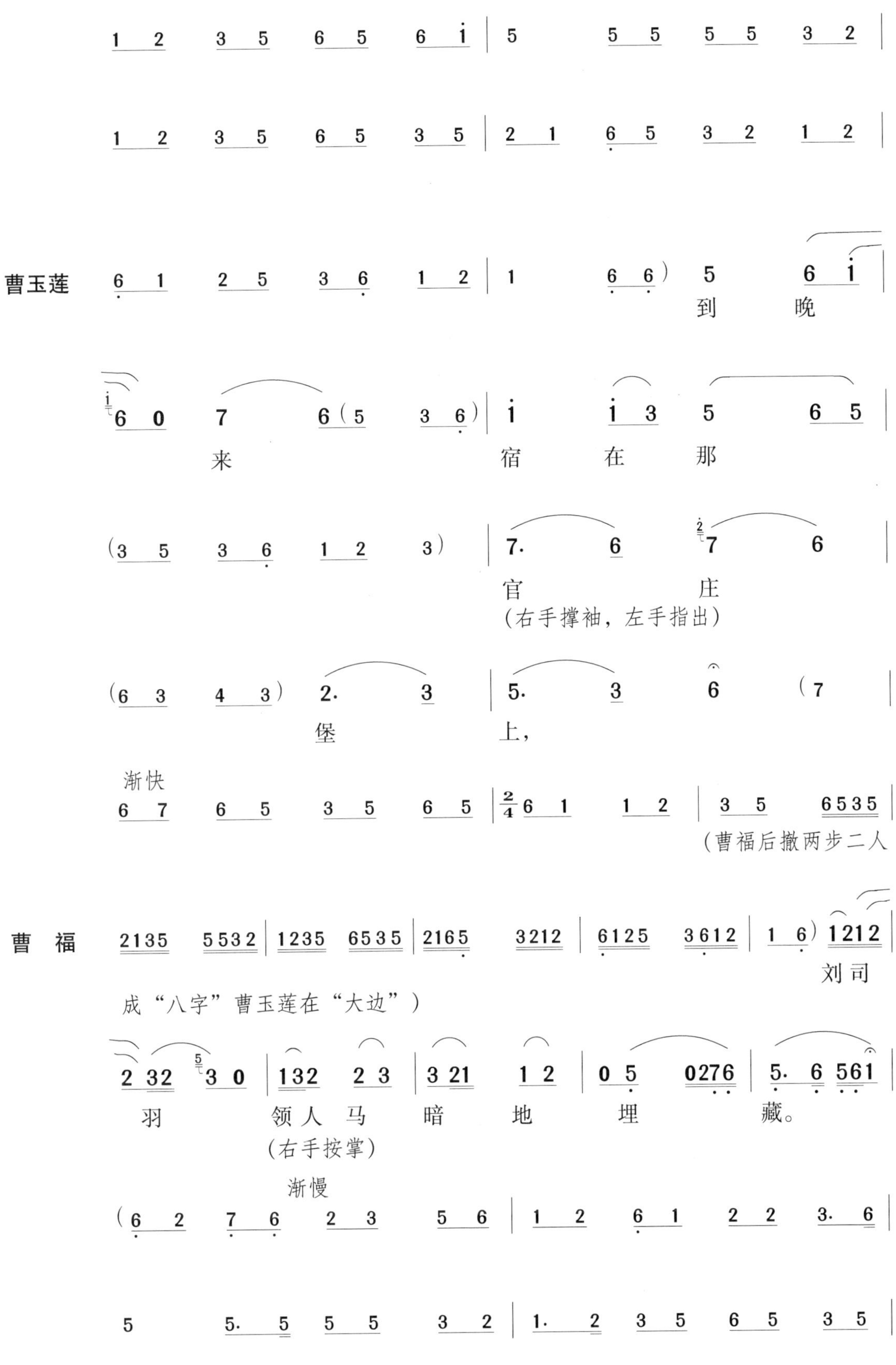
曹玉莲
到晚
来
宿在那
官庄
(右手撑袖，左手指出)
堡上，
渐快
(曹福后撤两步二人
曹福
刘司
成“八字”曹玉莲在“大边”)
羽 领人马 暗 地 埋 藏。
(右手按掌)
渐慢

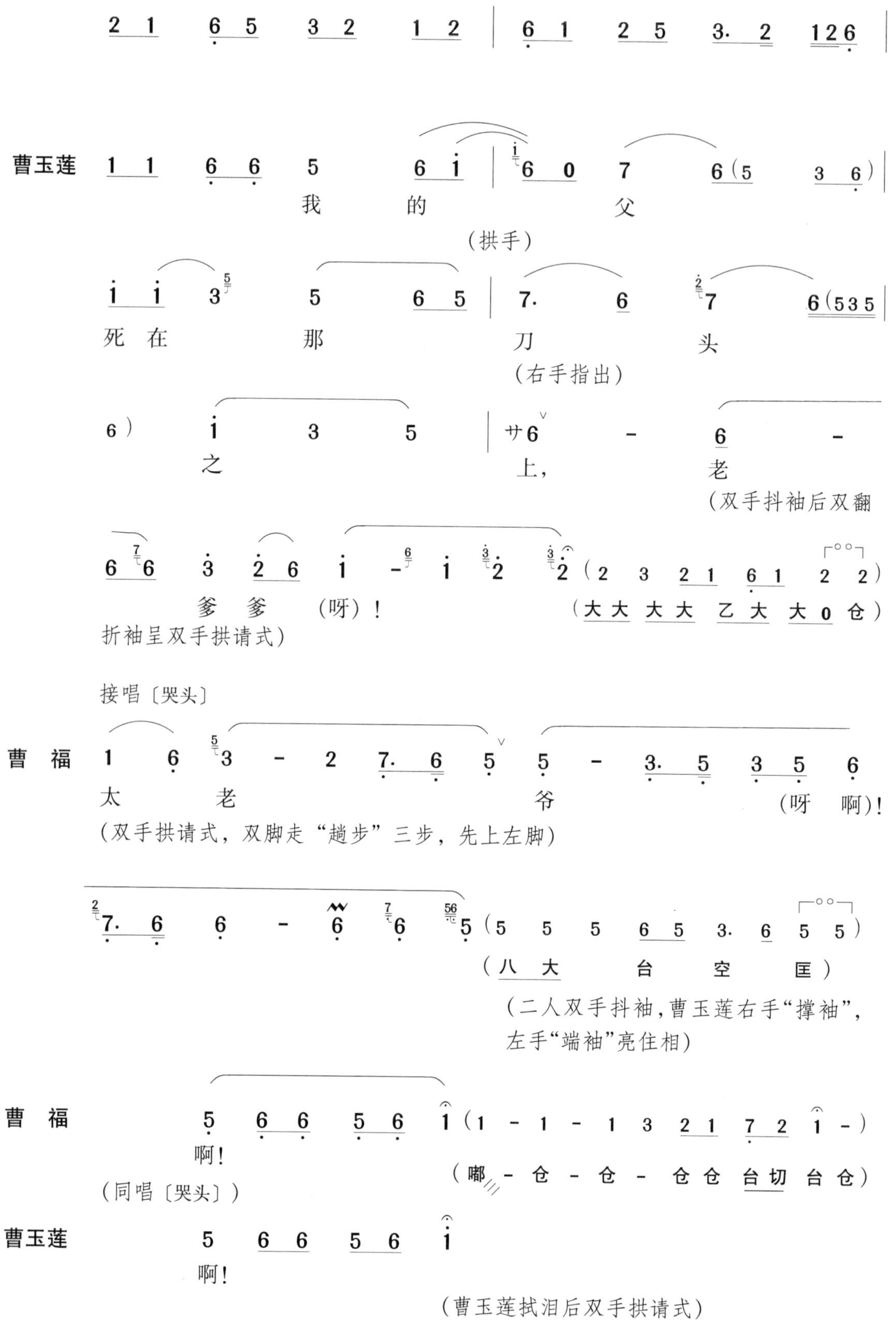
曹玉莲
我 的 父
（拱手）
死 在 那 刀 头
（右手指出）
之 上， 老
（双手抖袖后双翻折袖呈双手拱请式）
爹 爹 （呀）！
（大大 大大 乙大 大0 仓）
接唱〔哭头〕
曹 福
太 老 爷 （呀 啊）！
（双手拱请式，双脚走“趟步”三步，先上左脚）
（八 大 台 空 匡）
（二人双手抖袖，曹玉莲右手“撑袖”，左手“端袖”亮住相）
曹 福
啊！
（同唱〔哭头〕）
（嘟 - 仓 - 仓 - 仓仓 台切 台 仓）
曹玉莲
啊！
（曹玉莲拭泪后双手拱请式）

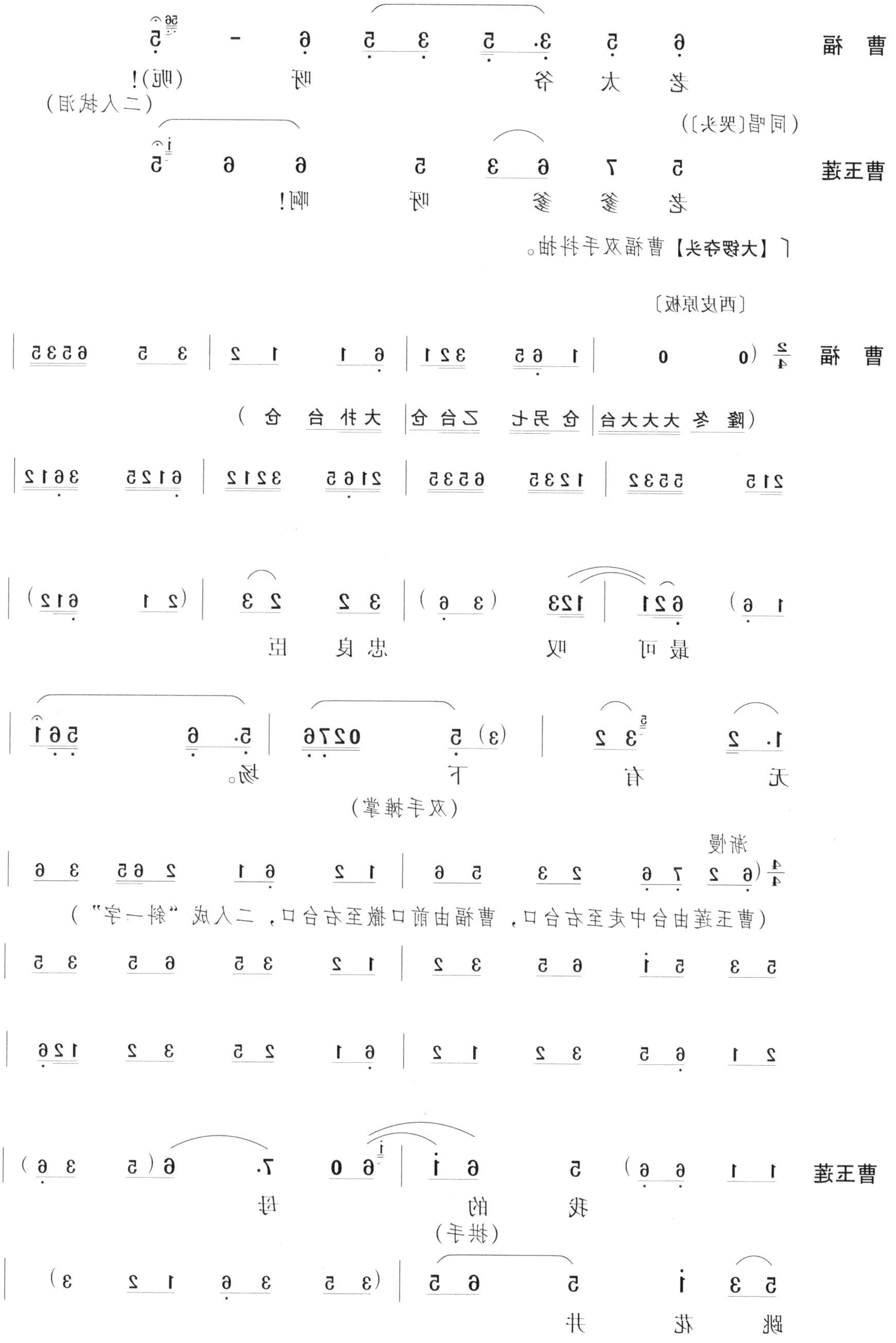

曹福
老太爷呀（呃）！
（二人拭泪）
（同唱〔哭头〕）
曹王莲
老爹爹呀啊！
〔【大锣夺头】曹福双手抖抽。
〔西皮原板〕
曹福
（隆 冬 大大大台 仓另七 乙台仓 大扑台 仓）
最可叹忠良臣
无有下场。
（双手摊掌）
渐慢
（曹王莲由台中走至右台口，曹福由前口撤至右台口，二人成"斜一字"）
曹王莲
我的母
（拱手）
跳花井

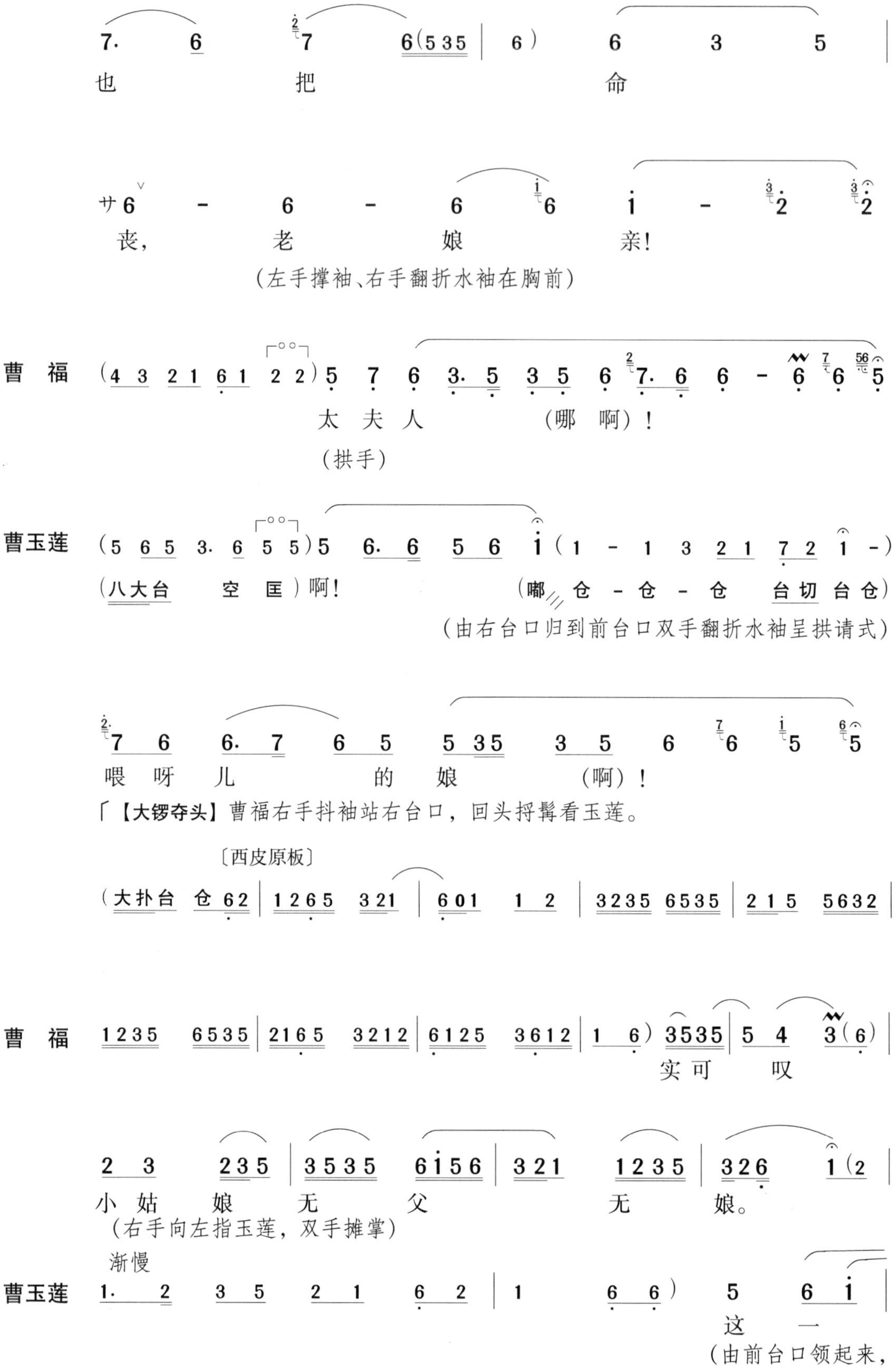
也 把 命
丧，老 娘 亲！
（左手撑袖、右手翻折水袖在胸前）
曹 福
太 夫 人 （哪 啊）！
（拱手）
曹玉莲
（八大台 空 匡）啊！
（嘟 仓 - 仓 - 仓 台切 台 仓）
（由右台口归到前台口双手翻折水袖呈拱请式）
喂 呀 儿 的 娘 （啊）！
〔【大锣夺头】曹福右手抖袖站右台口，回头捋髯看玉莲。
〔西皮原板〕
（大扑台 仓
曹 福
实 可 叹
小 姑 娘 无 父 无 娘。
（右手向左指玉莲，双手摊掌）
渐慢
曹玉莲
这 一
（由前台口领起来，

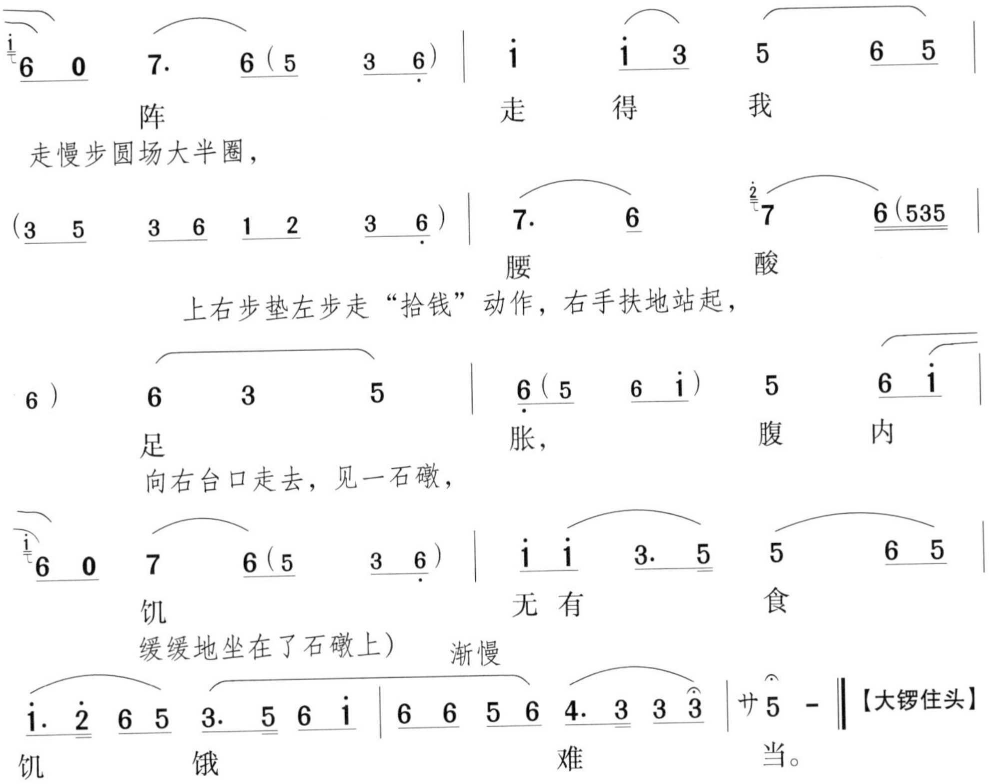

〔曹福站在石礅的“大边”，右手捋髯看玉莲。

曹　福　小姐，为何不走？（双手摊掌）

曹玉莲　腹中饥饿，难以行走啊……（拭泪）

〔**【小锣一击】**曹福连忙往怀里一摸，着急地叹了口气。

曹　福　小姐，你我主仆慌慌张张逃出门来（右手按掌），老奴身旁分文未带（双手摊掌）。

〔**【小锣一击】**曹玉莲右手扶鬓焦急思之，突然右手碰到耳环。

曹玉莲　不妨事，（双手往下摘耳环）我这里有金耳环一对，拿在市上，换些银钱使用吧。（递于曹福）

曹　福　是。（接耳环欲走）

曹玉莲　转来！（招右手）

曹　福　在。

曹玉莲　问问此处可有大米饭无有？

曹　福　是。

〔**【小锣一击】**曹福向“下场门”一望，左手指“下场门”。

曹　福　这里有座换金铺。里面有掌柜的么？（打招呼站在“大边”）

〔店家乙内白：“啊哈！”

【小锣五击】店家乙从“下场门”上。

店家乙　（念）说我富来不算富，（摆右手）

开了几座典当铺。（右手按掌，看曹福）

老头，干什么？

曹　福　这里有金耳环一对（双手捧着），换些银钱使用。

店家乙 拿来我看看，（曹福递耳环，店家乙右手提了看看）我说老头，这金子是什么色（儿）的？

曹 福 金子是黄色的。

店家乙 胡说，（一扬左手）谁不知道乌金墨玉，我们这儿的金子是黑的，你拿块生铜上这儿蒙事来了，我要不看你是个老头，非打你嘴巴子！（把耳环扔在曹福手里，从“下场门”下）

曹 福 呀呸！（向左甩髯）这才是为人不在时运中，（走至台中）金环竟要当黄铜！（向左侧幕一看）那厢还有店铺，待我到那厢去换。（向右侧幕打招呼）里面有掌柜的么？

「店家甲内白：“来了！”

「**【小锣五击】**店家甲从右二道幕上。曹福站偏台中左面，店家甲站“小边”。

店家甲 （念）买卖交易行仁义，（右手按掌）
　　童叟无欺天不亏。（摆右手）

曹 福 掌柜的，这有金耳环一对，想换些银钱使用。（递耳环）

店家甲 待我看看，（接耳环看）哎呀，这才是好赤金哪！（指耳环）

曹 福 掌柜的好眼力。（右手赞美指）

店家甲 待我与你按市价合来。（回身向右侧幕说）伙计们，金耳环一对，你们按市价合来（众内应：“啊。”店家甲下又拿银复上）金耳环一对，三钱重，我们这里十四换三对三，三四一两二，银子四两，外找大钱二百，老丈收下。（递银）

曹 福 掌柜的，你们这里可有大米饭？（接银）

店家甲 无有大米饭，只有面食。

曹 福 请取面食一碗。

店家甲 请稍候（下去取面食端一饭碗复上）面食在外。（递碗）

曹 福 少时把钱与你（向店家）。小姐，金耳环一对，三钱重！他们这里十四换三对三，三四一两二，银子四两，外找大钱二百，小姐收下。（递银）

曹玉莲 （点头，摆右手）老哥哥收下了吧。（曹福收银于怀中）

曹 福 小姐，他们这里无有大米饭，只有面食，小姐请用。

曹玉莲 面食也好。**【小锣一击】**（接过面碗，看碗伤心地）喂呀爹娘啊……

曹 福 小姐为何不用？（双手摊掌）

曹玉莲 思想爹娘，吞吃不下，老哥哥拿去用吧！

曹 福 多谢小姐。**【小锣一击】**（欲吃看看玉莲，不由悲从中来）唉！太老爷啊……（捧碗哭）

曹玉莲 老哥哥为何不用？

曹 福 老奴思念老太爷，吞吃不下。（摆右手）

曹玉莲 （示意）把还他吧。

曹 福 是。（欲走）

曹玉莲 转来。

曹 福 在。

曹玉莲 问问此处（右手向下指）可有往大同去的脚程无有。（右手摊掌）

曹 福 是。（向台左侧走两步）掌柜的，面食未用，把钱多少？

店家甲 面食未用，钱是不敢收的。（接面碗）

曹 福 多谢了。（施礼）掌柜的，你们这里可有往大同去的脚程无有？

店家甲 请老丈那边去雇。（从右台侧向“下场门”指，端面碗下）

曹 福 是。（向“下场门”走去向里看）这是哪个的脚程哇？

〔脚夫内白：“啊哈！”

〔**【小锣五击】**脚夫从“下场门”走上。

脚 夫 （念）弟兄七八个，

全是赶脚的货。

老头，干什么呀？

曹 福 雇脚程。

脚 夫 上哪儿？

曹 福 奔大同。

脚 夫 上大同，走大道还是走小道？

曹 福 大道怎说，小道怎讲？（双手摊撑）

脚 夫 走大道远三天，走小道近三天。（右手伸出三指）

曹 福 我们是走近不走远哪。（右手按掌）

脚 夫 跟你说，小道惯出豺狼虎豹（右手掸动四下），吃了你这老头（指曹福）不要紧，（摆右手）吃了我的牲口你赔得起吗？（双手一扬）

曹 福 多把酒钱与你就是。

脚 夫 多给酒钱（连连摇头、摆手）？嘿嘿留着你买棺材吧！（下）

曹 福 （边往台中走边说）真真岂有此理，吃了人倒是小事，吃了他的牲口倒是大事，难道人还不如畜类吗？（双手摊掌）

〔**【小锣一击】**看曹玉莲正在张望。“待我蒙哄小姐，再到前面去雇。”

曹 福 啊，小姐，此处无有往大同去的脚程，待老奴前面去雇。（左手向前指出）

曹玉莲 如此，老哥哥前面带路！

〔**【大锣夺头】**从石墩站起，右手抖袖。

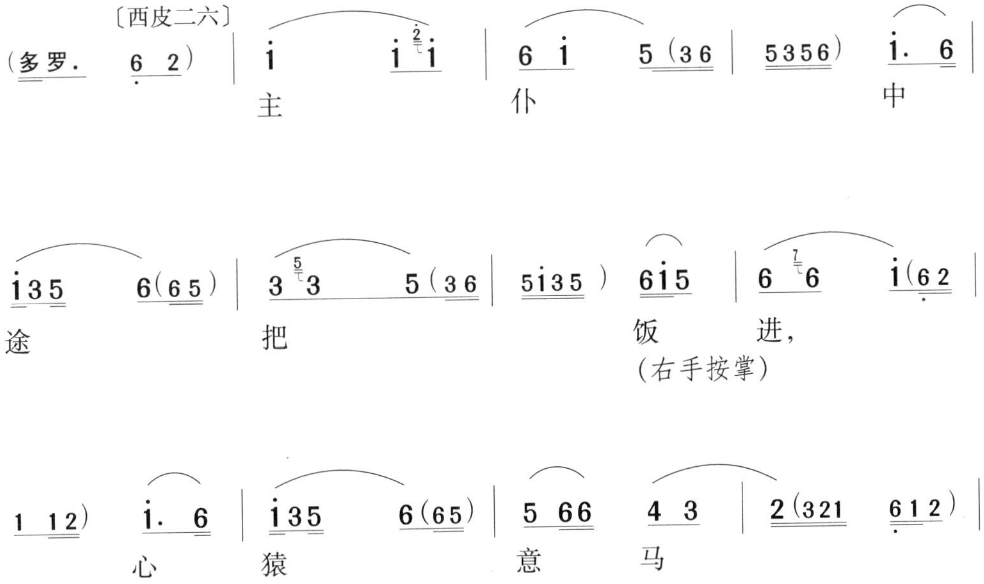

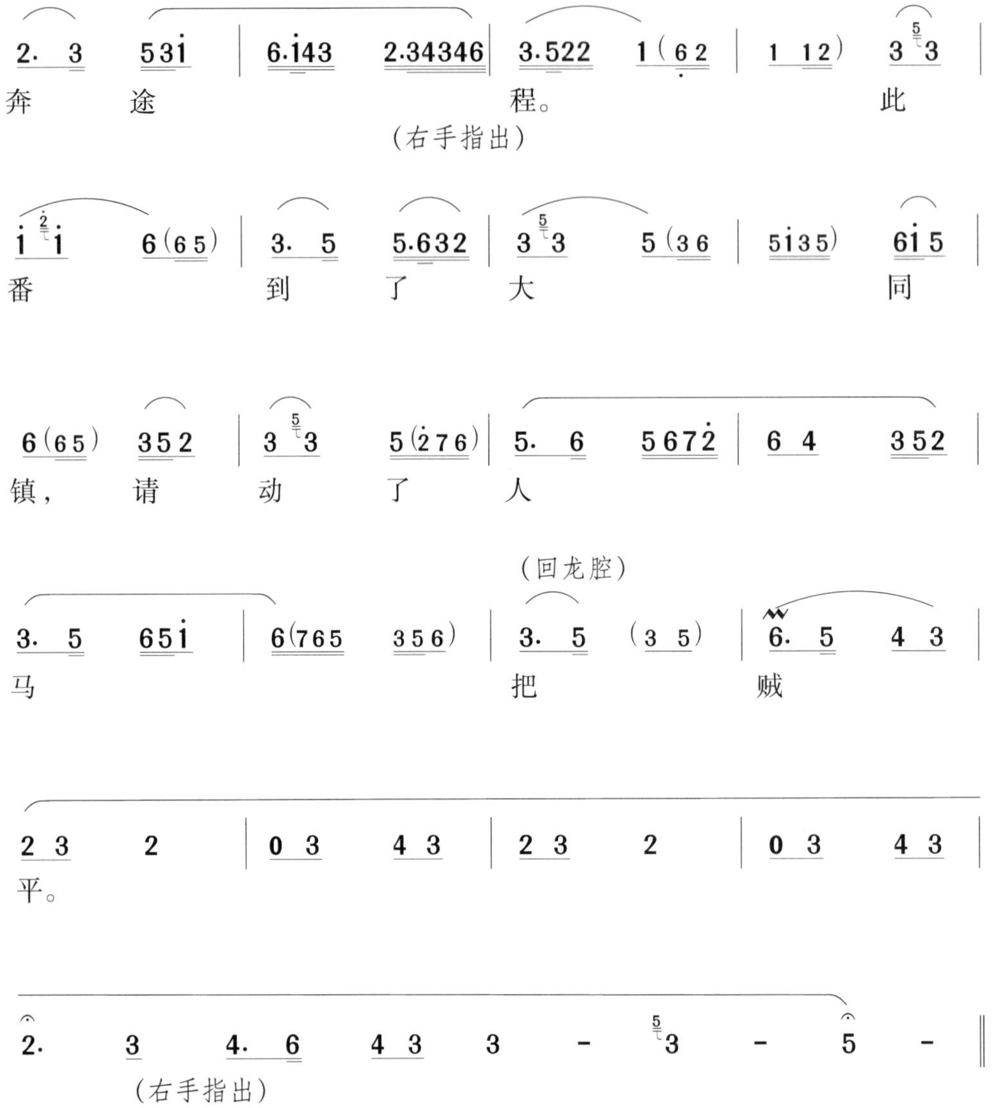

〔【大锣抽头】曹玉莲从“下场门”下。【紧锤】曹福向“下场门”“望门”、右手向上翻折水袖一望两望，回身抖袖至前台口站。右手抖袖。

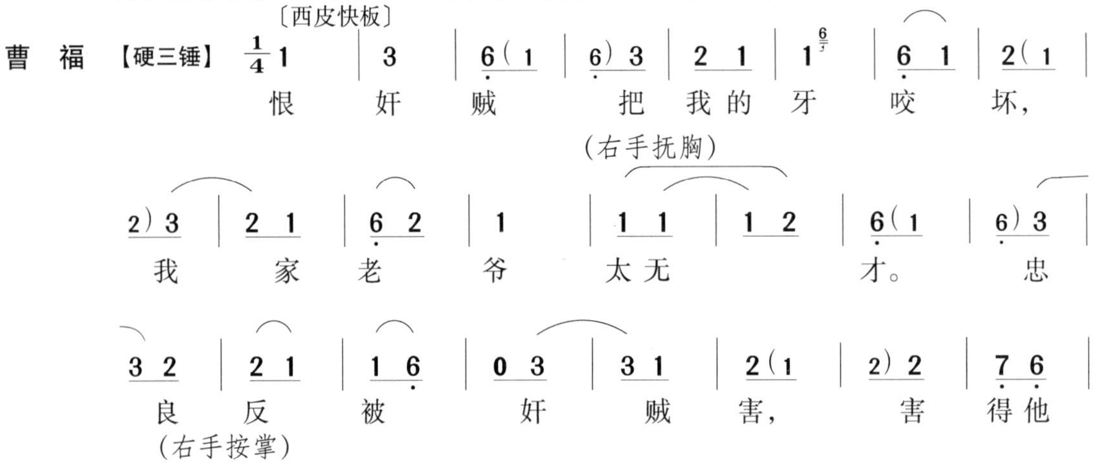

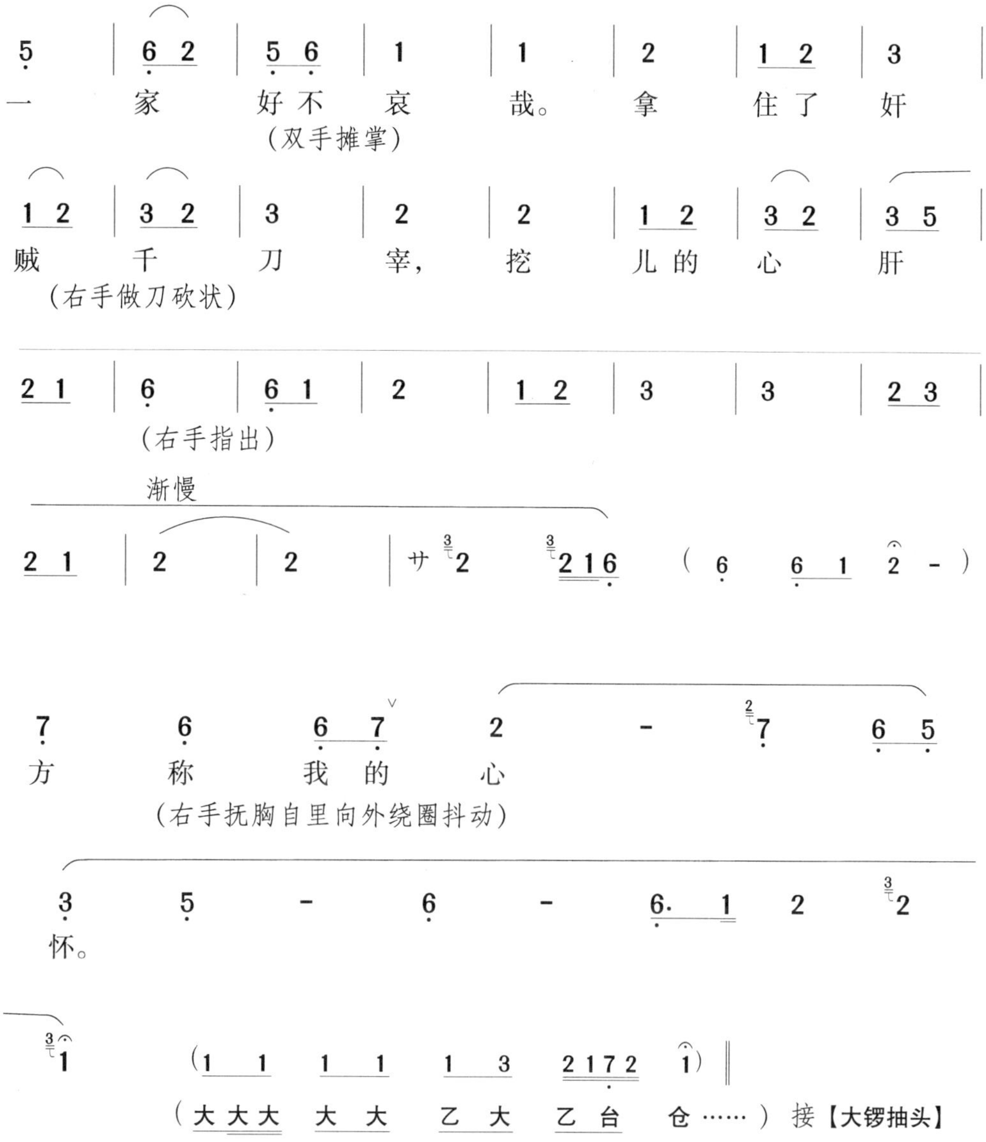

〔曹玉莲内白：“老哥哥快来！”

曹　福　（向“下场门”招呼）来了！

〔【撕近一击】向右甩髯、双手提左鞋，【撕边一击】向左甩髯、双手提右鞋。（扎）右手翻左袖。（扎）左手翻右袖。（仓）面向“下场门”双手向后背起亮相。【快长锤】双脚向前走“趟步”从“下场门”下。

第　二　场

〔四家将内白：“走哇！”

〔【快长锤】四家将举马鞭从“上场门”上。至前台口成“横一字”站。勒马。

〔西皮摇板〕

四家将 (7̣ 6̣ 5 5 5 3 6 5 5 3 2 1 2 6̣ 5 5 5) 3 3
大 同

3. 2 2 2. 1 1 3 2 (3 2 1 6̣ 1 6̣ 5 5 5) 6̣ 2 1 1 3
奉 了 老 爷 命, 迎 接 小

2 2. 1 1 2 2. 6̣ 1 **【大锣住头】**(四家将向后打马勒缰亮住相)
姐 转 回 程。

家将甲 列位请了。

众家将 请了。

家将甲 奉了老爷之命,迎接曹家小姐,就此前往。

家将丁 我说慢着(左手一拦)。咱们走大道,还是走小道哇?

家将甲 大道怎说?小道怎讲?

家将丁 走大道远三天,走小道近三天。

家将甲 自然是走近不走远哪!

家将丁 什么?走小道!惯出豺狼虎豹,吃了你们这年轻的(用鞭一指)不要紧,吃了我这上年岁的(用左手托髯),你们(用马鞭点指众人)赔得起吗?

家将甲 你身带何物?(用马鞭指家将丁腰中挎的刀)

家将丁 刀!

家将甲 是刀。

家将丁 对,刀。

家将甲 身上带有防身武器,怕它何来?

家将丁 好,那咱们就走小道。

众家将 请哪!

〔**【闪锤】**四家将加鞭。

〔西皮摇板〕

家将甲 (过门同前) 3 3 3 2 2 2 1 1 3 2
快 马 加 鞭 往 前 进,

〔**【快长锤】**三家将从"下场门"下,留家将甲走至左台口横握鞭站定。

家将甲 (过门同前) 6̣ 2 1 3 2 3 21 1 2 2. 6̣ 1
广 华 山 前 走 一 程。
(右马鞭指出)

〔**【大锣抽头】**左转身从"下场门"下。

第 三 场

〔【大锣抽头】曹福引曹玉莲从“上场门”上，走至台中向左前方一望，二人以左臂相挎，右手向上撑袖，二人原地推磨走。

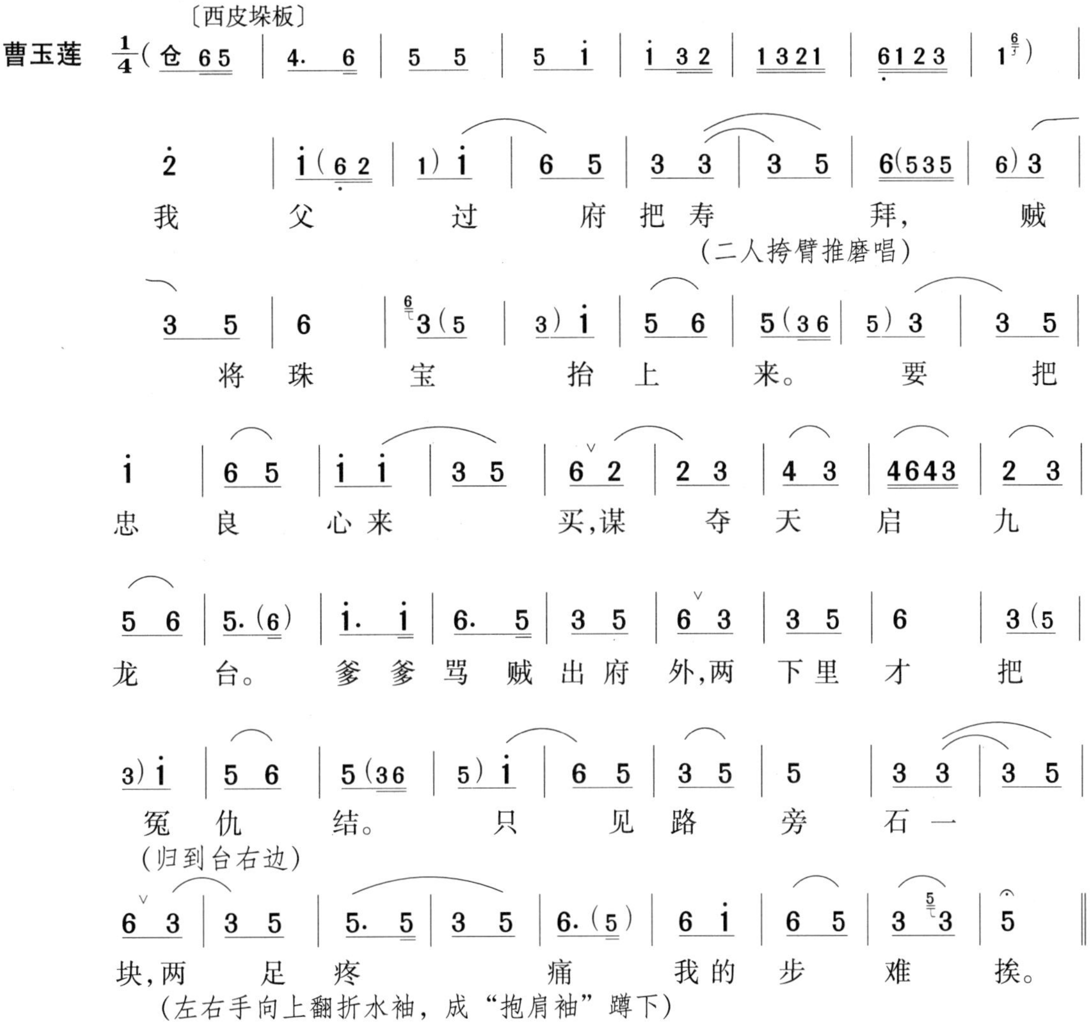

曹　福　(站“大边”)啊，小姐又为何不走？(双手摊掌)

曹玉莲　两足疼痛，难以行走啊……　(拭泪，手扶石礅慢慢坐下)

曹　福　哦！(右手捋髯向后退两步)【小锣凤点头】

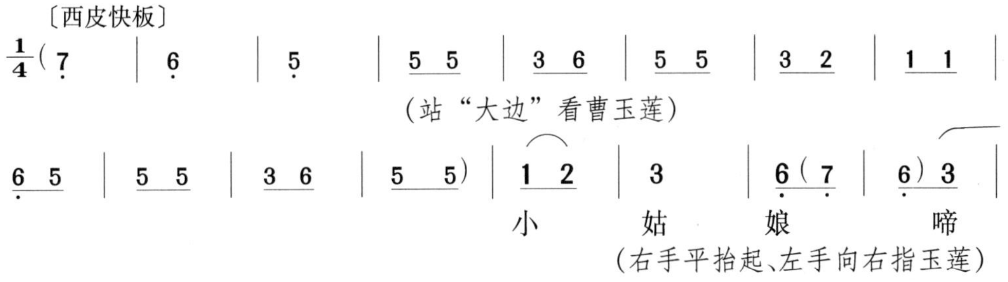

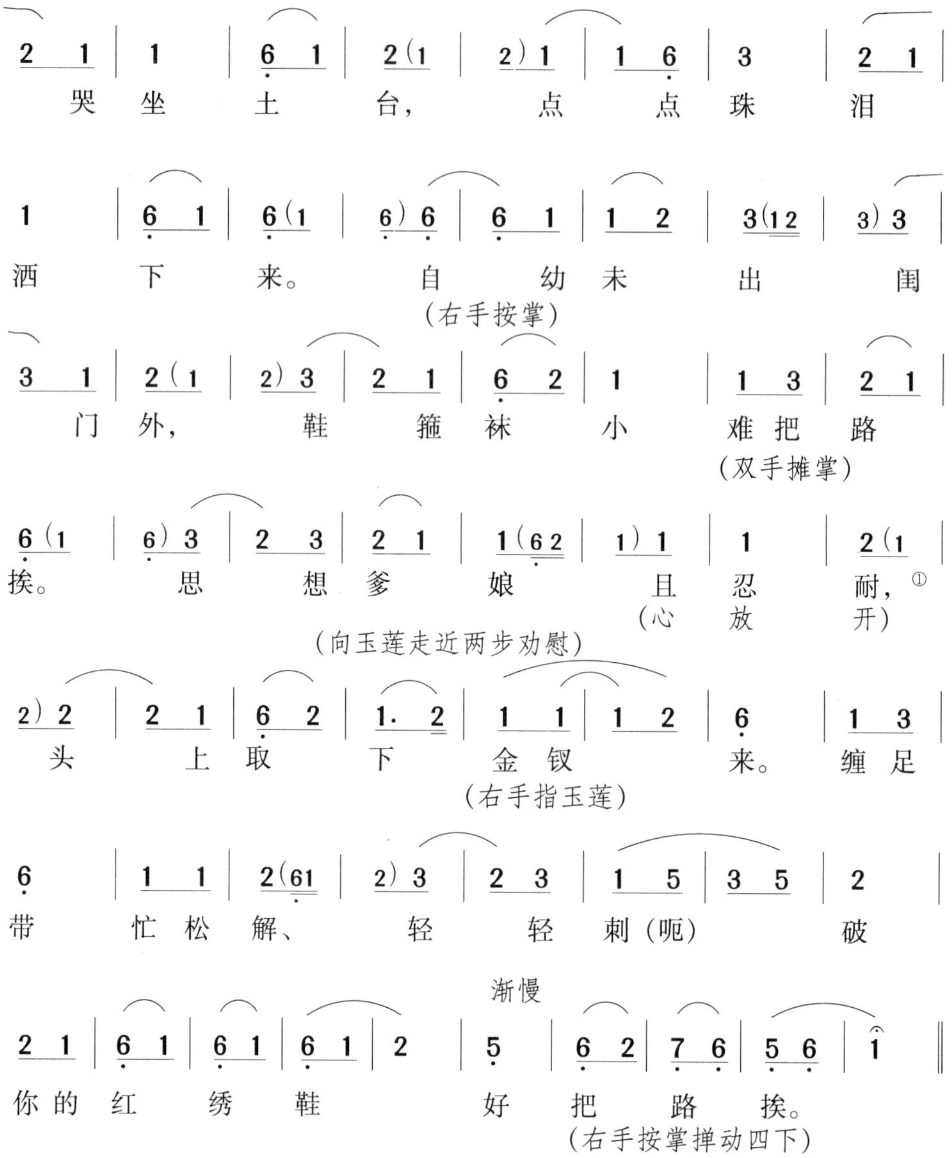

「【大锣导板头】玉莲应允向曹福点头。

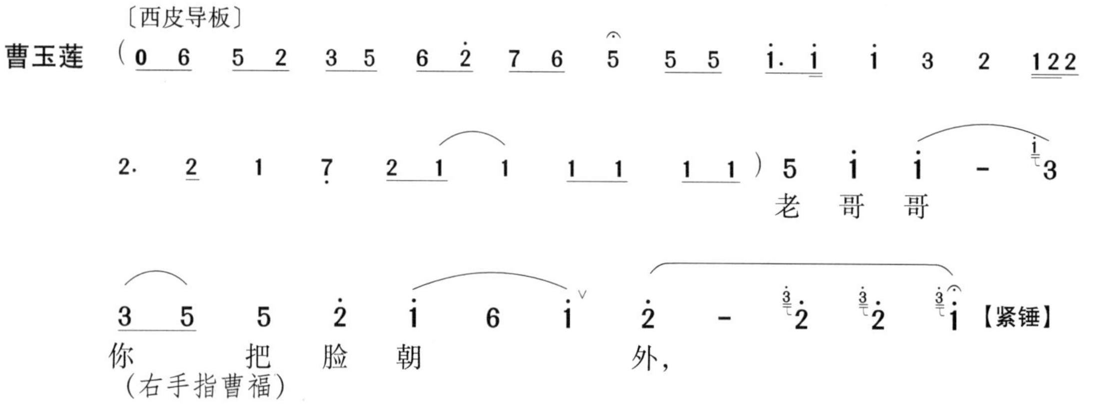

① 此处有两种唱法，唱哪种均可。

曹　福　是。（在“大边”面向台里站）

〔西皮垛板〕

曹玉莲　1/4 3 5 | 5（36 | 5）i | 6 5 | i i | 5 6 | 5 | 3 i |

头　上　取　下　金　钗　来。　缠　足

（右手从头上虚拟取下金钗）

6 | 3 5 | 6 4 | 4 3 | 2 3 | 4 3 | 2. 3 | 5 6 |

带　忙　松　解　轻　轻　挑　破　了　绣　花

（右手绕袖半蹲）　（左手绕水袖半蹲）

5 | 5 | i | i | 3 5 | 5 | （6 5 | 3 6 |

鞋。　老　哥　哥　与　我　（大　大）

（拱手）

5 5 ）サ 7 6 5 5 - [6]5 - [7]6

把　路　带，

（右手向外指出后走一圆场归至“小边”）

〔西皮散板〕

【大锣凤点头】サ（6 6 6 5 i 3 2 7 6

2 1 1 ）i 5 6 6 5 6 5 353 5

一　步　一　步　往　前　挨。

（脚步踉跄地站在台中）

〔【大钹一击】风声，大雪漫天，曹福、曹玉莲走“合扇”动作的向上扬袖。

曹　福　哎呀！

〔西皮散板〕

【纽丝凤点头】　（过门同前）1 4 3 4 3 3 5 1. 2 3（6 1

一　霎　时　天　气　变　得　快，

（右手向天指）

2 3）3 2 1 [5]321 6 6 1 6 1（7 6 2

（仓）鹅　毛　大　雪　降　下　来。　（仓）

（双手抖动地向外走铺掌）

1）2 2 1 2 3 2 2 1 2（2 1 6. 1 2 2）

荒　郊　又　被　雪　遮　盖，　（仓）

（向四下张望）

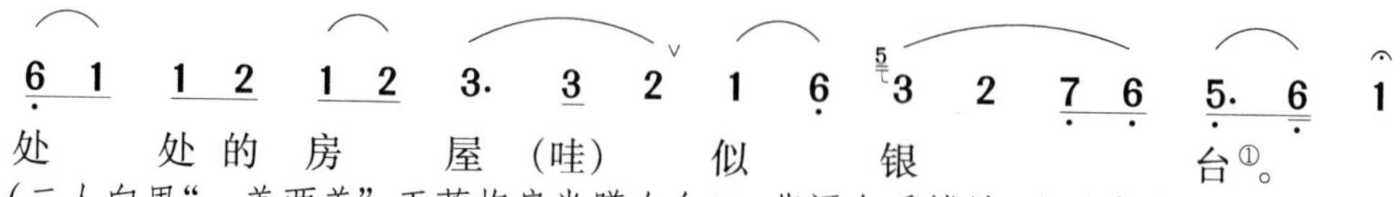

（二人向里"一盖两盖"，玉莲抱肩半蹲右台口，曹福左手撑袖、右手在膝下垂袖）

「**【大锣凤点头】**曹玉莲向荒野四下观望。

〔西皮散板〕

曹玉莲　（过门同前）

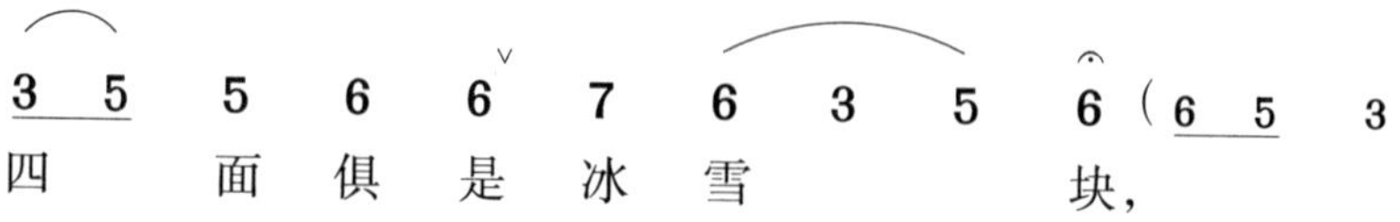

（左右手向外撒掌）

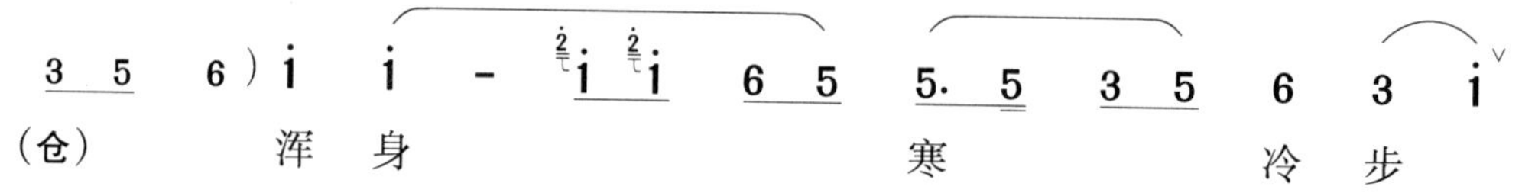

（双手抖动抱肩、半蹲）

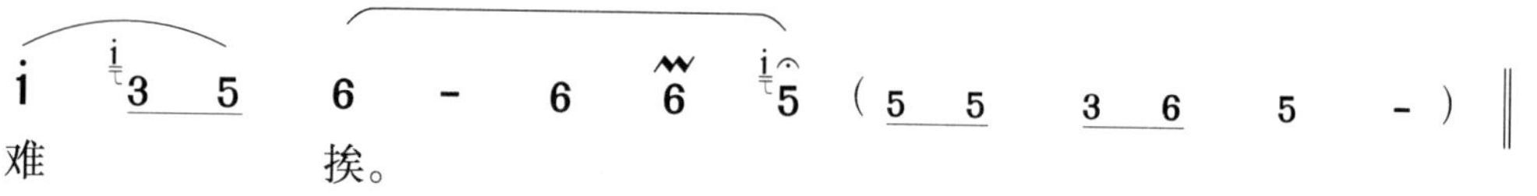

「**【小锣一击】**曹福右手捋髯看玉莲。

曹　福　小姐又为何不走？

曹玉莲　身上寒冷，难以行走哇！（拭泪坐在右台口石块上）

曹　福　这个……**【撕边一击】**（双手摊掌）

「**【紧锤】**曹福目不转睛地看着玉莲、右手抓袖，**【硬三锤】**向前台口走，抖右袖。

〔西皮快板〕

曹　福

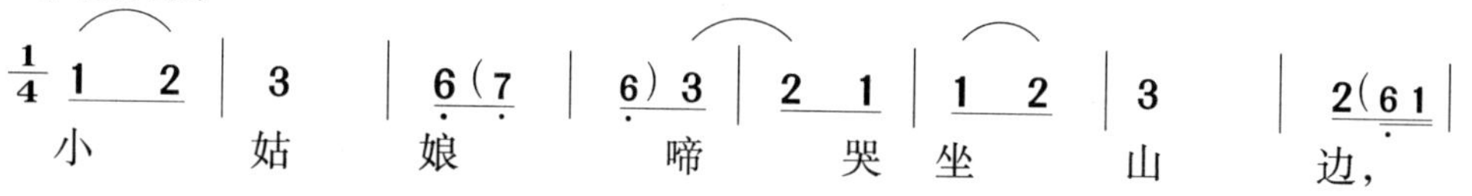

（右手向右指玉莲）

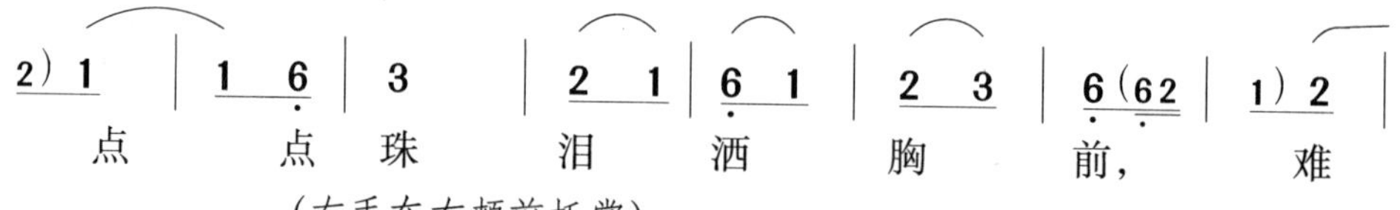

（右手在右颊前托掌）

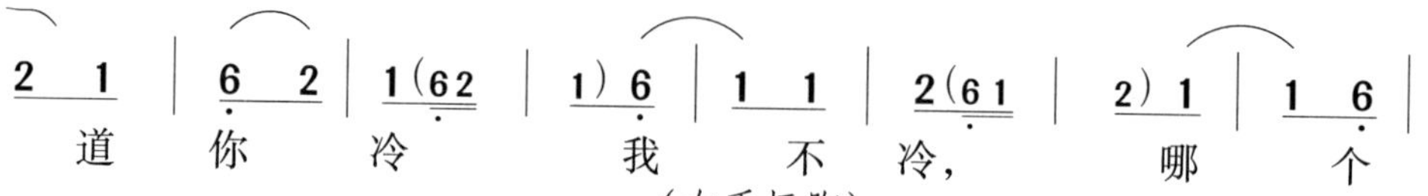

（右手抚胸）

① 这里曾改为"凹凸不平似银台"，唱腔为：

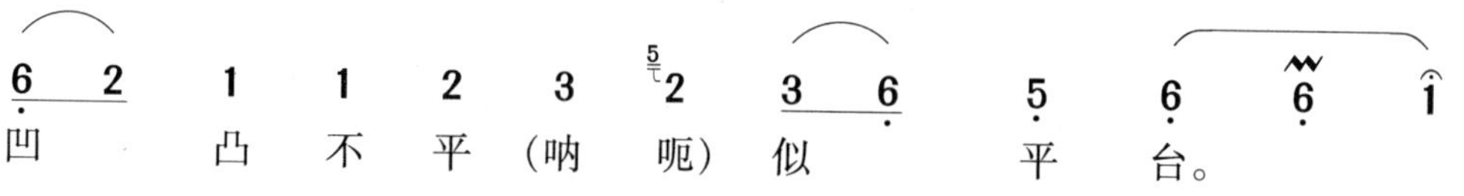

南天门

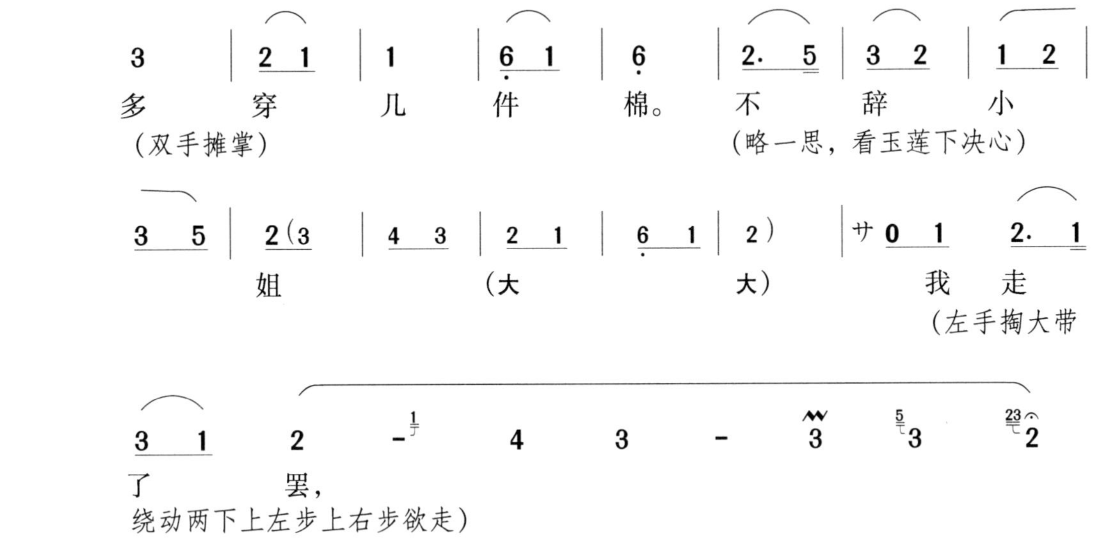

〔【大锣凤点头】曹玉莲站起，忙拉曹福衣衫跪地。

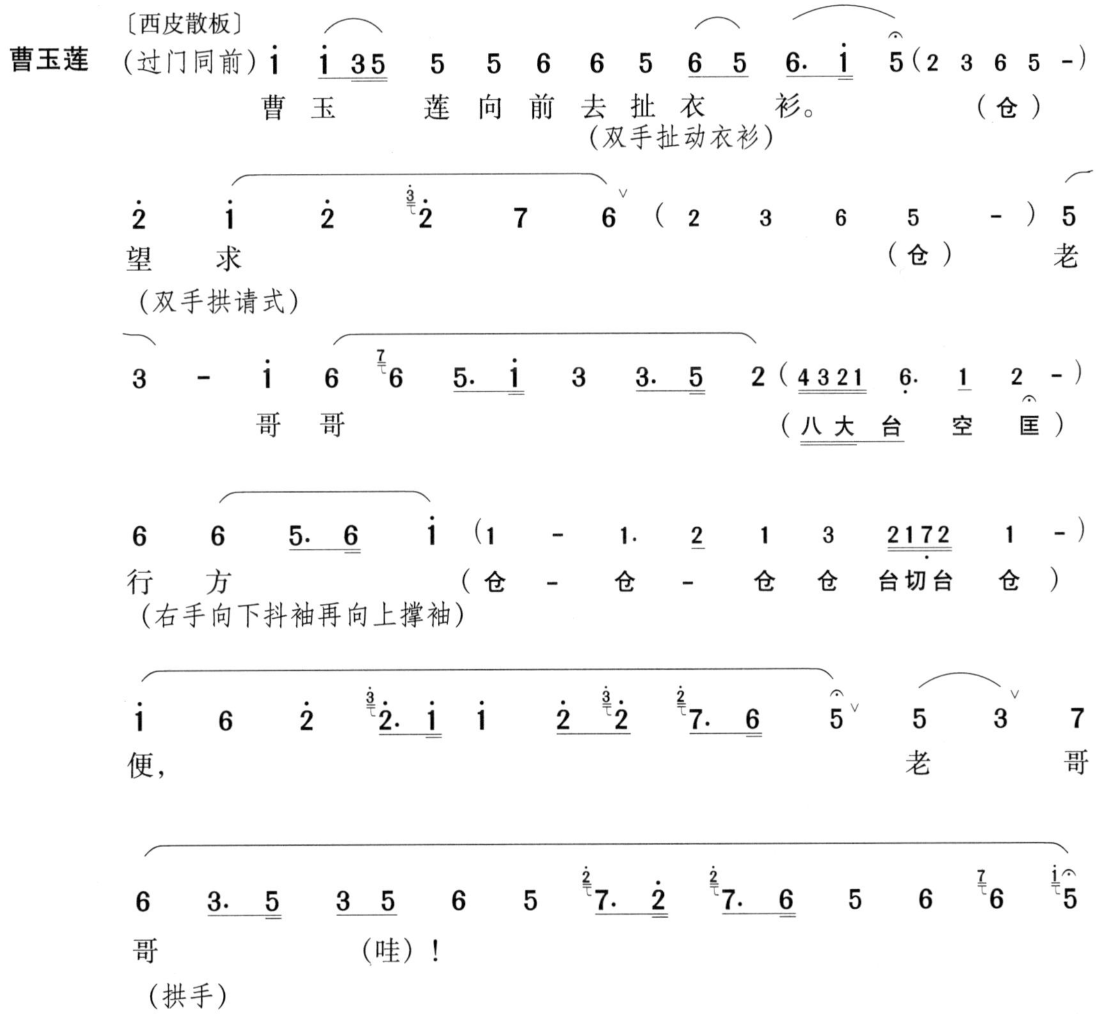

〔【大锣凤点头】曹福向后退一步，右手指玉莲看。

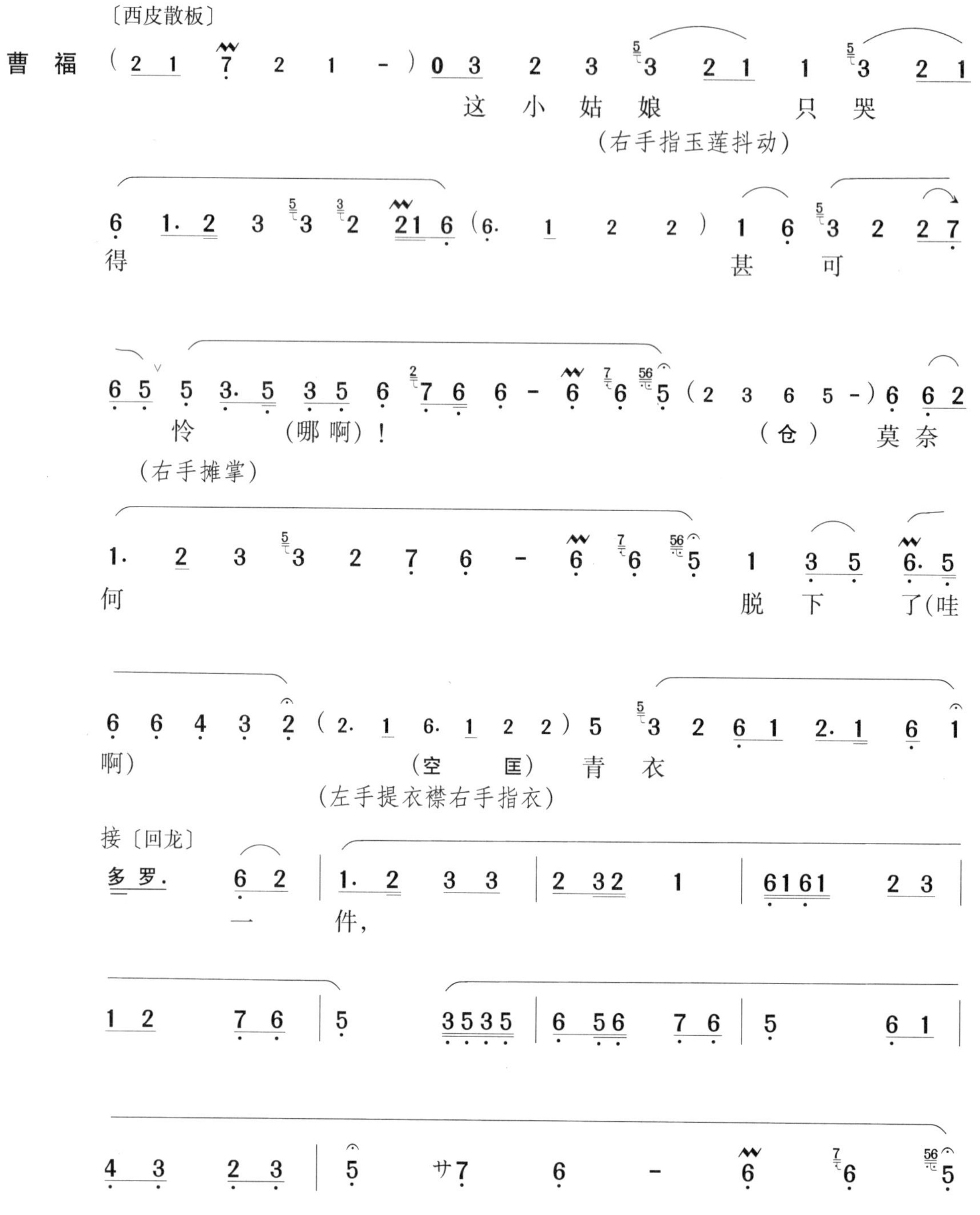

【急急风】曹福至左侧幕脱衣，曹玉莲向左侧幕一望两望，浑身冷的战抖在右台口抱肩蹲下。【撕边一击】曹福持青衫一亮，（八大仓）抖动着青衫。【大锣凤点头】给玉莲披衣。

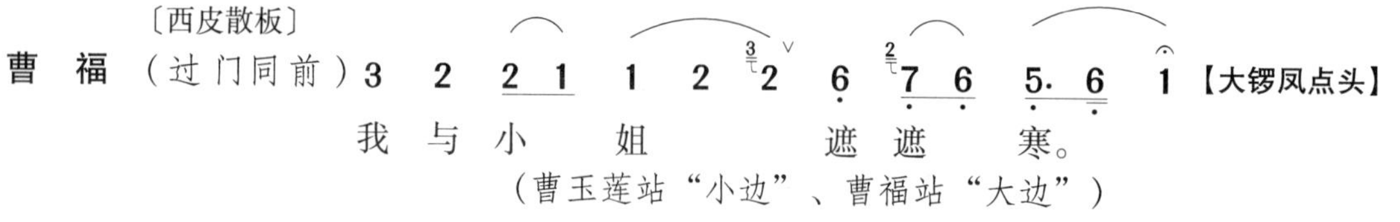

南天门

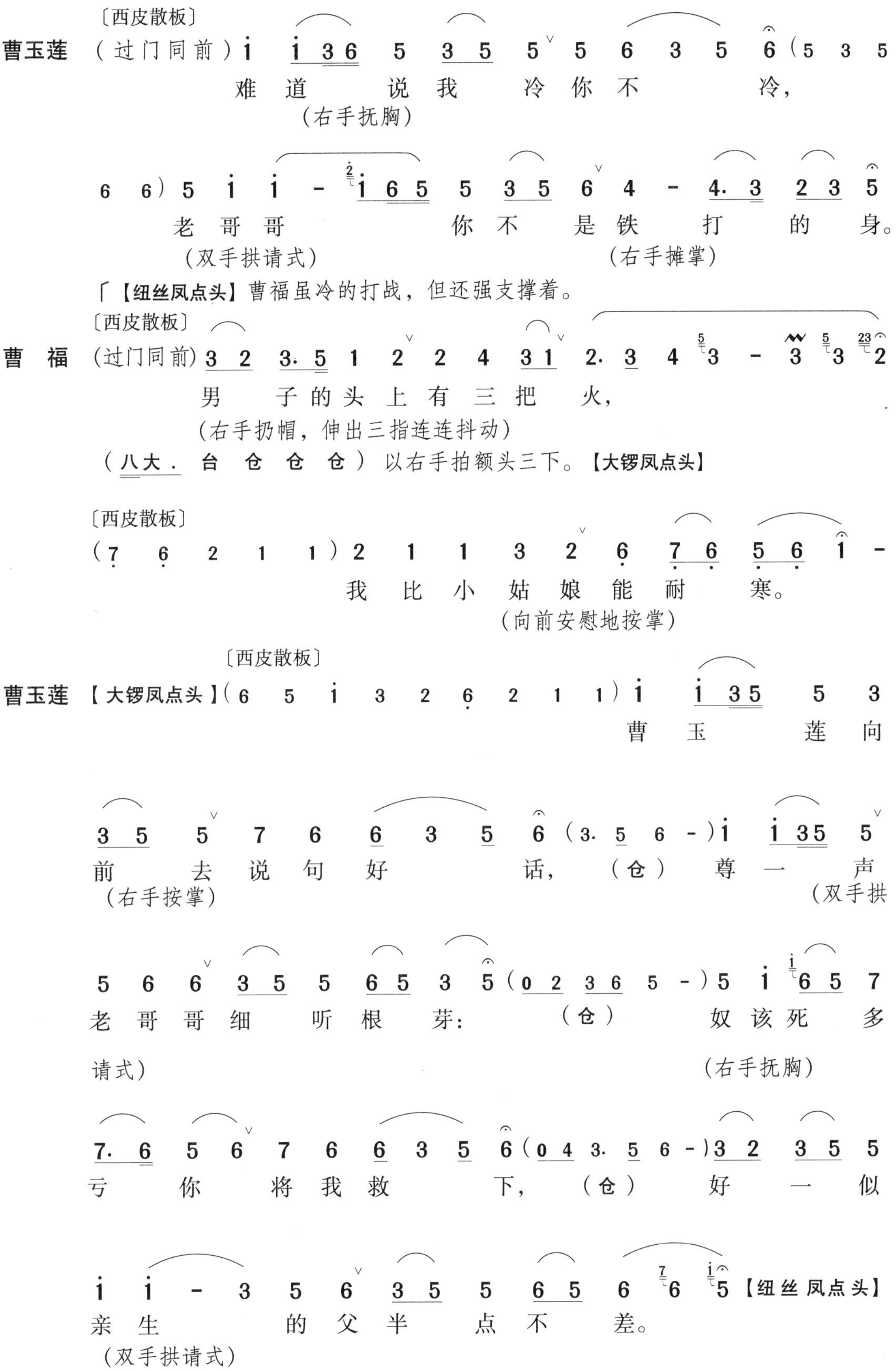
〔西皮散板〕
曹玉莲 （过门同前）
难道说我冷你不冷，
（右手抚胸）
老哥哥你不是铁打的身。
（双手拱请式）
（右手摊掌）
〔【纽丝凤点头】曹福虽冷的打战，但还强支撑着。
〔西皮散板〕
曹福 （过门同前）
男子的头上有三把火，
（右手扨帽，伸出三指连连抖动）
（八大． 台 仓 仓 仓）以右手拍额头三下。【大锣凤点头】
〔西皮散板〕
我比小姑娘能耐寒。
（向前安慰地按掌）
〔西皮散板〕
曹玉莲 【大锣凤点头】
曹玉莲向前去说句好话，（仓）尊一声
（右手按掌）
（双手拱请式）
老哥哥细听根芽：（仓）奴该死多
（右手抚胸）
亏你将我救下，（仓）好一似
亲生的父半点不差。
【纽丝凤点头】
（双手拱请式）

〔西皮散板〕

曹福 1 3 2 3 2 1 1 6 2 1 2（2 1 6. 1 2 －）7 6 35 5 5
小姑娘说的 是哪 里话，（仓） 讲什 么与
（摆右手）

3 1 6 35 5 － 6 2 7 6 5 6 1（7 6 2 1 －）3 2 1 1 1
太 老 爷 半 点 不 差。（仓） 此一 番到
（双手拱请式）

6 2 1 2 2. 1 1 2（6. 1 2 －）7 6 35 5 7 6 5
大 同把婿 认 下，（仓） 收 老 奴吃一
（右手按掌）

3. 5 6 1 5 5 6 2 7 6 5 6 5. 6 1（7 6 2 1 －）
碗 闲 饭 残 茶。 （仓）
（右手抚胸后变按掌）

曹玉莲 3 3 5 5 5 7 7 5 6 5 6 6 3 5
倘 若 是老哥哥 把世来
（双手拱请式）

6（3. 5 6 －）3 3 5 5 5 3 3 5 6 i 5 i 6 5 3 3 5
下，（仓） 那 时 节曹 玉 莲披孝 戴 麻。
（右手成单指，指向右额头旁）

〔西皮散板〕

曹福【纽丝凤点头】1 4 3 3 3 2 3 3 1 2 3 3（6 1 2 3 －）7
奴欺主我就 该天雷 劈打，（仓） 讲
（忙摆双手） （右手向上托掌）

6 35 5 3 1 6 35 5 － 6 1 2 5 3 5 2376 5 6
什 么与 老 奴 戴 孝 披 麻。
（右手抚胸）

1（7 6 2 1 －）2 2 1 3. 1 2 2 － 1 2 3 2. 1 1
（仓） 搀扶小姐 快 走

2【纽丝】（曹福搀玉莲走一圆场归到“九龙口”向左前方望）〔亮弦〕（2 1 4 3 2 1 6. 1 2 －）
罢，

〔西皮散板〕

【大锣凤点头】(过门同前)5 6 1 1 3 2 2 7 6 7 2 6 1【大锣住头】

见 一 座独木桥难 走 难踏。

(把 人 吓 煞)①

(向左台口指)

小姐，前面有一独木小桥。

曹玉莲 这便如何是好？（右手摊掌）

曹 福 不妨事，待老奴搬些石块，将桥垫稳。

曹玉莲 老哥哥，看仔细了。

〖【阴锣】曹福走至右台口，伏身向下搬石头，一晃两晃搬不动。再次用力搬，将石搬起放在桥面上，随即再走一番搬石动作。左手背起捶腰，看桥填石处，右脚向前踩三下，认为桥面已稳当，回身拉曹玉莲上桥，二人步履小心往前迈步三步。（八大 仓 仓 仓）二人向左转身，同时向左台口，右台口起“屁股坐子”。曹福跌落“大边”；玉莲跌落“小边”。【撕边一击】

曹玉莲 喂呀……

〔西皮散板〕

【纽丝凤点头】(7 6 6 5 4 3 2 7 2 1) i 3. 5

一 霎

5 5 7 7 5 6 7 6 6 3 5 6 (4 3. 5 6 -)

时 主 仆 们 跌 落 桥 下，（仓）

(跌坐右台口唱)

3 3 5 5 5 6 6 3 5 5 6 5 6 6 5 (2 3 6 5 -)

怕 的 是 老 曹 福 命 染 黄 沙。（仓）

(右手摊掌)

曹 福 1 3 2 3 2 1 1 3 2 1 1 2 (7 6. 1 2 -) 7

小 姑 娘 休 得 要 担 惊 害 怕，（仓） 有

(跌坐捶跌伤的腿、挣扎站起，脚步踉跄地去扶玉莲)

6 3 5 5 7 65 5 5 7 6 5 6 i (7 6 2 1 -)

老 奴 在 身 旁 万 无 一 差。（仓）

曹玉莲 5 i i 3 3 5 5 5 6 3 5 6 (4 3. 5 7 -)

老 哥 哥 行 走 不 方 便，（仓）

(摆右手)

---

① 此处也可以这样唱法。

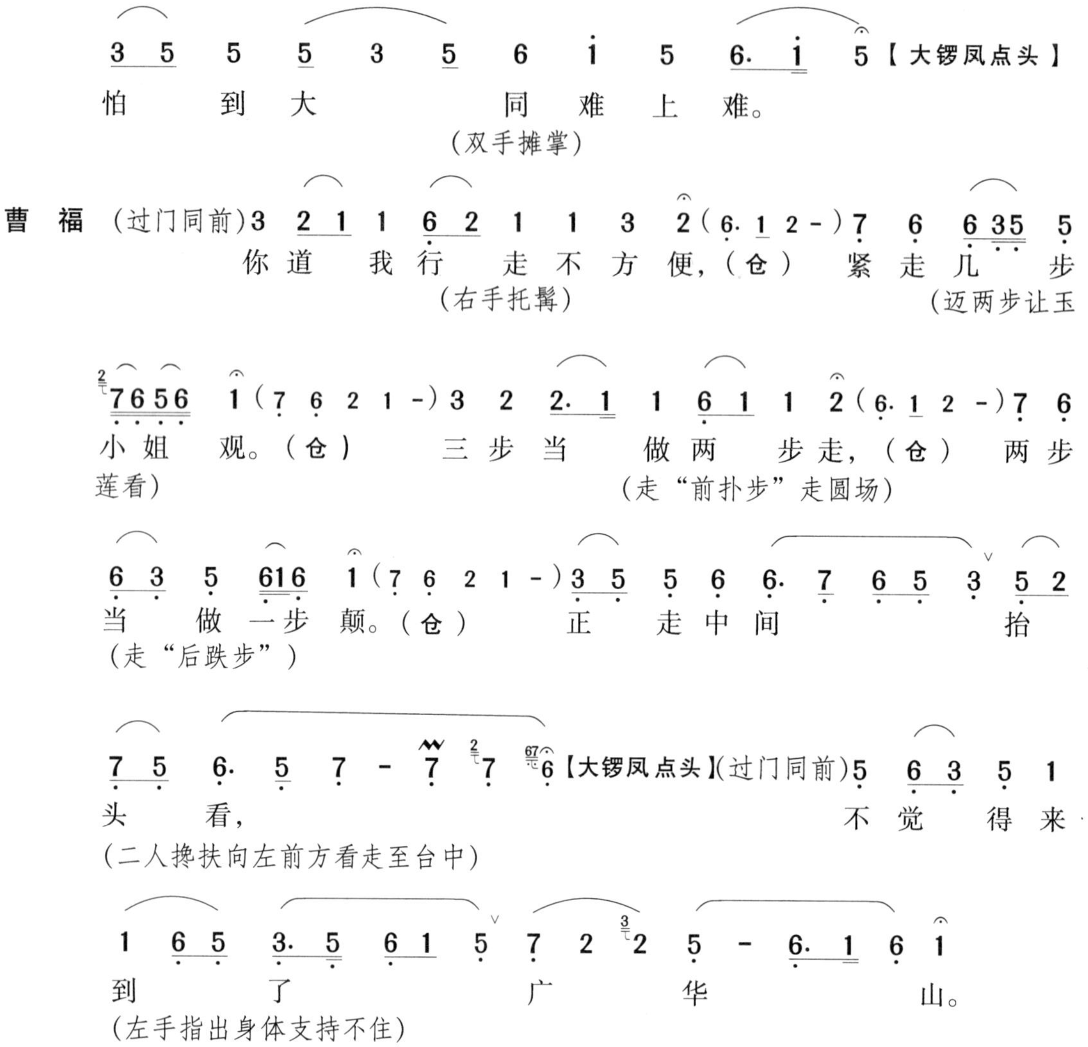

〔【乱锤】曹福又饿又冷疲惫地晕倒，右腿单跪地、头部低垂；曹玉莲焦急给曹福捶背、顺势玉莲跪下轻轻给曹福抚背。

曹玉莲 喂呀……老哥哥醒来！

〔【大锣导板头】曹福沉重地叹了一口气。

〔西皮导板〕

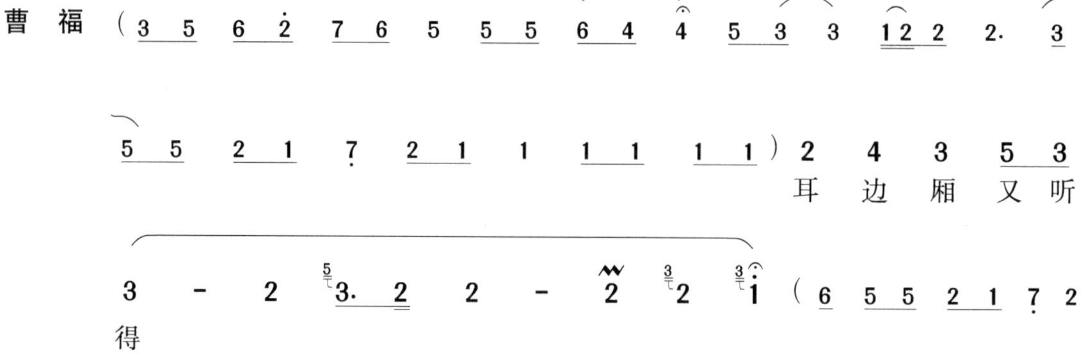

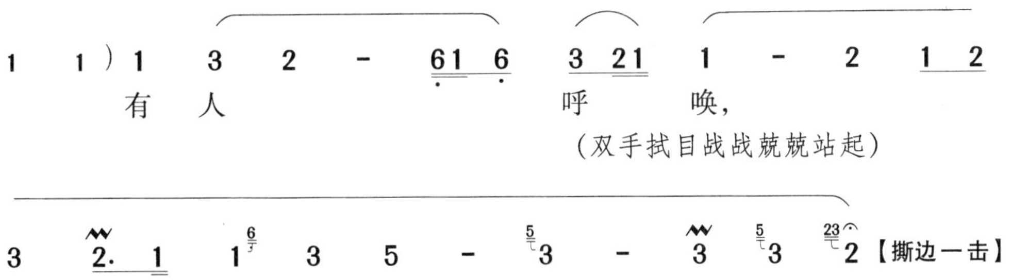

曹玉莲 喂呀曹福老哥呀……

曹　福 哎，小姐呀……（拭泪）【大锣一击】

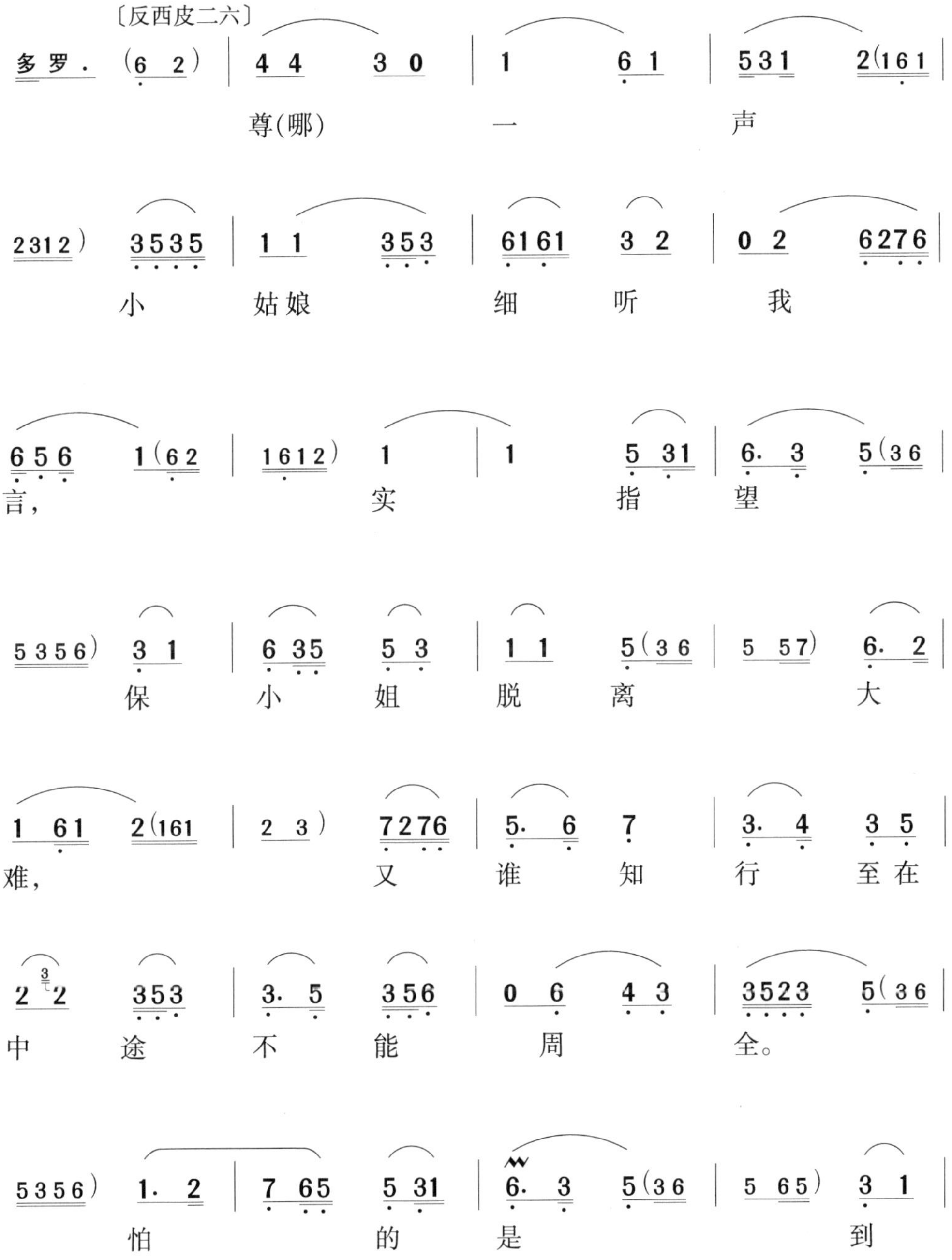

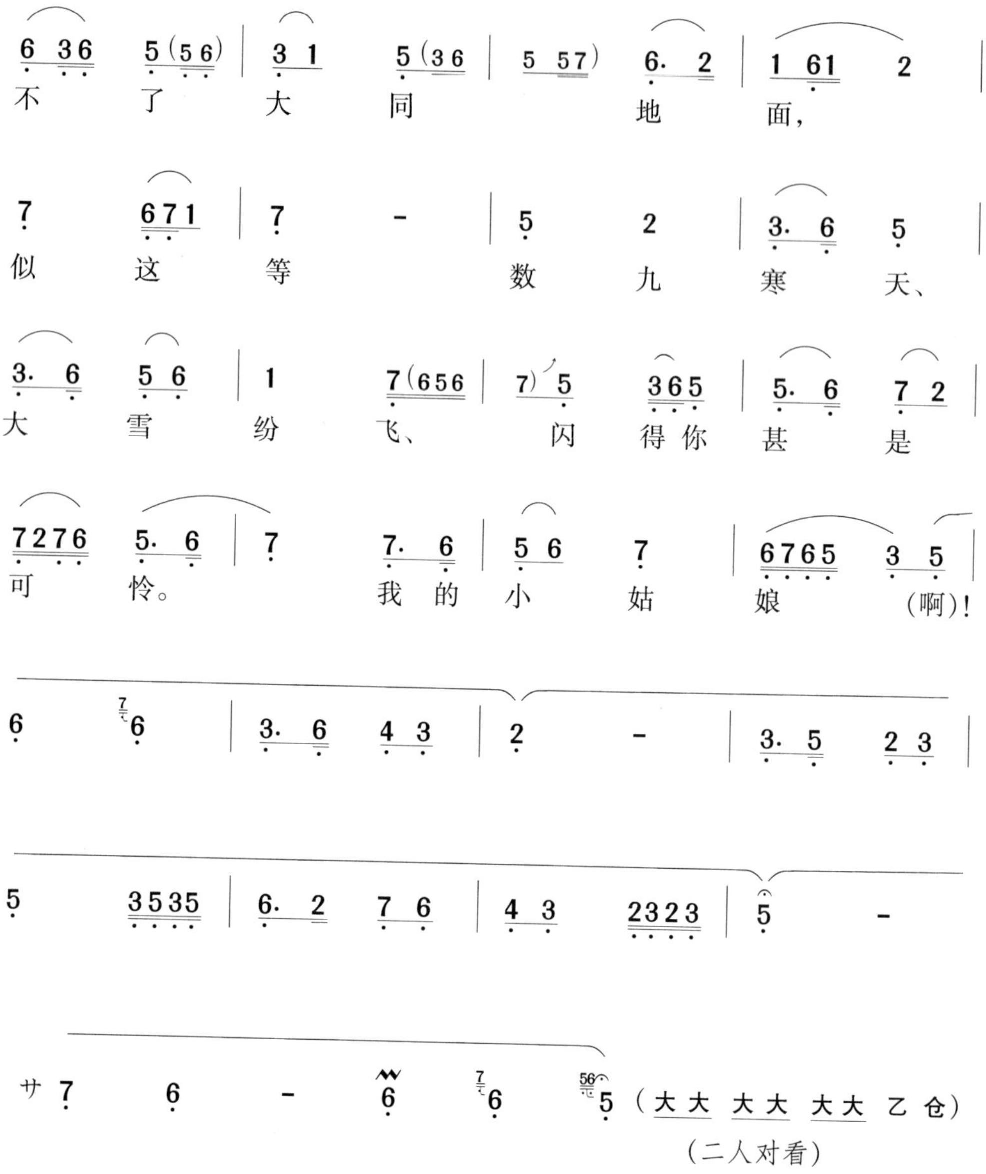

【大锣凤点头】（二人相扶哭）

〔反西皮摇板〕

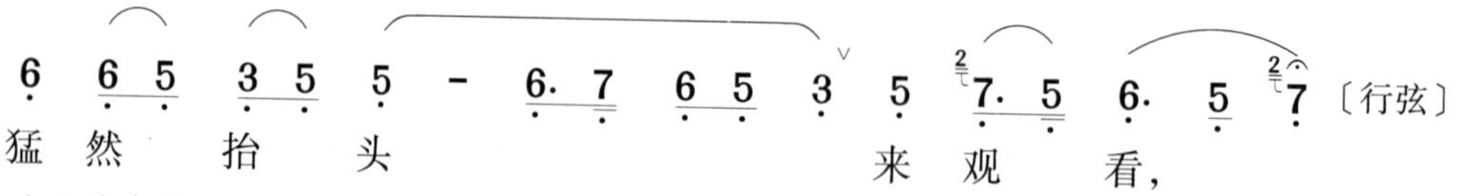

（双手先拭目，右手捋髯向右台口前方看左手按掌）

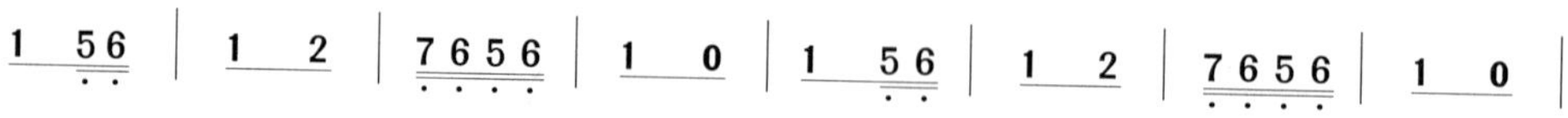

曹玉莲白：“老哥哥，看什么？”

南天门

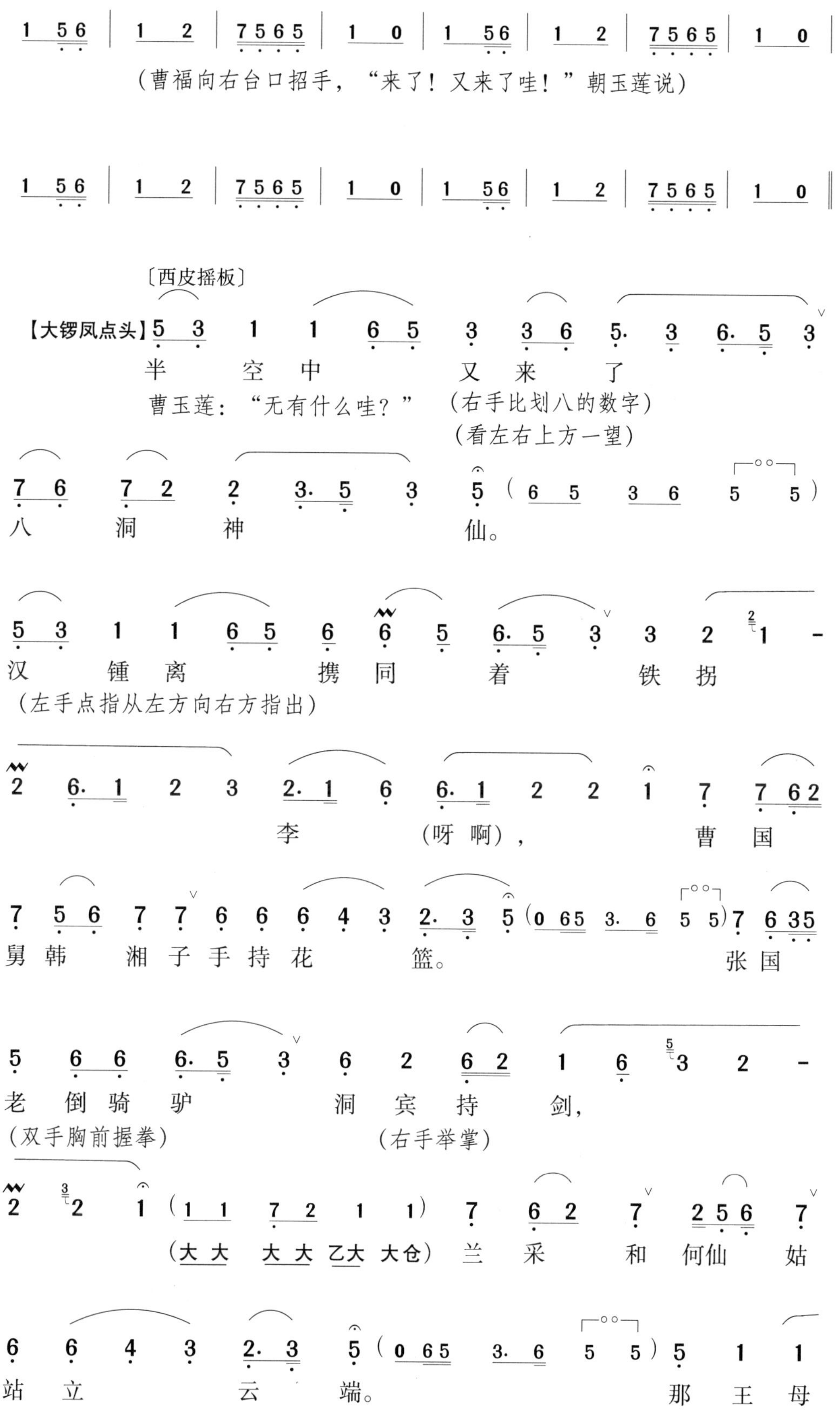
（曹福向右台口招手，“来了！又来了哇！”朝玉莲说）
〔西皮摇板〕
【大锣凤点头】
半空中又来了
曹玉莲：“无有什么哇？”
（右手比划八的数字）
（看左右上方一望）
八洞神仙。
汉锺离携同着铁拐
（左手点指从左方向右方指出）
李（呀 啊），曹国
舅韩湘子手持花篮。
张国
老倒骑驴洞宾持剑，
（双手胸前握拳）
（右手举掌）
（大大 大大 乙大 大仓）
兰采和何仙姑
站立云端。
那王母

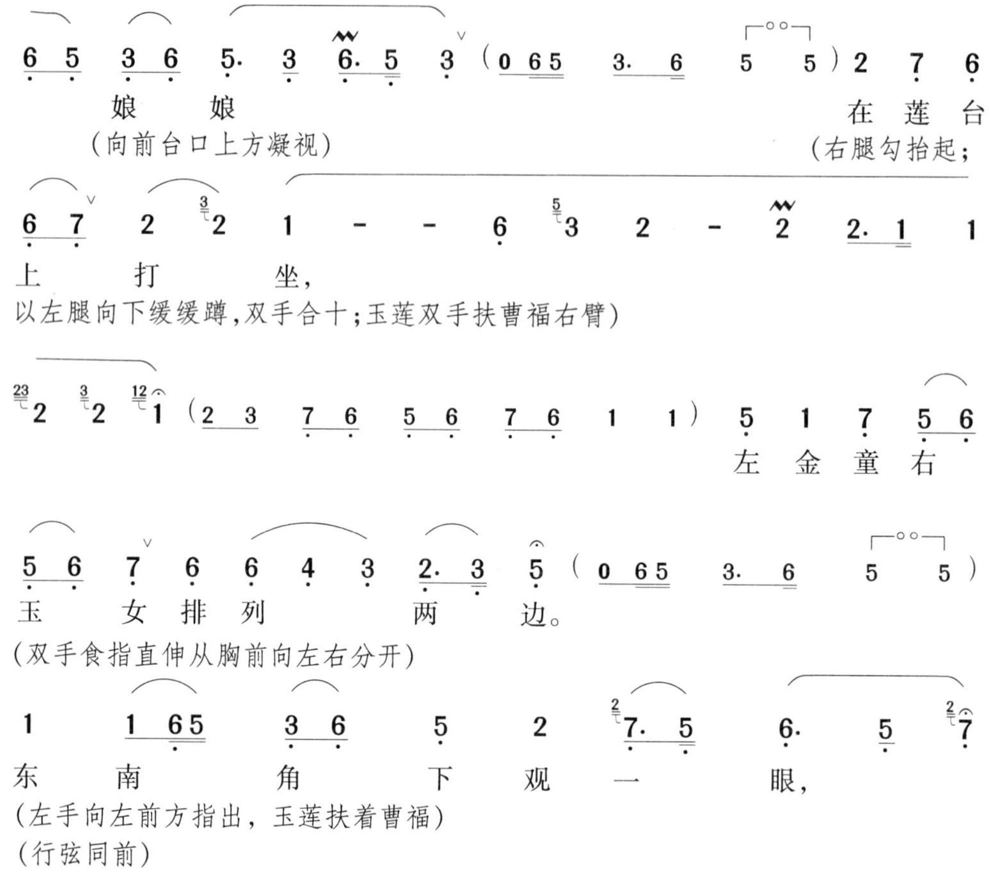

(曹福步履蹒跚地向左台口走去,至左台口,右手向天空指去,白:“又来了!又来了。”曹玉莲随着曹福指的方向望去,白:“来了什么哇?”)

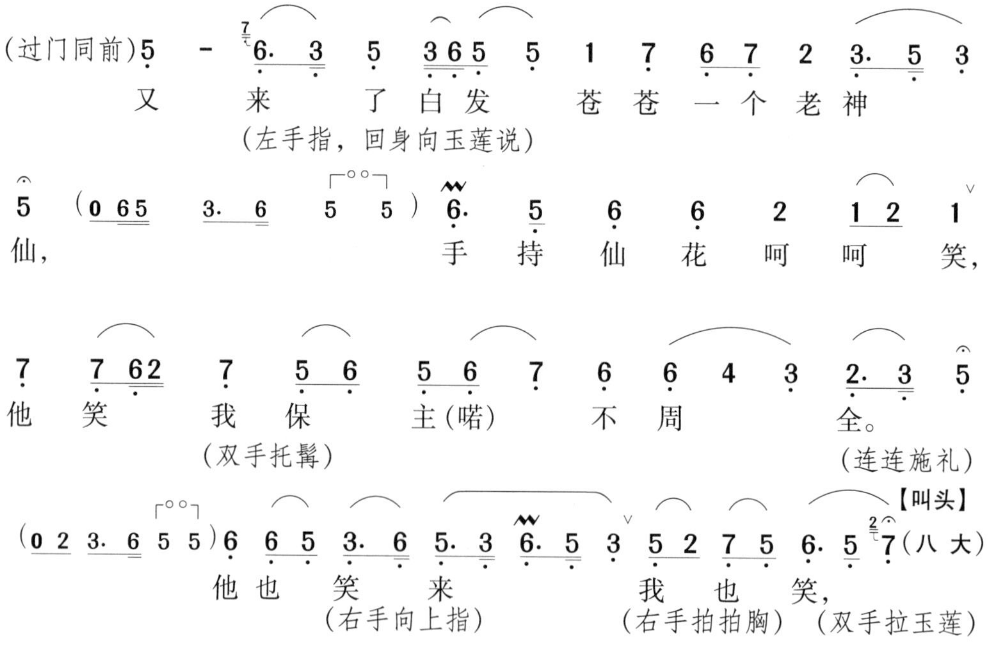

（顷 匡 七 七）哈哈！（仓 仓 顷 仓）哈哈！（仓 七 仓）啊哈……**【撕边】**（身体渐软下来）呀！**【大锣凤点头】**

〔西皮散板〕

（过门同前）5 1 7 5 5 6 5 6 7 6 6 4 3 2 - 3. 5 3 5

一 霎 时 老 性 命 难 保 全。①

〔（八 大八 仓 仓 顷 仓）在“大边”向左走三步“倒步”（先迈左脚）；向左甩髯。（八 大八 仓 仓 顷仓）向右走三步“倒步”（先迈右脚）；向右甩髯。（嘟 -）曹福奋力挣扎混身颤抖。（八大仓）头向台中走“僵尸”倒地。

曹玉莲 （伏身扑地哭）喂呀，老哥哥呀……

〔**【大锣水底鱼】**四家将骑马从“上场门”上，走至右台口，三个家将站“一条鞭”，家将甲勒马在右台口看见玉莲，向众家将。

家将甲 有个女子啼哭，下马看来。

〔**【冲头】**众家将分两边下马，站成“八字”；玉莲在中间。家将甲站“大边”家将丁站“小边”，其他两家将分站。

家将甲 原来是一女子。（向家将丁）

家将丁 这一女子，你姓甚名谁，为何一人在此啼哭？

曹玉莲 （站起）列位呀！（双手拱请式）

〔西皮流水〕

（扎 | 扎 | 台）| 1/4 3 5 | 5（3 6 | 5）1 | 6 5 | 3 3 |

未 曾 开 言 泪 难

（右手在右颊前托掌）

0 5 | 6 | 3. 5 | 6 3 | 0 i | 5 6 | 5（3 6 | 5）i |

忍， 难 女 言 来 听 分 明： 若

6 5 | 3 5 | 5 | 3 3 | 0 5 | 6 i | 6 5 |

问 奴 的 名 和 姓，曹 玉 莲

（右手按掌）

5 3 | 3 5 | 6（5 | 6 i）| 5 i | 6 5 | 3 3 | 5 ‖

就 是 我 的 名。

（右手抚胸）

〔**【大锣住头】**众家将点头会意。

四家将 原来是小姐到了，与小姐叩头。

---

① 此句唱腔也可唱做：

1 5 3 1 6 5 2 2 3 7 6 5 6 [76]6 1 - ‖

三 魂 渺 渺 归 九 泉。

〔【撕边一击】四家将站成“横一字”跪拜，玉莲右手扶鬓看。

曹玉莲 罢了。【大锣住头】（众家将分左右侍立）你们是哪里来的？

四家将 我们是大同来的，奉命前来迎接小姐。

曹玉莲 （点头看曹福）可怜曹福冻死雪地，你们将他尸首掩埋了吧。（拭泪）

四家将 遵命。

〔【阴锣】四家将将曹福抬下，复上。

家将甲 小姐尸首已然埋好，请小姐上路。（双手拱请式）

曹玉莲 身上寒冷，难以行走。

三家将 穿我的衣衫。（欲脱）

家将丁 慢着！慢着！【撕边一击】你们年轻人，不经冻，我这老头不怕冷（拍胸脯），还是穿我的吧！

〔家将丁，脱去外衣交与曹玉莲。

三家将 请小姐上路。

曹玉莲 两足疼痛，难以行走哇……

三家将 骑我的马！

家将丁 慢着！穿我的衣服就得骑我的马。（右手握拳）

曹玉莲 如此带马！

〔【冲头】家将丁与曹玉莲带马，众家将拉马上马。

〔【大锣叫头】站台中。四家将“站门”。

曹玉莲 爹爹！母亲！哎！老哥哥哇……（拭泪）

〔【大锣原场】四家将扯成“斜胡同”，曹玉莲打马从“下场门”下，奏唢呐曲牌<尾声>后半截，家将丁尾随玉莲引众家将从“下场门”下。

——剧　终

万凤姝 万如泉 整理

十 三 妹

王瑶卿演出本

时下，文学界认为，“用北京话写北京人、北京事，描写出浓郁、具体的北京风土习俗和人情世态，表现民族历史文化传统积淀在北京人精神、气质、性格上形成的内在特征”，为“京味文学”的三个基本条件。如是，则清人文康所著《儿女英雄传》可以当之无愧地列入“京味文学”之列。而据《儿女英雄传》精彩章节创作的京剧《十三妹》，让“京味”与“京剧”自然亲和，再由熟稔京都生活、自如驾驭京白的艺术家扮演十三妹一角，强强联手，优化组合，推出精品就是无疑的了。王瑶卿演出的《十三妹》，就充分展现了“京味”、“京剧”、“京白”的独有特色，使十三妹成为迥异于众多戏曲人物、傲立于菊圃梨园的艺术形象。

京剧《十三妹》包括《悦来店》、《能仁寺》、《牤牛山》、《青云山》、《弓砚缘》等几个折子。但最流行也是最精华的还是《悦来店》、《能仁寺》两折。这两折戏演清代女子十三妹行侠尚义，从强盗的屠刀下救出了书生安骥和弱女子张金凤一家，并撮合安骥和张金凤成婚。按照先入为主的习惯，读《儿女英雄传》，很容易把十三妹归于京剧的武旦行列，顺理成章地认为这个人物应当以惊险的翻跌、火炽的武打见长。实则不然。在《十三妹》中，十三妹虽然有矫健的趟马，有英武的举石墩子亮相，有迅疾跃上椅子的表演，有刀劈凶僧的武打，但纵览全剧，这些应是塑造十三妹的辅助手段。剧中，下力气最大、用功夫最苦、感染力最强的还是十三妹的念白。京剧“四功”中的念——尤其是京白，在《十三妹》中得到了充分的展示和近乎极致的发挥。

应当感谢《儿女英雄传》，为《十三妹》一段又一段的念白提供了良好的文字基础。《十三妹》在承袭原著精华的同时，更把书中的文字——尽管已是北京白话——进行了艺术加工，使之更适合舞台演出的需要，使之更酣畅淋漓地凸现出王派京白的特有魅力。

比如十三妹揭破安骥隐瞒身世一场，书中是这样写的：“你道你是保定府人，听你说话，分明是京都口吻，而且满面的诗礼家风，一身的簪缨势派，怎的说得到是保定府人？你道你是往河南去，如果往河南去，从上路就该岔道，如今走的正是山东大路，奔江南江北的一条路程。若说你往南河淮安一带，还说得去，怎的说到是往河南去?你又道你是到河南去作幕，你自己觉得你斯文一派，像个幕宾的样子，只是你不曾自己想想，世间可有个行囊里装着两三千银子，去找馆地当师爷的么？”（见《儿女英雄传》第五回）

《十三妹》中则是这样念的：“你告诉我，你是保定府的人氏，你现在说话乃是北京口音，这头一样就先不对！况且满面的诗礼家风，分明是位贵公子无疑啦！怎么，你说你是往河南作幕的？你要是去往河南作幕呀，从上路就得走岔道，如今你走的是山东大道。你要告诉我往淮安一带去嘛，或许还蒙得过我去。你觉乎着你自己是斯文一派，像个当幕宾的样子。我想这天下人哪，万没有行囊里头带着两三千两银子，满处找馆当师爷的！”

两相比较，《十三妹》的语言显然更趋于口语化。像“簪缨势派”、“怎的说”、“你道得”、“你不曾”等近于书面的语言，剧中尽行删去，代之以“你告诉我”、“分明是”、“或许”一类平民口语，更增用了“头一样”、“蒙得过我”、“你觉乎着”、“万没有”、“满处”等纯北京语言，再加上“啦”、“哇”、“吗”、“哪”等语气助词的虚念、轻声处理，不但给人愉悦动听的艺术享受，而且把京都女侠十三妹的形象，塑造得平易可亲，立体饱满。

“京白”是京剧中常用的一种语言。京白源于北京话，尤其是老北京话，但它又不是纯北京话，它比生活中的北京话增加了韵律和乐感，注重了字声的收放和抑扬，夸大了北京话的“儿化音”和轻声字，使之成为一种艺术化的念白。当然，北京话又不同于普通话。常见一些演员尤其是生活在语言环境与北京语言相差甚大地区的演员，念京白犹如普通话，听来枯燥无味。更有甚者，念白中分不清“中东”辙和“人辰”辙，错位情况，时有所见。这就与京白的本体美学大相径庭了。

赵晓东

人物行当

华　忠	末	四小僧	杂
安　骥	小生	张金凤	旦
黄傻狗	丑	张乐世	老生
白脸狼	丑	张妈妈	老旦
店　家	生	车　夫	杂
王兴发	老生	更　夫	杂
二店伙	杂	三　儿	丑
何玉凤	刀马旦	虎面僧	武净
黑风僧	净	赛西施	彩旦

服装扮相

华　忠　俊扮。戴软青罗帽、髟参三、黄绸条，穿青素褶子、黄大带，青彩裤，白布袜、福字履。

安　骥　俊扮。戴文生巾，穿青色花领褶子、湖色绦子，湖色彩裤，厚底。

黄傻狗　丑扮。戴蓝毡帽，穿水衣子、反穿胖袄，青彩裤，白布袜、皂鞋。

白脸狼　丑扮。戴白毡帽，穿蓝布大袖、小腰包，青彩裤，白布袜、皂鞋。

店　家　俊扮。戴蓝毡帽，穿大袖、小腰包，青彩裤，白布袜、圆口鞋。

王兴发　俊扮。戴海蓝鸭尾巾、黑三，穿海蓝褶子、系绦子，青彩裤，白布袜、福字履。

二店伙　俊扮。戴软青罗帽，穿青褶子，青彩裤，薄底。

何玉凤　俊扮。梳大头、线尾子、戴面牌、偏球、水钻泡子、红风帽，穿绣花红战裙战袄、系黄绦子或黑绦子、红绣花腰巾子、背弹囊，红绣花薄底。

黑风僧　揉脸。戴黑扎、黑耳毛子、蓬头、金箍，内穿黑打衣打裤外加黑开氅，青彩裤，厚底。

四小僧　揉脸。戴黑僧帽，穿黑打衣打裤、小大带，薄底。

张金凤　俊扮。梳大头、线尾子、银头面、淡湖色包头，穿青素褶子、素边白裙子、白腰巾子，彩裤，彩鞋。或穿竹布裤褂、蓝边腰包、白腰巾子。

张乐世　俊扮。戴白毡帽、髟参满或白满、黄绸条，穿老斗衣、白腰包、大带，青彩裤，白布袜、福字履。

张妈妈　俊扮。戴髟参网子、髟参发髻、髟参鬓发、勒子、蓝绸子或黄绸子，穿老斗衣、绿素裙子，青彩裤，白布袜、福字履。

车　夫　俊扮。戴蓝毡帽，穿蓝布箭衣、大带，青彩裤，薄底。

更　夫　丑扮。戴僧帽，穿灰道袍，青彩裤，白布袜、僧鞋。

三　儿　丑扮。戴僧帽，穿灰僧衣，青彩裤，白布袜、僧鞋。

虎面僧　勾黄色僧道脸、戴蓬头、金箍，穿黑打衣打裤、僧背心、大带、绦子、青素褶子，薄底。

赛西施　丑扮。戴黑平三套，或梳大头、线尾子、水钻头面、满头花，穿红绣花裙子袄子，红彩鞋，手帕。

道具

书信	一封	银子	一锭
铜钱	一串	桌子	三张
椅子	五把	绸子（红）	一根（系刀用）
弹弓	一张	山片子	一张
石墩	一个	马鞭	五根
黄包袱	一个	文房四宝	一份
带鞘宝刀（系红绸）	一把	红桌围椅披	一堂
戒刀	一把	断棍	一根
车旗	一副	梆子	一个
酒具	一份	云帚	一把
棍	一根	红包袱	一个

悦 来 店

第 一 场

〔【撤锣】【小锣打上】安骥从“上场门”上，到“九龙口”整冠、抖右袖，提袖。走至“前台口”。

安　骥　（引）苦读窗前，【小锣二击】学经史，（多多）

（右手按掌）

サ 3 2 1 2 3 ⁵3 2 ³2 2 6 7 ²7 ⁷6 - ‖
铁 砚 磨 穿。

（右手向外指出）

（【小锣一击】向左转身。【小锣归位】归“小座”）

（诗）十年埋首在书房，习学孔孟论文章。
但愿得遂凌云志，显亲扬名继书香。

小生（右手拉左水袖）安骥（扎），字表龙媒。父讳（拱手）学海，职受淮安县令；母亲（拱手）佟氏夫人随往住所（右手按掌），只留我一人留京候考。这几日身体有些不爽，且到门外散闷一番便了（右手向外指出）。

〔华忠内白：“走哇！”

〔【大锣水底鱼】华忠从“上场门”急上；安骥出门正与华忠相遇，华忠见安骥欲言，昏厥；【冲头】安骥急扶华忠入内归“外场座”。

安　骥　奶公醒来！

〔【撕边一击】华忠双手拭目猛醒。【冲头】华忠急站起。

华　忠　哎呀公子。（拭泪）

安　骥　（惊）奶公为何这等模样？（双摊掌）

〔【大锣叫头】华忠右手翻折水袖。

华　忠　哎呀公子呀！【大锣五击】只因黄河决口（右手指出），老爷（拱手）被参，这里有书信（从怀中掏出）一封，公子请看（递信）。

安　骥　（接信）待我看来。（向前走两步）

〔【大锣五击】安骥拆信，看信，大惊。【撕边一击】安骥读罢书信焦急昏厥。【冲头】华忠向前急扶安骥归“外场座”。

华　忠　公子醒来！

〔【大锣导板头】华忠以左袖遮安骥。

〔西皮导板〕

安　骥　サ（7 6 6 5 i 3. 2 7 6 2 1 1 - ）

i i 3 6 5 5 5 7 6 (6. 5 3

观 书 信 不 由 我

3 5 6 6) 7 6 3. 5 3 5 7 6 -

魂 飞 天 外，

（瘫软的身子渐直立，双手拭目【冲头】，猛然站起至台中。【大锣叫头】右手翻折水袖，悲切地）爹爹（拱手）！我父！爹爹呀……

（跺右脚，拭泪，【快纽丝】右手向下抖袖）

〔西皮散板〕

サ(7 6 6 5 i 3. 2 7 6 2 1 -) 3 3 6

问 奶

（拱手）

5 5 6 6 i 5 6 5 3 3 5 -

公 有 何 策 及 早 安 排。

（右手按掌）

【大锣叫头】奶公啊！（拱手）我父书信上面言道：“如今被上司陷害，革职拿用，带罪赔修（右手按掌），需用纹银六千两，方保无事。”这，这……便如何是好？（焦急摊开双手）

华 忠 （略思）只好将房子变卖，搭救老爷（拱手）要紧。

安 骥 事在紧急，哪里去变卖？

华 忠 只好到亲友家中去商议。

安 骥 （点头）也只好如此，待我前去商议便了。

〔【小锣凤点头】无奈地抖下右袖。

〔西皮摇板〕

(7 6 3 5 5 5 3 6 5 5 3 2 1 2 6 5 5 5) 3 6 5 7

我 父 无

6 6 5 7 6 (6 5 3 6 5 5 3 2 1 2 6 5 5 5) 3 6 5

故 遭 诬 陷， 怎 不

（右手向外指出）

5 3 7 - 6 (6 5 3 5 6 6) 5 6 5 -

叫 人 痛 心 间。

（轻轻摇头） （右手抚胸）

〔【小锣打下】安骥从“下场门”下；华忠从“上场门”下。

第 二 场

〔白脸狼、黄傻狗内白：“啊哈！”

〔**【小锣五击】**白脸狼、黄傻狗从“上场门”上，走到台中，白脸狼站“大边”；黄傻狗站“小边”。

白脸狼 从小游手好闲，（右手按掌）

黄傻狗 生平就好要钱。（双手叉在胖袄里）

白脸狼 赶脚赶了仨月，（右手伸出三指）

黄傻狗 累得（我）腰痛腿酸。（摇头）

白脸狼 在下白脸狼。

黄傻狗 在下黄傻狗。

白脸狼 伙计，咱们自从弄了这几匹牲口，做这赶脚的生意，大概也有三个月啦，唉！没想到这碗饭真不好吃（双摆手），远道的买卖累不了（摇头），近道的买卖又去不着，眼瞧这两天就要支牙挨饿啦（双手一摊），你有什么主意没有哇？

黄傻狗 （伸着脖子）不是就为吃饭吗？（白脸狗点头）干脆把牲口卖它两匹先吃饭（用手比画吃饭的动作）。

白脸狼 那么吃完了呢？

黄傻狗 再卖那两匹！（一扬左手）

白脸狼 都卖了，吃完了花完了呢？

黄傻狗 再回家去混哪！（双手一扬）

白脸狼 唉，咱们只为在家乡没法混啦，才弄了这几匹牲口出来赶脚，要是回家还得挨饿（右手按掌），这主意不好（摇头）。听我的吧，咱们把牲口拉出去遛遛，长短的买卖都应着，管它甜苦呢（一扬左手），总比在家呆着强啊。

黄傻狗 好，听你的，拉牲口去！

〔二人从右台侧下，拉牲口复上。

白脸狼 哦呵！哦呵！

黄傻狗 哦喝，哦喝！

白脸狼
黄傻狗 嗨！（台）谁雇牲口，上这儿来呀！

〔**【小锣打下】**二人拉牲口从“下场门”下。

第 三 场

〔**【小锣抽头】**安骥、华忠从“上场门”上，走至右台口。

〔西皮摇板〕

安 骥 （过门同前）i 5 7 6 6 5 5 7 6 -（6 5 3 6 5 5 3 2
堪 叹 危 急 无 所 望，
（摇头）

| 十三妹 |

1 2 6̣ 5 5 5) i̇ 5 6 6 5 6 5 3 ⁵3 5 - ‖

人 情 如 纸 世 炎 凉。

（双手摊掌）

〔【小锣住头】二人进门。

安　骥　唉，奶公，人情如纸，这样一所大房（右手托掌），只押三千两银子，还是不够，如何是好？（双手摊掌）

华　忠　且将这三千银子，送到老爷（拱手）任所，再做道理（右手按掌）。

安　骥　只好如此，奶公去雇脚程，待我收拾行囊，辞别舅母（拱手）。

华　忠　待我雇脚程前来。

安　骥　快去快回。

〔安骥从“下场门”下；华忠出门向“下场门”张望；拉牲口从“上场门”的白脸狼、黄傻狗站在右台口。

黄傻狗　出来半天啦，怎么连个问的也没有哇？

白脸狼　你别忙，（看见华忠）跟这老头勾搭勾搭。哎，（向前走两步）我说老大爷您雇脚吗？

华　忠　（看）你们可是赶脚的？

白脸狼　不错，您雇哪儿呀？

华　忠　去往淮安。（右手指出）

白脸狼　（朝黄看）伙计，淮安去不去？

黄傻狗　道儿太远，不去，不去！（连连摆左手）

白脸狼　嗨！（示意）伙计刚才咱们怎么说的？

黄傻狗　好，多给钱咱们就去。

白脸狼　这不结啦，我们就驮您去吧！

华　忠　你们要多少银钱？（右手摊掌）

白脸狼　（讨好地）还讲什么价呀！（一扬左手）说真格的，您还苦得了我们吗？（左手拍胸）

华　忠　如此随我来！（招右手）

〔华忠领二人走一小圆场，华忠示意二人站右台口；华忠进门。

华　忠　有请公子。（站“小边”）

〔【小锣打上】安骥从“下场门”上至台中。

安　骥　奶公，脚程可曾雇好？

华　忠　现在门外。

安　骥　吩咐他们搬行李。

华　忠　是。

〔华忠出门，向二人招手。

华　忠　来，搬行李。

白脸狼　（点头，朝黄）来搬行李。

黄傻狗　（不满地）搬行李咱们也管？

华　忠　（朝黄）多把酒钱。
白脸狼　（示意）多把酒钱，咱们快搬去。
　　　　〔二人进门，蹲身二人抬行李（匝匝……）。
黄傻狗　喝，真沉哪，八成净是银子吧！
白脸狼　少废话！
　　　　〔二人将行李安顿在牲口背上（台）。
白脸狼
黄傻狗　请公子趱行。（同时拱手）
安　骥　一同趱行。（右手指出）

〔西皮摇板〕
【闪锤】(过门同前) i 5 7 6 6 5 5 6 7 - 7 - 6 -
加 鞭 催 骑 把 路 趱，
（右手指出）

〔【快长锤】安骥、华忠上牲口。

华　忠　(过门同前) 3 2 2 62 1 2 (2 1 6 1 2 2) 1 2 2 1 - ‖
披 星 戴 月 奔 淮 安。
（右手持鞭指出）

〔【大锣原场】安骥、华忠从“下场门”下，白脸狼、黄傻狗随下。

第 四 场

〔【撤锣】

八 大八 | 仓 仓 顷 | 仓 0 嘟…… 八大台 |
（何玉凤左手撩腰巾子，右手持鞭在胸前）（从“上场门”疾步上，至“九龙口”“趟马”）

顷 - | 仓 0 0 | 嘟……仓 0 嘟……仓 0 |
（右手向后甩鞭；垫右步，上左步）（左手提腰巾子、左丁字步站、右手举鞭，亮住相）（双目向左右巡视）

仓才 仓才 |: 仓才 仓才 :|: 仓 仓 :| 仓 才 |
（碎步向后退几步，左手扔腰巾子，左手绥成“单山膀”式；右手向左肋处掖鞭。随即向右台口跑圆场，至右台口。左手向上撑掌；右手向下“栽鞭”，顺势身向左转。右手成“反握鞭”式、左手下绥成“单山膀”式，从右台口领起来跑反圆场一圈至“九龙口”处）

十三妹

【大锣四击头】

仓 0 大台	仓 仓	才台 仓	才 仓 0
（左手向前指出）	（右手持鞭，双手走一“劈花”动作）	（向左转身面向“上场门”）	（右手向右肋处“勒鞭”、左手拉缰绳右遛步亮住相）

大 八 嘟…… ‖: 仓 才 仓 才 :‖: 仓 仓 :‖

（原姿态勒马碎步后退，退至到左台口处）

【撕边一击】

仓 才 | 仓 0 0 | 嘟 大大大大 | 仓 0 |

（双手向外平展，向后“闪腰”）（左手向上撑掌；右手马鞭向左下方打马）

【大锣四击头】

嘟 大大大大 | 仓 0 | 大 台 | 仓 仓 |

（顺势右转身走“反云走”再右下方打马）（右手向右后方出马鞭，走反“鹞子翻身”）

才台 仓 | 才 仓 0 | 大 八 嘟…… ‖: 仓 才 仓 才 :‖

（左脚在前走蹉步，右脚跟上一步成右踏步）（左手“单山膀”；右手胸前“抱鞭”在“左台口”亮住相）（原姿态、反跑圆场一圈仍至左台口，右手“举鞭”右踏步

‖: 仓 仓 :‖ 仓 才才 仓 才才 ‖: 仓 才才 仓 才才 :‖ 仓 0 仓 0 |

站，眼朝马头方向看）（右手鞭下绕；右脚向前迈走踢步。右手缓鞭三次；脚下配合走原地右、左、右踢步三次）（随即疾步斜线向“九龙口”跑去，至“九龙口”，

‖: 仓 仓 仓 仓 :‖ 仓. 七 仓 | 仓 0 嘟…… | 八 大 仓 |

右手举鞭、左手拉腰巾子向远方望去。左手扔腰巾子向上撑掌；右手向右外方打马变“横鞭”式，由“九龙口 ”反跑圆场至前台口）（右手向右外方打马变“栽鞭”式）（左手向左外方缓一圈握胸前）（甩头变脸右丁字步亮住相）

（【纽丝】向前台口出马鞭，向左转身走“劈花”，再面向前台口，双手拉开“山膀”，右手向后打马，在右肋处“勒马”，左手胸前握拳亮住相）

〔西皮散板〕

何玉凤 サ（6 5 i i 3. 2 7 6 2 1 －）i 5
单 人

7 7. 2 5 6 5 6 3 5 6 6 （6. 5 3
独 骑 下 了 岭，

3. 5 6）3 6 5 5 65 3 5 6 5 6 5 3 3 5 －‖
（仓）腹 内 辗 转 暗 思 忖。
（左手抚胸）

（【大锣住头】右手向后打马；左手胸前握拳、左丁字步，亮住相）

我——【撕边一击】何玉凤。【大锣住头】（在锣经中，变左手提拳、右手“垂鞭”胸前握拳）父讳何纪（拱手），在经略七省（右手按掌）大将军纪献唐麾下，充当一名中军官（右手赞美指）。【大锣住头】（右手握拳）只因那纪贼与他子纪多文（右手指出）向我父（拱手）提亲，是我爹爹未允（右摆手），因此，那纪贼怀恨在心（右手抚胸），抓了我爹爹一个错处，拿问在监（右手按掌掸动四下），咳（以右拳击左掌心）！谁知我父一气在监牢丧命（右手指出）。【大锣住头】（右手握拳）又恐怕他陷害我母女性命（右手抚胸），故此，叫乳母、丫环扮作我母女模样（右手在右颊前托掌），扶着我爹爹（拱手）的灵柩转回原籍（右手按掌）。是我单身保定老母（右手横握鞭）远奔他乡（右手用马鞭向右外方划一半弧圈），找了安身之处，容我（右手抚胸）单身好找那纪贼报仇(右手握拳“垂鞭”），故此，我将玉凤的玉字，拆为十三两字（以手食指在胸前并拢后再向左右分开），改名十三妹（右手食指、拇指相捏，其余三指直伸）。【大锣住头】(右手握拳）投奔师父（拱手）邓九公，蒙他收留（右手按掌），将我母女安置在青云山庄居住（右手向后单指），倒也清闲自在（点头、右手抚胸）。咳！（以右拳击左掌心）不想老母（拱手）上月忽染重病（右手抚胸），请来的医生说必须用些人参、肉桂等药（右手按掌），方能痊愈（右手在胸前揉动两下）。怎奈我手中空乏（双手摊掌），又不好对师父言讲（左手在前的双摆手），无奈骑了这匹乌云盖雪的驴儿（右手“横握鞭”）走下（放鞭成“垂鞭”）山来，一来打听打听仇人的下落（右手指出），二来演习演习武艺（双手做“端按掌”正反动作一次），顺便再劫些个无义之财（左脚向左横迈步，右脚跟步；右手按掌），好与老母（双手持鞭拱请式）调治病症。看——【撕边一击】(左手推马鞭、趁势右手绕鞭成“反握鞭”；碎步退至“九龙口”，左手撩腰巾子；左腿“掖步”、目视右前方亮住相）天色尚早（向远方左右一望）就此紧紧加鞭。(八)(以右手马鞭打右脚窝。（大）右手向右外方打马；左手向外扔腰巾子。(仓）右手在右外方“栽鞭”，左手在胸前握拳、右丁字步，亮相）

〔【纽丝】向左转身，面向前台口，正场拉开“山膀”，左手握拳、右手“勒马”亮相。

〔西皮散板〕

(过门同前) サ i 3 3 6 5 5 6 3 5 - 5 - 6 -

催 动 蹇 驴 趱 路 径，

(右手持鞭指出)

（【纽丝】左手撩腰巾子、右手举鞭走至左台口，右手绕鞭成“反握鞭”）

(过门同前) i i 2 6 5 5 6 5 3 5 6 (6 5 3 3 5 6 6)

常 把 父 仇

(右手向外“涮鞭”)

4 - 3 4 6 6. i 4 3 2 3 3 5 -

挂 在 心。

(右手抚胸) (右手抚胸揉动两下)

（【大锣抽头】右手举鞭向右台口走去，至右台口，左手扔腰巾子，先走三步慢踱步，随之疾步从“下场门”走下）

第五场

〔【快长锤】安骥、华忠举鞭从“上场门”上，白脸狼、黄傻狗随上站两边。

〔西皮摇板〕

安　骥　(过门同前) i 5 7 6 6 5 7 6 - (6 5 3 5 6 5

父 遭 不 幸 被 贼 参，

3 2 1 1 6 5 5 5) i 5 6 6 5 6 5 -

心 急 一 时 到 淮 安。

(边走边唱，黄、白领路)

华　忠　(6 5 3 6 5 5 3 2 1 2 6 5 5 5) 1 1 3 2 2 1 3 - 2 -

路 旁 风 景 无 心 看，

(摆左手)

〔【扫头】华忠心急从牲口摔下走“吊毛”，众人见状惊，白脸狗、黄傻狗急扶。

白脸狼　哎呀！摔坏了。真不轻，公子，咱们找个店，住店吧。

安　骥　你们好好搀扶，前面打店。

白脸狼
黄傻狗　来，搀着走。（二人架着华忠）

〔【大锣原场】众人走一圆场至右台口。

安　骥　店家，店家！

〔店家内白："来了！来了！"

〔店家从"下场门"上，出门。

安　骥　啊，店家！

店　家　（店家看众人）几位是住店的吗？

安　骥　正是。

店　家　请到里面。

〔白脸狼、黄傻狗搀华忠"下场门"下。

安　骥　店家，你们这里可有医生无有？

店　家　附近有位大夫。

安　骥　烦你快去请来。

店　家　好，我请大夫去。

〔店家从"上场门"下。

安　骥　唉！这是哪里说起。（双手摊掌）

〔**【小锣原场】**安骥从"下场门"下。

第　六　场

〔**【小锣五击】**白脸狼从"上场门"快步走至台中。

白脸狼　（念）心中想发财，（右手抚胸）

　　天下掉下来。（右手往下一缓）

我，白脸狼。自从由京中驮来一老一小，要上淮安，那个公子是个书呆子（右手指出），什么也不懂（摇头）。那个老头儿是又啬刻[1]，又不好说话（摆右手），偏偏打牲口上掉下来摔坏了；住在店里走不了啦。公子是真着急，恨不得立刻到淮安（右手指出）。（略思）我不免诓公子上路，走到没人的地方，把他害了（右手做刀状），然后再想主意把我们那个伙计也给害了（右手食指向下划两圈后再点指）。我岂不是发财了吗？（双手一摊）就是这个主意。嗨！伙计！

〔**（八大）**黄傻狗伸着懒腰从"上场门"上。

白脸狼　你干什么呢？

黄傻狗　睡觉哪。

白脸狼　别睡觉哇！我问问你，你还愿意赶脚不愿意？

黄傻狗　我早说过呀，咱们是干这个的，可是不干有什么办法吗？（双手一摊）

白脸狼　眼前有笔财，不知你会发不会发？

黄傻狗　哪儿有财发呀？（伸着脖子）

白脸狼　就是咱们驮来的一老一小（右手向前指），不是要到淮安吗？这个老头儿摔坏了，住在店里走不了啦。公子直着急，恨不得立刻要到淮安（右手按掌）。咱们设法诓

---

①　啬刻：北京土语。指吝啬、小气的意思。

公子上路，走到半道儿把他给害了（右手做刀状），银子、行李不都是咱们哥俩的了吗？（右手指指黄，又拍自己胸）这不就发财了吗？

黄傻狗 这个主意倒挺好（连连点头），咱们该怎么办呢？（右手摊掌）

白脸狼 我跟书呆子说去（左手向后指），你顺着我的竿儿爬，你瞧好不好？

黄傻狗 好（点头）。只要能发财，你怎么说（右手指白），就怎么办（右手按掌）。

白脸狼 咱们到店里瞧瞧去，你听我的。

黄傻狗 走，走！（左手一扬）

〔【小锣打下】二人从“下场门”下。

第七场

〔【小锣抽头】，安骥扶华忠从“下场门”上。

〔西皮摇板〕

华　忠 （过门同前） 2 1 2 3 2 3 2 2（3 5 2 1 6 1 2 2）

主 仆 双 双 登 程 往，

6· 2 1 3 2 1 2 1 6 – 1 –（6 5 5 5 3 6 5 5 3 2 1 2）

谁 知 中 途 病 店 房。

（安骥扶华忠归“内场座”）

安　骥 3 6 5 7 6 6 5 7 6 –（6 5 3 5 6 5 3 2 1 2）

惦 念 爹 爹 心 着 忙，

（拱手） （右手抚胸）

3 6 5 5 6 5 6 5 –（5 5 3 6 5 –）

且 与 奶 公 作 商 量。

（右手按掌）

啊奶公，好些无有？

华　忠 （摇头）越发沉重了。

安　骥 你这样病重，一时怎能上路？只是我父（拱手）事急，迟误日久，我父就要吃苦，这便如何是好？（右手摊掌）

华　忠 公子莫要如此，我有意命两个骡夫保定公子，先到淮安。待我（右手抚胸）病愈之后，再赶上前去（右手指出），你看如何？（双摊掌）

安　骥 （点头）就依奶公。（拱手）

华　忠 公子，唤骡夫前来。

安　骥 骡夫哪里？

白脸狼
黄傻狗 来啦！【小锣一击】（从“上场门”上）

安　骥 奶公唤你们。

白脸狼
黄傻狗 是啦！（一欠身）

白脸狼 （使眼色示意）顺着我竿儿爬。

黄傻狗 那没错儿。（一扬左手）

〔二人进内归“小边”。

白脸狼
黄傻狗 老大爷，您好点了吗？有什么事呀？

华　忠 我一时（右手托髯）难以上路（放髯），有意命你二人保定公子同到淮安，不知可保到地头。（右手摊掌看二人）

白脸狼 老大爷，您放心，管保没错儿。（摆右手）

黄傻狗 这么着，我们就收拾行李去。（右手指出）

华　忠 （点头）你二人暂且外厢伺候。

〔【小锣一击】二人出门。

白脸狼 这倒巧（双手一拍），正想不让他去呢（向里看），他就不去了。走，咱们拉牲口去！

〔黄傻狗赞同地点头，二人从“上场门”下。

华　忠 唤店家前来。

安　骥 店家快来。

〔店家内白：“来了。”从“下场门”上。

店　家 有何吩咐？

华　忠 啊店家，烦你差人将我家公子送到茌平县之后，派一可靠之人前往二十八棵红柳村，面交褚一官，叫他差人保你（朝安骥）同到淮安，我就放心了。

〔华忠将信交与安骥。

华　忠 一路之上须要小心。逢人只说三分话（右手伸三指），不可全抛一片心。（摆右手）

安　骥 （点头）是。

〔黄傻狗、白脸狼拉牲口从“上场门”上。

安　骥 奶公好好养病，我就此去也。（施礼）

〔西皮摇板〕

【闪锤】（过门同前）3 6　5　7　6　6 5　7　-　^{2}6　-

奶　公　不　必　挂　愁　肠，

（右手抚胸）

〔【快长锤】安骥示意抬手，白脸狼带牲口，安骥上坐骑。店家、黄、白从“下场门”下。安骥走至左台口右回身，横握鞭。

安　骥 3 6　5　5　3 i　^{i}6（6 5　3 5　6　6）5　3　^{5}3　5，6　5　-

一　人　上　路　好　凄　凉。

（左手抚胸）

〔【闪锤】安骥左转身举鞭从“下场门”下；华忠右手抖袖、摇头叹气。

华 忠 （过门同前）6 2 1 3 2 3 1 2 2（3 2 1 6 1 2 1
但 愿 公 子 身 无 恙，
（拱手）
6 5 5 5）3 2 2 62 1 2 1 2 2 1 – ‖
苍 天 保 佑 得 安 康。
（右手按掌）

〔【大锣打下】华忠从“下场门”下。

第 八 场

〔【大锣原场】

〔【大锣水底鱼】何玉凤左手提腰巾子；右手举鞭从“上场门”上，走至左台口，右手绕鞭“反握鞭”；左手扔腰巾子，左手拉开“单山膀”，向“上场门”望去。

〔【大锣叫头】左手举起，走至台中。

何玉凤 且住！（右手“垂鞭”握拳；左手提拳亮相）。看那厢（朝“上场门”方向望）尘土飞扬；（双手在脸前一缓两缓）来了一伙骡驮（读剁音）子，待我（左手抚胸）登高一望！（右手持鞭向外指出）

〔【撕边一击】何玉凤上高坡。

〔【阴锣】白脸狼、黄傻狗、店家、安骥举鞭从“上场门”上，走“过场”从“下场门”下。

〔【冲头】何玉凤在高坡目送众人下后，急从高坡而下；左手握拳，右手“栽鞭”看“下场门”方向。【大锣叫头】何玉凤举起左手。

何玉凤 哎呀妙哇！【大锤五击】看那驮子上骑着一位少年（右手“垂鞭”右手在右颊前托掌），带的银子不少（右手拍右肋），待我前去打抢——【撕边一击】（左手握拳，右手“栽鞭”疾步走过台中，面朝“下场门”。似有所悟，向后退了两步到台中）哎！【大锣五击】（右手“垂鞭”握拳，左手提拳亮住）他虽带着银子不少，看那少年满面愁容（右手在右颊前托掌），心中必有为难之事（右手抚胸略思），我何必打抢他呢（双手摊掌），放他走（右手持鞭连连横指“下场门”方向）就得啦！（略思，举左手）【大锣叫头】哎呀不好，倘若走到前面，让旁人打抢了（持鞭指出），我这注银子，岂不是白白的给丢了吗（双手摊开连连抖动几下）？【大锣叫头】（转眼一想）有啦！【大锣五击】（左手提拳、右手“垂鞭”握拳右丁步亮住）我不免尾至后面（右手持鞭指向“下场门”；左手向左后方指，目视“下场门”），看他是何等（右手“垂鞭”右手在右颊前托掌）之人（左手在左颊前托掌）便了！（八大仓）（右手持鞭用鞭拍去右脚窝，右手向右外方打马成“栽鞭”、左手向左外方缓一圈在胸前握拳亮住相）

〔【原场】何玉凤左手提腰巾子，右手举鞭疾步从“下场门”下。

第九场

〔【撤锣】【小锣打上】王兴发从“上场门”上至台中。

王兴发　（念）开的是悦来店，卖的是酒和饭。

〔安骥内白：“趱路！”

〔【快长锤】王兴发出店门站“大边”；黄傻狗、白脸狼、店家从“上场门”上，站“一条鞭”，安骥从“上场门”上至右台口。

〔西皮摇板〕

安　骥　【大锣凤点头】（过门同前）1̇　5　7　6　6 5　5 7
人　烟　稠　密　街　市
（向前看）

6 ^{7}6 （6 5　3 6　5 5　3 2　1 2）3. 6　5　5　3 1̇
广，　买　卖　铺

$^{\dot{1}}$6 ∨ 5　6 5　3 ^{5}3 ^{6}5　－（5 5　3 6　5　－）‖
户　列　两　旁。
（右手持鞭向右外方平缓出）

店　家　公子到了在平县，天不早了，咱们也该打尖啦。

安　骥　待我打店。

王兴发　（迎向前）客官敢是住店的?这里是悦来店。（用手一指）

安　骥　可有上房?

王兴发　有上房，请到里面。（双手一让）

〔【大锣原场】安骥下坐骑，黄傻狗接马鞭拴牲口，众人进店，安骥归“外场座”。

店　家　公子，我把您送到了，我可要回去了。

安　骥　有劳了。（从袖中掏银）这有纹银一锭，权当茶资之敬。回去对我奶公言讲，叫他好好养病，待病体痊愈，即赴淮安。（将银递出）

店　家　（接银）多谢公子（施礼）！我走啦。

白脸狼
黄傻狗　（问店家）给多少？（伸脖子看）

店　家　二两！（右手把银锭扔起又接住，从“上场门”下）

白脸狼
黄傻狗　嘿！他算来着啦！（二人对视）

安　骥　啊家店，你们这里可有个二十八棵红柳村?

王兴发　离此二十里，有个红柳村。（左手指出）

安　骥　我有书信一封，烦你差人送到那里，面交褚一官，叫他速速差人前来（右手按掌），送我去淮安。

王兴发 只是我店中无人…… （为难）

安　骥 这……

白脸狼 （抢白）公子，他店内无人，我们哥俩呆着也是呆着，我们给您送去（右手外指），您瞧好不好哇？（讨好地伸出双手）

安　骥 好。（递信、白接信）回来多谢酒资。

白脸狼 不要紧，（忙摆手）交给我啦。（拍胸脯）

黄傻狗 怎么？送信也是咱们的事。（不情愿去）

白脸狼 送信有酒钱，（连拉带扯示意黄）你跟我走吧。

〔**【小锣五击】**白脸狼拿信、黄傻狗紧跟，二人从“下场门”下。

安　骥 店家，将茶饭安排后面。

王兴发 是。

〔**【小锣打下】**二人从“下场门”下。

第　十　场

〔**【小锣五击】**白脸狼左手持信、黄傻狗二人从“上场门”上，至台中。

白脸狼 手拿一封信，（看信）

黄傻狗 去到红柳村。（欲走；白用手一拦）

黄傻狗 走哇！（推白手）

白脸狼 上哪儿去呀？

黄傻狗 给人送信去。（右手向外指）

白脸狼 噢！你说的是这封书信啊——

〔**【撕边一击】**白左手举信，右手指信亮住相，同时何玉凤从“下场门”上，左手握拳、右手“抱鞭”亮住相；看白脸狼手上的信。而后悄悄上高坡，侧耳细听。

黄傻狗 怎么样啊？

白脸狼 咱们不能给他送去（摆右手）！

黄傻狗 那不就耽误事了吗？

白脸狼 你糊涂（右手指黄），咱们或把它撕了，或把它烧了。（右手向外一摊）

〔何玉凤在高坡恨指白脸狼。

白脸狼 人回悦来店，就说信送到了，人家没工夫，咱们哥俩和他同去（右手外指），道上不就顺手了吗。（右手示意刀状）

黄傻狗 对，道上怎么办呢？

白脸狼 这股道你来过没有？（指黄）

黄傻狗 （摇头）没来过。

白脸狼 我知道（右手拍胸）。往东是红柳村（右手向右指），往西是黑风岗（右手向左指）。咱们把他诓出店来，不往东走（摆右手），咱们往西（右手一扬）。黑风岗净是山涧，抽冷子把他推到山涧里摔死。行李、银子都是咱们哥俩的啦，（右手拍黄左肩）你说这主意好不好哇？

黄傻狗 好！（连连点头）咱们回去。（欲往回走）

白脸狼 （右手一拦）上哪儿去？

黄傻狗 回悦来店呀（右手向右后方指），把他诓出来（右手按掌），好害他呀！

白脸狼 你真糊涂，你没听那店家说，来回四十里哪（伸出四指比画），这么两句话的工夫就回去，他能信吗？（一摊右手）

黄傻狗 依你呢？

白脸狼 咱们找个茶馆酒肆，喝会儿（用手比画酒盅），聊会儿，绷到是时候了，再回去送信，你瞧怎么样？（指黄）

黄傻狗 哎（点头），这个主意倒不错，那么走吧！（双手一让）

白脸狼 走！（一扬右手）

黄傻狗 （随和地）走着，走着。

〔【小锣五击】黄傻狗、白脸狼边走边比画着从"下场门"下；何玉凤目送二人走下。

〔【冲头】何玉凤从高坡上急下，走到台中。

何玉凤 【大锣叫头】哎呀且住！方才听那两个骡夫之言（右手在右耳侧单指），那位公子住在前面悦来店中，他二人定计要害他的性命（右"垂鞭"做刀砍状），我不免前去瞧瞧，他若是好人将他救下（右手按掌），若是歹人我就不管他的闲事啦（左手在前双摆手）。

正是：【大锣住头】（右手将鞭横握胸前；左手撩腰巾子、右丁字步站亮相）

（诗）要知心腹事，（右手自里向外翻腕鞭指自己）

但听——（八大台）口——（仓）（踏右步；马鞭向左缓）中——（仓）（左脚后退成踏步；马鞭向右缓）言——（仓）（右脚后退成踏步；马鞭向左缓）

〔【一锤锣】何玉凤右手"栽鞭"，左手勒缰、面向"下场门"亮相。疾步从"下场门"下。

第 十 一 场

〔【快长锤】安骥闷闷不乐从"上场门"上。至"九龙口"，叹气，右手抖袖。

〔西皮摇板〕

安 骥 （过门同前）i 5 5 3 7 6 6 5 7 6 ⁷6（6 5
天 已 过 午 日 西 偏，
（向远处望）

3 5 6 5 3 2 1 2）3 6 5 i 6 5 6 5 3 ⁵3 5 － ‖
不 见 骡 夫 转 回 还。
（摆右手） （双手摊掌）

〔【大锣水底鱼】安骥归"外场座"，同时何玉凤举鞭疾步从"上场门"上走至右台口，一看店牌，立即右手勒缰亮住。

何玉凤 店家，店家！（左手招呼）

〔忙下坐骑，以右手拉驴；王兴发从“下场门”上。

王兴发 （上下一看忙拱手）原来是位女大王。

何玉凤 呸！（斥责）谁是女大王？

王兴发 （忙改口）啊，女英雄。（拱手）

何玉凤 这还像句人话。（点头）

王兴发 可是住店的？（右手指向下）

何玉凤 不住店。（摇头）

王兴发 打尖么？（右手摊掌）

何玉凤 也不打尖。（摆左手、略思）噢，我这驴渴啦（以左手单指右手的马鞭），给我饮（读印音）饮驴，沏壶茶，搬个凳儿歇歇腿儿（左手按掌），一会儿就走。（左手向外指出）

〔**【小锣一击】**何玉凤将鞭扔给店家，店家接鞭拉驴。

王兴发 （忙应点头）是，是，是。

〔王兴发从何玉凤身后边走右台侧下。

〔**【小锣一击】**何玉凤拿起腰巾子掸鞋，掸毕。走到前台口进门；**【小锣一击】**向右台口绕走一小圆场在寻找安骥。

〔**【撕边一击】**在右台口左手叉腰、右手“单山膀”亮住相，突然看见安骥闷坐在那，上下一打量安骥；正好安骥抬头与何玉凤目光相对，安骥亦显得心神不安。何玉凤稳站右台口；安骥猛然站起，举起右手。

安　骥 哎呀且住！**【小锣一击】**看这女子（右手右指），进得店来（右手按掌），上下打量于我，（略思）定不是好人（摇头），待我将房门关上。

〔安骥走至前台口关门，这时何玉凤正欲向前，二人一碰面；**【小锣一击】**安骥面带惊色；何玉凤见状心中暗笑，随即右转身向“上场门”方向观望。

安　骥 （怕）哎呀不好！看她身背刀弓（右手用拇指比画肩部），倘若打进店来如何是好？这……（双手摊掌，用右手拍头上的帽子）这便怎么好（略思）；**【小锣一击】**有了，看院内有块大石头（双手比画大小），待我将石头搬进房来（右手按掌），将门顶上，料然无事（摆右手），就是这个主意（以右拳击左掌心）。

〔安骥开门；何玉凤听见动静回身看，正与安骥目光相对；**（大）**安骥出门，忙低身去搬石头。

安　骥 （着急）哎呀！我搬它不动（无奈地指石头）。店家快来！

〔王兴发从“下场门”上。

王兴发 何事？

安　骥 将这块石头与我搬进房内。（指石头）

王兴发 （向前搬石）我搬它不动。

安　骥 多唤人前来！（连连扬右手）

王兴发 伙计们快来。

〔二店伙从“下场门”上。

二店伙 唤我们有什么事呀？

安　骥 （吩咐）将这块大石头（指石），与我搬进房去。（右手按掌）

〔二店伙搬石头，石头纹丝未动。

二店伙 我们搬不动。（连摆手）

安 骥 （着急）这便如何是好（连连抖搂双手）？

何玉凤 （向前一步）我说嘿（一扬左手），你们干什么哪？（右手指二店伙）

二店伙 搬石头。

何玉凤 （一笑）搬石头哇，使劲的搬哪！（右手连连点指二店伙）

二店伙 搬不动。（摆手）

何玉凤 （连连点头）搬不动啊，我（右手抚胸）替你们搬好不好？（双手摊开）

二店伙 （点头）那敢情好。

何玉凤 （一扬左手）闪开这儿！

「**【冲头】**何玉凤归到前台口，二店伙从何玉凤身后归到“小边”。

「**【撕边一击】**何玉凤整左袖。**【撕边一击】**整右袖。**【冲头】**何玉凤走近石头，用手握石礅的“鼻子”稍晃了一下，**【大锣四击】**右手将石礅举过顶；左手按掌。

何玉凤 我说公子，你要这块石头放在哪儿？放在哪儿？

安 骥 （见状双手撑袖往后闪身）放，放……

何玉凤 放在哪儿？

安 骥 放放在我的房内。

「安骥先进门，**【冲头】**何玉凤左手托石礅中间进门放石头。**【大锣四击】**何玉凤以右手掏背弓的绸子。**【撕边】**右手抖动手中的绸子。（**八大台**），右手向外扔绸子。（**顷仓**）双手向外翻腕双叉腰，右丁字步，目视前方亮住相。安骥见此状倒吸一口冷气，向外走了两步，背语。

安 骥 哎呀呀，（看何）她怎么不走了？（双手摊掌）**【小锣一击】**（略想点头，看何）哦，我想起来了（回身从桌上取过一串铜钱）啊，（朝何走两步）小娘子，这里有一茶之敬（右手举铜串钱），请小娘子笑纳。

何玉凤 （指铜串钱）这是您赏给我的？（安点头）破费您啦。（施礼）

安 骥 不敢，略表谢意。（递钱）

何玉凤 （接钱）哎哟，我当是怎么个人儿哪，（看安后背语）敢情是没出过远门的呆公子啊。（一笑。出门，向二店伙）叫你们搬石头搬不动，分这钱（抖动右手）分得动分不动啊？

二店伙 分得动。

何玉凤 好（点头），给你们分去吧！

「何将钱扔给了店伙，二店伙一谢。**【小锣五击】**二店伙“上场门”下。

「**【冲头】**何玉凤向左、右台口一望门，右手撩腰巾子进安骥屋；安骥不知所措。**【大锣四击】**搬椅子放至右台口处，右腿跨椅子，右手掏绸子。**【撕边】**右手抖动绸子；目视前方。（**八大台**）目视安骥；安骥吓傻看着何，何右手向外扔绸子。（**顷**）双手合掌自里向外翻腕成“栽锤”式。（**仓**）坐在椅子上；左腿跷起、双拳直垂在左膝上部。同时，安骥配合着锣经走双手撑袖护头抖动，在末一锣时，双手水袖向前直甩出，愣神看何玉凤。

安 骥 （背语）咦！她怎么（左手指何）倒坐下了。（害怕）哎呀！女大王饶命哪！（双腿跪下）

何玉凤 呸！谁是女大王？

安　骥　你身带刀弓，岂不是女大王？

何玉凤　哦，你问这个呀？（右手指弓）

安　骥　嗯，正是。

何玉凤　我是为走路防身用的，什么女大王！

安　骥　如此说来，是位女英雄了。

何玉凤　这不结了，你呀给我起来！（右手叉腰，左手指安）

安　骥　哦，起来。

〔**【大锣住头】**安骥松了一口气，拉衣襟站起来。站在何玉凤的左侧。

何玉凤　我来问问你，刚才我一进店的时候，你看见我啦，赶紧把门给关上了（双手做关门状），你是什么意思哪？（看安）

安　骥　（语塞）这……惟恐男女不便哪！

何玉凤　噢，你惟恐男女不便哪，我瞧你性命就死在眼前（右手按掌），还说什么男女不便哪！

〔**【撕边一击】**何玉凤冷眼看安；右手掏腰巾子扔出；安骥惊退一步，又急步向前跪地。

安　骥　哎呀，女英雄饶命啊……

何玉凤　呸！谁要你的命啦。

安　骥　你不是说我死在眼前么？（害怕地看何）

何玉凤　哎哟，什么乱七八糟的（双手一摊），我多咱要你的命啦？你呀给我站起来。（左手指安）

安　骥　哦，站起来。

〔**【大锣住头】**安骥站起。

何玉凤　我来（右手扶胸）问问你，你是哪儿的人（右手指安）？打哪儿来（右手向外指）？要往哪儿去（右手按掌）？说给我听听。（右手抚胸）

安　骥　（看何，向左台口走两步背语）哎呀且住（台）！临行之时，奶公对我言道："逢人只说三分话，不可全抛一片心。"（略思）我乃京都人氏，至此有千里路程，只说三分话……（一想右拳击左掌心）有了，我就说我是保定府人氏（以右手食指指鼻子），要往河南作幕[①]的（右手向外指），打从三百里（右手伸三指）而来。就是这个主意（点头拍手往回走两步）。女英雄，我是保定府人氏（右手抚胸），要往河南作幕的（右手外指），打从三百里而来。（右手按掌）

何玉凤　哦，你是保定府的人（上下一打量安），要往河南作幕的，打从三百里而来吗（右手伸三指，略思）？

安　骥　正是。（连连点头）

何玉凤　那么你姓什么哪（左手指安）？（台）

安　骥　（看何后背语）哎呀，问到姓氏上来了（双手摊掌）。我姓安（右手指鼻），安字是个宝盖头一个女字（边说边用右食指在左掌心比画着），我说姓女（右手指鼻），

---

① 作幕：做幕宾。古时军队出征，以帐幕为府署，因此把将帅所在地称幕府。后世地方军政大吏的府署，如明清的督抚衙门，也称幕府。幕宾原指将帅幕府中的参谋、书记等，后用为地方军政官延用的办理文书、刑名、钱粮等佐助人员的通称。

哎呀，无有这个姓呀！（连连以右拳击左掌心）（略思）有了，我就说我姓盖（右手托掌向里一翻示意盖）。——啊，女英雄，我姓盖。（右手往下一按）

何玉凤 噢，你姓盖呀！（二人互视，安忙低头）是啦，是啦。我再来问问你（右手抚胸），你那行囊里头，带有多少银子？（左手指安）

［**【小锣一击】**何玉凤目光冷峻地望着安骥；安骥张口结舌。

安　骥 （边偷眼看何，边向左台口走）糟了，糟了！问到银子上来了。我带来三千两银子，（右手伸出三指）要说三分话，待我算上一算（以右手食指扳左手指头）一三如三，二三如六，三三见九（右手食指向里勾示意“九”数字），我就说我带来九百两银子，不错（以右拳击左掌心）！九百两银子。（认为编的圆满竟得意地笑起来）哈哈哈哈……（边笑边准备回话，往台中走）

何玉凤 说！（台）（左手指安）

安　骥 女英雄，我带来九百两银子。（右手示“九”数字）

何玉凤 噢！你就带九百两银子？（右手示“九”数字）

安　骥 正是。

何玉凤 你这个人那可就不对了。（摇头、摆右手）

安　骥 怎么不对了？（右手摊掌）

何玉凤 你想，我与你萍水相逢，刚才你也说过，咱们俩是男女有别，（双手伸食指向左右分开）我既来问你这些话，想必心里头有我的事情（右手连拍两下胸）。你就该据实相告（右手按掌掸动四下），才是你的道理不是？怎么？（看安）我问了半天，一味地跟我支支吾吾离离析析[1]的（右手按掌），你呀，（左手指安）可把我当作什么样儿人看待哪？（以右拳连击两下左掌心后，再双手摊掌）

安　骥 小生句句实言，还望女英雄原谅。（深深施一躬）

何玉凤 咳！说什么原谅不原谅（摇头），那也不要紧的（摆右手），你说，（看安）你说的都是实话，待我戳破几样儿（右手抚胸）给你（右手叉腰）听听！（左手指安）

［**【大锣住头】**何玉凤坐椅上看安；左、右一整袖。

安　骥 哦，是，是，是。（连连打拱）

何玉凤 你告诉我，你是保定府的人氏，你现在说话（右手托掌）乃是北京口音（右手按掌），这头一样（右手食指直伸）就先不对（摆右手）！（台）（安骥心虚低头）况且满面的诗礼家风，分明是位贵公子无疑啦！（安骥一愣）怎么，你说你是往河南作幕的？你要是去往河南作幕呀，从上路就得走岔道（右手按掌），如今你走的是山东大道（右手向右外方撒掌），你要告诉我往淮安一带去嘛（右手按掌），这或许还蒙得过我去（右手抚胸、点头）。你觉乎着你自己（右手指安）是斯文一派（右手按掌），像个当幕宾的样子（右手在右颊前托掌）。我想这天下人哪(右手撒掌），万没有行囊里头带着两三千两银子（右手伸三指示“三”数字）满处儿找馆（双手分别做“磨掌”动作）当师爷的（以右拳击左掌心变双摊掌）？

［**【撕边一击】**何玉凤猛然站起；安骥惊呆地向后倒退一步。

何玉凤 我瞧你呆头呆脑（右手指右额头），性命眼前不保（摆右手），还敢在我跟前抖机

---

① 离离析析（“析”字读 xi＜轻读＞）：此处意谓有戒心，不合作。“离析”是老北京方言，也有隔阂的意思。

灵儿（右踏步；右手撩腰巾子）**【大锣二击】**撒谎吗？（左手怒指安）

〔**【撕边一击】**何玉凤怒指欺安骥一步；安骥双手垂袖绝望地哭。

安　骥　（哭）喂呀……（边拭泪边跪下）

〔（台）何玉凤低头看安。

何玉凤　这么大个子哭什么呀？（右手托掌，再向安）趁早说实话！（左手指安）

安　骥　女英雄容禀！（拱手）

〔西皮导板〕

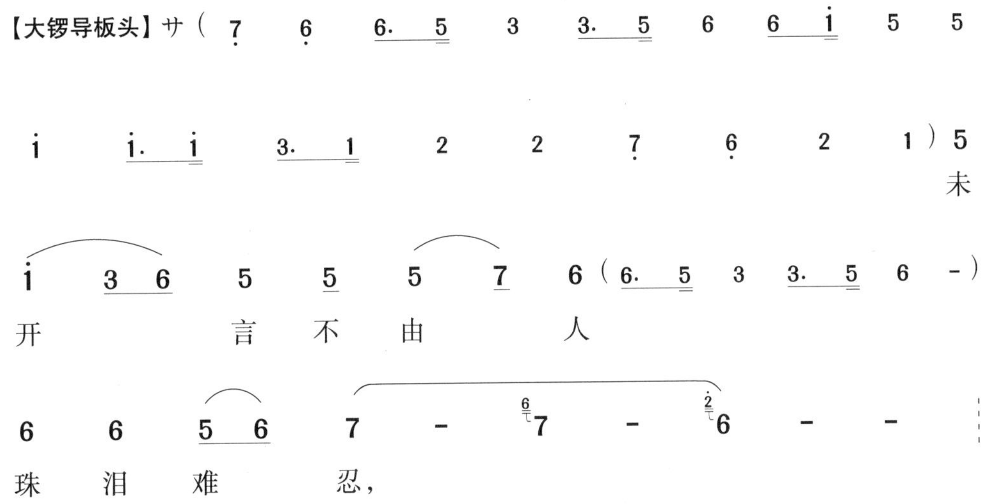

（右手在右颊前托掌）

〔**【撕边一击】**安骥拭泪，何玉凤右手扶鬓看安。

何玉凤　公子起来（双手做扶状），有话坐下说。

〔**【慢长锤】**安骥站起，何玉凤搬椅放在“小边”；安骥归“大边”坐下。

〔西皮原板〕

安　骥

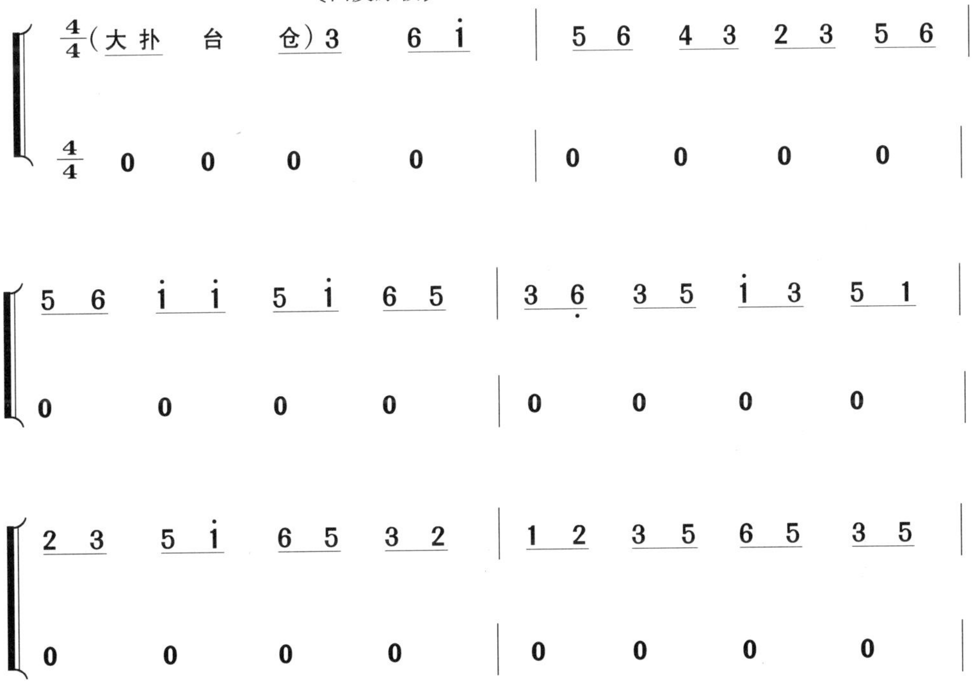

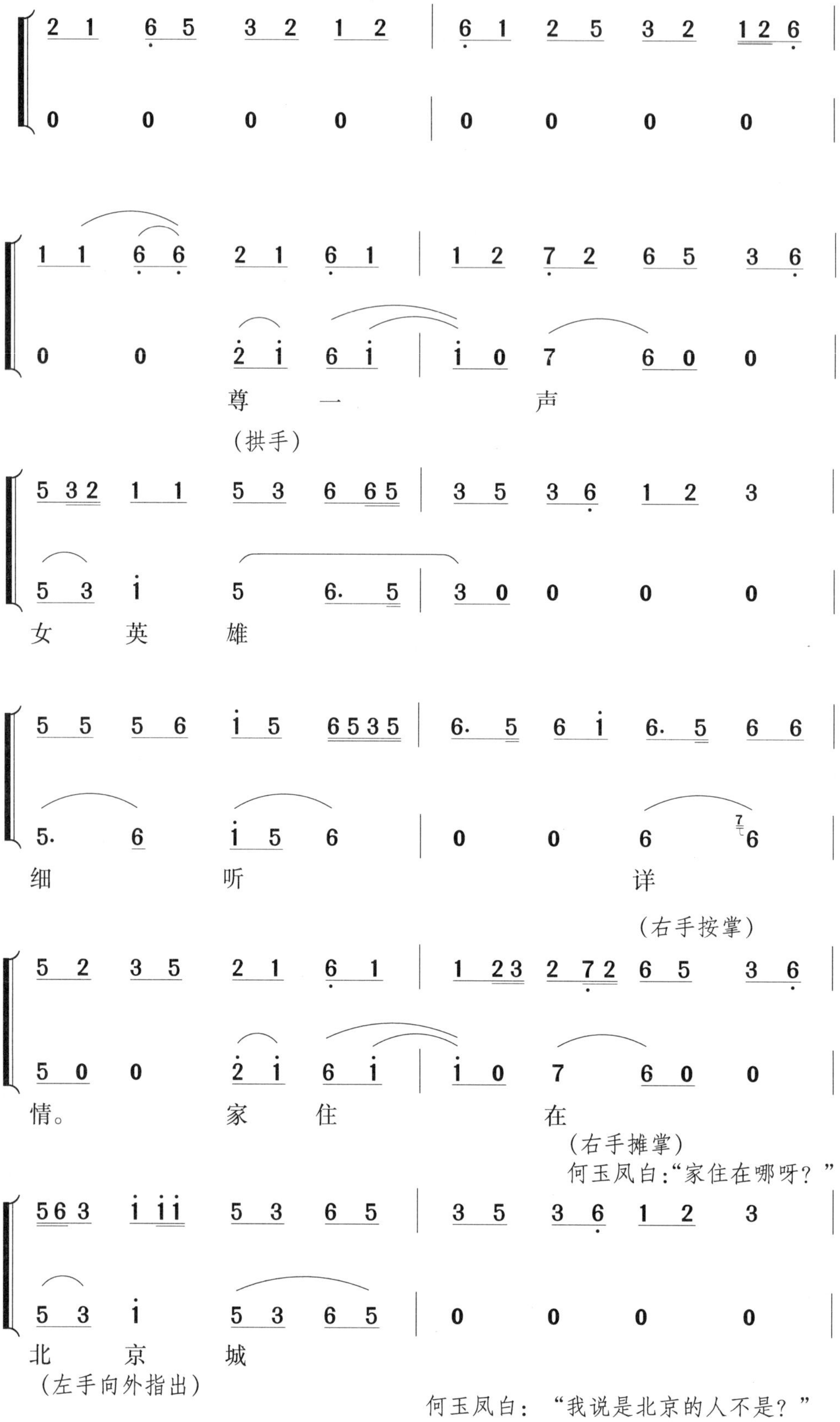
尊 一 声
（拱手）
女 英 雄
细 听 详
（右手按掌）
情。 家 住 在
（右手摊掌）
何玉凤白:“家住在哪呀？”
北 京 城
（左手向外指出）
何玉凤白：“我说是北京的人不是？”

十三妹

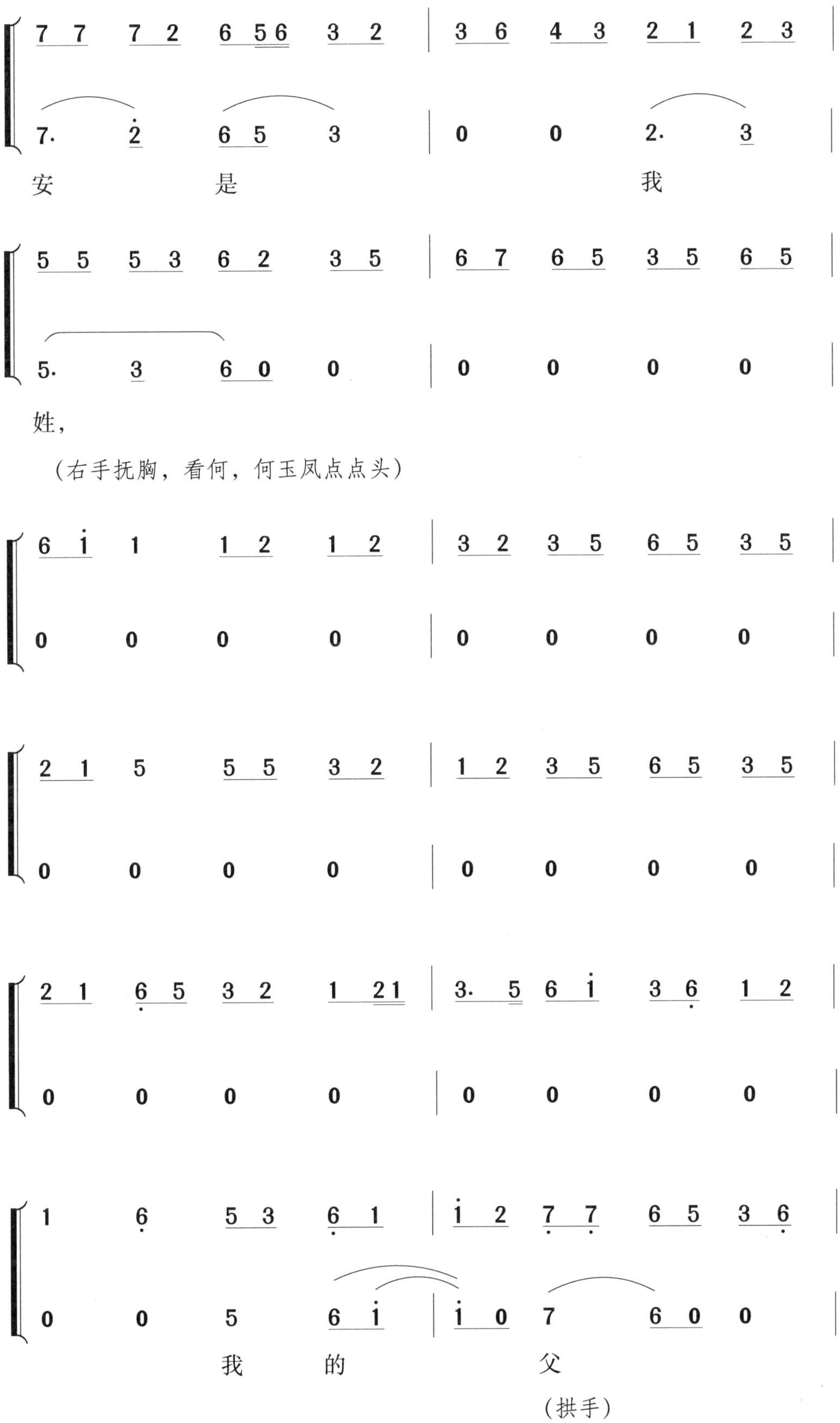

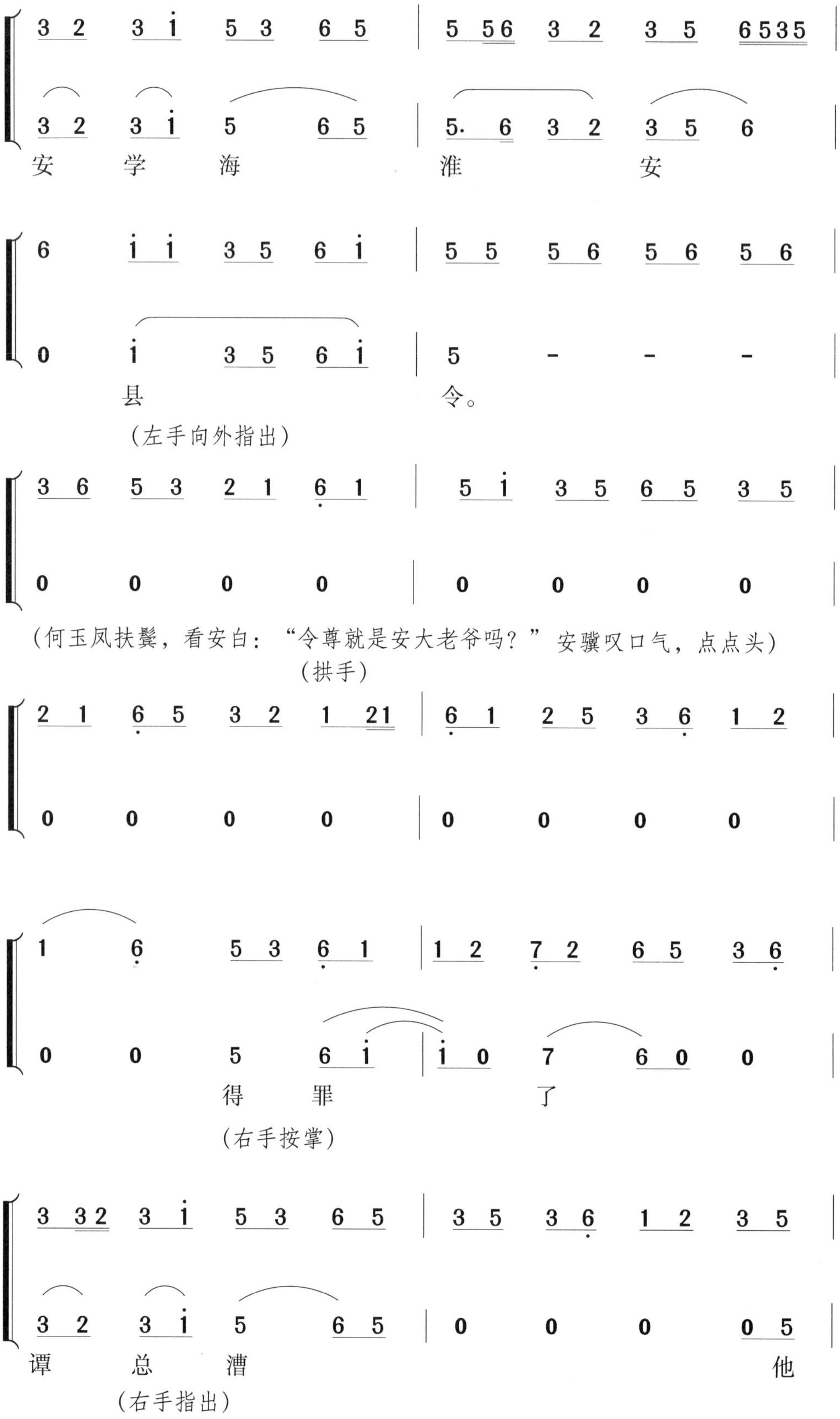
安 学 海 淮 安
县 令。
（左手向外指出）
（何玉凤扶鬓，看安白：“令尊就是安大老爷吗？”安骥叹口气，点点头）
（拱手）
得 罪 了
（右手按掌）
谭 总 漕 他
（右手指出）

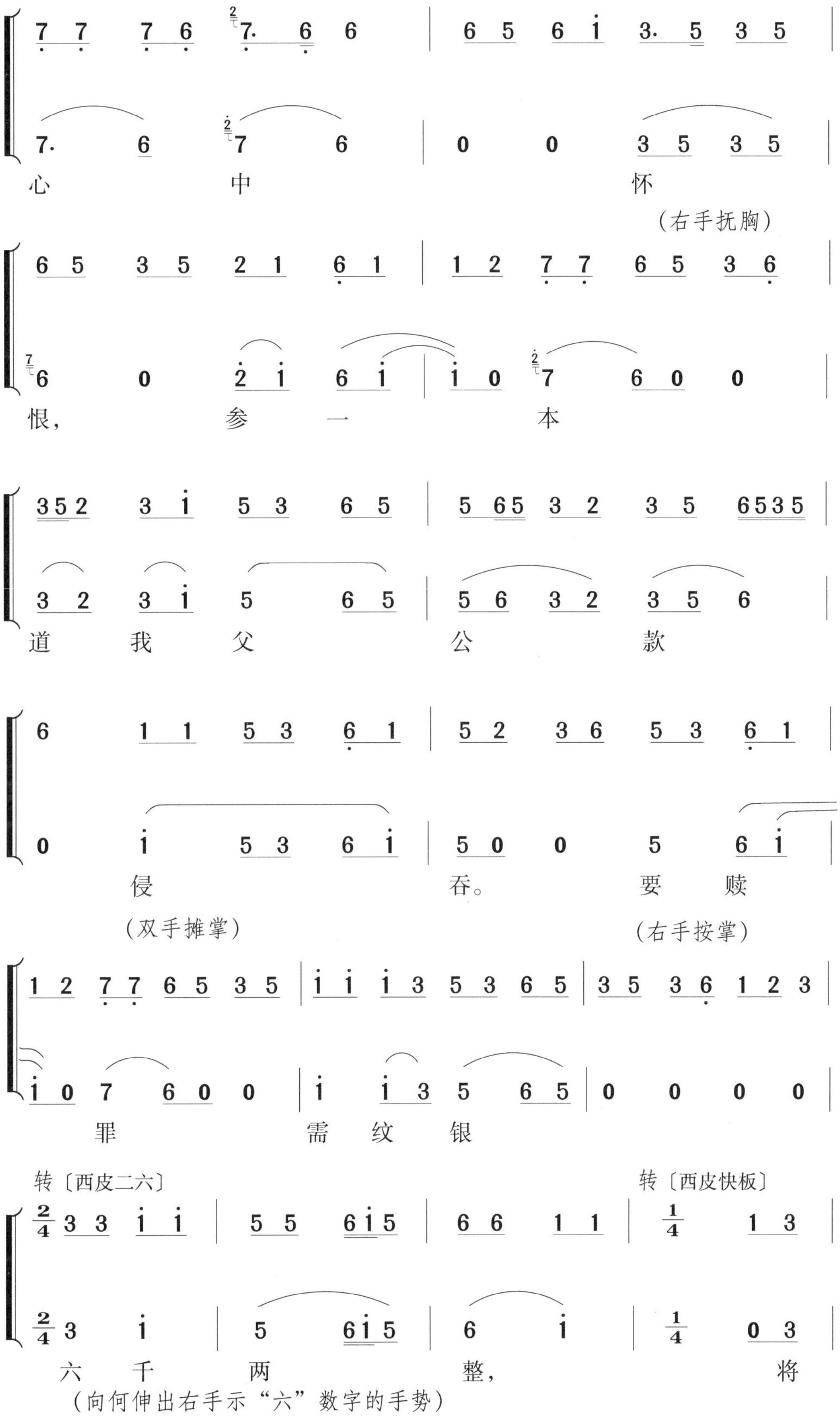
心 中 怀
（右手抚胸）
恨，参 一 本
道 我 父 公 款
侵 吞。要 赎
（双手摊掌）
（右手按掌）
罪 需 纹 银
转〔西皮二六〕
转〔西皮快板〕
六 千 两 整，将
（向何伸出右手示“六”数字的手势）

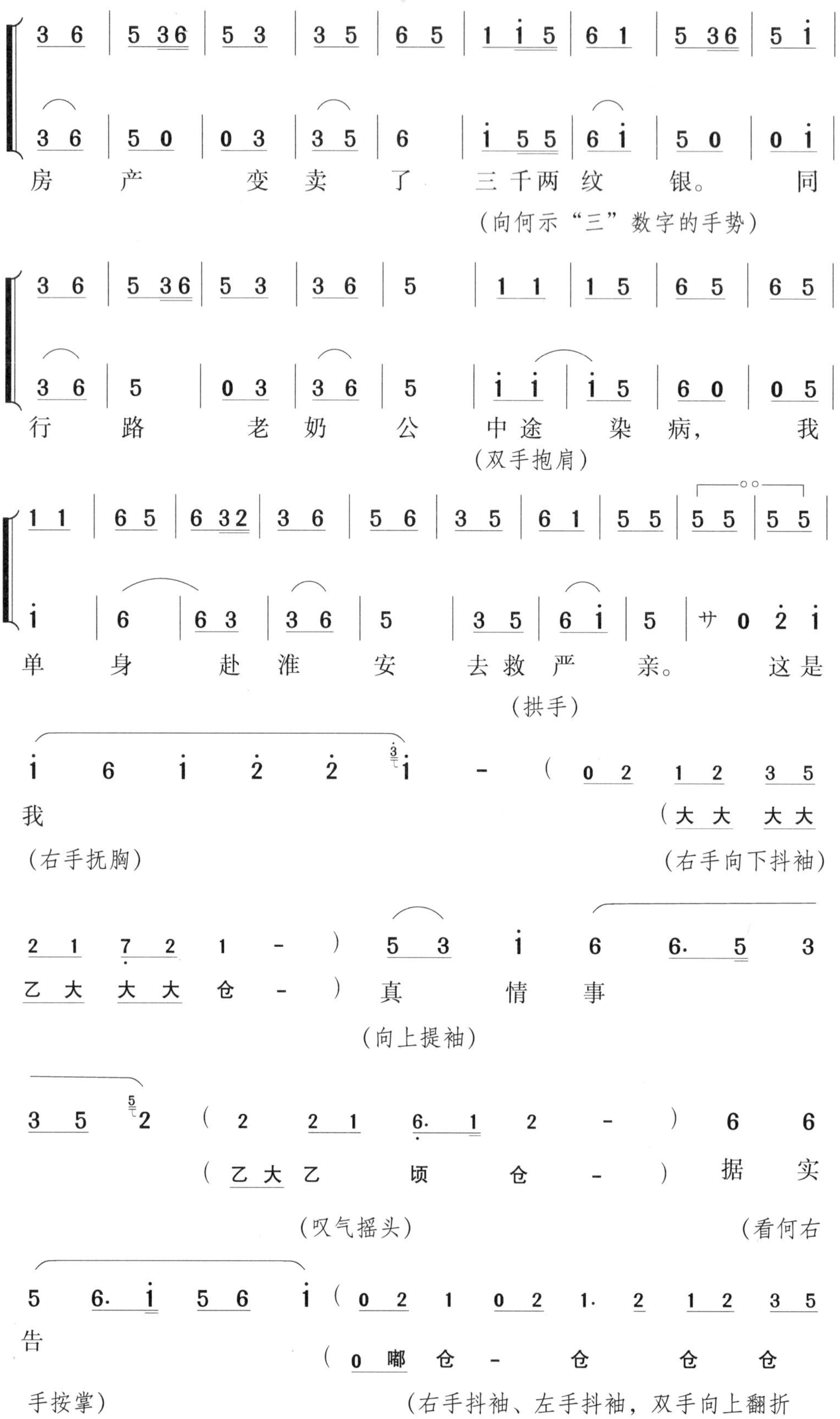
房 产 变 卖 了 三 千 两 纹 银。 同
（向何示“三”数字的手势）
行 路 老 奶 公 中 途 染 病， 我
（双手抱肩）
单 身 赴 淮 安 去 救 严 亲。 这 是
（拱手）
我
（大 大 大 大
（右手抚胸）
（右手向下抖袖）
乙 大 大 大 仓 －） 真 情 事
（向上提袖）
（乙 大 乙 顷 仓 －） 据 实
（叹气摇头）
（看何右
告
（0 嘟 仓 － 仓 仓 仓
手按掌）
（右手抖袖、左手抖袖，双手向上翻折

2 1 7 2 1 － ） 1. 6 2. i i 2 7. 6

仓 才 仓 ） 禀，

水袖看何） （拱手）

5 3. 5 3 5 5 7 6 3. 5 3 5 6 6 5 －

女 英 雄 啊！

（拱手连连作揖，何玉凤同情地看安）

〔西皮摇板〕

【大锣凤点头】（过门同前）3 3 6 5 5. 3 3. 5 6（6 5 3

还 望 你 搭 救 我

（右手抚胸）

3. 5 6 6）3 6 5 6 5 3. 5 3 － 5 － －

落 难 之 人。

〔【大锣一击】安骥向何下跪；何玉凤双手搀起。

〔【大锣凤点头】何右手扶鬓看安，向前走一步。

〔西皮摇板〕

何玉凤 呀！（过门同前） i i 3 6 5 5 7 7 5 6 6

听 他 言 不 由 我

7 6 6 3 5 6 －（6 5 3 5 6 5 3 2 1 2）3 3 6

心 中 恻 隐， 倒 不

（右手抚胸揉动两下） （思考）

5 5 5 3 3 5 6 3 5 i 6 5 5 3 5 －

如 搭 救 他 难 中 之 人。

（右手指安）

〔【大锣住头】何玉凤以右拳击左掌心下决心；往前走两步。

何玉凤 原来是位贵公子，失敬了。（施礼，安还礼）听你之言，你父也是被奸臣所害吗？（右手向外指出）

安　骥 正是。（点头）

何玉凤 唉，我恐怕你不能够平安的到得了淮安（右手摆动），即使能够平安到得了淮安（右手按掌），你那银子才一半，也是不够用的（双手摊掌）。

安　骥 我也正为此事为难喏。（摇头摆手）

何玉凤 （略思）也罢（以右拳击左掌心）！我欲保你平安到了淮安，还保你银子够用的(右手按掌)，你看怎么样哪？（双手摊掌）

安　骥　（惊喜地）如此说来，你不是一位女英雄了。（双手摆动）

何玉凤　我是什么？（右手抚胸）

安　骥　你是一位救苦救难的活菩萨了（双手合十）。活菩萨请上受我一拜！（跪拜）

何玉凤　（急搀）这我可不敢当，不敢当，不必拜了。

〔【**大锣凤点头**】安骥双手抖袖、提袖。

〔西皮摇板〕

安　骥　（过门同前）

3 36 5 55 57 6（65 35 65）
我这 里 拜谢 你
（右手抚胸）（拱手）
（何玉凤谦虚地摆右手）

7 6 6 3 5 6 ⁷6 3 36 5
心 怀 恻 隐， 救 我 父
（右手抚胸揉动两下）（深施一礼）

53 35 6 43 46 ⁵3 5 5 - ‖
脱 罪 名 感 你 大 恩。

〔【**大锣住头**】何玉凤右手扶鬓向远望。

何玉凤　公子，看天色尚早，我去去就来（右手按掌），你在店中（右手指安）等我，我定更天不回来，二更天准回来（右手按掌），咳（以右拳击左掌心）总而言之一句话，你不见我的面（右手抚胸），千万不要动身（摆右手），牢牢谨记，我就此告辞了。

〔【**扫头**】面朝里向安施一礼，安还礼。何玉凤速出门，在右台口解缰绳拉驴至左台口，右手扔鞭；左手接鞭成“立鞭”式；右手指安骥叮嘱地。

何玉凤　别走！（示意摇头）

〔【**冷锤**】何玉凤向左转身，双手成拱请式亮相。【**冷锤**】右手接鞭成“立鞭”式；右腿向右外方25度小骗腿、左手勒缰亮住相。【**冲头**】何玉凤疾步从“下场门”下。

安　骥　这就好了（双手拉掌），这就好了（双手拍掌）。

〔王兴发暗从“上场门”上。

王兴发　这就糟了，这就糟了！（双手一摊看安）

〔【**小锣一击**】安骥一怔，双手摊开。

安　骥　怎么糟了？

王兴发　客官哪里知道，我们这里惯出强人，看她身背刀弓，分明是个女强盗（右手向外指）。她若叫你不走，乃是图谋于你（指何，何大惊），你要小心了。

安　骥　哎呀——（双手一摊不知所措）

〔【**冲头**】白脸狼、黄傻狗从“上场门”上，进门。

白脸狼
黄傻狗　公子！

安　骥　可曾见过褚一官？

白脸狼　褚一官没工夫（摆右手），叫我们哥儿俩（指黄）同您前去。（示意黄）伙计拉牲口快走，快走！（二人出门拉牲口）

王兴发　既有投奔，速离此地，倒是正理。

安　骥　哦，哦！（连连点头）

〔**【扫头】**安骥向店家付钱，背包袱，出门上牲口，与白脸狼、黄傻狗急从“下场门”下，王兴发随下。

〔**【大锣水底鱼】**何玉凤右手举鞭；左手持包袱从“上场门”上，勒缰、下牲口。

〔**【冲头】**进门，看安公子不在。

何玉凤　（急呼）店家！店家！

〔王兴发内白：“来了。”从“下场门”上。

何玉凤　那位公子哪？（右手摊掌）

王兴发　他走了。

何玉凤　（惊）怎么着（仓）他，他，他……走了吗？**【撕边一击】**（右手向外指出，一想，急朝店家）我来问你，他是一个人走的，还是跟两个骡夫一道走的？

王兴发　同着两个骡夫走的。

何玉凤　怎么着，跟两个骡夫一块儿走的吗？**【撕边一击】**（何玉凤左右一转眼珠）我知道了！（挥右手示意，店家下）**【冲头】**（出门）**【大锣叫头】**且住！可恨那位公子，不听我的话，被两个骡夫诓去登程（右手按掌掸动四下），前途必有性命之忧（右手抚胸），我不免（在右台口解缰绳）急急赶上（拉驴至台中），看他二人是怎样动手便了！（右手持鞭三晃鞭）

〔**【大锣四击头】**何玉凤上牲口；倒右步，倒左步，顺势走“反鹞子翻身”，左手举包袱；右手横鞭亮住相①。**【急急风】**左手持包袱下缓至胸前，右手举鞭急从“下场门”追下。

---

① 如单演《悦来店》一折，到此处奏唢呐曲牌 <尾声> 后半截，接**【急急风】**何玉凤……急从“下场门”追下。

能仁寺①

第　一　场

〔【一锤锣】四小僧从“上场门”上，“站门”。

〔【大锣四击头】黑风僧举云帚从“上场门”上，至“九龙口”亮相。【一锤锣】走至台中，【大锣归位】黑风僧云帚向下一缓。

<点绛唇>

黑风僧　サ 6 i 5 4 3 5 2 - 2【小锣二击】
带 发 出 家，
（将云帚横插右腰旁）

2 2 1 2 6 1 5 - 5【小锣三击】5 6 5 4
胆 比 天 大。 喜 爱

3 5 2 -【小锣三击】3 1 2 3 5 6 i 5 -
那—— 美 貌 姣 娃。

【小锣三击】6 5 6 i 5 - - （八 大 仓 0）
（念） 抢 劫——
（一晃云帚）

2 2 1 2 1 6 1 5 - - ‖
作 生 涯。

（右手持帚指出）

（【冲头】左转身往里走【大锣归位】归“小座”）

（诗）身在绿林假为僧，
全凭刀枪武艺精。【小锣二击】
杀人害命为本能，
刮骨熬油（八大台 顷仓）（一缓云帚）
点佛灯。（右手持帚指出）

〔【大锣归位】四小僧向里归“八字”站。

黑风僧　洒家黑风僧【大锣住头】。（右手云帚拄在右腰）在这黑风岗能仁寺带发出家。我有一师弟，人称虎面僧，我二人习就全身武艺，劫夺过往客商，强占民女，倒也逍遥自在。适才命徒儿下山打探买卖，怎么未见回报？（左手摊掌）

① 《能仁寺》可与《悦来店》连演，亦可成为单折戏演，故在场次上做为单折演记写。

〔三儿内："报！"【冲头】三儿从"上场门"急上。

三　儿　启师傅，庙外来了买卖啦！

黑风僧　（点头）徒弟们，一同出庙！

〔【大锣原场】四小僧"插门"从"下场门"下；三儿、黑风僧随下。

第　二　场

〔【快长锤】张乐世、张妈妈、张金凤、车夫从"上场门"上。

〔西皮摇板〕

张乐世　（过门同前）　1 4 3 6 2 1 2 3（4 6 3 2 1 2 3）1 2

一 家 人 在 淮 安 务

1 2 3 3（4 6 3 2 1 2 3 7 6 5 5 5 3 6 5 5 3 2 1 2）

农 为 本，

（站车左边、右手按掌）

张妈妈　3 2 1 1 3 2 1 1 2（3 5 2 1 6 1 2）1 2 3

我 二 老 同 女 儿 进 京 投

（右手向外指出）

2. 1 6 1 -（3 5 2 1 6 2 1 2 6 5 5 5 3 6 5 5）

亲。

张金凤　5 i i. 2 6 5 3 3 6 5（5 6 5 3 6 5）

在 中 途 不 觉 得

（边走边唱）

5 6 6 3 5 6（6 5 3 5 6 5 3 2）3

数 日 已 尽， 且

3 6 5 i 5 6 i 5 6 5 3. 5 3 5 - ‖【大锣住头】

喜 得 天 和 暖 一 路 安 平。

（右手托掌）　　（众人站台中）

张乐世 老汉张乐世。啊，妈妈、女儿，闻得这在平路上惯出强人，须要小心。

张金凤 趱行者。（右手指出）

【大锣长锤】

〔西皮慢板〕

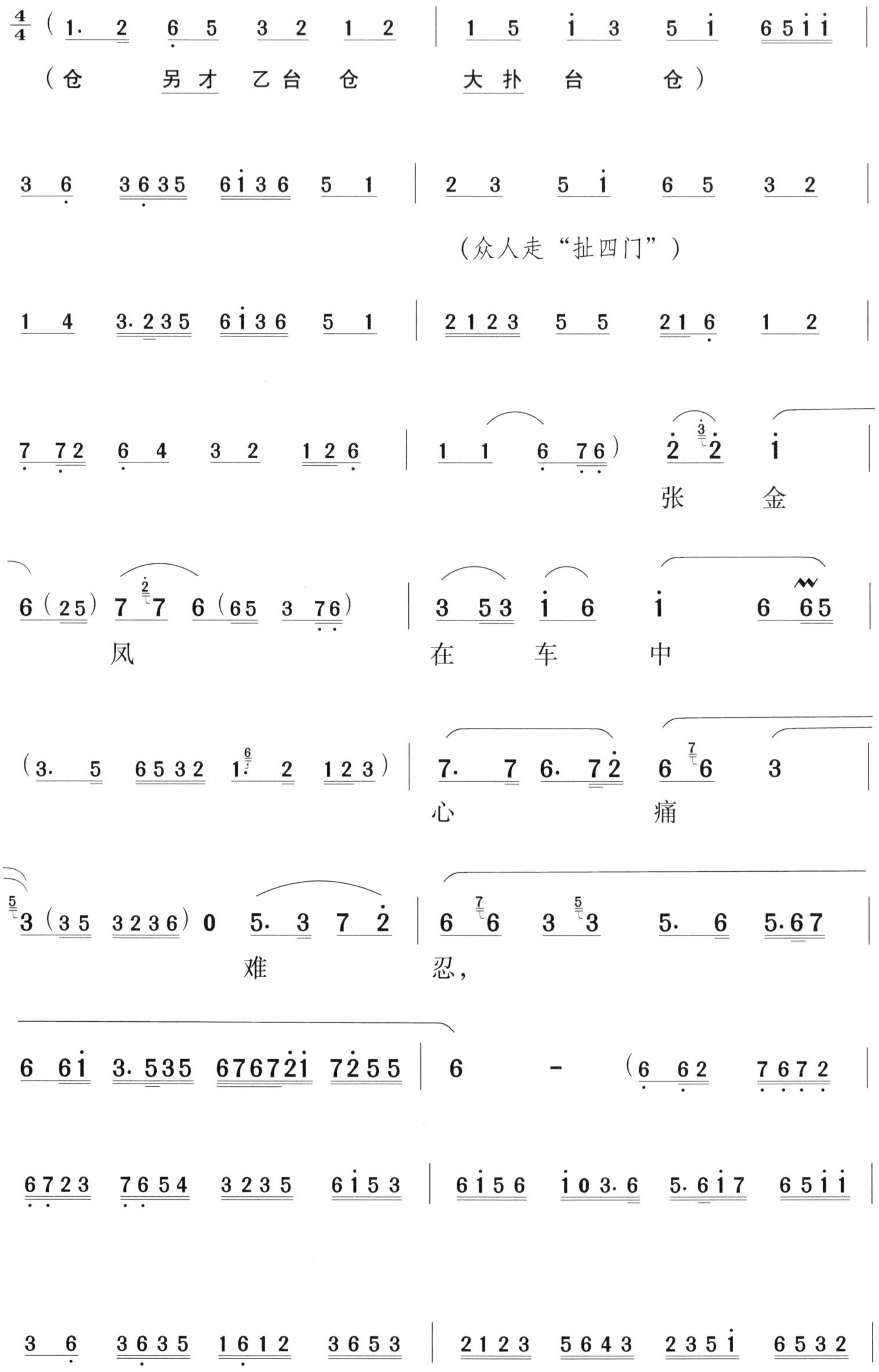

十三妹

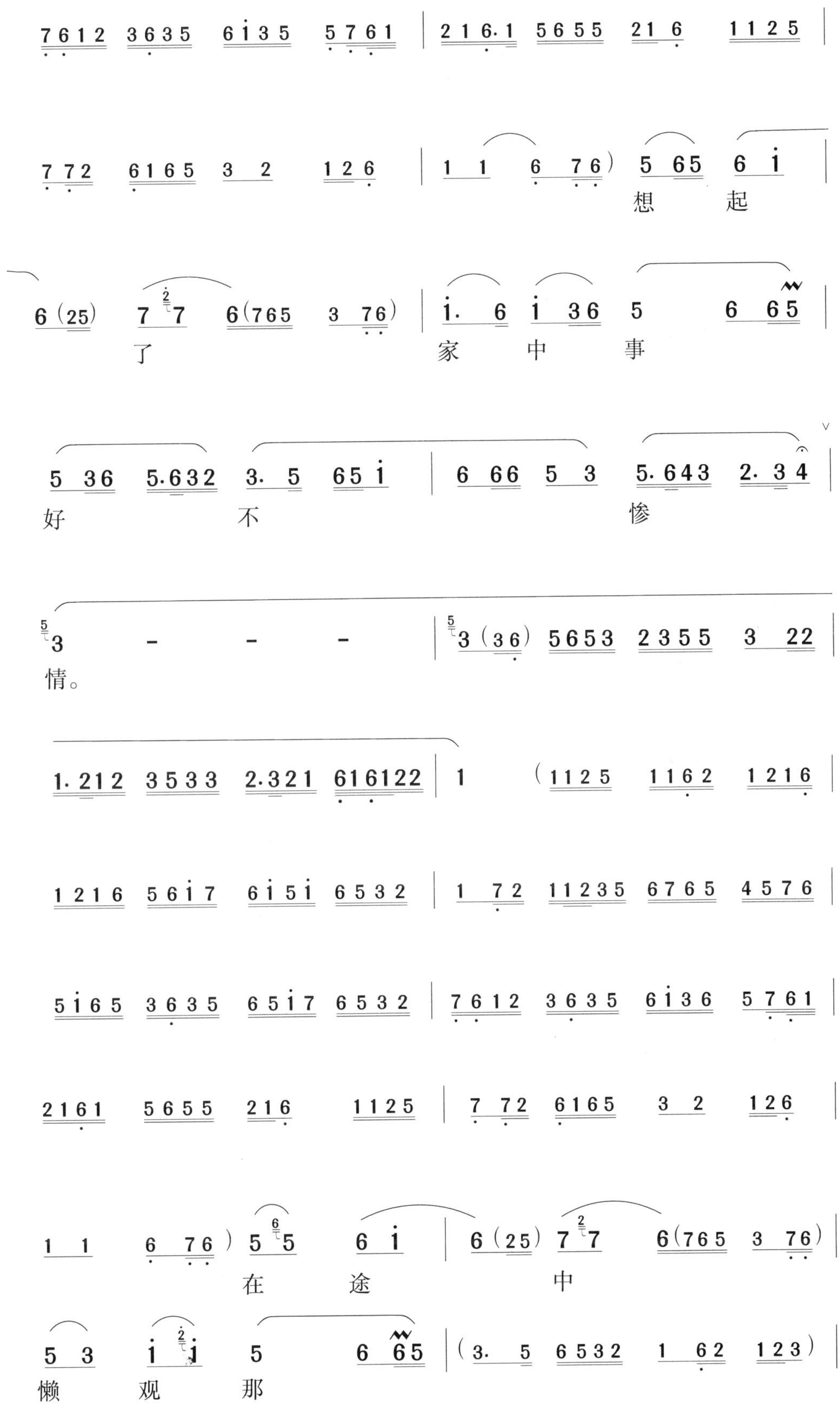

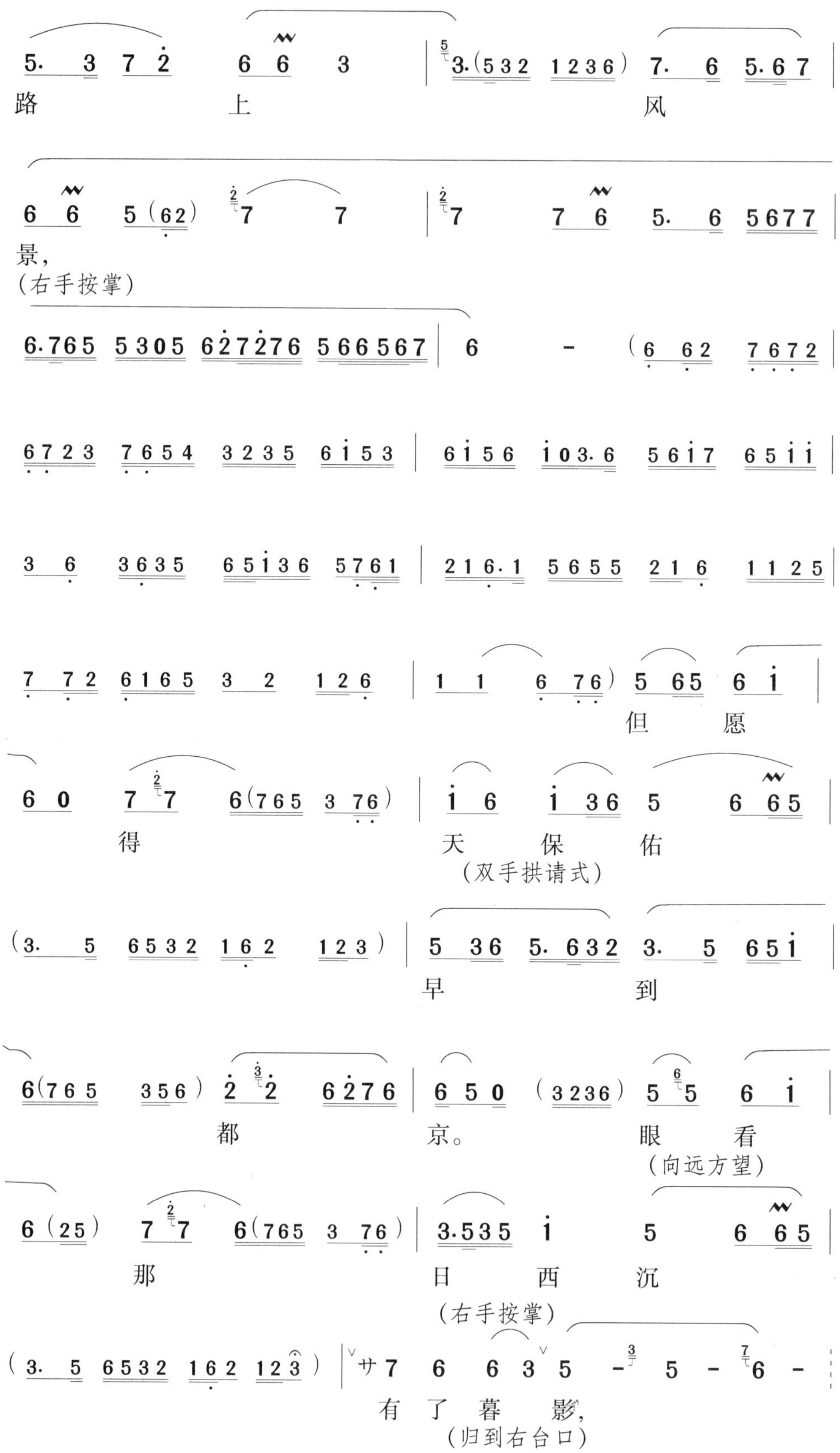
路 上 风
景，
（右手按掌）
但 愿
得 天 保 佑
（双手拱请式）
早 到
都 京。 眼 看
（向远方望）
那 日 西 沉
（右手按掌）
有 了 暮 影，
（归到右台口）

十三妹

〔【快长锤】黑风僧、三儿、四小僧从“下场门”上。张金凤看众僧人。【大锣凤点头】

〔西皮摇板〕

张金凤 （过门同前） 3 36 5 53 35 6 （65

又只 见古 刹 外

（右手扶鬓看）

35 6 6） 36 5 65 3 3 5 – ‖

一 伙 僧 人。

（右手向左指）

〔【大锣住头】张金凤、张妈妈、张乐世、车夫在右台口停住；黑风僧向前一步。

黑风僧 你们从哪道而来？要往何方而去？

张乐世 我们从淮安来，要往京中去的。

黑风僧 你看天色已晚（右手云帚往上一指），就在我庙中安歇，明日再走。

张乐世
张妈妈 我们赶路要紧。

黑风僧 好不识抬举！徒弟们，抢！（右手一扬云帚）

〔【乱锤】二小僧押张乐世、车夫从“上场门”下。【冲头】二小僧复上。

张金凤 凶僧哪！（左手怒指）

〔【纽丝凤点头】黑风僧向张金凤不高兴地甩下云帚。

〔西皮散板〕

张金凤 サ（7 6 6 5 i 3. 2 7 6 2 1 1）

36 5 5 7 7 5 6 7 6 3 5 6 6

你 既 为 僧 当 守 分，

（右手按掌）

（6. 5 3 3. 5 6 6） 3. 6 5 i 6 i 65 3 5 – ‖

（仓） 擅 强 民 女 污 佛 门。

（左手指黑风僧）

黑风僧 呸！【快纽丝】

（过门同前） 3 3 3 3 32 12 3（6 1

听 一 言 来 怒 气 生，

2 3 –） 6. 2 1 2 2 2 3 1 – （7 6

（仓） 竟 敢 开 口 来 伤 人。

2 1 -) 3 3 3 2 2 2 1 3 2 -
（仓） 一 把 钢 刀 拿 在 手，

〔（仓）黑风僧从桌上拿刀（匝匝匝），举刀。【纽丝凤点头】三儿向前急拦。

三 儿 师傅别杀呀！

黑风僧 3 3 2 2 2 1 6 2 1 1 - ‖
三 儿 拦 阻 你 为 何 情？
（看三儿）

三 儿 您把她杀死，够多可惜呀！（双手一摊）

黑风僧 依你之见？

三 儿 把她交与赛娘子（左手指出），解劝解劝（右手按掌），她要是答应了，岂不是您的造化吗？

黑风僧 好，就交与赛娘子。（点头、放刀）

张金凤 喂呀……

〔【冲头】三儿领张金凤、张妈妈从“下场门”下；一小和尚从“上场门”上。

小和尚 师傅，庙外又来了买卖啦！

黑风僧 一同出庙。

〔【一锤锣】众人从“下场门”下。

第 三 场

〔【快长锤】安骥、黄傻狗、白脸狼从“上场门”上。

〔西皮摇板〕

安 骥 【大锣凤点头】（过门同前） i 5 7 6 5 6 3 5 6 6 (6 5
行 至 中 途 用 目 望，

3 5 6 6) 3. 6 5 5 3 i 6 6 5 5 3 5 5 - ‖
岔 道 纵 横 走 哪 方？

〔【大锣住头】安骥归台中，二骡夫站两边。安骥向前左右一望。

安 骥 啊，骡夫，前有岔道（用鞭指），你我走哪条道路可通红柳村？

黄傻狗 往东去。（一扬右手不假思索地说）

白脸狼 （急拦）你得了吧！往东不是正路，往西才是红柳村哪。（向安）咱们得往西。

安 骥 如此往西走。

〔【快纽丝】安骥向前望，白脸狼使眼色埋怨黄傻狗，黄这才明白点点头。

〔西皮散板〕

安 骥 サ（7 6 6 5 i 3. 2 7 6 2 1 1）

i 5 7 6 6 3. 5 3. 5 7 – 6 –【扫头】

急 急 忙 忙 往 前 进。

（右鞭指出）

〔二骡夫打牲口，牲口惊急驮安骥向“下场门”下；二骡夫在后面追下时，黄傻狗一闪身将头上的帽子掉在了地上。

第 四 场

〔**【纽丝】**何玉凤右手举鞭从“上场门”上，走至台中勒缰亮住相。

〔西皮散板〕

何玉凤 サ（7 6 6 5 i 3. 2 7 6 2 – 1 –）

3. 6 5 7 7 5 6 5 6 3 5 6 ⁷6

紧 紧 加 鞭 忙 赶 定，

（6. 5 3 3 5 6）3. 6 5 6 6 6 5 5 3 5 –

（仓） 只 怕 公 子 有 难 星。

【大锣住头】（右手“垂鞭”握拳击左掌心）咳！（仓）可恨那安公子，在悦来店中不听我的言语（右手抚胸），被两个骡夫诓去登程，是我闻得此信，紧紧地赶来，赶在岔道（持鞭前指左右一望），为什么又不见了呢？

【撕边一击】（退两步低头一看，发现了骡夫丢下的帽子。举左手，起**【叫头】**）哎呀且住！（看“下场门”方向）看那旁尘土飞扬，又有骡夫的帽子掉在此地（以马鞭指帽，思索），他们不奔红柳村，（鞭向外指）怎么反奔了黑风岗——（马鞭向左连连横鞭点指）了呢？（一想举左手，起**【叫头】**）哎呀不好！前途公子必有性命之忧，待我急急赶上要紧！

〔（**八大仓**）何玉凤右手自里向外甩鞭成“横鞭”；左手勒缰亮住相。**【大锣原场】**何玉凤急步从“下场门”追下。

第五场

〔【快长锤】四小僧、黑风僧从“上场门”上，四小僧“站门”，黑风僧归台中。

〔西皮摇板〕

黑风僧 （过门同前） 3 3 32 2 21 13 2 － （35

徒 儿 带 路 山 门 等，

21 61 2 2 ） 2 3 32 2 3 21 1 － ‖

观 看 红 日 落 西 沉。

〔【快长锤】四小僧出山门在左台口站“一条鞭”，黑风僧立左台口。同时，白脸狼引安骥从“上场门”上，至右台口。

〔西皮摇板〕

安 骥 （过门同前） i 5 7 6 7 6 3 5 6（65 35 65

明 月 已 在 东 山 上，

（右手鞭指前方）

32 12） i 53 i 6（65 35 6 6）65 53 5 － ‖

红 柳 村 庄 在 何 方？

（左手摊掌）

〔【小锣长丝头】黄傻狗从“上场门”跑上。

黄傻狗 嗬，你们跑得这么快呀。

黑风僧 啊，施主，你们是往哪里去的？

安 骥 我们要往红柳村去。

黑风僧 你们走错了。

安 骥 怎见得？

黑风僧 从那一岔道往东南走，才是红柳村，你们往西来了，我们这里叫黑风岗。

安 骥 （焦急）哎呀，怎么走错了？

白脸狼 （掩饰地）不要紧，咱们再回去。（右手向后指）

黑风僧 天色已晚，你们赶不上住处，不如就在庙中住宿，明日再行。

安 骥 （问白）住得的么？

白脸狼 别忙，别忙！我得瞧瞧（往前走两步看）。能仁寺（右手指牌匾）佛门善地（双合十）没错儿。（朝安点头）

安 骥 如此打扰了。（下牲口，黄傻狗拉牲口）

黑风僧 请。（手一让）

黄傻狗 咱们别住下呀！

白脸狼 （急拦向黄示意）你也不瞧瞧，天都什么时候啦。

〔众人进庙门。

黑风僧 请二师傅。

四小僧 有请二师傅。

〔虎面僧内白：“来也！”

〔**【大锣五击】**虎面僧从“上场门”上，至右台口。

虎面僧 （念）习就拳棒武艺精，
江湖人称虎面僧。（进门）
师兄唤我何事？

黑风僧 将这两个骡夫交付与你,(右手暗示刀砍状)要好生款待。公子,随洒家转至后禅堂。

〔**【大锣原场】**黑风僧拉安骥从“下场门”下。

白脸狼 （招手叫黄）伙计，你听见没有？

黄傻狗 听见什么？

白脸狼 大师傅把咱们交给二师傅了,叫他好好款待咱们(右手拍胸),这好生款待你懂不懂？

黄傻狗 是怎么回事？（摊右手）

白脸狼 就是给咱们预备了酒肉（右手按掌），大吃大喝（双手在面前左右一晃），嘿，咱们问问去。

黄傻狗 （急不可耐）对，对，咱们问问。

白脸狼
黄傻狗 二师傅，有酒有肉您拿出来，我们哥俩也好吃着喝着。

虎面僧 你二人要饮酒？

白脸狼
黄傻狗 哎，（点头）喝两盅。（同时用手比画酒盅）

虎面僧 来！将他二人绑了。

〔**【撕边一击】**众小僧将黄傻狗、白脸狗上绑。

黄傻狗 怎么绑了？这是怎么款待呀？（摇头）

白脸狼 （害怕）八成要杀咱们，咱们央告央告吧。

〔黄傻狗、白脸狼二人同时跪下。

黄傻狗
白脸狼 二师傅，您是出家人，以慈悲为本，方便为门，您就饶了我们哥俩吧！

虎面僧 这是你们自投罗网，怨着谁来？

〔二人一对视,哭丧脸向虎面僧求饶。

白脸狼
黄傻狗 二师傅，您要杀，杀客人，别杀我们赶脚的，往后有了买卖，还往您这儿驮，您就饶了我们吧！(二人连连磕头)

虎面僧 看你二人说的可怜,不杀你们就是。

白脸狼 这一央告不杀啦。（朝黄说）

虎面僧 来呀！绑至后面破腹挖心。（仓）

白脸狼 哎哟，什么叫破腹挖心呀？

黄傻狗 就是给咱们换换好心眼儿。

〔**【大锣原场】**众人从“下场门”下。

第六场

〔【大锣水底鱼】何玉凤举鞭从“上场门”上，至右台口，左手举起；起【叫头】

何玉凤 哎呀且住。他在前面走，我在后面赶，赶到此处，是为何不见了（右手“垂鞭”双手摊开）？【撕边一击】（抬头向“下场门”方向看）来此已是能仁寺（右手持马鞭三下指寺匾）【大锣三击】。能仁寺（右手向“背鞭”；左手在胸前按掌向寺匾摆头左右端看）【大锣三击】。（举左手、右手“栽鞭”；起【叫头】）哎呀不好！闻听人言，这能仁寺（右手持鞭指“下场门”）惯出凶僧（右手“垂鞭”按掌），那公子若投在庙内，必毒遭手（右刀做刀砍状；略思）。我不免将这匹驴儿（右手横握鞭）拴在庙后（右手持鞭，双手向“下场门”方向指），越墙而过，看个动静便了！

〔（八大仓）何玉凤右手抱鞭，左手握刀柄亮住相。【急急风】何玉凤从“下场门”下。

第七场

〔奏胡琴曲牌<小开门>。

（三儿引黑风僧、安骥从“上场门”上，三儿引二人进禅堂“挖门”，安骥归“大边”；黑风僧归“小边”站。黑风僧以手一让示意坐下，曲止）

黑风僧 请坐。

安　骥 告坐。（施礼）

黑风僧 请问施主，从哪道而来？要往哪道而去？（左手摊掌）

安　骥 小生从京中来，要往淮安去。

黑风僧 想必中途不曾用饭。

安　骥 途中用过了。

黑风僧 既然用过了，我这里有现成的美酒，要敬你几杯。

安　骥 小生不会饮酒。

黑风僧 哪有不会饮酒的道理，三儿，看酒来（眼色示意）。

〔三儿斟酒，黑风僧举杯“敬”安骥。

黑风僧 来来来，吃上一杯。（向前敬酒）

安　骥 小生当真不会饮酒！

〔黑风僧递酒，安骥推杯；【撕边一击】杯落地。黑风僧大怒。

黑风僧 来，将这小奴才绑了！

〔【冲头】三儿绑安骥，安骥大惊。【大锣叫头】黑风僧怒指安骥。

黑风僧 小奴才！洒家念你是送上门来的买卖，不忍破腹挖心，才用药酒将你毒死，与你留个全尸。这也是我出家人慈悲为本，方便为门。谁想你执意不肯，反将洒家酒杯打落尘埃，这是你自招其祸。三儿——（仓）看戒刀伺候。

十 三 妹

〔【快纽丝】何玉凤从“下场门”暗上，上高台。

〔西皮散板〕

黑风僧 （过门同前） サ 5 3 3 3 32 12 3 －（6̣ 1 2 3 －）

自 作 自 受 休 埋 怨， （仓）

（何玉凤向庙内看）

32 3 1 23 21 6̣ 1 －（7̣ 6̣ 2 1 －）

阎 王 殿 前 再 诉 冤。 （仓）

（何玉凤见安骥绑着，用右手指黑风僧，见黑风僧近桌前拿刀，何玉凤从背上卸下弓，左手

⁵3 3 32 2 21 13 2 － 【纽丝凤点头】

看 过 钢 刀 与 水 碗，

2 2 3 2 3 23 21 6̣ 1 1 －

明 年 今 日 是 尔 的 一 周 年。

执弓，右手向右胯边的弹囊摸出弹子，见黑风僧砍安时，以弹弓射死黑风僧）

〔【撕边一击】黑风僧持刀中弹倒地。

三　儿 师傅，师傅！杀呀！（见无动静回头一看，见黑风僧倒地，再一看）哎哟！脑袋上一个窟窿，待我报与二师傅知道。

〔三儿欲走；何玉凤掏弹子，将三儿射死；（匡啷啷……）三儿倒地。

〔【一锤锣】何玉凤背弓，从高处跳下，用刀割开绑安骥的绳子。

何玉凤 公子醒来！

〔【大锣导抜头】安骥松软坐地。

〔西皮导板〕

安　骥 サ（7̣ 6̣ 6 5 i i i 3. 2 7̣ 6̣ 2 1 1）

i 63 5 53 7 6 （6. 3 35 6 6） 5 6

昏 迷 中 忽 听 得 有 人

6 3 ⁵3 5 － ⁶5 － 6 － ⁷6 － 【撕边一击】

来 唤，

（双手拭泪） （双目睁开）

何玉凤 安公子醒醒。

〔【大锣凤点头】安骥神智尚未清醒，双目呆看何玉凤。

〔西皮散板〕

安　骥　（过门同前）　3　3. 6　5　5　6　6　（6. 5　3　3 5　6　6）

见一　位　女　娘　行

5　6 $\dot{1}$　$\dot{1}$　4. 6　4 3　3　^{5}3　5　–　‖【大锣住头】

站　立　面　前。

（坐地，有气无力地）你是庙中菩萨显圣，搭救于我么？

何玉凤　（一笑摇了摇头）你呀，真是个书呆子（左手指安），大概在书房里头看惯了鼓词儿了吧，这会儿哪有活菩萨显圣（双手一摊），来救尊驾您这样儿的(左手点指)。把眼睛擦得干干净净的（右手在右颊前托掌）,瞧瞧我是谁呀？(右手抚胸)

〔【小锣一击】安骥以双手再拭目看。

安　骥　哦，你不是悦来店中相遇的女英雄么？

何玉凤　嗳（感慨地），居然没吓糊涂，还认识我（点头）。你瞧你，不听我的话，被两个骡夫诓到此地（右手按掌），险遭凶僧毒手（右手做刀砍状），要不是我赶来救你，这会儿尊驾的小命儿早见阎王爷了。

安　骥　你怎么知道我在此地有难呢？

何玉凤　这个……（思）此地不是讲话之所，起来，有话咱们上大殿里说去。(右手外指)

安　骥　(挣扎起又坐下)我两腿酸软，站不起来了（连连摇头)。

何玉凤　待我来搀……（欲向前，又思摇摇头）来来来，（将身上的弓取下)扶着我这张弹弓挪进成不成？

安　骥　有劳了。

〔二人进门，突然更梆响，二人“合扇”转身侧耳听。

何玉凤　更夫来了。

〔更夫敲梆从“上场门”上，见黑风僧倒地。

更　夫　哟，大师傅的脑袋上怎么直流血呀，想必是叫人暗算了，待我报与二师傅知道。

〔【小锣五击】更夫从“上场门”下。【冲头】何玉凤出门，向右望门；安骥向左望门，何玉凤进门，解包袱。

安　骥　【叫头】女英雄，看他前去送信，倘若凶僧前来，如何是好？（双手摊掌）

何玉凤　公子不要害怕，来来来，我这儿有黄金三百两，（递包袱，安接包袱）紧紧搂抱在怀，好好看着我这张弹弓，（右手指弓）听见外面有喊杀之声，千万不要害怕，（摆右手）牢牢谨记，我就此打仗去了。

〔（八大仓）何玉凤双手向里绕动两圈后，亮端握拳式。【冲头】快步从“下场门”下。

第　八　场

〔【大锣五击】虎面僧“上场门”上。

虎面僧　（念）骡夫把命丧，打坐在禅堂。（归“小场座”）

〔【冲头】更夫从“上场门”跑上。

更　夫　回禀二师傅，大师傅叫人暗算了。

虎面僧　有这等事，待我看来。

〔更夫从“上场门”下，【水底鱼】虎面僧出门，何玉凤从“下场门”左手提刀上，与虎面僧相遇。【急急风】何玉凤用右手推虎面僧胸，右手接刀漫虎面僧头过去，砍虎面僧靴底，右转身削虎面僧头，右手“拖刀”，左手指虎面僧亮住相。虎面僧“下场门”下，何玉凤急追下。

〔【大锣原场】虎面僧“上场门”上。

虎面僧　徒弟们哪里？

〔【冲头】四小僧分两边上，“站门”。

四小僧　何事？

虎面僧　拿刺客！

〔【急急风】虎面僧拿棍，四小僧“插门”从“下场门”下。何玉凤从“上场门”上，“漫虎面僧头”，搭、兜，反搭右转身接走两个拉肚。左转身再拉肚。虎面僧棍打何玉凤腰，何玉凤左手拦棍；右手砍虎面僧三刀。剪腕钻虎面僧棍过去，到右台刀挑虎面僧棍，刺肚、鼻子削头（**撕边八大仓**），何玉凤右手横刀、左手撑掌亮住相。【急急风】左转身，左手抱刀、右手按掌。从右台口向台中跑圆场，跑至台中，右手拉开成“单山膀”式，顺势右手接刀向左台口起单刀花，左手叉腰、右手按刀亮住相。然后右转身举刀。一小僧从“上场门”翻上。小僧打何玉凤，何盖小僧双手，右脚踢小僧“轱辘毛”，一漫头、两漫头，用刀反掖着小僧走，走到“上场门”时，这时又一小僧从“上场门”翻上。何玉凤归到中间，先搂左边小僧“扑虎”，再反搂右边小僧“扑虎”；向台中外场出刀，这时再搂到台中上的小僧“旋扑虎”，小僧向台中里面“滚堂”，何玉凤“反蹦子”跳出来；右侧幕再上一小僧，何玉凤横刀搭小僧“加官儿”。何玉凤右手横刀、左手撑掌亮住相后，顺势领四小僧走一圆场。【加饽饽】归台中“削罗卜头子”，一、二、三、四，杀死四小僧。【急急风】更夫从“上场门”上，何玉凤用左手揪住更夫，将他揪至“下场门”处，用刀杀死更夫。虎面僧“上场门”上，用棍扎何玉凤脖；拍何玉凤肩膀，何玉凤削虎面僧头，右手掖刀亮住相【撕边一击】。【急急风】何玉凤、虎面僧二人削脸过去，往外一盖两盖，往里一盖两盖，何玉凤起单刀花砍虎面僧封头，虎面僧被断棍，（**八大仓**）何玉凤按刀亮相。【急急风】二人走“夺刀”动作。何玉凤用刀撩起棍来往外一压，往里刺虎面僧手，将虎面僧手中棍卸下。顺势二人扯成斜场，何玉凤出刀起刀花砍虎面僧一刀，虎面僧右手夺何玉凤刀，以左脚踢何玉凤，何玉凤用右手拍击虎面僧脚面，左转身，虎面僧漫何玉凤头，扫何玉凤“蹦子”，反漫何玉凤头，何玉凤走跨虎动作亮相。【加饽饽】虎面僧用刀刺何玉凤耳朵，何玉凤双手握住虎面僧持刀手。二人相持，一扯，两扯，二人持刀走翻身。趁势何玉凤将刀夺在手中，二人成斜场。何玉凤踢虎面僧抢背，起刀花，砍虎面僧靴底。然后缓刀拉虎面僧裆，虎面僧急走三骗腿，末一骗腿不落地接靴底。何玉凤左转身，虎面僧右拳打何玉凤头，何玉凤用刀接封头。虎面僧左手抓何玉凤胸，何玉凤急落刀下切虎面僧手腕。何玉凤用刀反漫虎面僧头，随即右手快速绕刀三下。何玉凤用刀反漫虎面僧头，刺鼻子。虎面僧趁势双手夺何玉凤的刀，虎面僧持刀右转身，反砍过来，何玉凤扬起左手磕虎面僧右腕。虎面僧用左手剜何玉凤眼睛，何玉凤用右手将虎面僧左手推开。虎面僧用刀刺何玉凤肚子，何玉凤左手推刀；二人转身。虎面僧再刺肚，何玉凤双手接鼻，挡虎面僧臂。虎面僧右转身反漫何玉凤头，左手打何玉凤封头；右手用刀扎何玉凤左腋下，何玉凤以左臂夹刀，用右掌切虎面僧抢背。何玉凤右手持刀。**【急急风】**何玉凤扫虎面僧虎跳，二人互换位置（虎面僧到左台口，何玉凤归台中）。何玉凤扫虎面僧“旋扑虎”，再扫虎面僧直“扑虎”。何玉凤用刀直砍下，就势抓起虎面僧的脖领，一亮刀，将虎面僧杀死，起**【四击头】**何玉凤右手斜提刀、左手按掌亮住相。**【一锤锣】**右手举刀，左手拉腰巾，正场亮住相。**【冲头】**左手接刀向后背起，右手单山膀式，向“下场门”望门**【大锣三击】**。**【大锣原场】**左转身，右手举刀亮相。**【冲头】**向右台口走去，到右台口，右手横刀、左手撑掌式，向“上场门”望门，**【搜场】【大锣原场】【冲头】**举刀走到正台口，左手背刀，右手单山膀面向后台口亮住相。

〔张乐世内白：“救人哪！”

〔何玉凤右转身，面向前台，举右手，起**【叫头】**。

何玉凤 且住！听大钟底下隐隐有呼救之声，待我将他救了出来。

〔**【大锣原场】**何玉凤从“上场门”下，何玉凤领张乐世、车夫复上。

何玉凤 老头儿你们是怎么回事，怎么被和尚扣在钟底下了呢？（左手倒提刀、右摊掌）

张乐世 小老儿名叫张乐世，从淮安同定我家妈妈、女儿往京中去。行至此间，被凶僧抢进庙来，也不知我那妈妈、女儿怎么样了！（哭）

何玉凤 哼，好和尚啊，好和尚，（右手怒指）还敢掠抢民女哪！老头儿不要害怕，（摆右手）随我四下寻找你的妈妈、女儿。车夫寻找车辆，老头儿你随我来。（右手指张乐世后，向张招右手）

〔**【大锣原场】**车夫从“上场门”下；何玉凤、张乐世从“下场门”下。

第　九　场

〔**【撤锣】**赛西施内白：“啊哈！”

〔**【小锣五击】**赛西施“上场门”上，归台中。

赛西施 （数板）

奴家名叫赛西施，（右手抚胸）

每日擦粉抹胭脂；（右手托掌）

自从来到能仁寺，（右手按掌）

好似喜鹊上花枝。（右手向外指出，转身归“外场座”）

我，赛西施。自从来到这庙里头，我们大师傅待我甭提多好啦。（右手抚胸）刚才大师傅又抢来一个女子，叫我劝解劝解她，我不免把她叫出来开开心。我说那个小妞儿，别哭了，到外屋凉快凉快吧。

〔**【慢纽丝】**张金凤、张妈妈从“上场门”上。

十三妹

〔西皮散板〕

张金凤　（过门同前）　サ 3. 6　5　7　7　5　6　7　6
可　叹　全　家　遭　不
（摆右手）

3　5　6　－（6. 5　3　3. 5　6　－）i　6 5　5　3 5
幸，（仓）中　途　路

6　5　6 5　6. i　5　－　‖【大锣住头】
上　遇　凶　僧。
（右手向外指出）

〔张金凤依偎张妈妈身旁。

张金凤　（哭）喂呀……

赛西施　得了（右手一扬手帕），别哭啦，你也得往开了想，你要是不答应大师傅的亲事，他一生气把你给杀了（右手做刀砍状）再想活可就活不成了（双手一拍再摊开）。再一说当个和尚大奶奶（右手赞美指）也不错呀！（摇头晃脑）

张金凤　谁似你这惜命忘耻之辈，你近前来（招右手），我（右手抚胸）有话对你言讲。

赛西施　有什么话呀？（站起来凑过去）

张金凤　（打赛嘴巴）好贱人哪！

〔**【纽丝凤点头】**张金凤左手怒指赛；赛西施用手捂脸。

赛西施　你怎么打人呀！你！

〔西皮散板〕

张金凤　（过门同前）3 6　5　3 6　5　7　6　3　5　6（6. 5　3　3. 5　6　－）
似　你　这　等　无　人　性，（仓）
（右手指赛）

i　i. 2　i. 2　6 5　5. 6　3 5　6 i　5　6 5　3　3 5　－‖
有　何　脸　面　在　世　间　存。
（右手在右颊前托掌）（右手按掌掸动四下）

〔**【纽丝凤点头】**赛西施生气双手叉腰看张。

〔西皮散板〕

赛西施　5 3　3　3　3 2　1 2　3　－（6　1　2　3）2
你　说　你　是　良　善　家，（仓）哪
（右手指张）

3. 2　1 2　3 5　2　3　2. 6　1　－（7　6　2　1　－）
个　不　是　女　姣　娃？（仓）
（右手连连拍胸后变双手摊掌）

2 5 3 3 2 2 2 2 1 2 3 2. 3 1 2 -

恨 你不 过 下 口 咬，

（右手恨指张，跺右脚）

〔【乱锤】赛西施过去咬张金凤手，张金凤哭。同时，何玉凤领张乐世从“上场门”上，站右台口。

〔【纽丝凤点头】赛西施左手叉腰，右手指张金凤。

〔西皮散板〕

赛西施 （过门同前）1 3 2 2 2 1 1 2 - 1 2. 5 3 2. 1 ‖

赛 西 施 倒 作 了 母 夜 叉（呀）！

〔【撕边一击】赛西施双手叉腰，向张金凤跺右脚。

何玉凤 哟！（大声地）这是什么东西在那儿叫唤哪？

赛西施 人嘛！什么东西！你是谁呀？

〔【小锣一击】何玉凤一转眼珠。

何玉凤 嗯，我是你们大师傅派我来劝一个女子的，你这儿有这么一个女子吗？

赛西施 有哇（应）！（向张）你瞧我们大师傅为你，又派来一个说合人，来，你倒是进来呀！

何玉凤 我打哪儿进来呀？

赛西施 我们这儿有地窨子，等着我给你开门。

〔何玉凤向张乐世暗示，张从“上场门”下。

何玉凤 嗷，这儿还有地窨子哪！

〔赛西施在左台口开地窨门，何玉凤进门。

何玉凤 那一女子在哪儿哪，那一女子在……

〔【小锣一击】张金凤回身，正与何目光相对，上下一打量。

何玉凤
张金凤 （背语）她怎么长得像我呀？（各指对方）

赛西施 真格的，（插在二人中间）咱们仨人怎么长的一个样儿呀！（双手叉腰扭动身体）

〔何示意赛站在一旁。

何玉凤 我说嘿！（站中间），这一女子，你既然被大师傅抢来（右手按掌），就该答应他的亲事，才是你的道理不是？

赛西施 这话讲的不错。（双手拍掌）

张金凤 （右手扶鬓看）我看你倒像个好人模样，怎么也与贱人一样讲话？

赛西施 哼！（双手叉腰）贱人卖多少钱一斤？

何玉凤 你要是不答应，我们大师傅的脾气可不好，动不动就拿刀宰人哪！（右刀做刀砍状）

赛西施 （点头）对啦！

张金凤 我情愿一死，也不依从（摆右手），你近前来，我有话对你言讲。（招左手）

赛西施 留神！她可会抓人！

何玉凤 （朝张）你说什么？

〔【撕边一击】何玉凤近前，张金凤举左拳打何；何用右手攥住张左手腕，看张，轻轻晃了两下。

何玉凤 怎么着，跟我动劲儿，姑娘，你是“个儿”吗？（放开张手腕）

赛西施 （神气地）啾，敢情你就会欺负我呀（右手连连拍胸）。

张金凤 （绝望地哭）喂呀……

赛西施 我瞧这事完不了（右手一扬帕）！非见大师傅去不可！（右手向外指）

何玉凤 （略思）嗯，这一女子，既不答应我们大师傅的亲事，你敢跟我们去见大师傅吗？

张金凤 有何不敢？

何玉凤 好，咱们走。

赛西施 好，去见大师傅去。（右手指出）

〔**【大锣水底鱼】**赛西施开门，众人出地窖；张乐世从“上场门”暗上。何玉凤拉张金凤指张乐世。

何玉凤 姑娘，你瞧这是谁呀？

〔张金凤与张乐世抱头痛哭。

赛西施 嘿嘿，（忙插到两人中间）还没拜堂呢，就跑到这儿认亲了，你不知道这里还有堂客吗？（双手叉腰摇头）

何玉凤 （一看）喝，简直是个大老妖哇（右手指赛），我瞧你这么美不滋的，你是个什么东西呀？（右手按掌变摊掌）

赛西施 人嘛，什么东西（瞪何一眼）。你既然是跟我们大师傅认识，会不知道我是谁？（摇头连连用右手拍胸）

何玉凤 没听说过。

赛西施 我叫赛西施。（假装害羞）

何玉凤 什么？

赛西施 （大声地）赛—西—施！

何玉凤 啾，赛鸡屎呀！（右手向外指）

赛西施 （忙用右手在鼻子前摆一下）那多臭哇，我叫赛—西—施。

何玉凤 你怎么叫赛西施呀？

赛西施 只因我有西子、王嫱之貌（右手在右颊前托掌）。

何玉凤 你可真真地不害臊。（右手指赛）

赛西施 故尔大伙儿都管我叫赛西施、赛西施的（用手帕捂嘴一笑），你呀，你知道什么呀！你！

何玉凤 我瞧你这个穿着儿（指赛；赛忙将两个胳膊平展）、这个打扮儿（右手在右颊前托掌；美的赛叉着腰晃脑袋），不用说喽，这能仁寺里里外外（右手撒掌）上上下下（左手撒掌）你是你们大师傅跟前这么一个大红人儿啦！（右手赞美指看赛）

赛西施 我呀！（右手抚胸）是这庙里上上下下，里里外外（右手按掌），说一不二和尚的原配大奶奶。（右手一拍肚子，双手赞美指）

何玉凤 你可真不害臊！

赛西施 一点儿不含糊。（右手摆动）

〔何玉凤边听赛说，边暗拔出刀，右手持刀背在后面。

何玉凤 刚才你说什么，要见大师傅去。

赛西施 那是，总得去见大师傅去。（右手一扬手帕）

何玉凤 不见怎么样？

赛西施 不见就不行！（双手叉腰）

何玉凤 就不行？！你这儿来（招左手，赛西施向前），我呀（右手出刀）我还不答应你哪！

〔**【撕边一击】**何玉凤用刀杀死赛西施。

张金凤 杀得好！杀得好！

张乐世
张妈妈 只怕杀出祸事来了。

何玉凤 （将刀入鞘）实不相瞒，这一庙的凶僧，都被我斩尽杀绝了！（右手做刀砍状）

张乐世 哎呀儿呀，为父也是这位女英雄救出来的。

张金凤 原来如此，恩人请上（双手拱请式），受我全家一拜！

何玉凤 不用拜了。（双摆手）

〔**【闪锤】**众人拜介。

〔西皮摇板〕

张金凤 （过门同前）i ⁱ3 3· 6 5 7 6 3 5 6（6 5 3 5 6 5

多 谢 救 我 全 家 命，

（双手拱请式）

3 2 1 2）3· 6 5 i 6 5 6 5 3 ⁵3 5 - ‖

错 把 好 人 当 恶 人。

（右手按掌）

〔**【大锣凤点头】**何玉凤右手拉张金凤左手。

何玉凤 （过门同前）3· 6 5 7 7· 2 5 6 ²7 6 5 3 5 - 5 - 6 -

手 拉 姑 娘 禅 堂 坐 定，

〔**【快长锤】**众人进禅堂。

何玉凤 （过门同前）i 5 6 6 5 6 5 3 ⁵3 5 - ‖

一 一 从 头 说 分 明。

〔**【大锣住头】**何玉凤归“外场”坐；张乐世“大边”坐；张妈妈、张金凤“小边”坐。

何玉凤 那一女子，家在哪里，姓甚名谁，打哪来？怎么被和尚抢到庙里头了？

张金凤 恩人客禀！（双手拱请式）

〔西皮二六〕

【大锣夺头】 2/4 多 罗 ．（6 2）| i 2 2 | 6 i 5（3 6 |

恩 人

（双手拱请式）

5 i 3 5）3 i | i 3 5 3 5 6（7 6 5）| 3 ⁵3 5（3 6 | 5 i 3 5）6 i 5 |

若 问 容 奴

（右手抚

十三妹

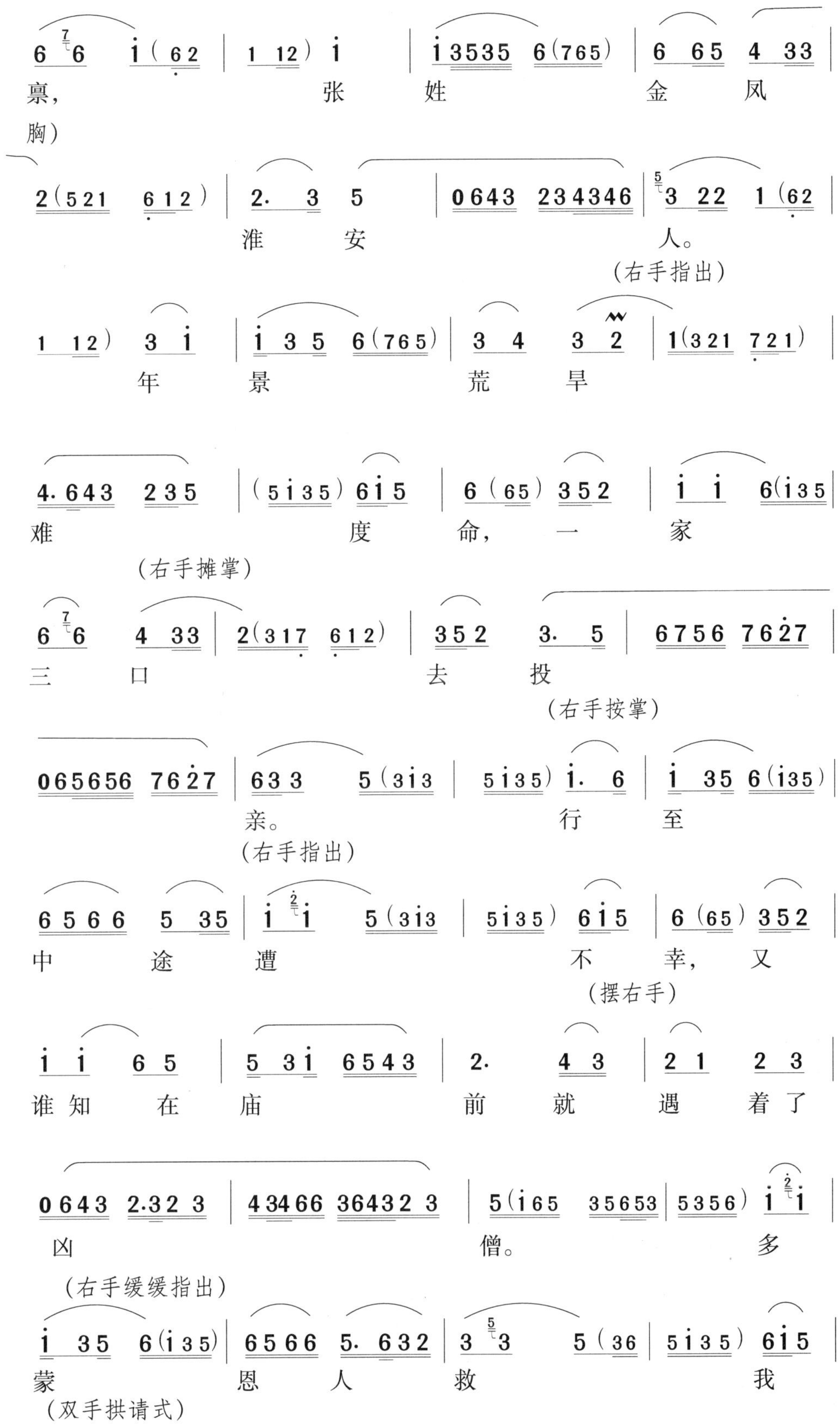
禀，张姓金凤
胸）
淮安人。
（右手指出）
年景荒旱
难度命，一家
（右手摊掌）
三口去投
（右手按掌）
亲。行至
（右手指出）
中途遭不幸，又
（摆右手）
谁知在庙前就遇着了
凶僧。多
（右手缓缓指出）
蒙恩人救我
（双手拱请式）

6（65） 3 5 2 | i i 6（76） | 5. 6 5.67 2 | 6 4 3 5 2 |
命， 来 生 结

3. 5 65 i | 6（765 356） | サ i i － i 6 5 5 6 5 3 5 6 5 － ‖
草 当 报 你 的 恩(哪)！

「【大锣凤点头】何玉凤站起，右手扶鬓看张金凤，再面向前台口沉思。

〔西皮摇板〕

何玉凤 （过门同前）i 3. 6 5 5 7 7 5 6 7 6 6 3 5 5 6 －
听 罢 言 不 由 我 心 中 怜 悯，
（右手抚胸揉动两下）

二位老人家（双手拱请式）

（大大 大大 衣大 大0 仓） （过门同前）

3 3. 6 5 5 6 6 3. 6 5 6 5
但 不 知 在 家 中 许 配 何

3 5 － （6 5 3 6 5 5 3 2 1 2）
人？

张乐世 1 4 3 3 4 3 1 2 1 2 3
我 二 人 乏 子 嗣 无 人 照
（摇头摆手）

3 － （4 6 3 2 1 2 3 3）
应，

张妈妈 3 2 1 1 2 1 2 6 2 1 3
因 此 上 我 女 儿 未 结 婚
（右手抚胸摇头）

2 1 － （3 5 2 1 6 2 1 1）
姻。

「【大锣凤点头】何玉凤右手扶鬓略思。

何玉凤 3 3. 6 5 5 7 6 5 6 5 6
我 爱 她 美 容 貌 又 有
（右手在右颊前托掌）

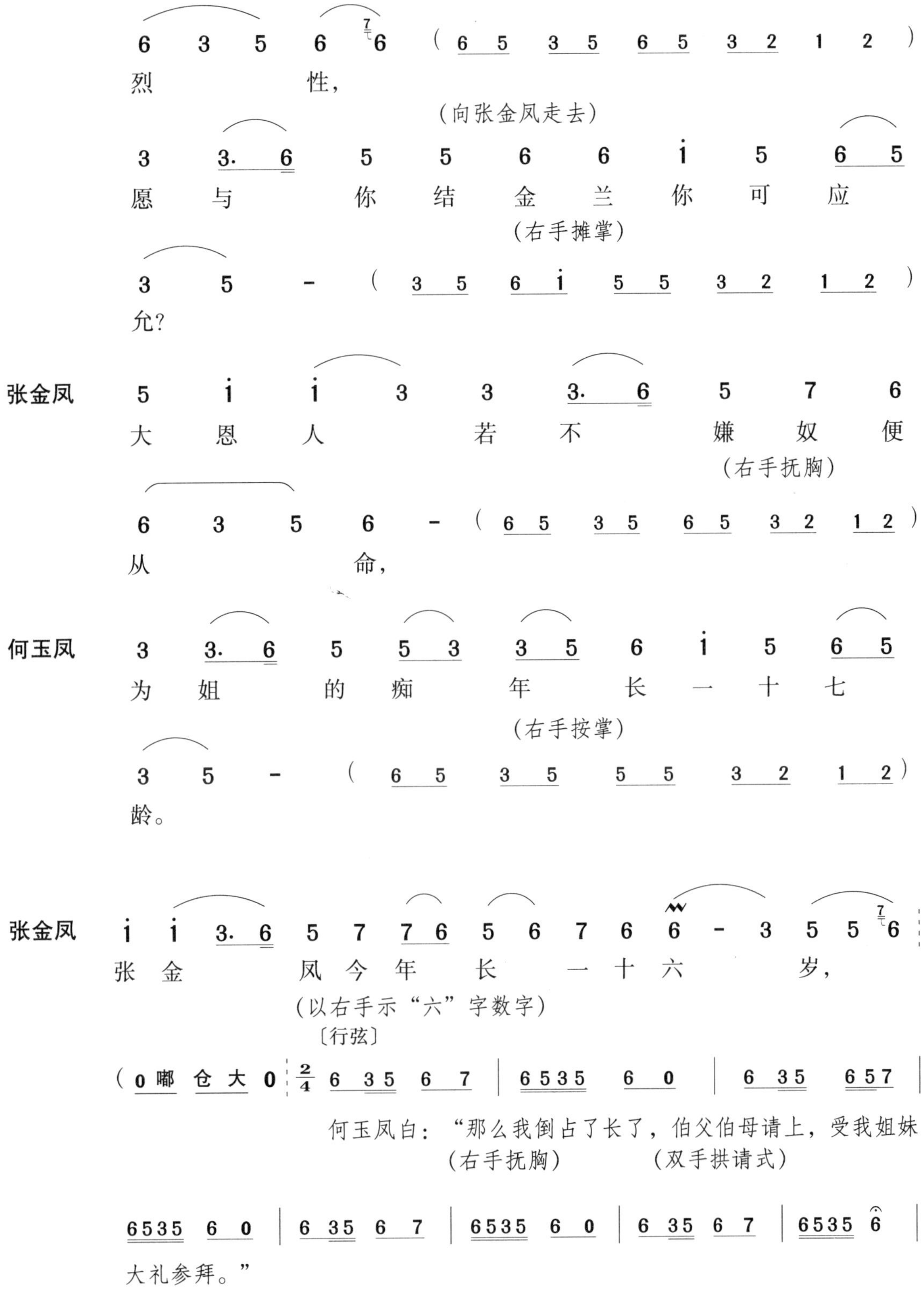

〔【纽丝凤点头】张乐世、张妈妈站台中，何玉凤、张金凤同拜。

〔西皮散板〕

何玉凤 3 3. 6 5 5 3 3 5 6 i 5 6 5 6 5 -

我 为 姐 你 为 妹 同 拜 双 亲。

(右手抚胸) (右手指张) (双手拱请式)

(2 3 6 5) 3 3. 6 5 5 7. 6 5 6

(仓) 叫 二 老 与 贤 妹

5 6 7 6 5 3 5 6. 7 5 6 7 7 7 6 -

你 们 急 忙 随 定,

(向三人招右手) (闭二幕摆桌椅,又拉开二幕)

〔**【快长锤】**何玉凤领起来、三人相随走圆场;至右台口站。安公子从“下场门”抱弓、包袱上。**【快长锤】**切住接〔行弦〕。

何玉凤 公子快开门哪!(向前拍门)

安 骥 外面是哪一个?

何玉凤 是我。

安 骥 你是哪一个?

何玉凤 哟!这么一会儿的功夫,连我的语声儿都听不出来了?

安 骥 哎呀,恩人到了,待我开门。

何玉凤 不错,是我,开开吧。(〔行弦〕止)

〔**【快长锤】**众人进门,安骥与张金凤碰面,目光一视都忙低下头。

〔何玉凤向众人一环视。

〔西皮摇板〕

何玉凤 (过门同前) i 6 5 5 6 3 5 6 i 5 6 5 - ‖

公 子 过 来 把 礼 行。

(右手按掌)

公子过来,见过张家伯父、伯母。(向安示意将东西放下)

安 骥 是、是、是(放弓、包袱在桌上)。啊张家伯父、伯母,晚生有礼了。(施礼)

张乐世
张妈妈 哎呀,我们还礼了。(施礼)

何玉凤 公子再过去,见见这位张小姐。(转身向张)妹妹别害臊,过去见个礼,没有什么要紧的。

安 骥 (莫奈何地)哎,哪里来的什么张家小姐?(双手摊掌)张家小姐,小生这厢有礼了!(施礼)

〔张金凤无语还礼。(台)安骥向外环视。

安 骥 啊,恩人,一庙的凶僧都往哪里去了?

何玉凤 这一庙的凶僧(右手撒掌),都被我斩尽杀绝了。(右手做刀砍状)

安　骥　杀得好！杀得好！（连连拍手）他们是哪来的？（右手一撒掌）

何玉凤　你问他们哪（右手指），也是我在庙后地窨子里给救出来的。

安　骥　原来如此（点头），原来如此（点头拍手）。

〔（大）何玉凤看张金凤。（大）再看安骥。（大 大 大 0 仓）何玉凤沉思片刻。

何玉凤　你们大家各自收拾行李（双手摊掌），赶路要紧（右手按掌），我哪（右手抚胸），还有我的事哪，我要先走一步啦！

〔【撕边一击】何玉凤向前台口走两步，同时四人跪地急拦，拉何衣服、手臂。

众　人　还求恩人安置我们才好。（松开手）

何玉凤　（向左右一看）怎么着，你们都叫我来安置你们吗？

众　人　正是。

何玉凤　可是这么着，我说什么，你们得听什么。

众　人　俱听恩人的话。

何玉凤　欧，都听我的话，那么伯父、伯母起来（一搀），妹妹起来（示意），咳（向安），你也给我站起来（众人全站起），有话咱们慢——（右手铺掌）慢——（左手铺掌）说！（右手指出）

〔【一锤锣】众人转身，何玉凤坐"外场"椅；张乐世、安骥坐"大边"；张妈妈、张金凤坐"小边"。

何玉凤　想你们一个从京都来，要往淮安救父（指安），你们一家是从淮安逃难，要往京都投亲（右手按掌）。都要我来（右手抚胸）安置你们，你们想想（左右一看）我一个人，哪有分身法儿，往两边护送你们哪？（双手食指并拢胸前，向左右分开，向左右一看）

众　人　（互视无奈）咳！

何玉凤　我哪，倒有个两全其美的主意。

张乐世
张妈妈　恩人有何金言，只管吩咐就是。

何玉凤　我意欲将我义妹张金凤许配那安公子为婚，你们两家合为一家（右手食指胸前相并），同往淮安（右手按掌），彼此也好有个照应，不知二位老人家意下如何哪？

张乐世
张妈妈　（目光一对点头）我二老应允了。

何玉凤　怎么着，伯父、伯母愿意了吗？（站起）总算赏我的脸（右手在右颊前托掌），那么我先谢谢伯父（施礼），再谢谢伯母（施礼）！

张乐世
张妈妈　不敢，不敢。

何玉凤　哎哟（以右拳击左掌心），三言两语的，我这碗冬瓜汤就算喝上了。二位老人家都答应了（向左右一指），还不知我妹妹愿意不愿意哪（指张金凤）欧，姑娘大了，过去问问本人要紧。（向张金凤走去，亲切地）妹妹，姐姐我做大媒，将你许配那安公子（左手指安），这有什么哪，男大当婚，女大当嫁（右手按掌），这是人间的大道理不是？（双手摊开，张金凤害羞低头）你害什么臊哇？快告诉姐姐我（右手抚胸），你愿意不愿意？（张金凤看何一眼忙羞低头）你不是不说话吗，拿耳朵来。（低身与张耳语，张低头不语）哎哟，你可真不爱说话。（右手指张，略想）你不爱说话，我有（右手抚胸）不爱说话的主意，姐姐的高主意多着哪！（边说边走至桌前）这儿有碗水，我在桌子用水写上“不愿意”（边说边蘸水写）三个字，这边写上“愿意”两个字。你要是不愿意（摆右手），就把“愿意”擦了去（右手一抹）；你要是愿意哪就把“不愿意”给擦了去（用手背往外一抹）。也不用你说话，用手过去一擦（右手向里一抹）就得，来来（招右手），擦呀，擦呀。（拉张金凤右手，张竭力抽回右手）哎，得，（何玉凤双手一拦推开张右手）得了！让我瞧瞧吧（朝张一笑，用右手指张）你呀，真淘气就结了，哪一样也没依着我，干拦着把“不愿意”的“不”字给擦去了（右手向里一抹），净剩下愿意、愿意啦（用右手点指笑）。可就这么办了（朝张，张害羞）哟。（走至台中）我妹妹虽然愿意了，还不知这头（指安骥）愿意不愿意哪，还得问问去。哎！（双手一拍）好难当的大媒呀！（边走边说近前，见安骥在打盹）我说公子，（见无醒）咳！（跺右脚）公子！（左手指安）

安　骥　啊，（惊醒迷糊）恩人。（施礼向何站的相反方向施礼）

何玉凤　我在这儿哪！刚才我说的话，你都听明白了吧。

安　骥　哎呀，我未曾听见。（双手摆动）

何玉凤　（左手指安）找着叫我废话。我做大媒，将我义妹张金凤许配与你，你们同往淮安，我也好护送一程（右手按掌），我想你料无推辞了吧。（双手摊掌）

安　骥　想这婚姻大事，必须禀知父母（双手拱请式），方可成全。小生不敢从命。（施礼）

何玉凤　公子的话也对（点头），自古婚姻大事，理应禀知父母（双手拱请式），无奈事在紧急，再要等禀知父母，可也来不及了（双手一摊）。你也该从权一二，才是你的道理不是？（右手按掌）

安　骥　小生实实不敢从命。

何玉凤　你瞧人家老的老（指二老）小的小（指金凤）都答应了，你好意思不赏我这个脸吗（右手在右颊前托掌）？

安　骥　我父（双手拱请式）家教甚严，倘若怪罪下来，哪个担待？（右手摊掌）

何玉凤　真格的，我救了公子，你一点都不赏我的脸吗？（不高兴地看安）

安　骥　不——不……敢从命！

何玉凤　（沉下脸来）你要是不答应，我可要僵啦（冷眼摇头看安）！

安　骥　实实不敢从命（摇头摆手）。

何玉凤　你，你当真不答应？

安　骥　不！不敢从命。

何玉凤　（向前欺一步）果然不答应？

安　骥　不敢从命（施礼）。

何玉凤　好！我怎么救的你，照样把你宰了就得了（右手拔刀）！你答应不答应?你答应我哪，我就饶了你，不答应我就宰了你！

〔何玉凤假意横刀欲杀，众人跪下急拦；**【撕边一击】**安骥跪地、双手向上撑袖看何；张金凤双手拉何持刀右臂。

安　骥　我……我答应了。（连连点头）

何玉凤　（朝安）这不结了。（朝张金凤）妹妹，别着急，我跟他闹着玩儿哪！（张金凤羞）起来吧！

〔【大锣五击】众人站起。

何玉凤 公子，我交给你的黄金哪？

安　骥 （取包袱）黄金在此。

何玉凤 这是黄金三百两，一半赠与公子打点你父的功名要紧，一半赠与贤妹作为妆奁之用，姐姐我就不给你买什么了。往后好不好的（朝张、安二人），别在背后骂我这个大媒呀！

安　骥
张金凤 多谢恩人！（施礼）

何玉凤 不用谢了。看天色不早了，（对张乐世）老人家寻找车辆也好登程。公子，找你那两个骡夫去。妹妹路上要多加保重。

〔张乐世从“上场门”下；安骥从“下场门”下。

〔安骥内白：“骡夫！骡夫！哎呀！”

〔【小锣长丝头】安骥慌忙从“下场门”上。

安　骥 哎呀！吓煞我也，吓煞我也。（双手垂袖抖动）

何玉凤 什么事吓死你了？

安　骥 那两个骡头不知被何人挖心而死，胸前两个大窟窿（双手比画着），哎呀，可怜得很哪！（摆手摇头）

何玉凤 你呀！（左手指安）可真是个书呆子。我对你实说了吧，那天我在山坡上听那两个骡夫定计，要暗害你的性命，如今他二人被凶僧挖心而死，这也是他们害人的结果呀。（右手向外指）

安　骥 如此说来，他们该死，该万死（跺脚左手指出）。

何玉凤 刚明白啊，真是个书呆子。（左手指安）

〔张乐世、车夫从“上场门”上。

张乐世 车辆到。

何玉凤 （示意）将行囊搭在车上。

〔安骥、张乐世搭行李放在车上。

何玉凤 你们的事都办得停停妥妥了，（右手按掌）我的事，可就办不成啦！（双手摊掌）

众　人 何事办不成了？

何玉凤 无有笔砚，也办不了哇！

安　骥 要笔砚？小生带来有。（点头）

何玉凤 好，借来一用。（安去“下场门”取）真是念书的人，出门还带着笔跟砚台哪！（安取砚复上）

安　骥 笔砚在此。

何玉凤 放在桌上。

安　骥 要它何用？

何玉凤 有道是：好汉做事好汉当，（右手抚胸）岂肯连累旁人（双手撒掌）遭祸殃。（抬头一看）在这庙内乎！

〔奏唢呐曲牌<急三枪>何玉凤跳上椅子，在墙壁上题诗，众人看；安骥捧砚，何玉凤写毕落款，下椅子；安骥放砚于桌上。

众　人　真乃文武双全，（伸赞美指）——请问恩人尊名大姓，日后也好报答。（施礼）

何玉凤　我乃埋名隐姓之人，有知道我的都叫我十三妹，我住的地方，上不着天（右手指天），下不着地（右手指地），绝非望报之人（双摆手），你们走就得了。（右手一扬）

众　人　恩人请上，受我等一拜！（跪拜）

何玉凤　（忙搀二老）不用拜了。

〔**【大锣凤点头】**众人站起。

〔西皮摇板〕

张乐世　（过门同前）1 4 3 3 3 2 1 2 3 －（6 5 5 5 3 6 5 5）

感 谢 救 我 全 家 命，

（双手拱请式深施一礼）

张妈妈　1 3 2 1 1 2 － 2 1 3 2. 6 1 －（3 5 2 1 7 2 1 1）

再 谢 与 女 配 为 婚。

（右手按掌）

安　骥　3. 6 5 5 － 7 6 6 5 7 6 －

赠 金 救 父 恩 难 尽，

（双手拱请式）

〔**【快长锤】**众人出禅堂，何玉凤领走圆场至台中，何玉凤开庙门，众人上车、上坐骑。归左台口。

〔西皮摇板〕

张金凤　（过门同前）i 6 5 5. 5 3 5 6 6 5

难 舍 义 姐 两

5 － 3. 5 3. 5 7. 6 5 6 6 5 －‖

离 分。

〔**【冲头】**何玉凤目送众人从“下场门”下。何玉凤举左手，起**【叫头】**。

何玉凤　且住！看他们已去（右手向左指），我不免（进庙门）关了庙门（双手关门），越墙而过（双手抬起门栓拴门）便了。

〔**【撕边】**左手撩腰巾子上桌子。（**八大仓**）起左高右低“顺风旗”一亮，顺势左转身右手“单山膀”式面向“下场门”亮相。**【冲头】**下桌子从“下场门”下。

第　十　场

〔**【大锣五击】**众人从“上场门”上归台中。

安　骥　（念）离了能仁寺，来在十里亭。

〔何玉凤内白：“慢走哇！”

〔**【大锣水底鱼】**何玉凤右手举鞭从“上场门”上。站右台口。下牲口。

众　人　恩人赶来何事？

何玉凤　我忘了一件大事。

众　人　什么大事？

何玉凤　你们前途路过牤牛山，那儿有个大王，恐怕下山劫夺你们。（众人惊）如果劫夺你们，（一想摘下身上的弹弓）来，来，来把我这张弹弓带在身旁，（左手持弓）给他瞧瞧，不但不劫夺你们，还要护送你们一程哪（右手指出将弓交安骥）。

安　骥　多谢恩人！但不知此弓在何处奉还？

何玉凤　山东二十八棵红柳村，那儿有个邓九公，将此弓交给邓九公老人收下就是了。

安　骥　邓—九—公。待我记上一记。（猛想起）哎呀！糟了！糟了！

何玉凤　什么事大惊小怪的？

安　骥　我那块砚台失落在庙内了。

何玉凤　一块砚台，又值几个大子哪？（摇头）

安　骥　哎，此乃是传家宝砚。上面刻有我父名讳，若被官府拿去，如何是好？哎呀，糟了！糟了！（连连搓手）

何玉凤　不要紧的，我回到庙内，取来宝砚，也搁在邓九公家中。日后在他家，凭弓取砚（右手按掌），凭砚交弓（右手掸动一下）。牢牢谨记。你们快（扬右手）些（扬左手）去（扬右手）吧！（扬左手）

安　骥　多谢恩人。

〔**【冲头】**众人欲走，即回身；起**【叫头】**

众　人　恩人！（哭）

何玉凤　不必啼哭。（摆双手）

张金凤　义姐！（双手拱请式）

何玉凤　后会有期！（抬右手）

众　人　咳！

何玉凤　请！（双手拱请式）**【冷锤】**

〔**【冲头】**众人转身从“下场门”下，何玉凤向“下场门”望门后归台中。

何玉凤　看他们扬长已去，我不免回到庙中，取来宝砚，回转红柳村便了。

〔**【急急风】**在右台口解缰绳，拉驴，小圆场**【大锣四击头】**，站台中，左手向前一指走反“鹞子翻身”，在左台口左手撩腰巾子、右手抱鞭亮住相。奏唢呐曲牌<尾声>后半截，**【急急风】**圆场至右台口向后甩鞭，疾步从“下场门”下。

——剧　终

田 汉 **编剧** 李树萍 陆建荣 **整理** 许俊德 **记谱**

白 蛇 传

杜近芳演出本

相传在峨眉山修炼千年的白蛇和青蛇不甘寂寞和冷清，变成两位美丽的女子白素贞和青儿，来到西湖游玩，风雨途中结识了扫墓而归的许仙。白素贞见许仙忠厚老实，顿生爱慕之心。经小青撮合，两人结为夫妻。金山寺禅师法海得知此事，便来破坏。唆使许仙在端阳佳节用雄黄酒将白素贞灌醉。白素贞显现原形，许仙惊吓致死。白素贞冒险到昆仑山去盗灵芝仙草。南极仙翁慷慨给予仙草，救活许仙。法海又以还愿为名，把许仙软禁在金山寺内。白素贞与青儿索之遭拒，遂水漫金山，双方展开了一场殊死战斗。白素贞终因怀孕力弱，败下阵来。许仙万分着急，在小沙弥的帮助下逃出金山寺。白素贞和许仙重逢在断桥旁，经过一番周折，夫妻重归于好。白素贞生下一子名仕林。弥月时，法海又用金钵收拿素贞，并将其压在雷峰塔下。若干年后，小青修炼法力成功，与众仙来到雷峰塔，战败塔神，推倒雷峰塔，救出白素贞。

《白蛇传》是一出京剧的精品剧目，梅兰芳、尚小云、程砚秋、荀慧生各派演出此剧均有不同的侧重和特色。1947年田汉先生就原剧中的《游湖借伞》、《端阳酒变》、《盗库银》、《盗仙草》、《金山寺》、《断桥》、《合钵》等情节加以改编，易名为《金钵记》。1953年田汉先生再次修改，删去原《盗库银》一场，增加青儿率领众仙击败塔神，救出白素贞等情节，定名为《白蛇传》，由中国戏曲学校刘秀荣、张春孝、谢锐青首次公演。1954年杜近芳、叶盛兰等又联袂排演了此剧。在长期的舞台演出实践中，此剧从剧本到表演、音乐、舞台美术，都在不断地加工修改和提高。

杜近芳是我国著名京剧表演艺术家。幼年师从律佩芳、陈世鼎、刘玉芳学青衣。1948年拜王瑶卿为师，后又拜梅兰芳为师。1951年加入中国戏曲研究院京剧实验工作团（即中国京剧院前身）。她长期与著名京剧表演艺术家李少春、叶盛兰、袁世海等同台演出，在汲取王瑶卿、梅兰芳的演唱艺术的基础上，加上本身的敬业刻苦，聪颖执著，逐步形成了自己的艺术风格。在《白蛇传》演出中她能够把白素贞亦人亦仙的双重身份熔铸一体，准确地掌握住人物的性格特点和感情变化，运用京剧中的唱、念、做、打，充分展现了白素贞对人间生活的热爱，对爱情的忠贞，对法海的憎恨，十分成功。特别在全剧高潮——《断桥》一折的处理上，更反映了其艺术表现力的成熟。

初，“断桥”的中心唱段〔西皮导板转原板〕唱的是“青妹慢举龙泉宝剑”，调子比较舒缓平淡，曲调也较为简单。有一次周总理看了《白蛇传》，认为在“断桥”中白蛇拦阻青儿杀许仙时，应该是情节的高潮，气氛需要渲染得浓浓的。为了体现总理的这个意图，杜近芳向王瑶卿先生请教。先生说：“这个地方你唱嘎调，冒个突，不就突出了！”可“嘎调”该怎么唱，先生没具体说明，让她自己去琢磨。不久，王瑶卿先生去世了，这个问题并没有得到解决。后来，她又请教梅先生。梅先生考虑一下，告诉她说：“前四个字你可以不唱，拔高叫起来。我在《霸王别姬》里虞姬舞剑的那句‘如此妾妃献丑了’的念法，你可以借过来，但是要去掉虞姬的那种凄凉的意味。”杜近芳就照梅先生所说把唱腔变化了一下，处理为念“青妹慢举”，【大锣四击头】（三人亮相）然后唱〔西皮导板〕“龙泉宝剑”，异峰突起，高峻挺拔，一改原来平缓的节奏，气氛被陡然提起来，再配合动作眼神，充分表现了在这千钧一发之时白蛇的急切心情。这种新形式的〔西皮导板〕的唱法在传统戏中是见不到的。

随后转〔西皮原板〕一段，采用婉转而又舒展的旋律，把悲、恨、爱、怨交织在一起，由哀怨的诉说转变为愤怒的指责，节奏逐步加快，在最后一句叫散后，“谁的是谁的非”，采用“吟唱”手法，层次鲜明，且最后采用了颤音，更突出了白素贞此时的悲伤心情。这段三十句唱腔，由〔西皮导板〕、〔原板〕、〔二六〕、〔流水〕、〔散板〕组成音乐旋律的跌宕起伏，衬托人物情绪的激烈变化，把白素贞的一腔悲愤淋漓尽致地表现了出来。

杜近芳的演唱声情并茂，表演细致传神，充分展示出她深厚的基础功底和创作天赋。她塑造的白素贞深受广大观众的喜爱和欢迎，几十年盛演不衰，绝不是偶然的。

李树萍　许俊德

人物行当

白素贞	花衫	鹤　童	武生
小　青	武旦	二仙童	杂
许　仙	小生	南极仙翁	老生
船　夫	丑	八水族	武行
法　海	净或老生	八神将	武行
小沙弥	丑	伽　蓝	净或武生
二小僧	杂	韦　驮	净或生
鹿　童	武生	塔　神	净

服装扮相

白素贞　俊扮。梳大头，线尾子、水钻头面，白绣花披，白绣花裙子，白彩裤，彩鞋。“结亲”红绒花、红盖头，红绣花帔。“盗草”小额子、犄子、白彩球，白绣花战衣战裙、白腰巾子，白绣花薄底。“断桥”加甩发、面牌，换白素褶子、白腰包、白腰巾子，白素裙子。“合钵”蒙皎月色绸巾、顶花，白绣花披、白素裙子，白绣花斗篷。“倒塔”额子、白彩球。

小　青　俊扮。梳大头、线尾子、抓髻、水钻头面，皎月绣花褶子，白绣花腰巾子、皎月绣花大坎肩，皎月绣花彩裤，皎月彩鞋。“渡江”额子、犄子、皎月彩球，皎月战衣战裙，腰巾子。“合钵”加大坎肩。“倒塔”脱大坎肩，“末场”七星额子。

许　仙　俊扮。小鸭尾巾，雪青花领褶子，湖色彩裤，白布袜、福字履。“结亲”皎月褶子、红绣花披。“说许”白绣花褶子。“上山”浅湖色绣花褶子。“合钵”黑鸭尾巾、甩发，白绣花褶子。

船　夫　揉脸勾老人纹。白五绺、白发髻、白鬓发、草帽圈、黄或蓝绸条，土黄色茶衣裤、小蓝腰包，蓑衣，白布袜、草鞋。

法　海　勾老人纹。白二涛、香色僧帽、“五佛冠”，香色或黄色僧衣、袈裟，青彩裤，白布袜、僧鞋。“说许”脱袈裟。“索夫”红袈裟。

小沙弥　俊扮。软青僧帽，灰僧衣，青彩裤，白布袜、黑僧鞋。

二小僧　俊扮。软僧帽，灰僧衣，青彩裤，白布袜、黑僧鞋。

鹿　童　俊扮。鹿童巾、红彩球，香色绣花箭衣、披肩，大带、侉子，香色彩裤，薄底。

鹤　童　俊扮。鹤童巾、红彩球，白绣花箭衣、披肩，大带、侉子，白绣花彩裤，薄底。

二仙童　俊扮。孩儿发，绣花褶子，红彩裤，薄底。

南极仙翁　俊扮。白三、老人巾、黄绸条，明黄开氅、小绦子，青彩裤，白布袜、福字履。

八水族　俊扮。戴水族盔，湖色水族服、披肩，侉子、腰箍，薄底。

八神将　俊扮。莲花冠、红彩球，紫箭衣、披肩，腰箍、侉子，红彩裤、薄底。

伽　蓝　揉脸。黑蓬头、黑抓髻、红彩球、金箍，青打衣打裤，大带、绦子、僧背心或黄花箭衣，腰带，薄底。

韦　驮　俊扮或勾金脸。小额子、帅盔、红彩球，黄软靠，苫肩、红靠绸，红彩裤，厚底。

塔　神　勾红三块瓦。黑蓬头、黑抓髻、黑扎、黑耳毛子、翎子、狐狸尾、额子，黑软靠，苫肩，红彩裤，厚底。

道具

茶具	一份	雨伞	一把（带许字）
桌子	一张	椅子	两把
酒具	一份	云帚	三把
禅床	一张	念珠	一串
宝剑	一口	伽蓝棍	一根
龙头拐	一根	红令旗	一面
大水旗	一面	水旗	八面
床帐	一份	灵芝草	一枝
出手枪	八杆	花杆枪	八杆
灵官锏	一根	红书	一本
禅杖	一根	韦驮杵	一根
金钵	一个	景片	一片（雷峰塔形）
石座	一个	山片	一方（高台）
汤碗	一个	“保和堂”匾	一块
喜字屏风	一个	红桌椅披	一份
带鞘双剑	二份（白、皎月色）	船桨	两枝（一枝拴皎月彩球）

幕前曲

<山坡羊>管弦乐合奏　中速稍慢

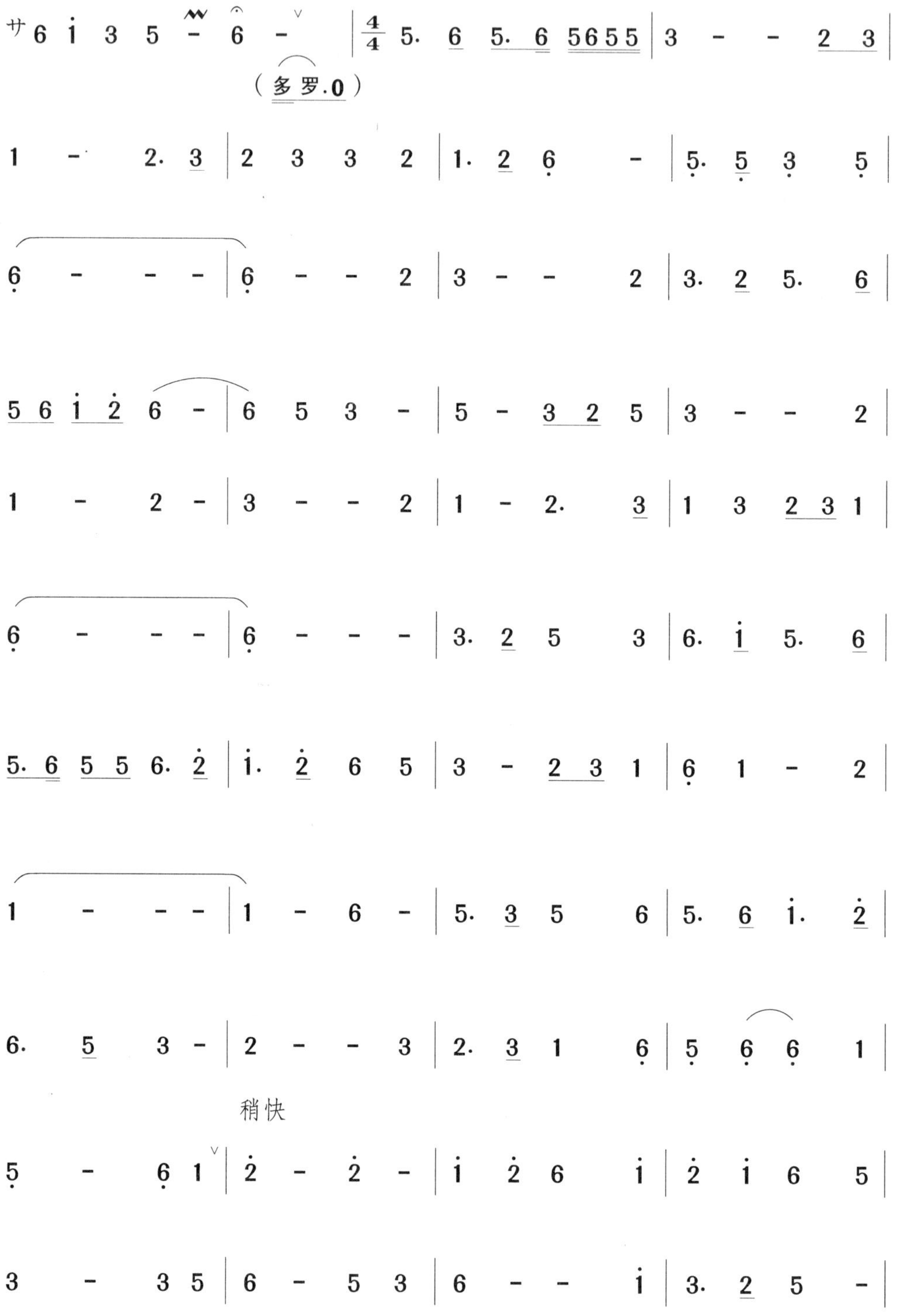

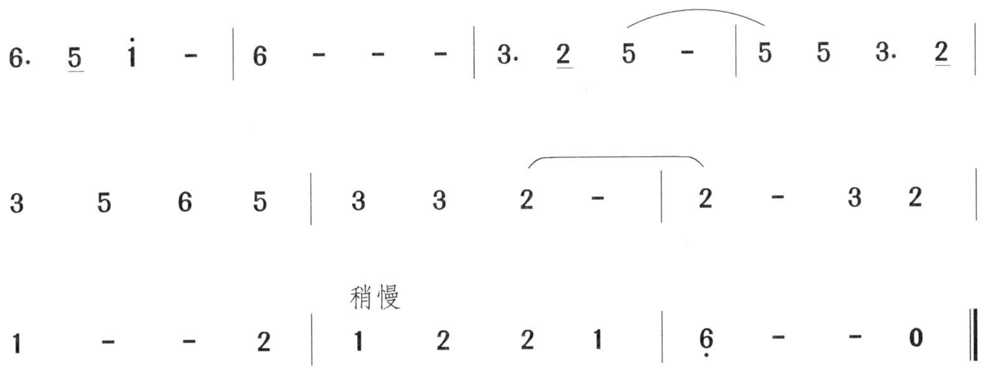

乐曲结束，紧接下页第一场〈开幕曲〉。

第一场

游湖

〔【小锣抽头】小青右手持辫穗向内缓动，左手拿手绢“上场门”上至“九龙口”，右手向右后方扔出辫穗，左手托腮，右“顺风旗”朝观众亮相，一看右手自胸前朝右平撒掌，脚底小圆场，右托掌朝“上场门”台口碎步看，右手抚鬓，圆场走至台中，双手拍掌，圆场至“九龙口”朝“上场门”招右手，双手朝左台口指出，盘卧式亮住。

〔西皮摇板〕

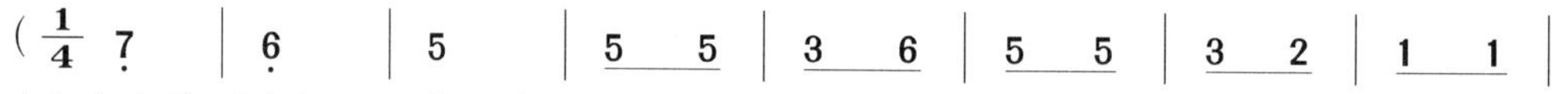

(白素贞从“上场门”上，走至“九龙口”，右举袖、右手绕袖，左手抖袖，小青

迎白双手指左台口，白左双翻袖，双手指右台口)

白素贞

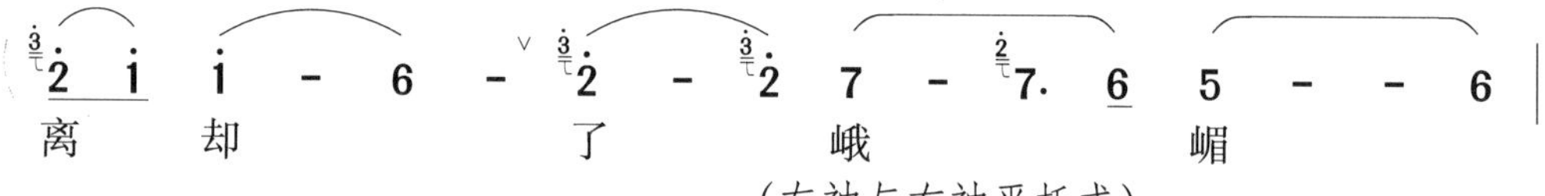

(左袖与右袖平托式)

(双袖翻由右往左缓指)

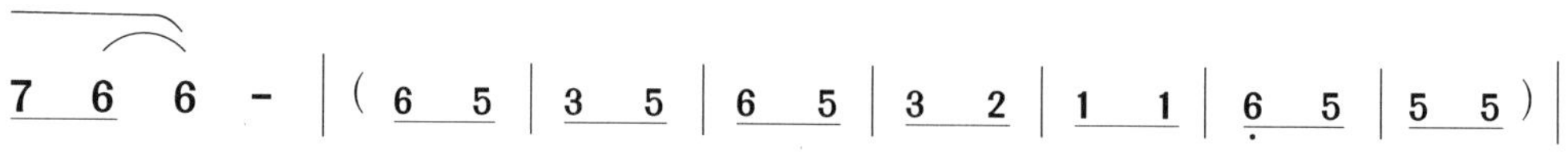

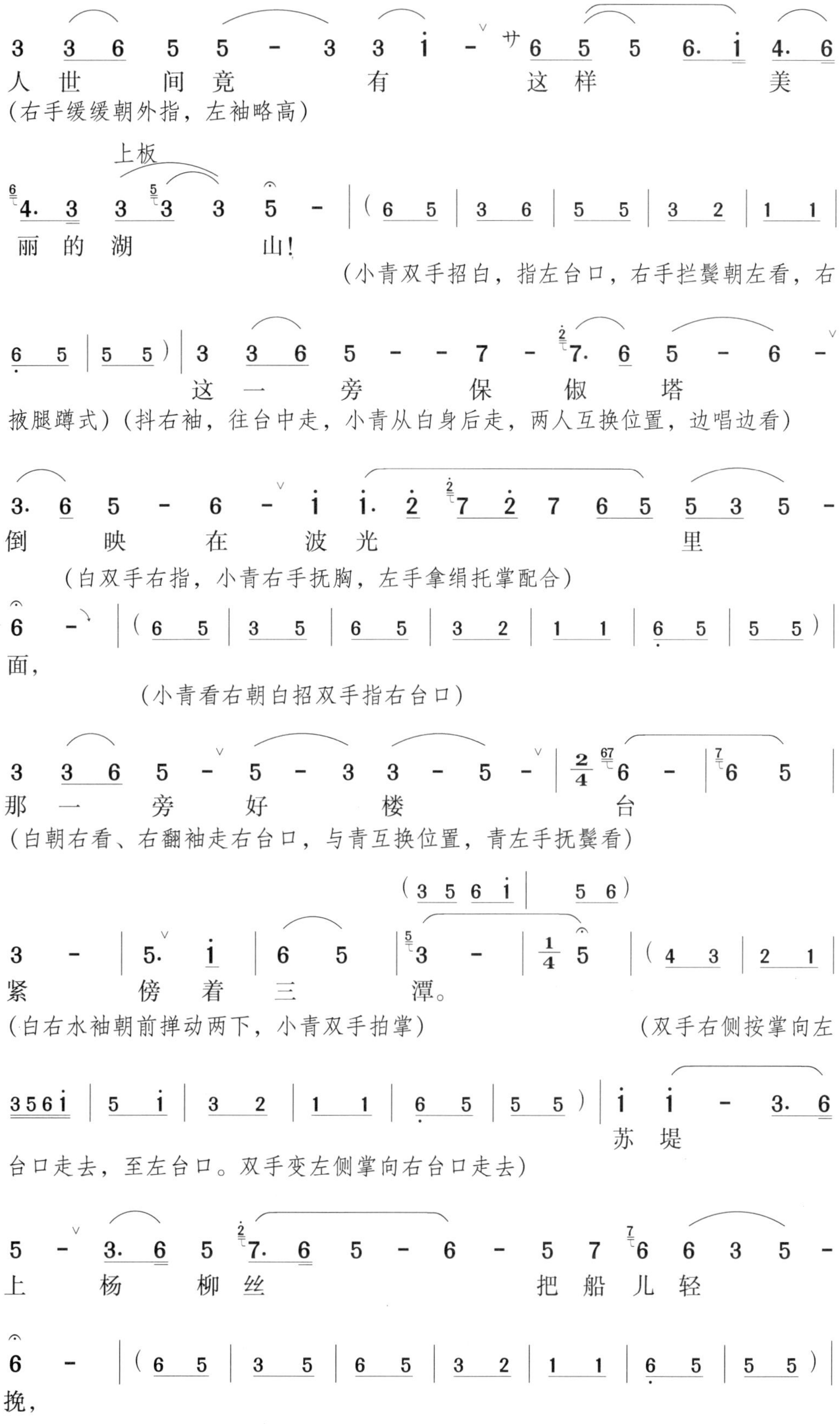
人世间竟有这样美
(右手缓缓朝外指，左袖略高)
上板
丽的湖山！
(小青双手招白，指左台口，右手拦鬓朝左看，右
这一旁保俶塔
掖腿蹲式)(抖右袖，往台中走，小青从白身后走，两人互换位置，边唱边看)
倒映在波光里
(白双手右指，小青右手抚胸，左手拿绢托掌配合)
面，
(小青看右朝白招双手指右台口)
那一旁好楼台
(白朝右看、右翻袖走右台口，与青互换位置，青左手抚鬓看)
紧傍着三潭。
(白右水袖朝前掸动两下，小青双手拍掌)
(双手右侧按掌向左
苏堤
台口走去，至左台口。双手变左侧掌向右台口走去)
上杨柳丝把船儿轻
挽，

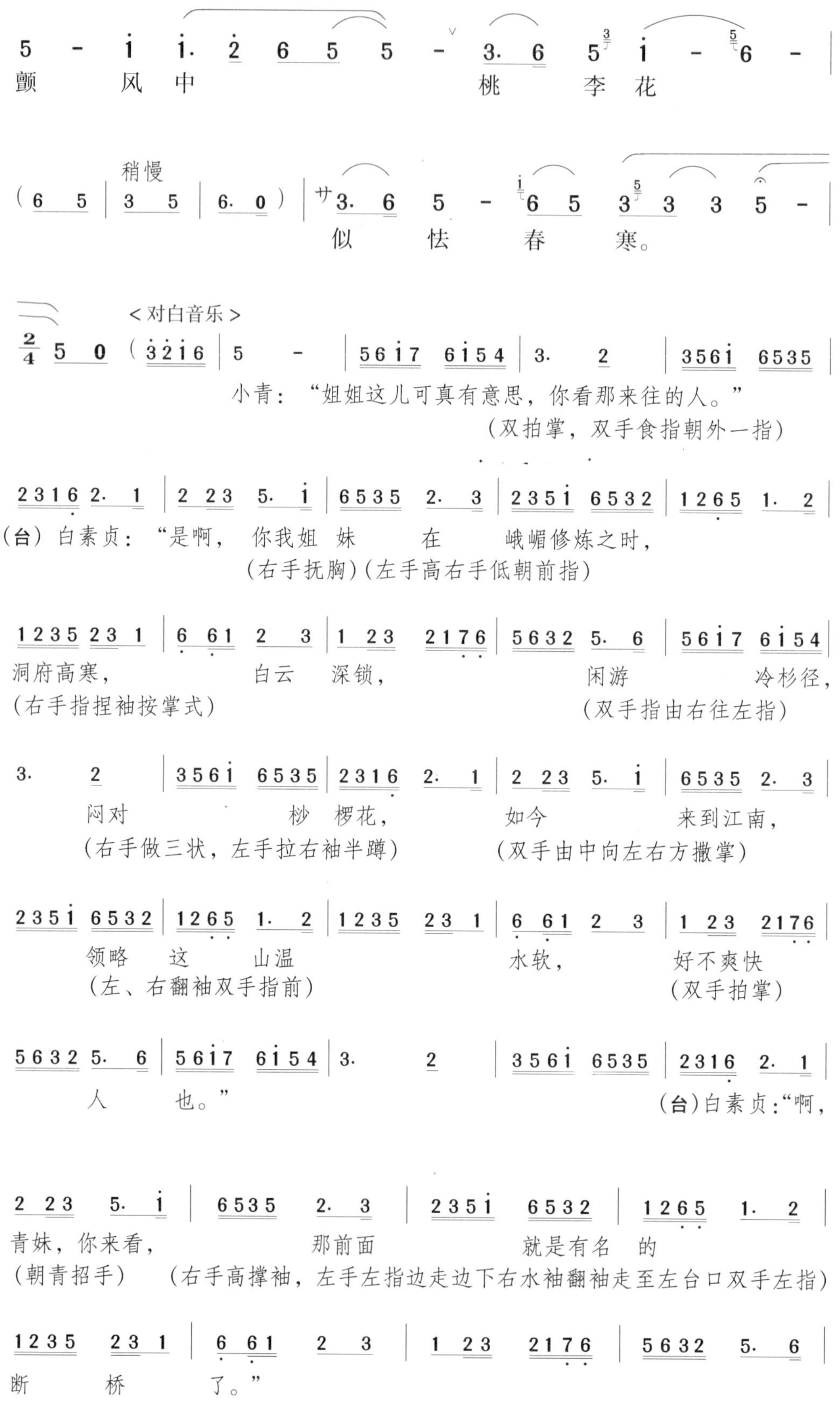
颤 风 中 桃 李 花
稍慢
似 怯 春 寒。
＜对白音乐＞
小青：“姐姐这儿可真有意思，你看那来往的人。”
（双拍掌，双手食指朝外一指）
（台）白素贞：“是啊，你我姐 妹 在 峨嵋修炼之时，
（右手抚胸）（左手高右手低朝前指）
洞府高寒， 白云 深锁， 闲游 冷杉径，
（右手指捏袖按掌式） （双手指由右往左指）
闷对 杪 椤花， 如今 来到江南，
（右手做三状，左手拉右袖半蹲） （双手由中向左右方撒掌）
领略 这 山温 水软， 好不爽快
（左、右翻袖双手指前） （双手拍掌）
人 也。”
（台）白素贞：“啊，
青妹，你来看， 那前面 就是有名 的
（朝青招手） （右手高撑袖，左手左指边走边下右水袖翻袖走至左台口双手左指）
断 桥 了。”

（台）小青：“姐姐，既叫“断桥”，怎么没有断哪？”
（走至白左旁，右手扶白看桥，左手指桥问）
稍慢
白素贞：“青妹呀！”
【小锣凤点头】
（左手摆，边看边上步，二人归原位，白右袖抬至腮边向青亲切一笑，双抖袖）
〔西皮摇板〕
白素贞
（左手拉青右手，右手向青招呼）
虽然是叫断桥
（右手向左指）
桥何曾断，
（摆右手）
桥亭上过游人两
（右手拉袖指出，右手在右颊前托掌）
两三三。
似这等好湖山
（左拉右
愁眉尽展，
袖齐眉，小青拍掌）

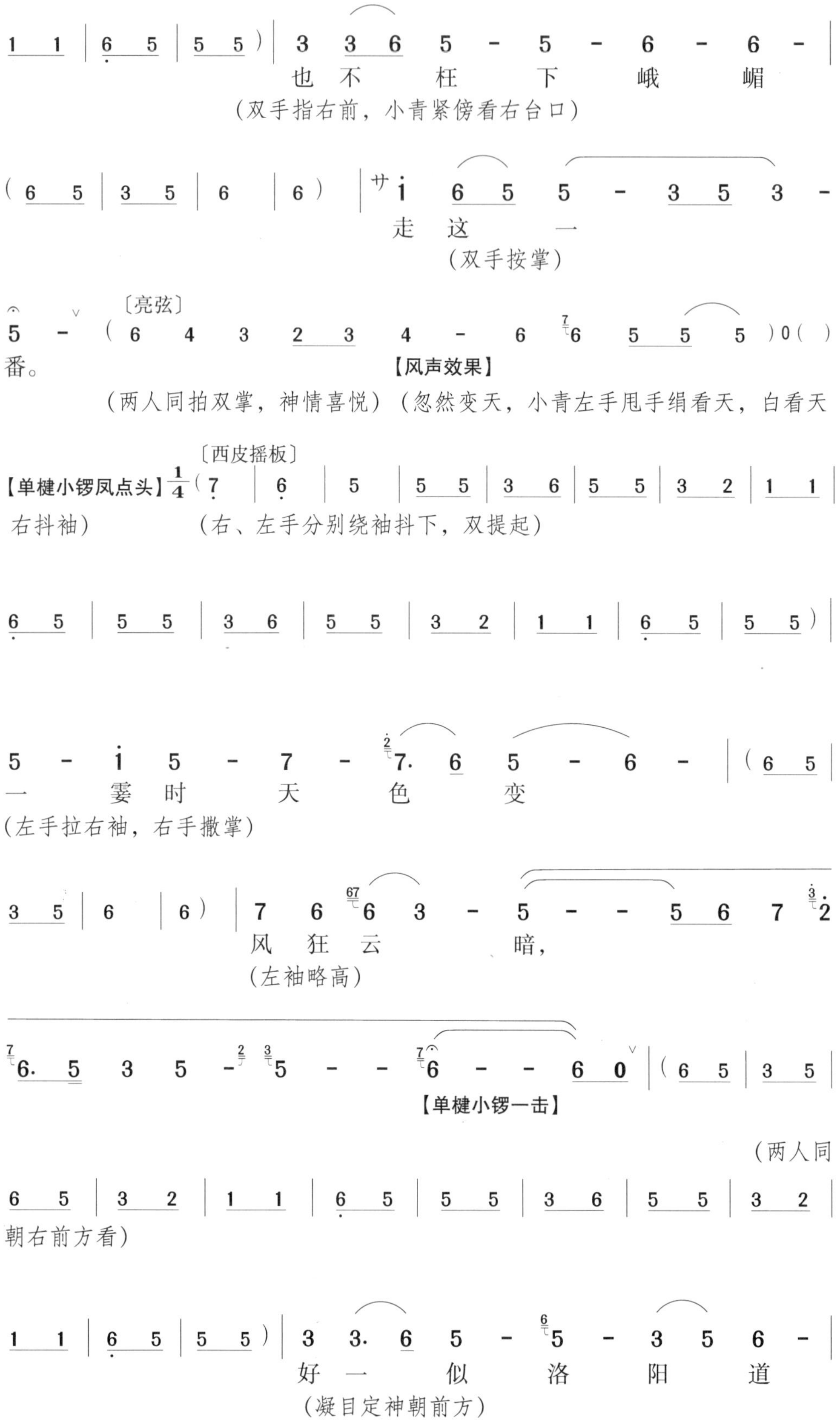
也不枉下峨嵋
（双手指右前，小青紧傍看右台口）
走这一
（双手按掌）
〔亮弦〕
番。
【风声效果】
（两人同拍双掌，神情喜悦）（忽然变天，小青左手甩手绢看天，白看天
〔西皮摇板〕
【单楗小锣凤点头】
右抖袖）
（右、左手分别绕袖抖下，双提起）
一霎时天色变
（左手拉右袖，右手撒掌）
风狂云暗，
（左袖略高）
【单楗小锣一击】
（两人同
朝右前方看）
好一似洛阳道
（凝目定神朝前方）

白蛇传

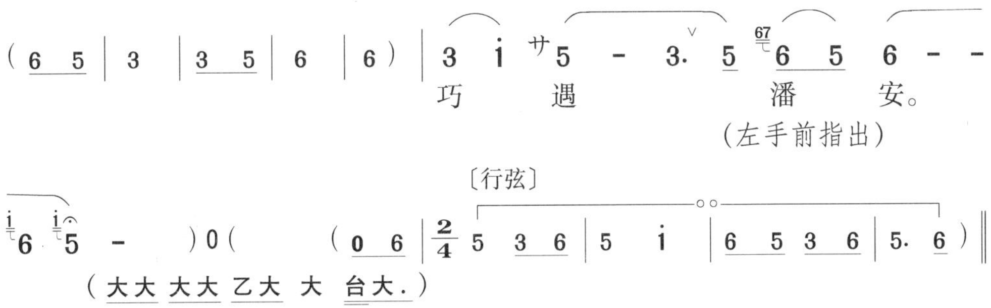

(白左拉右袖，右抚鬓朝前看，惊喜，小青同看前方)

小 青 姐姐，雨下大了，咱们走吧。

(左手一甩手绢，看天，双手指左前方)

白素贞 走哇！(两人从台中退步、朝“下场门”斜退几步，白拉青手)

〖【小锣抽头】许仙左手持伞，右手拎褶子下摆角从“上场门”上，至“九龙口”。

〔西皮摇板〕

许 仙

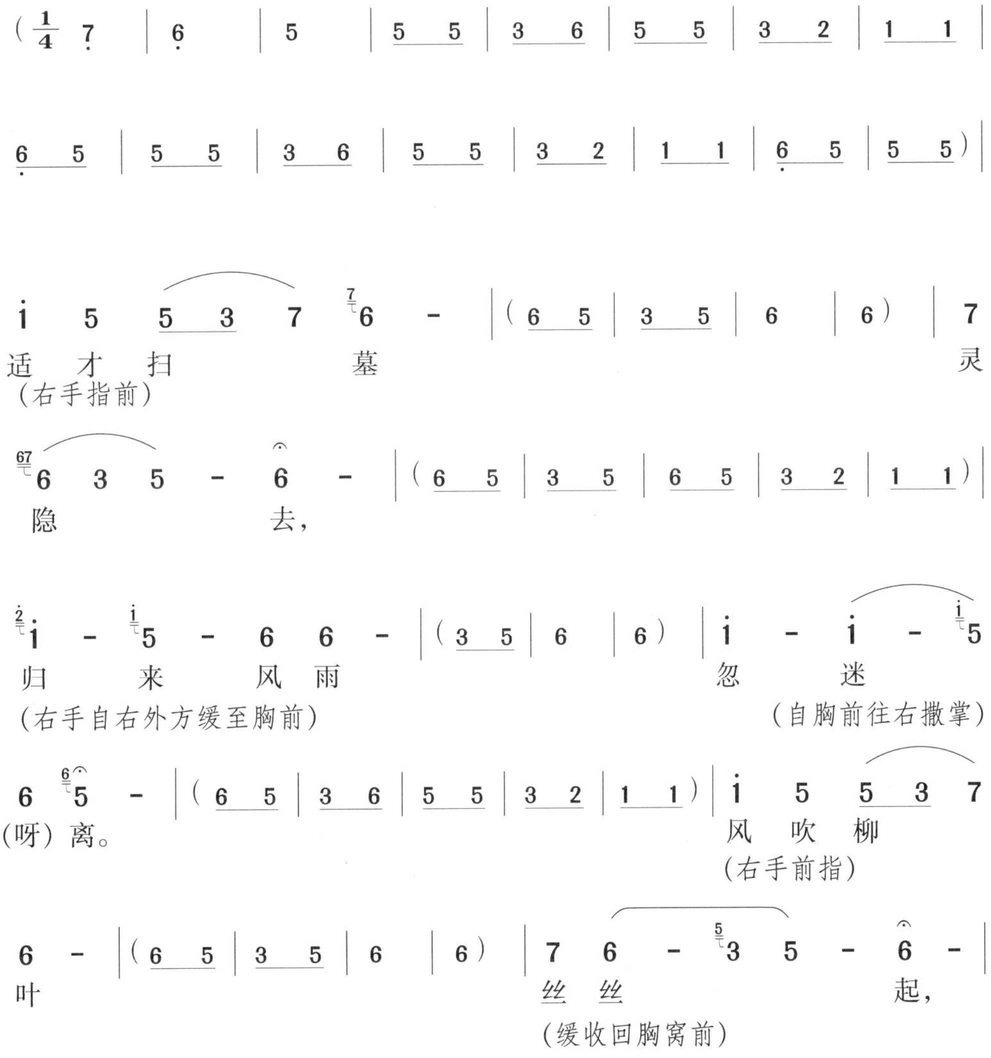

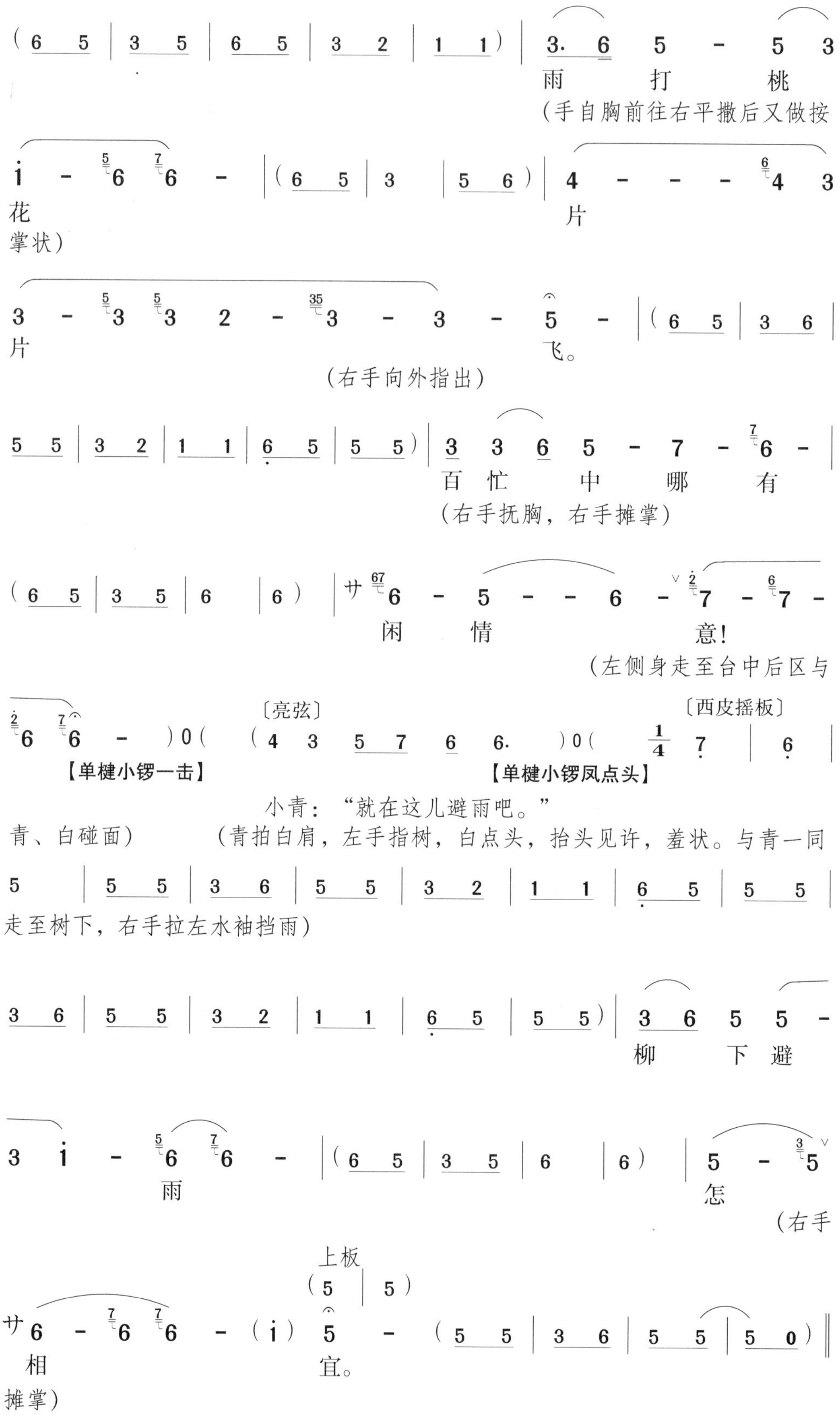
雨 打 桃
（手自胸前往右平撒后又做按
花
掌状）
片
片
飞。
（右手向外指出）
百 忙 中 哪 有
（右手抚胸，右手摊掌）
闲 情 意！
（左侧身走至台中后区与
〔亮弦〕
〔西皮摇板〕
【单楗小锣一击】
【单楗小锣凤点头】
小青：“就在这儿避雨吧。”
青、白碰面）（青拍白肩，左手指树，白点头，抬头见许，羞状。与青一同
走至树下，右手拉左水袖挡雨）
柳 下 避
雨
怎
（右手
上板
相
宜。
摊掌）

许　仙　啊！二位娘子何往？（右手摊掌）

「白示意小青答话，小青向前走几步。

小　青　我们主婢二人，在湖中游玩，（左右手向外分开）不想遇此大雨，（左手指天）我们要回钱塘门去，（左手指前）请问君子您上哪儿呀？（右手指许再变双手摊掌）

许　仙　我在清波门住。（右手指前）这样大雨，柳下焉能避得？（右手摊掌）（看伞）就请用我这把伞吧。（上前一步递伞，青欲接伞，白上前拦青）

白素贞　只是君子你呢！（左手指许）

许　仙　（面朝观众）我么……不要紧的。（右手摆看白）

白素贞　（白朝青摆手）这怎么使得？（摊掌）

许　仙　二位娘子不要推辞。（双手递伞，青右手接伞，左手撑开为白撑伞）

白素贞　多谢了！（向许做躬状）

许　仙　我去雇船。（右水袖撑袖，左袖在胸前，右侧领头前走，白、青两人跟在后面，走至右台口）

「船夫内白："哦喽喽……"由"下场门"双手拿船桨划上至左台口，边摇桨边唱。

船　夫　（サ 多 多 3 - - - -） 3 - 5 - i - 5 - 6 -

桨　儿　划　破

i - 5 - 6 - 5 - 3 -

白　萍　堆　（哟），

6 - （5 5 3 5 6 i 5 1 5 3 2 -

许仙："喂，船家！"（右手撑袖，左袖一挥）船夫：（边晃身）"客人，要船么？"（右手指船）许仙："正是。"（略一点头）船夫："你们要往哪里去呀？"许仙："先送二位娘子到钱塘门，（右手撑袖，左手指前）再送我到清波门

5 1 6. i 5 3 - 2 3 1 2 3 1 - 6 -）‖

去。（指己胸再前指）多给你船钱就是。"船夫："噢！好，好，好，（点头）你们上船来吧！"（右手招手）**（大大大台）**（青持伞搀白上船，船晃）**（大台）**（许翻右袖上船，与青、白、船夫高低晃）

<山歌>

船　夫　2/4（0 1 | 1 2 1 | 1 3 2 21 | 6 56 1 2 |

（扎）

（许仙在前，右手撑袖做挡雨状，青为白撑伞居中，船夫在后摇船。

3 6 5 | 5 6 53 | 2. 32 | 1 3 2317 | 6. 1 |

白与青窃窃私语，白示意青将伞拿去为许撑，青点头、走至许，白右拉左水袖挡雨，

稍慢

2. 3 21 6 | 1. 2 | 3561̇ 53 2) | 3 3 5 | 6 5 6 |

最爱 西湖

许示意青将伞为白撑挡雨，自己不用，青又回白身旁，白双翻水袖将青摊至许，许再

6 1̇ 65 5 | 3 - | 5 5 6 | 56321 1 | 2 3 231 |

二 月 天， 斜 风 细 雨 送 游

三示意不用，青解释是白叫我过来，无奈，只好左手将许拉过来，三人同撑一把伞，白、许一对眼光羞介，白将左袖做背供式、相互回避）

6 - | 1 6 1 | 5 5 3 | 2 35 231 | 6 561 |

船； 十世 修 来 同 船 渡，

（船形由面向右台口斜线站走云步，拉成左台口“斜一字”站）

稍慢 （2 3 231）

5 5 6 | 5 321 | 2 35 231 | 6 - | (6. 0) ‖

百 世 修 来 共 枕 眠。 （台）

船夫：“靠拢些。” （白、许互视，羞介，两人拉开距离）

〔亮弦〕

サ（4 3. 2 3 6 5 -）【单楗小锣凤点头】

许　仙　这雨住了！（看天，右手指，往台左走两步抖右袖，小青收雨伞、双手抱伞甩几下雨水，白捂左袖一乐）

〔西皮摇板〕

许　仙　（1/4 7 | 6 | 5 | 5 5 | 3 6 | 5 5 | 3 2 | 1 1 |

6 5 | 5 5） | 5 1̇ 5 - 7 6 - 7 6 6 3 5 -

一 霎 时 湖 上 天 清 云 （呐）

（右手自胸前向右外方撒掌） （船中，

6 - | (6 5 | 3 5 | 6 5 | 3 2 | 1 1) | 3. 6 5 3 1̇

淡， 柳 叶 飞

许仙在前，白、青居中，船夫在后） （右手前指）

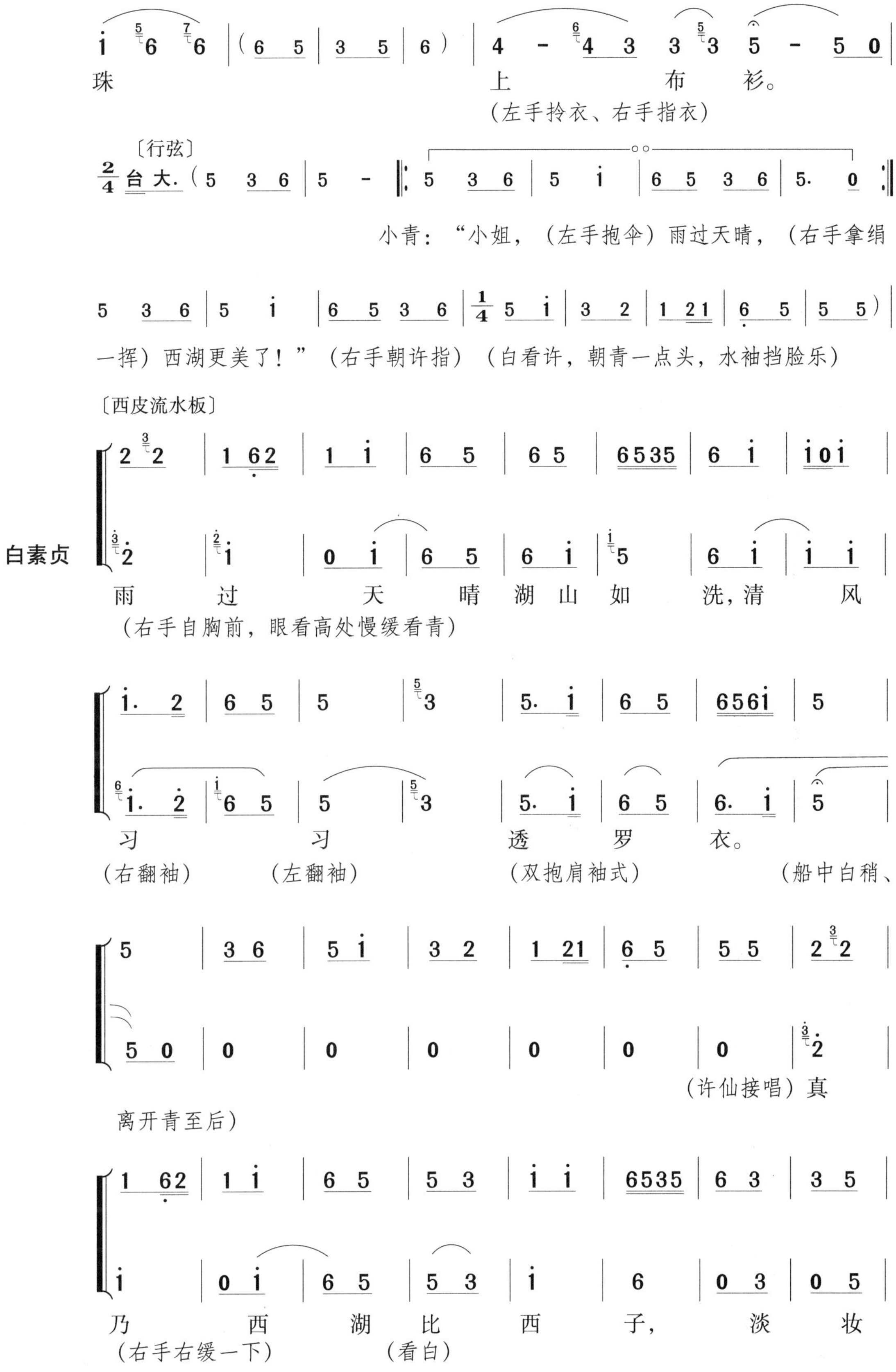

珠
上 布 衫。
(左手拎衣、右手指衣)
〔行弦〕
台 大.
小青：“小姐，(左手抱伞) 雨过天晴，(右手拿绢
一挥) 西湖更美了！” (右手朝许指) (白看许，朝青一点头，水袖挡脸乐)
〔西皮流水板〕
白素贞
雨 过 天 晴 湖 山 如 洗，清 风
(右手自胸前，眼看高处慢缓看青)
习 习 透 罗 衣。
(右翻袖) (左翻袖) (双抱肩袖式) (船中白稍、
(许仙接唱) 真
离开青至后)
乃 西 湖 比 西 子， 淡 妆
(右手右缓一下) (看白)

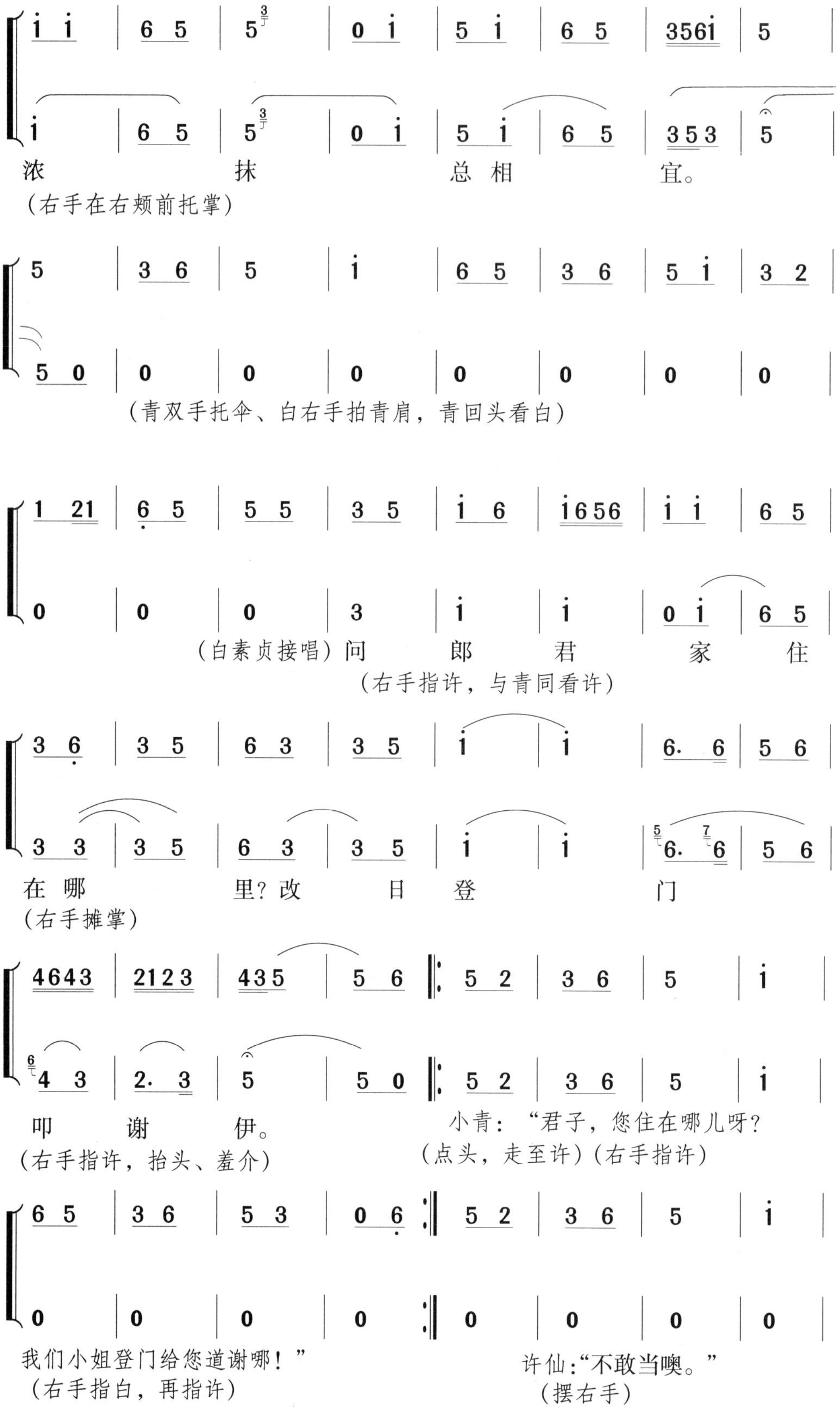
浓 抹 总 相 宜。
(右手在右颊前托掌)
(青双手托伞、白右手拍青肩，青回头看白)
(白素贞接唱)问 郎 君 家 住
(右手指许，与青同看许)
在 哪 里？改 日 登 门
(右手摊掌)
叩 谢 伊。
(右手指许，抬头、羞介)
小青：“君子，您住在哪儿呀？
(点头，走至许)(右手指许)
我们小姐登门给您道谢哪！”
(右手指白，再指许)
许仙：“不敢当噢。”
(摆右手)

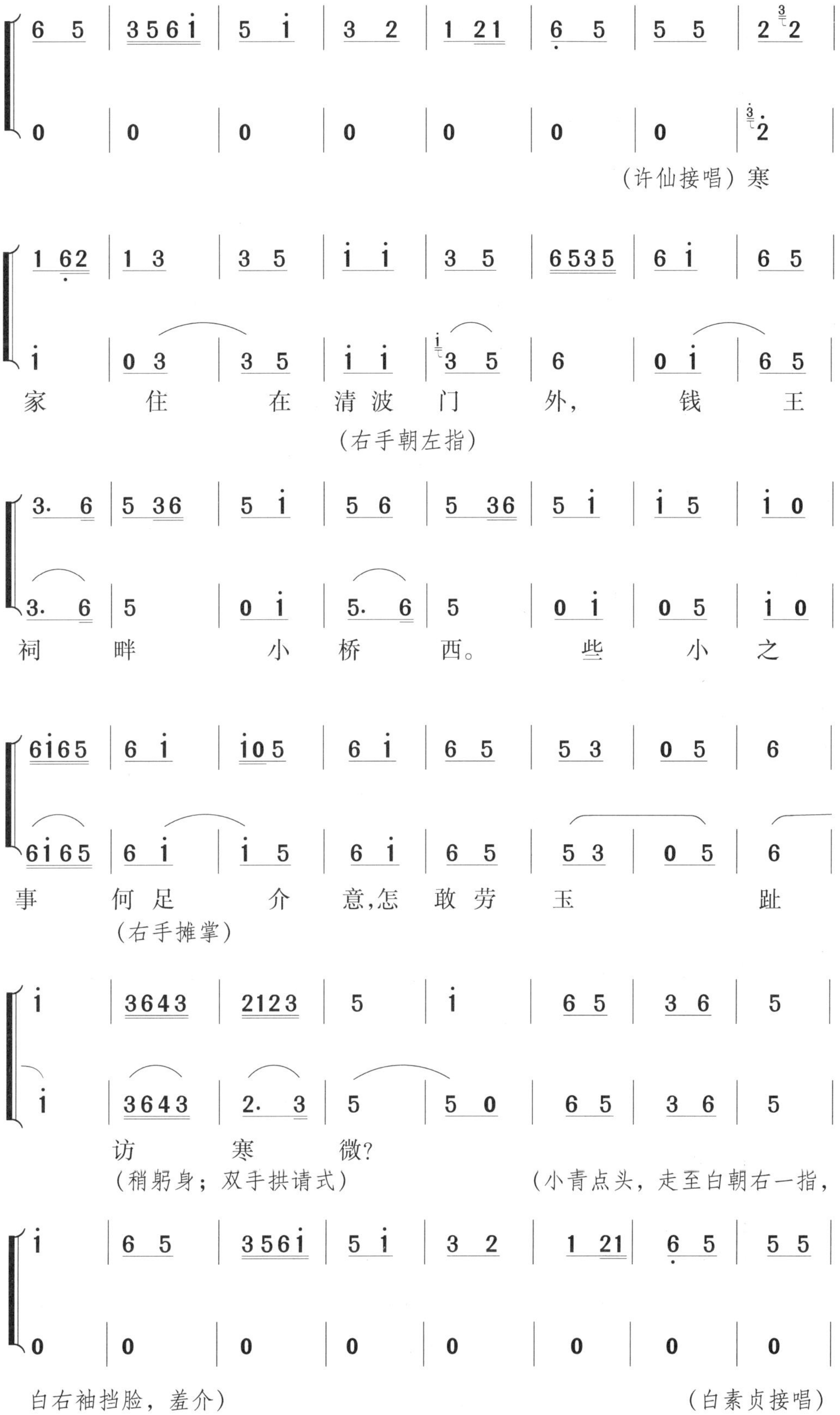
（许仙接唱）寒
家 住 在 清 波 门 外， 钱 王
（右手朝左指）
祠 畔 小 桥 西。 些 小 之
事 何 足 介 意，怎 敢 劳 玉 趾
（右手摊掌）
访 寒 微？
（稍躬身；双手拱请式）
（小青点头，走至白朝右一指，
白右袖挡脸，羞介）
（白素贞接唱）

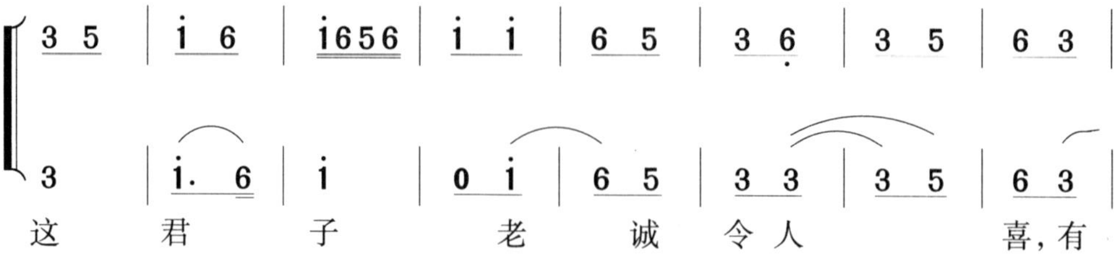

（左袖抬起，右手赞美指，右拉左袖，船形变面向左台侧成横一字形）

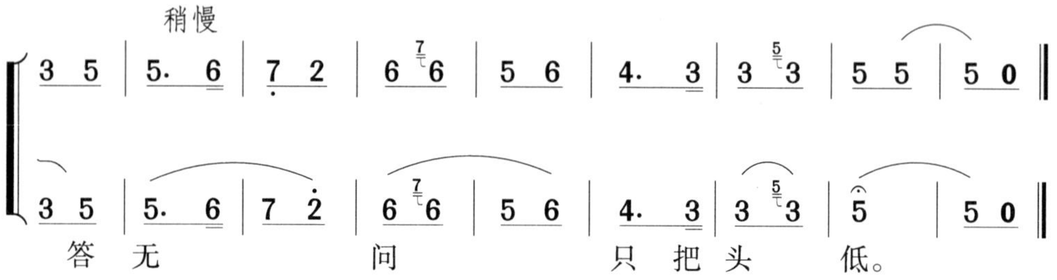

船 夫 啊！客人，（左手指）已到钱塘门了。

小 青 咱们下去吧，这伞……（白左水袖反翻拦青，（台）右水袖朝上一甩，雨声效果右转）哎哟，又下雨了。（台）（右手拿伞，左撑开，为白撑伞，许右手撑袖做挡雨状）

白素贞 是啊，又下雨了，如何是好？（右手摊掌）

小 青 （看许）真是的，这伞……（右手指伞看许）

许 仙 不妨，小姐拿去，（左手指）我改日来取就是。（右手指己胸窝，左手指前）

白素贞 多谢了！（深躬）

许 仙 岂敢！（做躬状）

〔西皮流水板〕 慢起

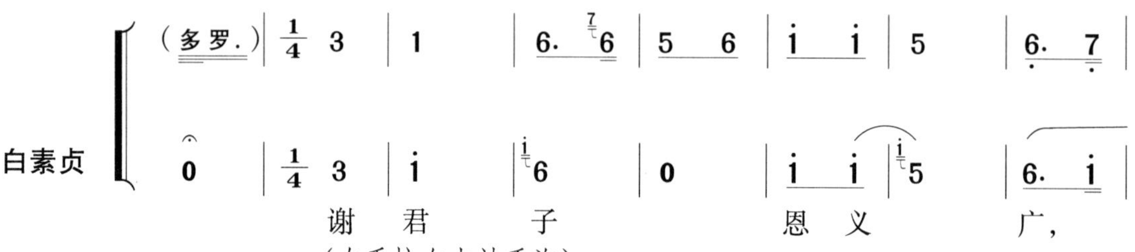

（左手拉右水袖看许）

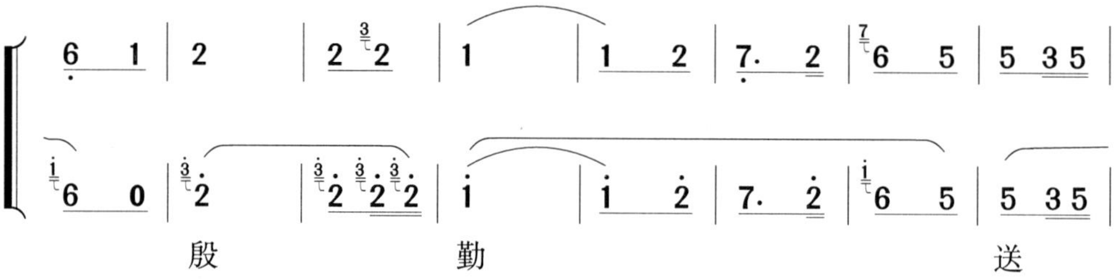

（左手水袖由左外方向右缓至胸窝，右手按掌掸动两下）

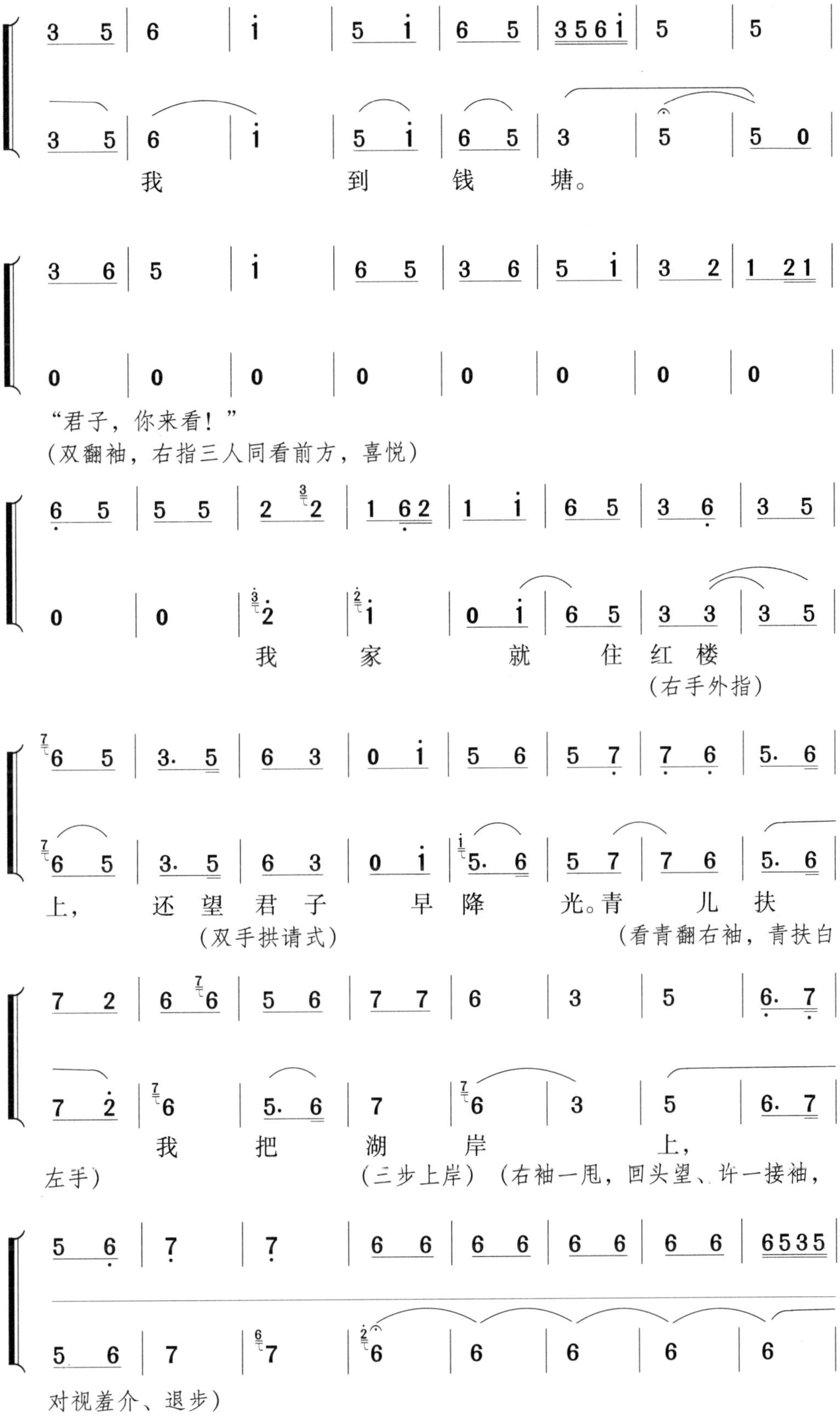
我 到 钱 塘。
“君子，你来看！”
（双翻袖，右指三人同看前方，喜悦）
我 家 就 住 红 楼
（右手外指）
上， 还 望 君 子 早 降 光。青 儿 扶
（双手拱请式）
（看青翻右袖，青扶白
我 把 湖 岸 上，
左手）
（三步上岸）（右袖一甩，回头望、许一接袖，
对视羞介、退步）

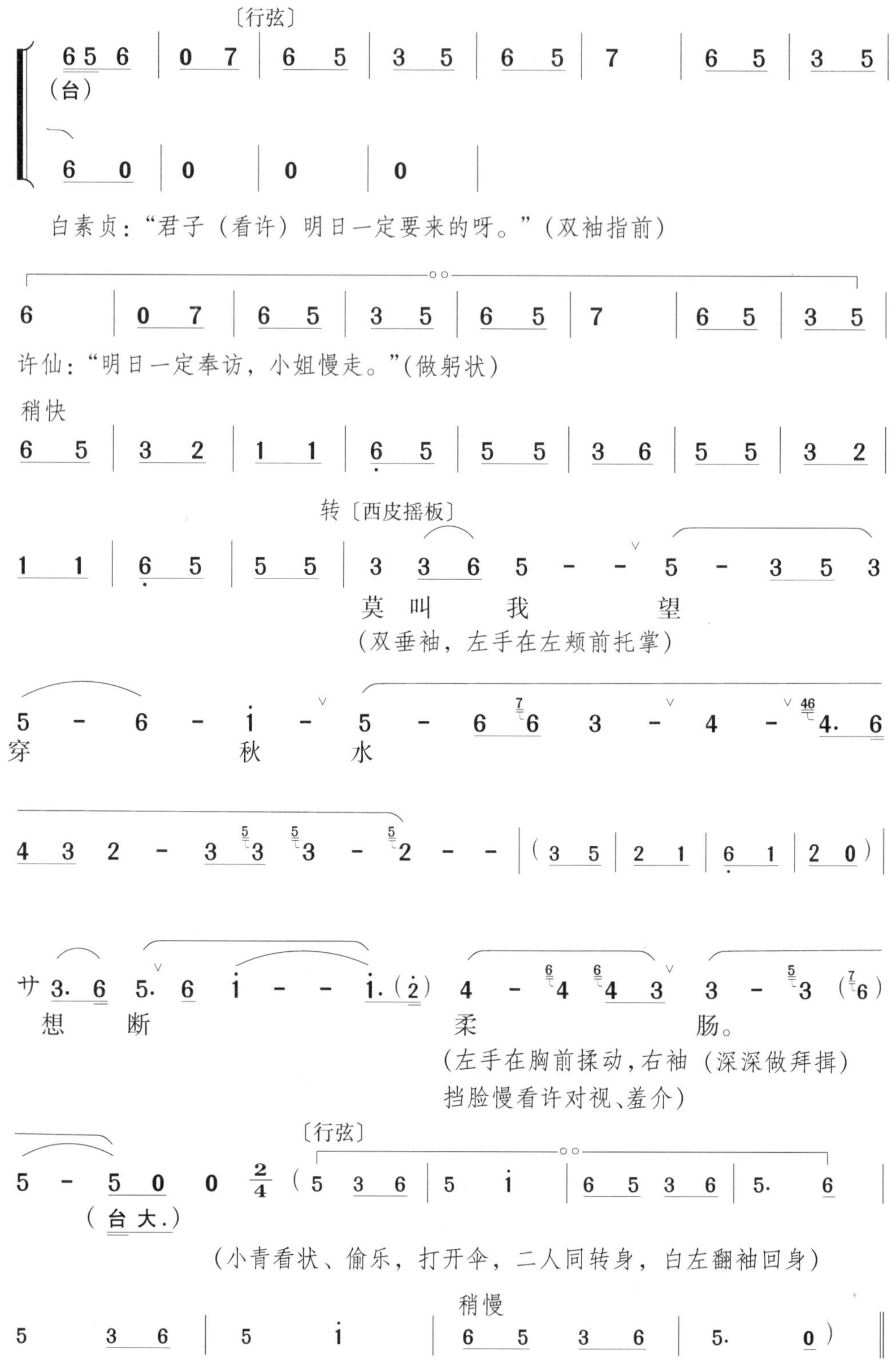
〔行弦〕
（台）
白素贞：“君子（看许）明日一定要来的呀。”（双袖指前）
许仙：“明日一定奉访，小姐慢走。”(做躬状)
稍快
转〔西皮摇板〕
莫 叫 我 望
（双垂袖，左手在左颊前托掌）
穿 秋 水
想 断 柔 肠。
（左手在胸前揉动，右袖挡脸慢看许对视、羞介）
（深深做拜揖）
〔行弦〕
（台 大.）
（小青看状、偷乐，打开伞，二人同转身，白左翻袖回身）
稍慢

许 仙 好一位娘子!

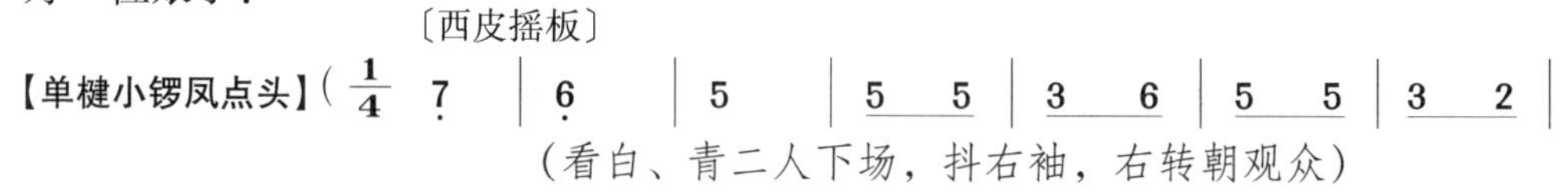
〔西皮摇板〕
【单楗小锣凤点头】
（看白、青二人下场，抖右袖，右转朝观众）

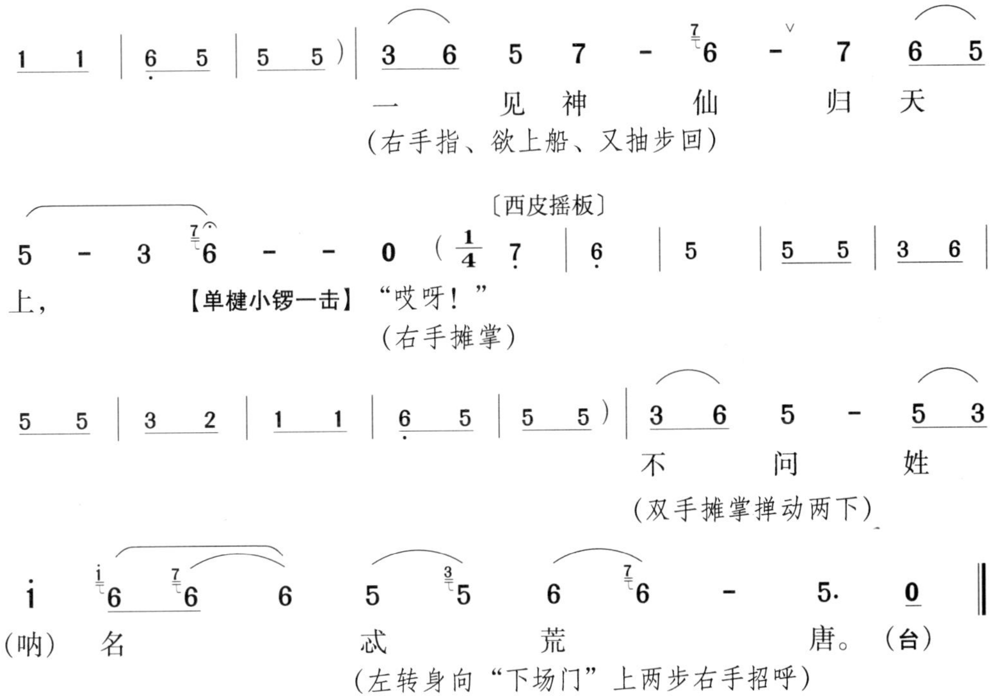

小娘子转来！小娘子转来！

（小青闻声转来）（**大 - 大大 乙 台**）

小　青　君子，什么事啊？噢，是不是要伞？

许　仙　不是的。请问你家小姐她姓什么呀？

小　青　我家小姐她姓白。

许　仙　原来是白小姐。你们知道我姓什么？

小　青　（笑）君子你么？（不假思索地）姓许。对不对？

许　仙　（惊异）你是怎么知道的呀？

小　青　（微笑）你那伞上不是有个大大的一个许字吗？明日个请君子早点来，免得我们小姐久候啦。**【小锣打下】**（“下场门”下）

许　仙　我，是是是，小娘子慢走。

〔水声。（**大台**）（喜极健忘）

哦呀！她姓什么呀？

船　夫　她姓白。（**台**）

许　仙　她姓白。

船　夫　怎么你们不相识啊？哦呀呀，我还当你们是一家人哩。

许　仙　有道是“相逢何必曾相识”，

船　夫　（接念）“风雨同舟便一家”。

许　仙　啊！

船　夫　啊！

许　仙　哈……

船　夫　哈……（撑船）客人小心了。

〔船缓缓向“下场门”驶去、幕落。

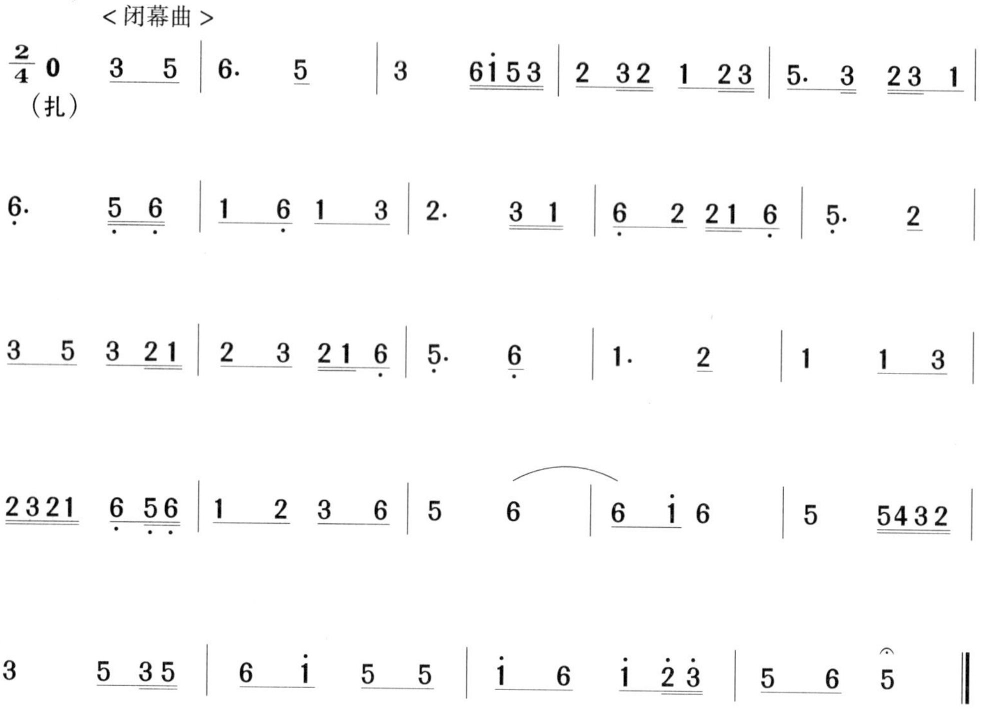

第 二 场

结 亲

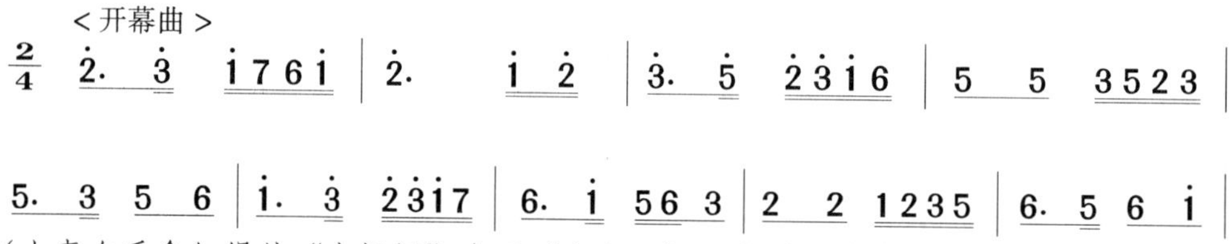

（小青右手拿红绢从“上场门”上至“九龙口”，左手托掌在左颊看，出房门往左

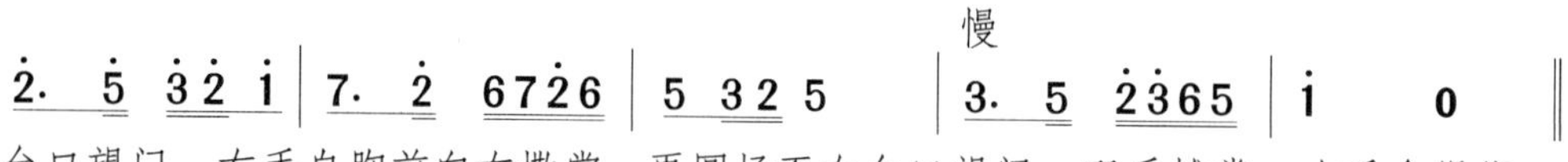

台口望门，右手自胸前向右撤掌，再圆场至右台口望门，双手摊掌，右手拿绢绕一小圈，左转身进门，看见伞，圆场至伞处，拿伞整理又放回原处）

〔**【小锣抽头】**许仙“上场门”上至“九龙口”看，抖右水袖。

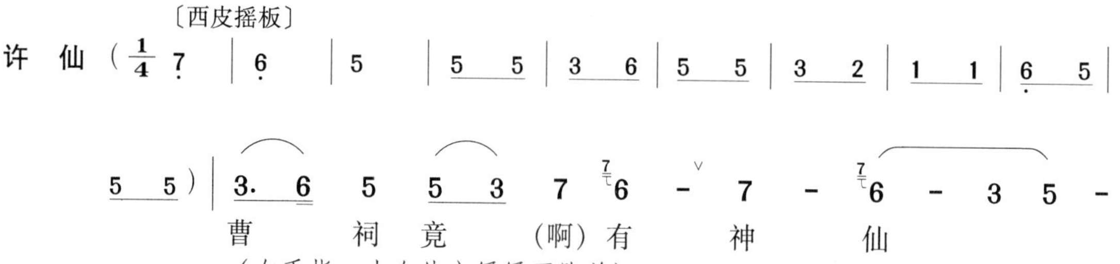

（右手指，由右外方缓缓至胸前）

6 |（6 5 | 3 5 | 6 5 | 3 2 | 1 1 | 6 5 | 5 5）| 3 6

境，一

5 - i i - 6 - 4 - 4 - 3 - サ 3 - 3 5 - ‖

角 红 楼 傍 水 滨。

（右手向左横指）（双手向左右分开，走至台中，小青迎上来）

<对白音乐>

2/4 5 65 3 | i i 65 3 | 2. 3 1 6 | 5 6 |

小青：君子来了！君子请进。您请坐。有请小姐。（双手拱请式，右手让指座，往“上场门”走去）

白素贞：何事？（“上场门”上至九龙口）

小青：君子来了。（左手指许，“上场门”下）

白素贞：君子来了！君子在哪里？（垂水袖，掂起）

‖: 656i 6535 | 2. 3 2 | 1 2 | 6 5 6 |

许仙：小生拜躬。（左拉右袖做躬状）

白素贞：君子请坐。（拱手）（青从“上场门”端茶上、放桌，站白椅后，白、许二人坐，喝茶，许在大边）

6 5 3 2 | 3 2 5 | 3 5 6 | 6 5 2 3 |

白素贞：昨日在湖中遇雨，若非君子借伞、雇船，我主婢二人，真不知如何是好。

（右手指，双手拱请）（双手摊掌看许）

5 6 3 2 | 1. 3 | 5 3 6 5 |

许仙：此乃分内之事，何足挂齿！（略一躬）

白素贞：请问君子府上还有何人？（双手拱请、看许）

许仙：小生自幼父母双亡，（双手拱请式）

3 5 2 | 2 3 2 | 1 2 1 6 | 2 1 6 :‖

寄居姐姐家中，靠姐姐推荐，在药铺作伙。（下面音乐随时收住）

（右手向左横指）

白素贞 既在药铺作事，昨日哪有工夫，到西湖游玩呢？

（左手指）（左食指一绕，右托掌）

许　仙 小生哪里是在湖中游玩，先母就葬在灵隐山后。昨天，乃是先母忌日，告假半日，到我母亲坟上拜扫，归途大雨淋漓，才得与小娘子相遇。

（双手摊掌）（双手拱请式）（右手由右外方向前缓至胸高前掸动两下）（双拱请式）

白素贞 君子如此纯孝，真乃可敬！

（双手拱请，左托袖，右手大拇指做赞美式）

许　仙 岂敢！（双手搭袖）（白站起左手拉小青，右袖挡与小青说悄悄话）

小　青　哎哟！这怎么好意思问呢？你们当面说说不好吗？（双手指许）您当面说去吧！嘿，嘿，嘿……

〔白双袖垂作躬，（**大大大大台**）白双翻袖推青至许身旁，白一乐右转“上场门”下。

小　青　君子，我们小姐问您娶亲了没有？

（双手指“上场门”，左手指许）

许　仙　哎！小生零仃孤苦，还提什么“娶妾”二字？（双手摊掌）

小　青　哦！您还没娶亲，（左手摇摆）太好了！（双手拍掌）小姐也没出嫁。（站起，右手指前）我们主婢二人，也是零仃孤苦，（左、右手摊掌）无依无靠。（双手摆动）小姐意欲与君子，（双手拱请式）结为百年佳偶，不知您意下如何呢？（双手摊掌）

许　仙　哎呀！（站起）若得小姐为妻，（双手拱请式）真乃喜出望外。只是，小生方才说过，在药铺作伙，寄人篱下，（右手食指向左横指）怎能养得活小姐与小娘子呢？（双手拱请式）

小　青　嗨！（左手一摆）我们主婢二人，也不是在柴、米、油、盐上打搅的。（左、右手摊掌）先老爷去世，（双手拱请式）还留有一份家财。（双手自内向左右分开）您在药铺作伙，（左手朝许指）小姐也深明医理。（右手指前由外向内掸动两下）结亲之后，学个夫妻卖药，（双手指对）还愁什么呢？（双手摊掌）

许　仙　嗯……也该回去禀告姐姐才是。（拱请式）

小　青　嗳！忙什么的？（左手一挥绢）结了亲，带着新娘子，（右手指）一块去见姑奶奶、姑丈，不更有意思吗？（双手拱请式，双手摊掌）

许　仙　只是仓促之间，不曾带得聘礼，如何是好哇？（双手左、右摊掌）

小　青　嗨！还要什么聘礼呀！噢！您那把雨伞，（双手食指指左边雨伞）就是你们定亲的上好礼物！今儿个就是良辰吉日，（左手拉许手）待我点起花烛，你们就拜见了吧！（双手往右一小绥，右转身端桌上茶盘“上场门”下）

<拜堂音乐>

0 i | 2/4 6 5 3 2 | 3235 2· 3 | 23 5 5 2 | 3 32 1 |
（扎）

（许惊喜，不知所措，看青下场，往前急走几步，双手拍掌）

|: i i 6 5 | 23 5 5 i | 6i65 3 2 | 1· 6 | 1 1 23 |
（台）

（往左台口走几步右回身）

5 3 5 i | 6 5 3235 | 2· 3 | 5 3 5 i | 6535 2· 3 |

（小青右手拿红衣服上场，左手指许）

5 6 5 32 | 1 23 1 | 6 2 7 6 | 5 6 i | 7 7 7 6 |
（台）

（许指自己）　（穿衣服）　（小青“上场门”下场，又举两个

5 6 1̇ | 3 2 3 5 | 6· 5 | 6 1̇ 5 3 | 2· 3 |

红灯上场放至桌上，许左、右翻袖看大甩右袖）　　（台）

（双手一挥，天幕大红喜字亮起来，许双袖抖，转身下）

2 5 5 32 | 1 2 1 :‖

小　青　得！都收拾好了。我给你们赞礼吧！（站在桌前）

（念）“千里姻缘一线牵，（右手指前）

伞儿低护并头莲；（左、右手由外至胸前并拢）

西湖今夜春如海，（双手按掌自胸前向左右分开）

愿作鸳鸯不羡仙。”（双手拉绢，身晃动向前指出）

动乐搀新人！（“上场门”下，搀扶白“上场门”上至台中与许相见、对视、羞）一拜天地，（青站台中，左手指天）（白、许面对观众作躬）二拜高堂，（二人转身，朝青拜，青急躲开）夫妻对拜，（白、许对拜）送入洞房。（青双手向右一缓指“下场门”，急走至台中，左手示意许搀白，拿起桌上两个红灯右高左低高举，许拉白，右袖搭白肩亮相“下场门”下）

第　三　场

说　许

<开幕曲>

（多 多）| 2/4 3 5 3 21 | 6̣ 1 3 2 | 1· 7̣ | 6̣123 1 2 |

5 3 2 1 | 61̇65 4 3 | 5· 6 | 5 1̇ 6 5 | 4· 3 |

2 3 5 6 | 1· 7̣ | 6̣123 1 2 | 5 3 2 1 | 61̇65 4 3 |

（白素贞从“下场门”背身上，整理鬓发走至后台中左转身）

转<鹧鸪天>

5 56 7656 | 1̇ 5·6 1̇561̇ | 5 65 4323 | 5 32 51̇56 |

（台）

（左手抚鬓发）　　（右反翻袖左背袖看“上场门”

1̇ 6 6 5 | 3256 2123 | 51̇56 1̇· 7 | 6 56 4323 |

（台）

右抖袖翻袖、左搭右袖边朝左走向左转，抖袖、掂袖转向观众）

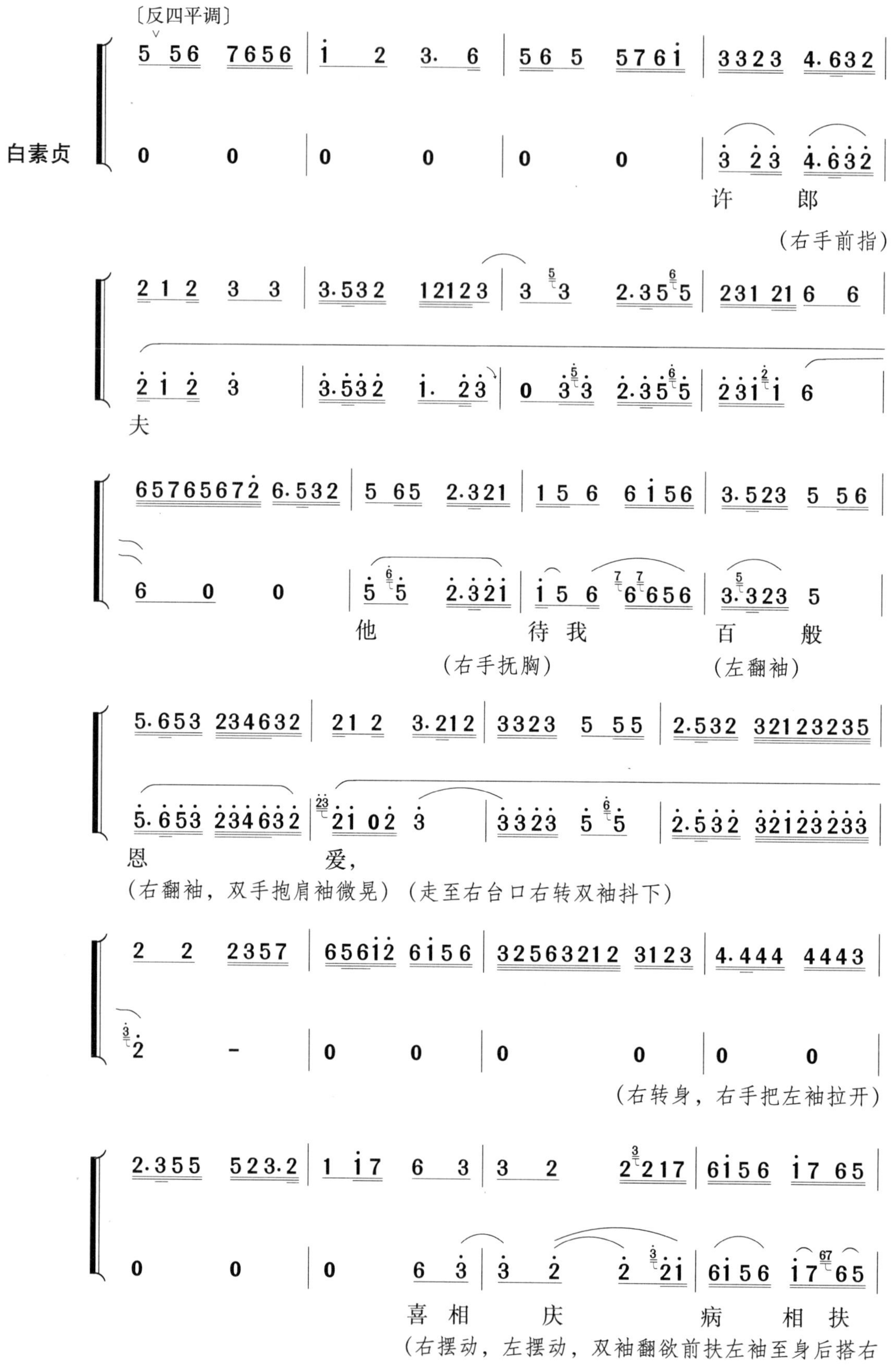
〔反四平调〕
白素贞
许 郎
（右手前指）
夫
他 待我 百 般
（右手抚胸）
（左翻袖）
恩 爱，
（右翻袖，双手抱肩袖微晃）（走至右台口右转双袖抖下）
（右转身，右手把左袖拉开）
喜相 庆 病 相 扶
（右摆动，左摆动，双袖翻欲前扶左袖至身后搭右

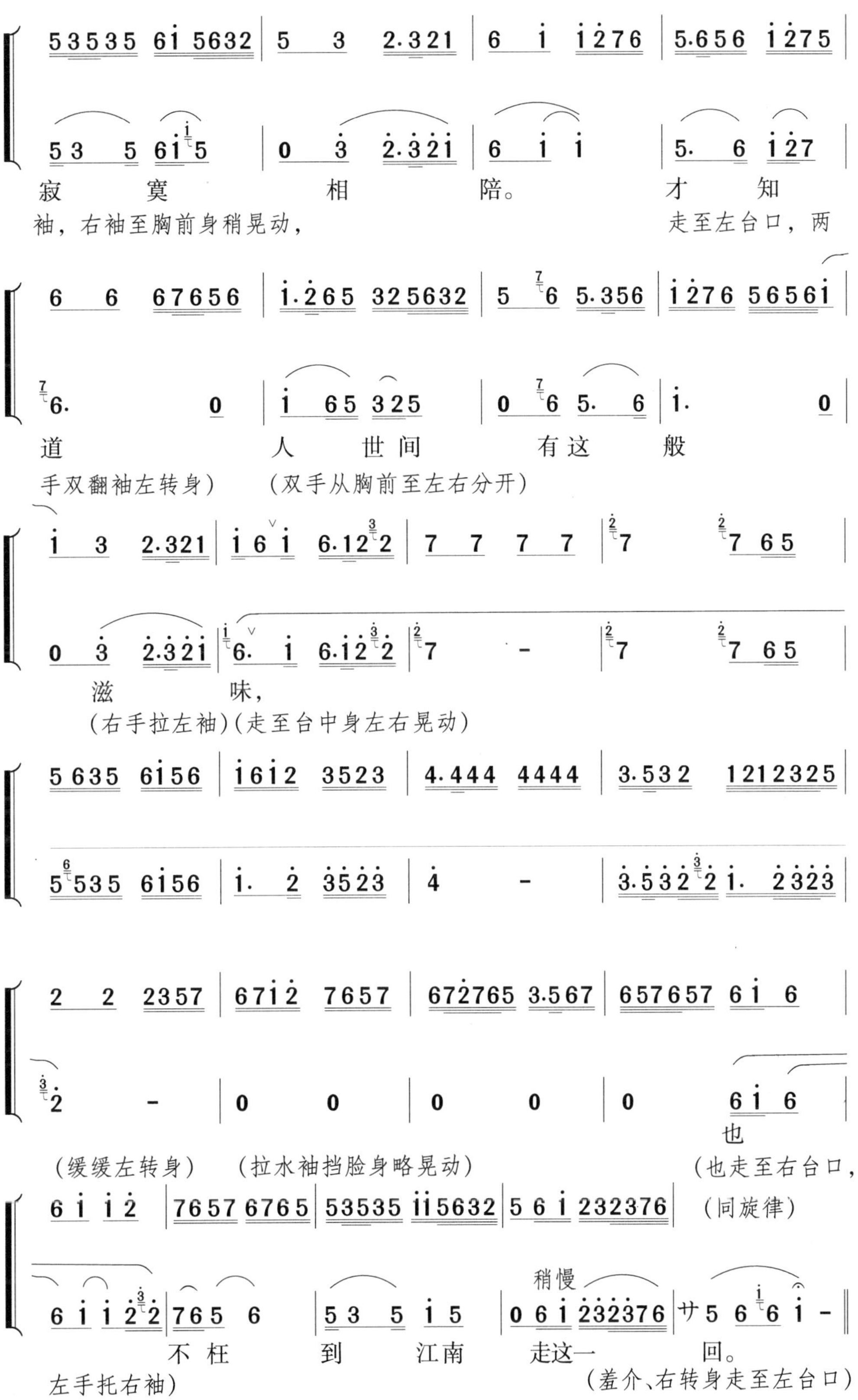

〔【小锣抽头】许仙左手拎果筐、右手扶筐“上场门”上至“九龙口”。

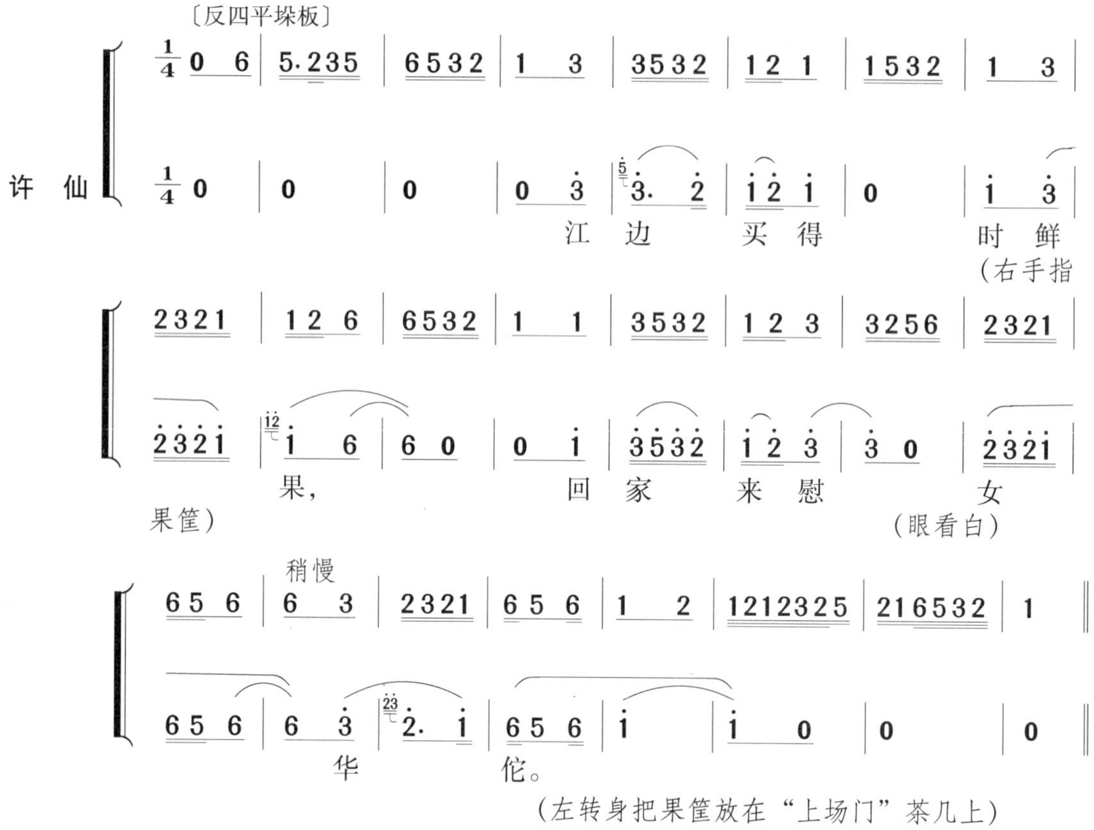

白素贞 官人回来了！（朝许）

许 仙 娘子。（迎上前）娘子忒以辛苦了，（右手指白）歇息歇息吧。（双手搀扶白）

白素贞 见了病人，怎么歇息得下？（右指朝左指再摊掌）

许 仙 你不要忘了，你是有孕之身了。（右指白腹）

白素贞 晓得。（左袖挡脸，右打袖）（台）官人买些什么哇？（看见茶几上水果篮，走过去看）

许 仙 适才在江边，见有卖洞庭山时鲜水果（左指），买些回来，（走至白身旁）与娘子品尝。（扶白）

白素贞 蒙官人见爱，（双手拱请式）多谢了！（抖右袖作躬）

许 仙 哟！娘子说哪里话来！（右手自胸前托掌向右撒掌）许仙自幼，零仃孤苦，（自右外方向缓向胸前）自得娘子，（双手拱请式）才知人生幸福。（双手向左右分开）如今来到镇江，赖娘子之力，（双手拱请式）药铺如此兴旺，卑人真不知怎样感激娘子才好喔！（双手搀白，白双手摆动）

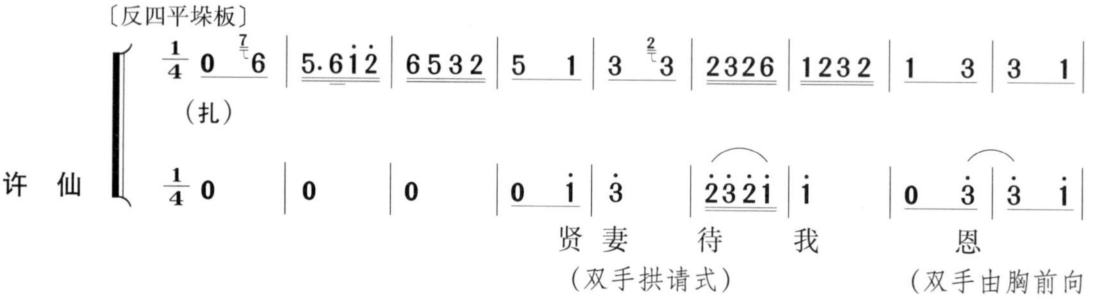

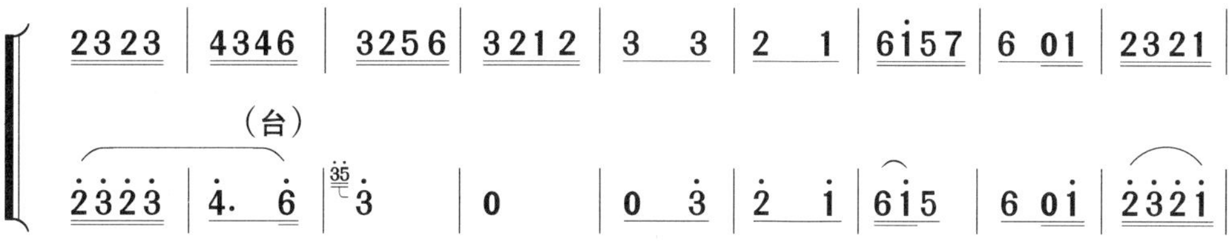

似　　海，　　我与你到房中把绣

左、右分开托掌）　　（右手指“下场门”，双手自胸前

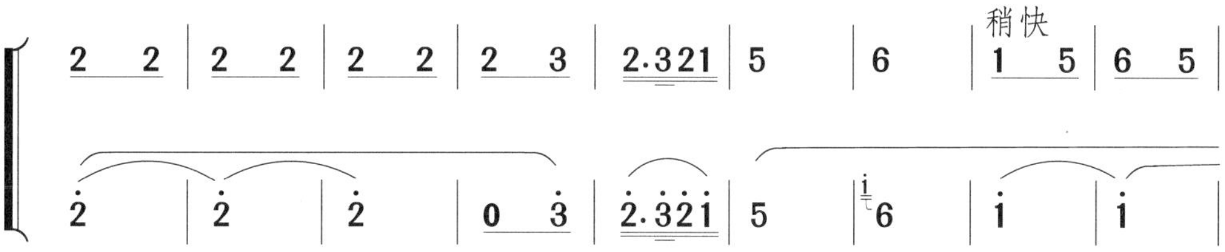

被　　安　排。

左、右分开铺掌）

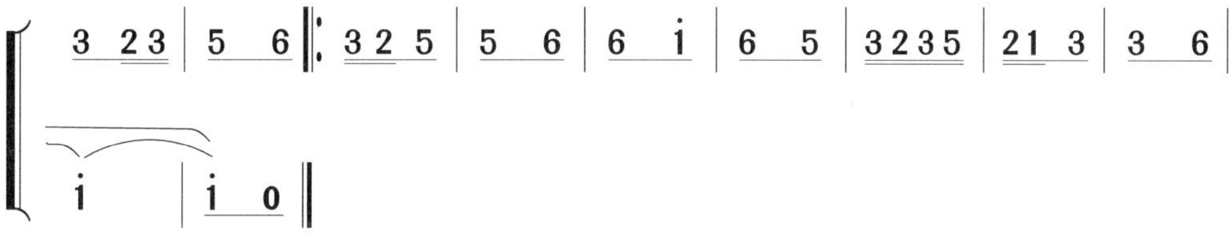

（白双袖朝右翻，许拉白右袖，白闪身，许抖右袖，

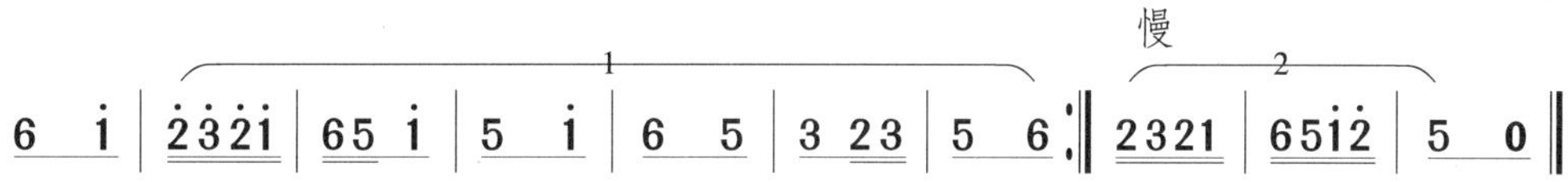

上步，搭袖于白肩，两人“下场门”同下）

〔【**大锣五击**】法海右手捻佛珠“上场门”上至右台口。

法　海　许官人在家么？（左手朝“下场门”招手）

〔许从“下场门”上，正欲拿水果篮，听见法海声，放篮、出门。

许　仙　师父请了。

法　海　你就是许官人么？（左手佛掌）

许　仙　正是。请问师父上下？（双手拱请式）

法　海　老僧法海。（左手合十）

许　仙　哎呀！原来是法海老禅师，（双手拱请式）失敬了。请到里面。（右手让）

法　海　请。（**大台**）（二人合扇进门）

许　仙　弟子月前，也曾捐过檀香一担，（右掌朝左）想已收到了？（右手摊）

法　海　深谢施主。（左手合十）老僧今日不为募化，乃为看病而来。（左手指许）

许　仙　拙荆劳累了，歇息去了。（右手朝左指）

法　海　休要惊动尊夫人。（左手摆）许官人！

许　仙　嗯？

法　海　请借步讲话。

许　仙　是。（**大大大台**）（二人出门）

法　海　许官人，老僧是与施主你看病的。（左手指许）

许　仙　我，无有病哪！（右手摊）

法　海　看施主满面黑气，被妖孽所缠，（左手指）怎说无病？（左手摊）

许　仙　妖孽？在哪里呀？（双手摊）

法　海　就在施主身边。

〔（**大大大大台**）许朝左转一圈。

许　仙　师父，（**大台**）无有哇？（左右一看）

法　海　老僧查明，你妻子乃是千年妖精所化！（左手指前）（**大大大大台**）

许　仙　（眼珠一转）唉！（脸朝法海）我妻乃是贤德之人，（伸右拇指做赞美状）怎说是妖精所化！（右摊掌）师父说出此话，忒以无礼了！（右朝法海甩袖）

法　海　许官人，老僧喜你善根甚深，才亲下金山，指点于你。（左指许）你若执迷不悟，久后必被她所害。（左手指前）

许　仙　她若害我，（右抚胸）为何又待我如此恩爱呢！（双手摊掌）

法　海　此乃她迷惑于你。（左手指许）待等时刻一到，她定要将你吞吃腹内！（左指自己腹）（**大大大大台**）

许　仙　（一思索）她每日废寝忘餐，医治病人，（右手指前）也是迷惑于我不成？（右手摊掌）

法　海　许官人哪！（左手摆）

（念）许官人休得要执迷不醒，（右摆手左拿佛珠）

她本是峨嵋山千年精灵。（边说与许互换位置，右手指地）

时候到必定要害你性命，（指许）

那时节想回头再世为人！（右手掸动两下）

许　仙　师父哇！（摇头，抖右袖）

〔亮弦〕

【单楗大锣一击】サ（ 4 3. 2 3 6 5 5 5 5 ）**【单楗小锣凤点头】**

〔西皮摇板〕

（过门同前）3 3 6 5 - i 5 3 7 6 - |（6 5 |

那 白 氏 她 为 人

3 5 | 6）| i 5 3 5 5 7 - 6 6 - |（6 5 |

温 婉 贞 静，

（右指前）

3 5 | 6 5 | 3 2 | 1 1 | 6 5 | 5 5）| 3 3 6 5 - i

老 师 父 说

（双手拱请式）

5 3 i 6 - |（6 5 | 3 5 | 6）| 3 6 5 - 5 -

此 （喏）话 有 悖

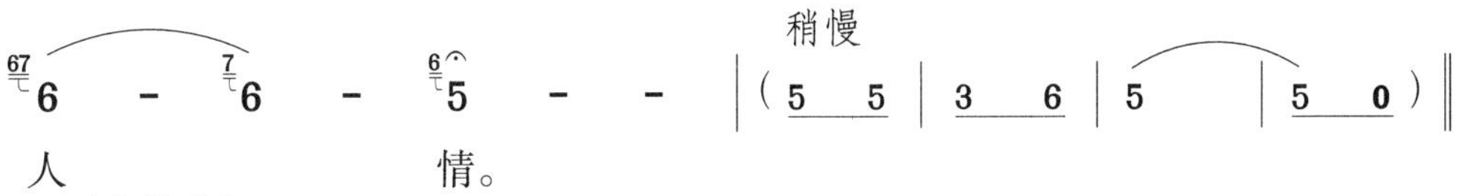

（右摊掌）

法　海　看你人迷已深，说也无益。告辞！（右手佛掌）

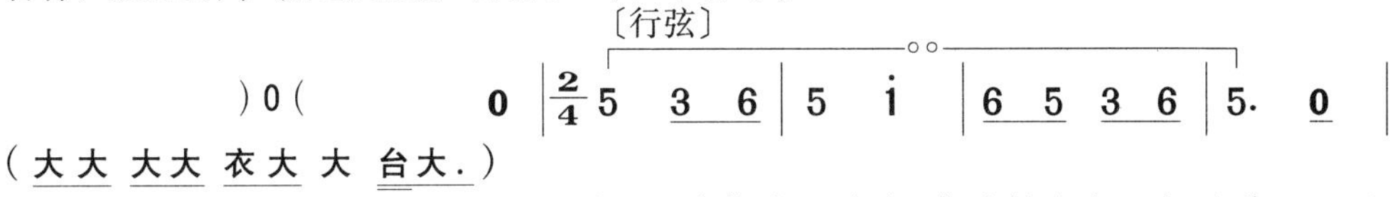

（出门，左回身，许走至左边）“许官人，待等端阳佳节，你劝她吃上几杯雄黄酒，（右

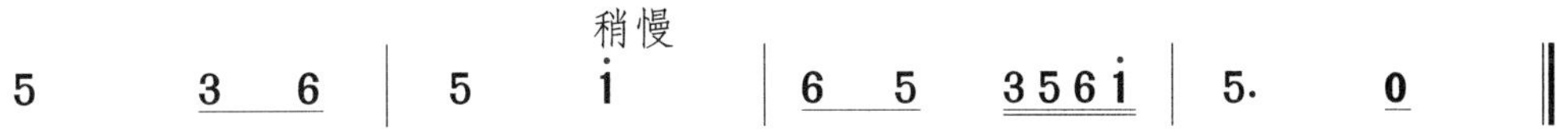

指）你自然明白。若有动静，可往金山寻我。”（右手指前，退步、看许、“上场门”下）

〔许目送法海，一思索，右摆手，进门拿果筐“下场门”下。

第四场

酒　变

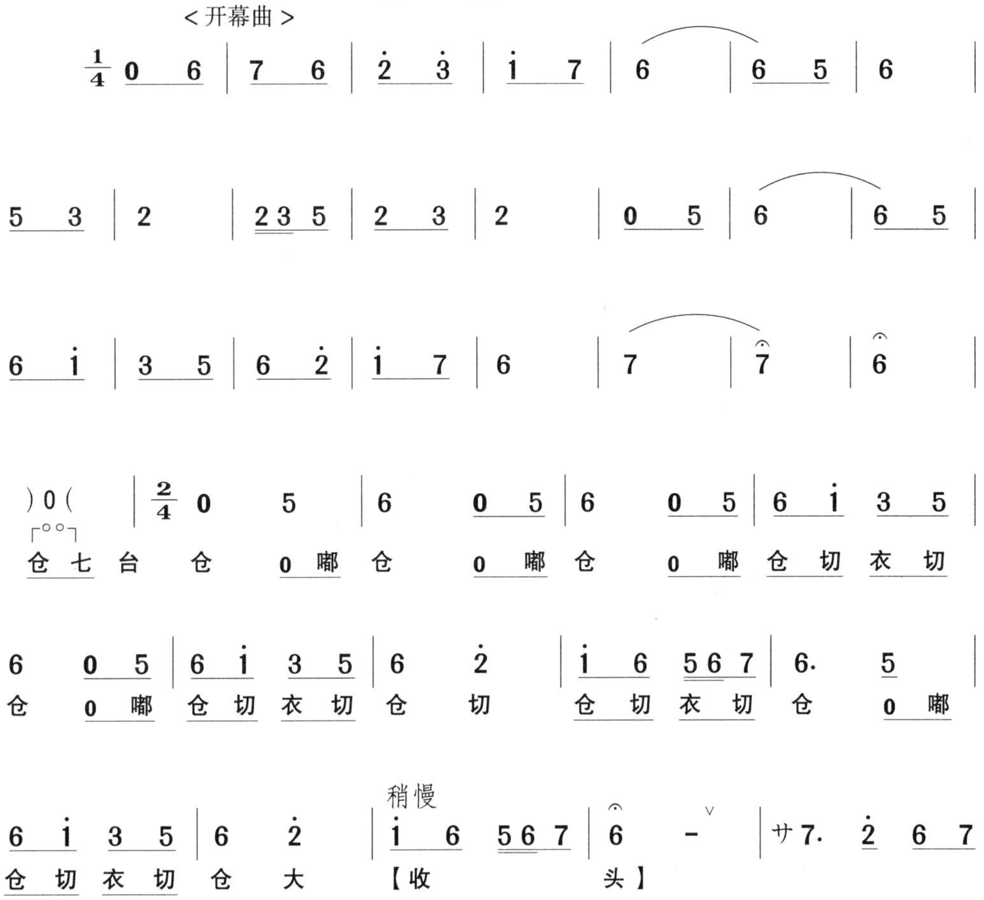

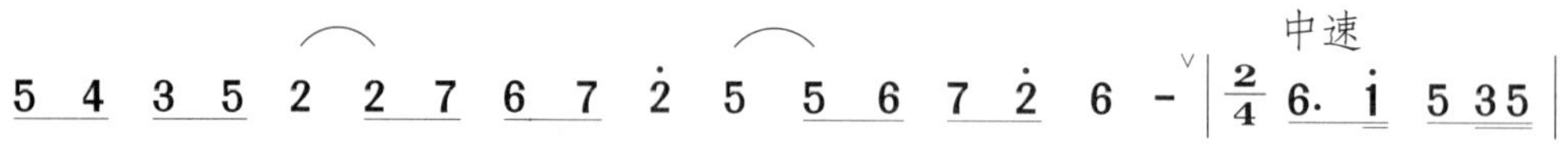

(许仙双手端酒盘上,进门。将酒盘放至"下场门"桌上)许仙:"娘子起来了么?"(回

身,朝台中,帐帷)(白素贞双手拉开帐帷)白:"起来了。"(许忙上前搀扶)许:"娘子。"

白:"官人,用过饭了?"(许点头、退步,示意白坐下,自己坐"大边"。小青"下场门"上至白右边扶白坐下)

许　仙　适才在店房之中,与伙友们共贺佳节,(左手指前)喝得倒也畅快。他们定要我进来,代敬娘子(双手拱请式)几杯雄黄酒。**(大台)**(右端杯,白、青同惊)来,来,来(放杯)卑人先干。(右拿酒壶斟酒,双手端酒杯喝)

白素贞　啊!官人,为妻身体不爽,不能饮酒。(右手摆)官人,代为妻(右手抚胸)谢谢他们吧。(右手自胸前往右外方指)

许　仙　今日佳节,你我夫妻怎能不醉?(双手摊,看白)

小　青　今儿个怎么能比得往日哪!别劝小姐喝了。(朝许摆右手)

许　仙　怎么!(右手朝青摊掌)

小　青　哦……(一想)小姐身体不爽,(扶白肩膀)再说,她有了小官人了!(右手示意白腹部)

许　仙　哦!这也说得是。只是日子还早。(左手前指,一想)啊,是啊。(看青,站起)青儿,你也辛苦了,来,来,来,(右手端酒壶斟酒,双手捧杯敬青)你也喝上一杯吧!(白忙站起拦许)

小　青　姑爷,您知道我从来不喝酒的。(左手摆,躲闪白身后)

许　仙　哦,哦,如此你歇息去吧。(左手示意青回房休息)

小　青　我服侍小姐。(双手扶白肩)

许　仙　小姐有我服侍,(右手指己)你歇息去吧。

白素贞　是啊!青儿,(朝青,左手背供,右手朝外挥动,示意快走)你就去吧。(青犹豫指白)**(大台)**(白挥手示意快走,小青一甩手绢出门、"上场门"下)

许　仙　娘子,今日异乡佳节,你我夫妻理应畅饮几杯。(右手指白、指酒杯,坐下)

白素贞　为妻我身体不爽。(右手摆)

许　仙　嗳!娘子平日海量,今日不饮,伙友们要笑话卑人的。(双手自胸前向两边分开右手再指己)来,来,来,干了吧!(站起右手拿酒杯)

白素贞　实实不能饮酒。(双手兰花指自胸向外双摆)

许　仙　干了吧!干了吧!(再递一次杯)(白右手按杯左袖挡喝酒,亮空杯)**(大大大台)**哎呀呀!(双手拍掌)娘子真快人也!(伸右拇指赞美式)来,来,来。(右手拿酒壶斟酒,再端杯)再饮一杯。愿你我夫妻,偕老百年。

白蛇传

白素贞 哦！偕老百年？（站起，双手兰花指自胸前）
许 仙 偕老百年！
白素贞 请。（右手接杯）
许 仙 请！（右手端杯）（**大大大台**）（白、许左袖挡喝酒）
白素贞 干！（二人各亮空杯）
许 仙 哎呀呀！娘子真海量也。（放杯）来、来、来，再饮一杯！（右手再拿酒壶倒酒，白左托右袖右手摆示不能再喝了）啊！（**大大大台**）娘子，怎么样了？（走至桌前白身旁右摊掌）
白素贞 为妻不胜酒力了。（身子一晃、右手扶头）
许 仙 哦！娘子不要紧么？
白素贞 （右手摆）（**嘟**⁄⁄ **仓**）青儿！（站起朝前）
许 仙 娘子，不要紧么？（扶白）
白素贞 不要紧，（看许一眼，右手摆）我还不醉呀。（左手扶桌）
许 仙 待我搀扶娘子睡去吧！
白素贞 我还不醉……（慢坐下）呀！（**大台仓仓 才仓**）（站起双袖右翻推许冲向右中大帐，许忙搀扶、放帐）
许 仙 嗳！（左转身双手拍掌）想娘子已有七月身孕，又兼身体不爽。（走至台中前，右指胸）如今把她灌得如此大醉，（稍斜退几步、看帐）这，这，这便怎么处？（右手摊掌，左右一看，想、右抚头）（**大大台**）（双手一拍掌）有了！（**大台**）我不免去到药房，（斜退一步、右手指“上场门”）调制一杯醒酒汤，（双手做碗状）与她解酒便了！（右手指划一小圈）

〔西皮摇板〕

许 仙 **【单楗小锣凤点头】**

（抖右袖，往右台口走两步）

（双手摊掌）

〔**【小锣抽头】**从“上场门”下，双手端碗复上，抖右袖，走至台中。

〔西皮摇板〕

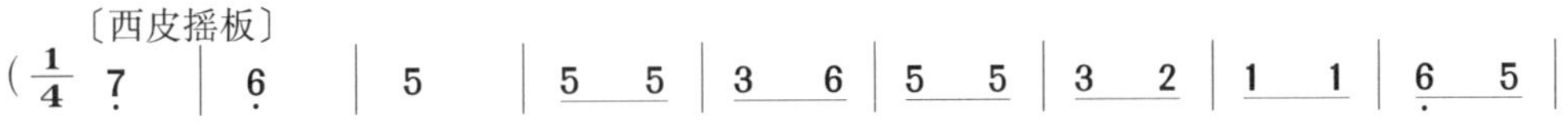

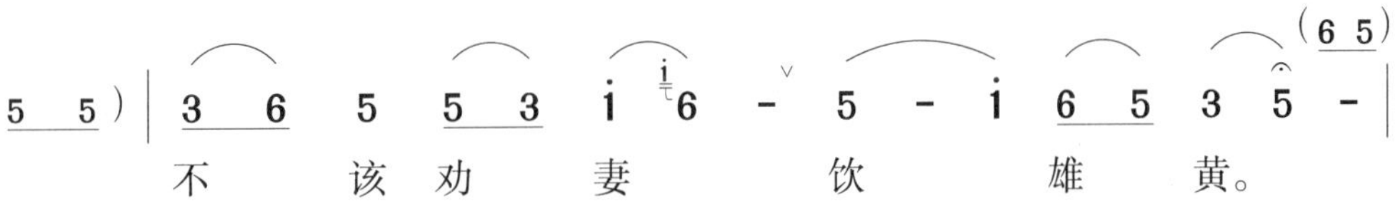

（右手摊掌）

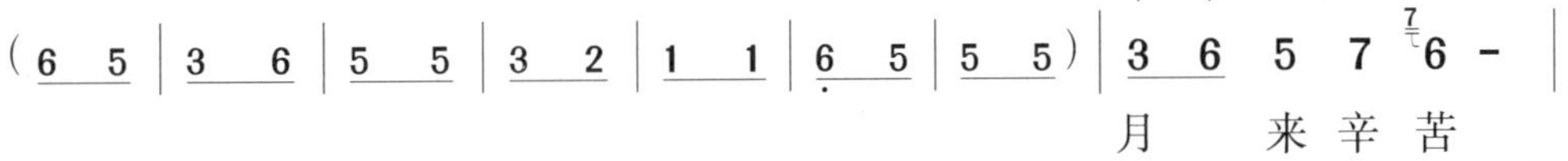

（右手自胸向右外方缓出）

许　仙　哎呀且住！（**大大大台**）（右转身走至台中）那法海对我言道，我妻乃是千年的妖精所化，若饮雄黄，必现原形。（双手自胸向左右缓缓分开）如今她，吃得如此大醉……（边思索边说、眼左右一转）（**大大大台**）嗳！（右垂袖）想我妻乃是贤德之人，（左托右袖，右手伸拇指赞美式）怎说是妖孽所化？（双手自胸向左右分开）唉！休听那法海胡说！（右袖一绕扔袖）（**大台**）（左侧身听帐内动静，掂起水袖）听娘子已然睡熟了。有了，待她醒来，（右手横指帐帷）再与她赔罪不迟！（双手摊掌）

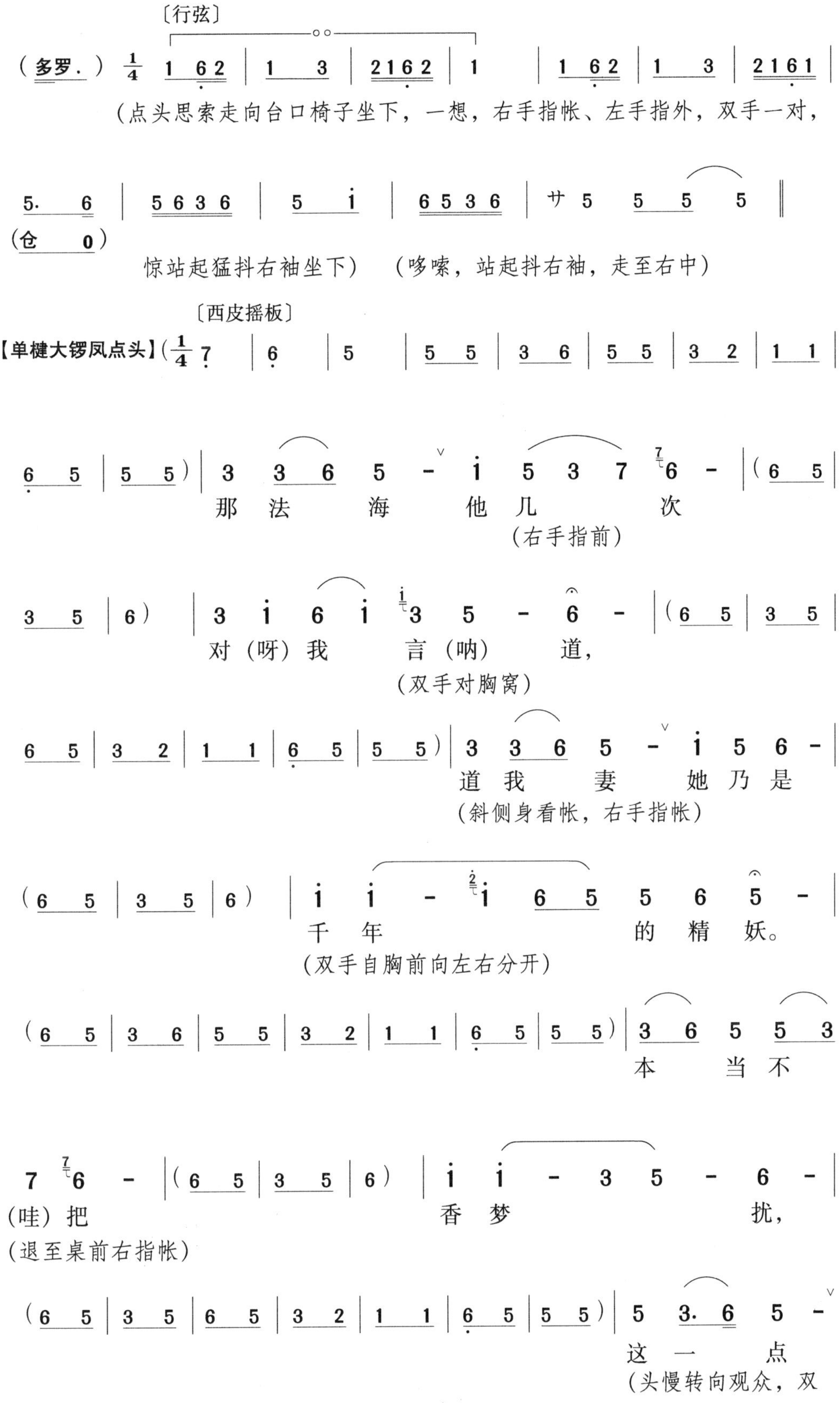
〔行弦〕
（多罗.）
（点头思索走向台口椅子坐下，一想，右手指帐、左手指外，双手一对，
（仓 0）
惊站起猛抖右袖坐下）（哆嗦，站起抖右袖，走至右中）
〔西皮摇板〕
【单楗大锣凤点头】
那法海他几次
（右手指前）
对（呀）我言（呐）道，
（双手对胸窝）
道我妻她乃是
（斜侧身看帐，右手指帐）
千年的精妖。
（双手自胸前向左右分开）
本当不
（哇）把香梦扰，
（退至桌前右指帐）
这一点
（头慢转向观众，双

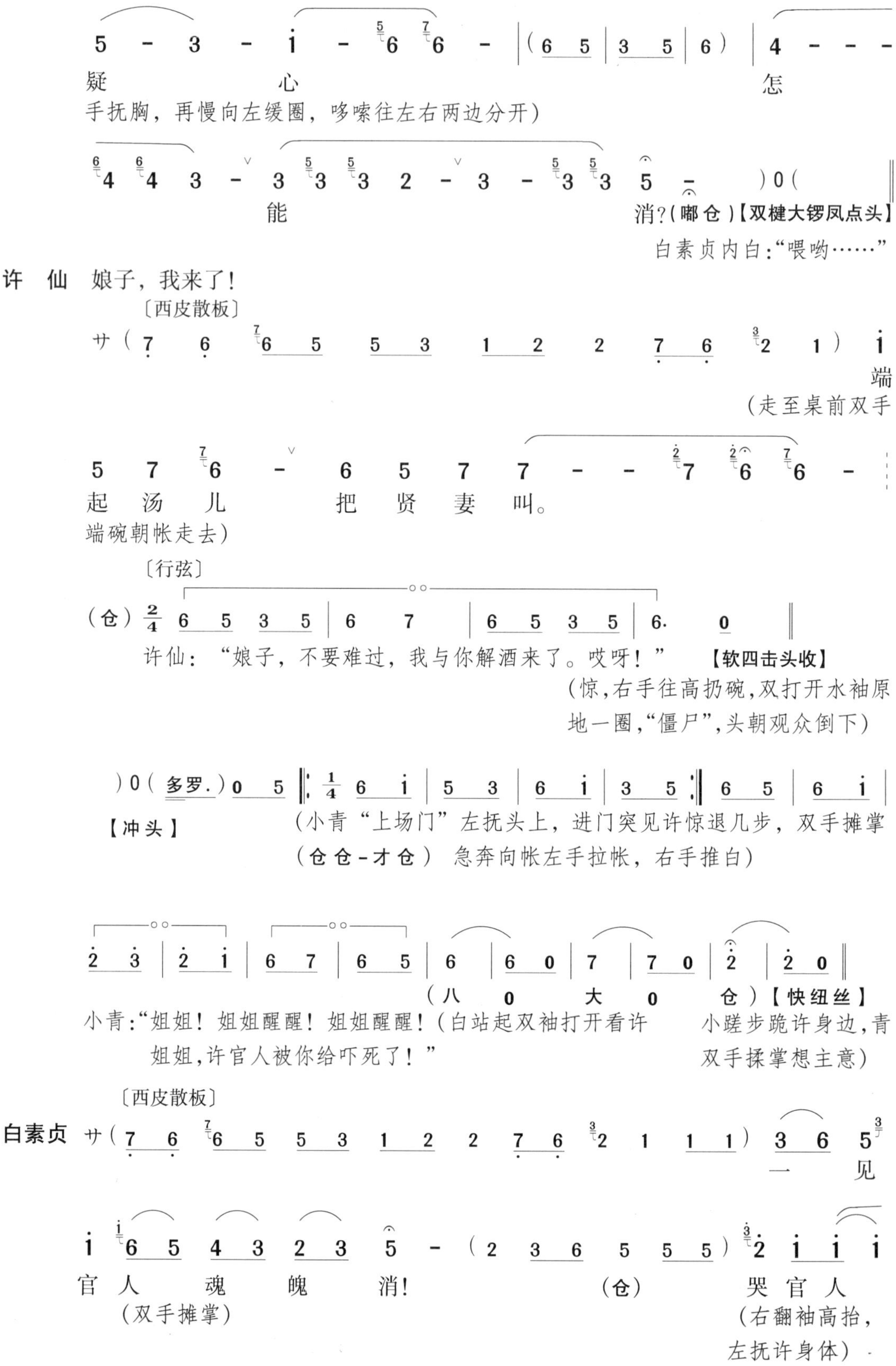
疑 心 怎
手抚胸，再慢向左缓圈，哆嗦往左右两边分开）
能 消?（嘟 仓）【双槌大锣凤点头】
白素贞内白:“喂哟……”
许 仙 娘子，我来了！
〔西皮散板〕
端
（走至桌前双手
起 汤 儿 把 贤 妻 叫。
端碗朝帐走去）
〔行弦〕
（仓）
许仙：“娘子，不要难过，我与你解酒来了。哎呀！” 【软四击头收】
（惊,右手往高扔碗,双打开水袖原地一圈,“僵尸”,头朝观众倒下）
多罗.
【冲头】
（小青“上场门”左抚头上，进门突见许惊退几步，双手摊掌
（仓 仓 -才 仓） 急奔向帐左手拉帐，右手推白）
（八 0 大 0 仓）【快纽丝】
小青:“姐姐！姐姐醒醒！姐姐醒醒！（白站起双袖打开看许
姐姐,许官人被你给吓死了！”
小蹉步跪许身边,青双手揉掌想主意）
〔西皮散板〕
白素贞
一 见
官 人 魂 魄 消！ （仓） 哭 官 人
（双手摊掌）
（右翻袖高抬，左抚许身体）

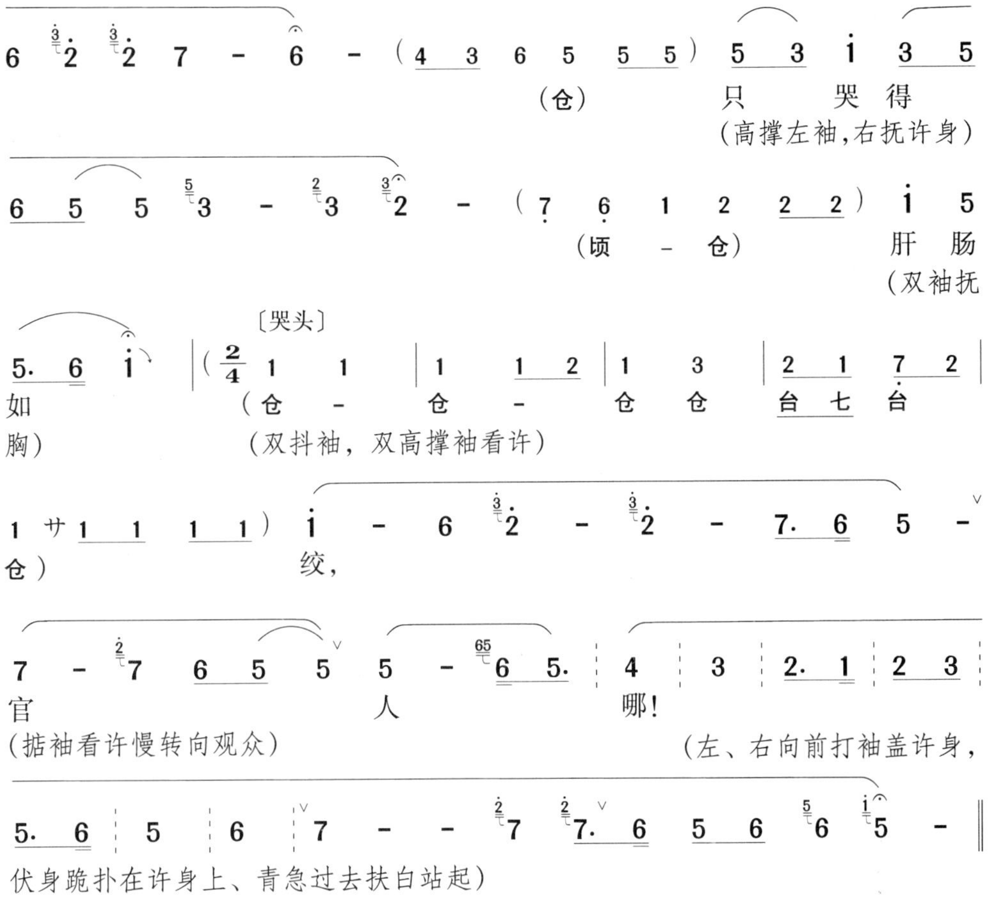

小　青　姐姐,(双手拉白左手)现在不是哭的时候,快想良策,搭救官人要紧!(左手指许)(嘟 – 仓)

白素贞　(抬眼、思索、点头)青儿说得有理,(看青)就托青妹护住官人,为姐去至仙山盗草!(大大大大仓)(右袖翻撑袖,左翻袖朝左台走几步)

小　青　姐姐!(急拉白)倘被守山神将看见,如何是好哪?(右手指前)

白素贞　青儿!(看青、右袖垂下翻袖搭青左肩)

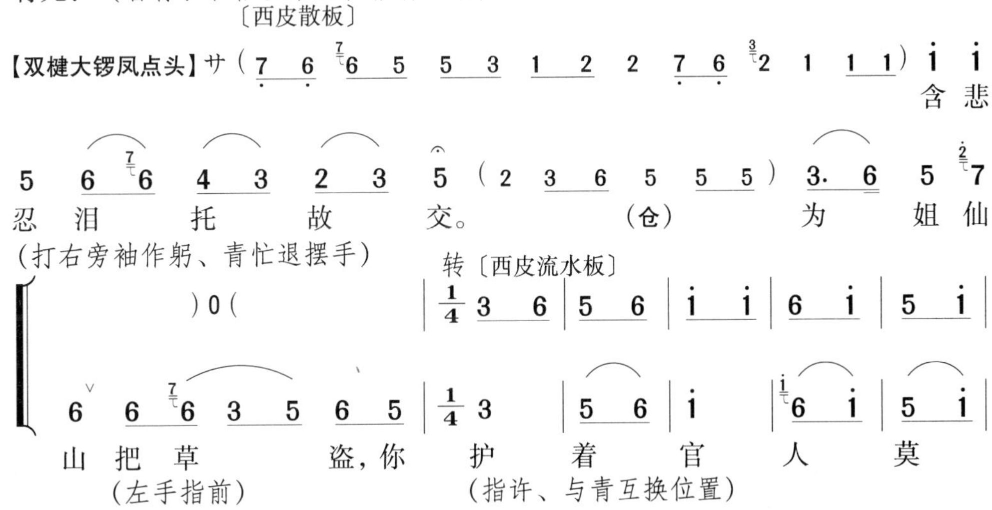

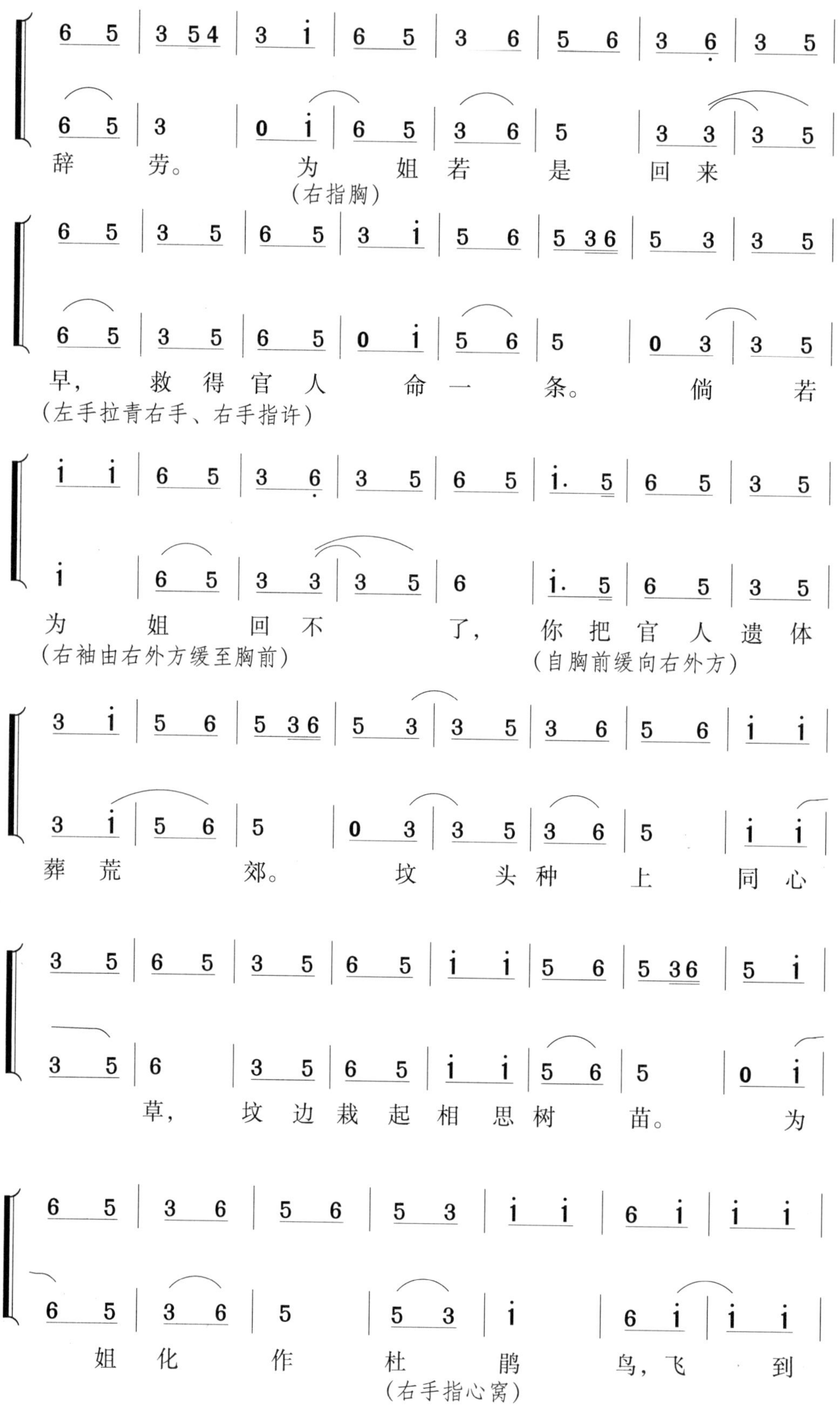
辞 劳。为 姐 若 是 回 来
（右指胸）
早，救 得 官 人 命 一 条。倘 若
（左手拉青右手、右手指许）
为 姐 回 不 了，你 把 官 人 遗 体
（右袖由右外方缓至胸前）
（自胸前缓向右外方）
葬 荒 郊。坟 头 种 上 同 心
草，坟 边 栽 起 相 思 树 苗。为
姐 化 作 杜 鹃 鸟，飞 到
（右手指心窝）

〔【扫头】右翻袖左托袖白走至许前蹲身双手抚许躯体。青急走至帐边把宝剑取下，递白。白双手接剑蹲谢青，青忙搀白摆左手不必。白出门右手一甩剑穗，背剑，撑左袖亮相。青示意快走，白甩左袖从“下场门”下。拉幕。

第五场

守山

〔舞台左后侧设山景，背面叠起两张高台，山景左上端插有灵芝。【大锣冲头】收住。镲锅【软四击】鹤童持云帚自“上场门”上，涮云帚至“九龙口”，左翻身跨右腿：踢左十字腿、两膀交叉向内下滑，后别右腿，成“展翅飞翔式”，在【撕边小钹八大才】中，轻快地亮相。奏【小钹滚头子】原地抖动两翅、巡视、观望。再向右翻身，后别左腿，展翅腾飞状反圆场至舞台右前角，向远外眺望，再“云手”转向台中，【撕边】走“圈旋子”，一圈过后鹿童持云寻自“上场门”翻上（跺子蛮或虎跳前扑）双人追旋子三或四圈后。鹤前、鹿后（八大才）背云帚亮住。【小钹滚头子】二人分向左、右两侧巡视、点头示意。按掌反圆场同往“九龙口”处右转身、“单山膀”式拉开，【滚头子】减速收住。（扎）

唱<折桂令>

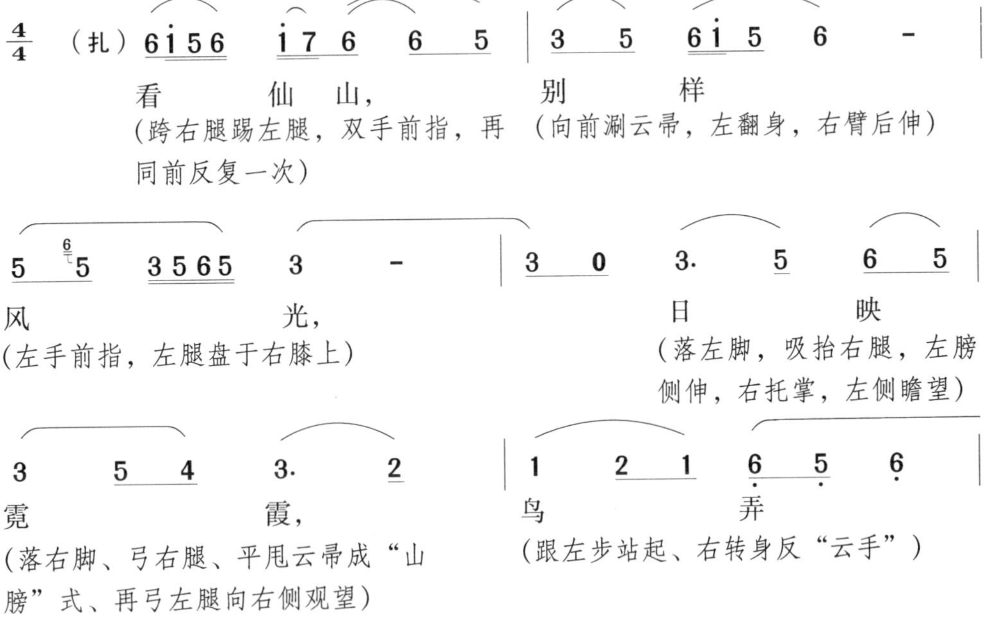

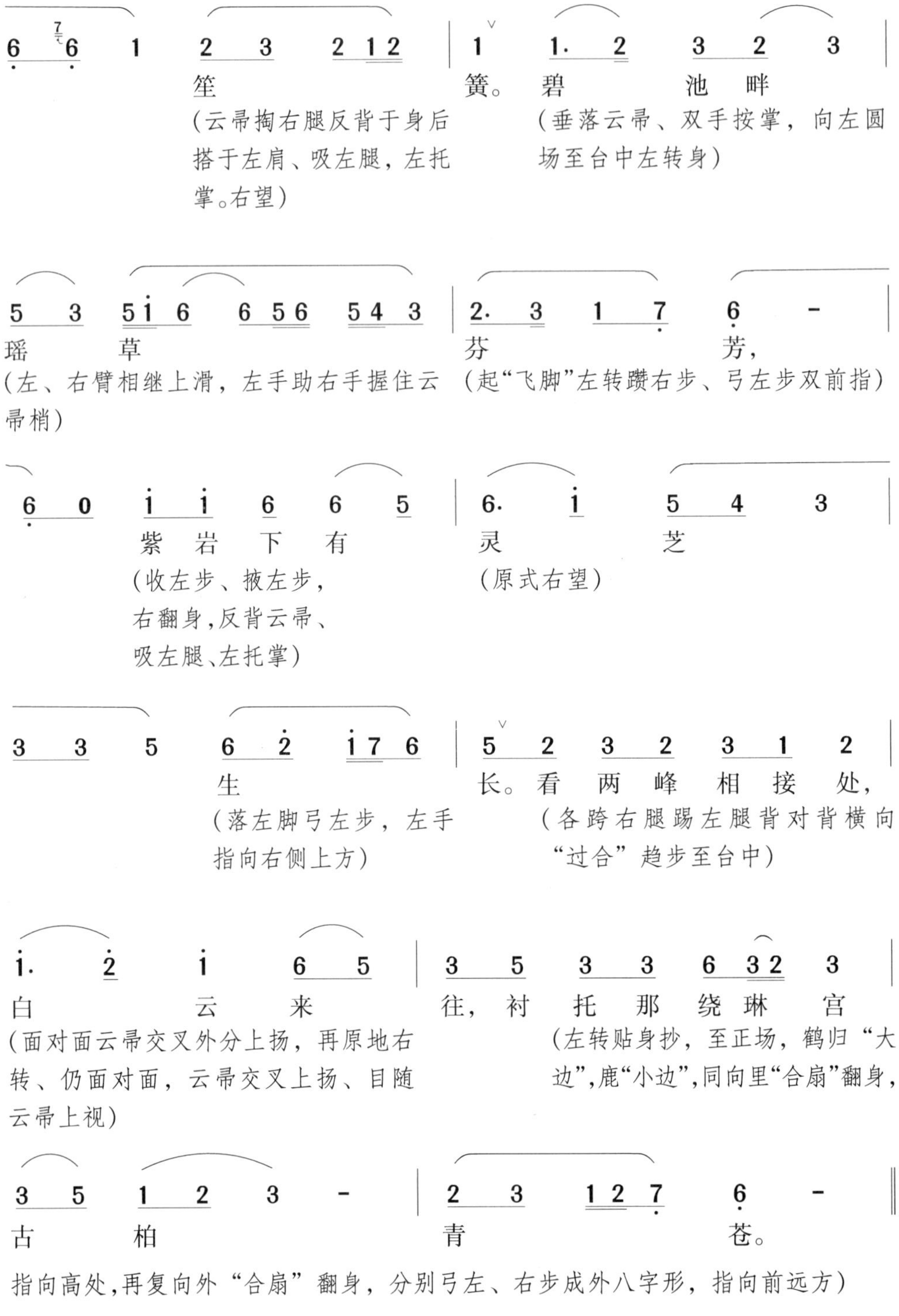

〔【小钹住头】二人站起居中场。

鹤　童　仙官请了。

鹿　童　请了。

鹤　童　奉仙翁（恭白）法旨，守护此山。犹恐擅闯园林，巡山一回便了。

鹿　童　请！（相互恭手）

接唱<折桂令·合头>

（多多.）1 2 | 4/4 3 5 1 2 3 - | 2 3 1 7 6 - |
俺 宝 剑 闪 寒 光，

（各涮云帚边向后退两步，成对角线，左手握云帚梢、跨左腿、对扯、大半圆场，至舞台右前角）

0 5 6 5 3 3 6 | 5 4 3 2 3 2 |
守 护 着 清 净 坛 场，休 让 那

（原地背对背抄、鹤前鹿后） （踏左步原地翻身）

1 2 1 6 5 6 | 6 ⁷6 1 2 3 2 1 2 | 1. 0 0 0 ‖
妖 魔 擅 闯。

（"跨虎"蹲起） （右手横举云帚左手按掌）

〔【四击头】向"下场门"斜场走三"扫膛腿旋子"，鹤压云帚弓左步矮相；鹿背云帚、右丁步、高相。少许。在【大锣导板头】高拨子过门中，渐向山景处缓步移下。

第六场

盗草

サ（5 3 3 5 6 2̇ 3̇ i̇ 2̇ 7 - 6 -）【大锣导板头】（0 6

〔高拨子导板〕

5 6 3 2 5 6 i̇ 6 2̇ 2̇ 2̇ 2̇ 2̇ 2̇ 2̇ 2̇ 2̇ 2̇ 6

5 6 1 2 5 5 5 5 5 5 5 3 3 3 3 ⁵3. 2

1 2 2 ⁶5. 6 7 6 i̇ i̇ i̇ i̇ i̇ i̇ i̇）i̇ 5 i̇
（白素贞内唱）急 如 星

5 6 - ⁱ6 5 5 3 ²3 ⁵2 -（2 3 2 1. 2 3 2 5 2
火 （嘟 - 八大台 顷 - 仓 0）

〔白素贞右手持云帚圆场上至"九龙口"，自胸前缓向右方，左手山膀亮相。

2 2 2 2）2̇ - ³2̇ ³2̇ i̇ - 2̇ - ³2̇ i̇ 2̇ -
忙 似 箭，

（小圆场、右、左摆步）

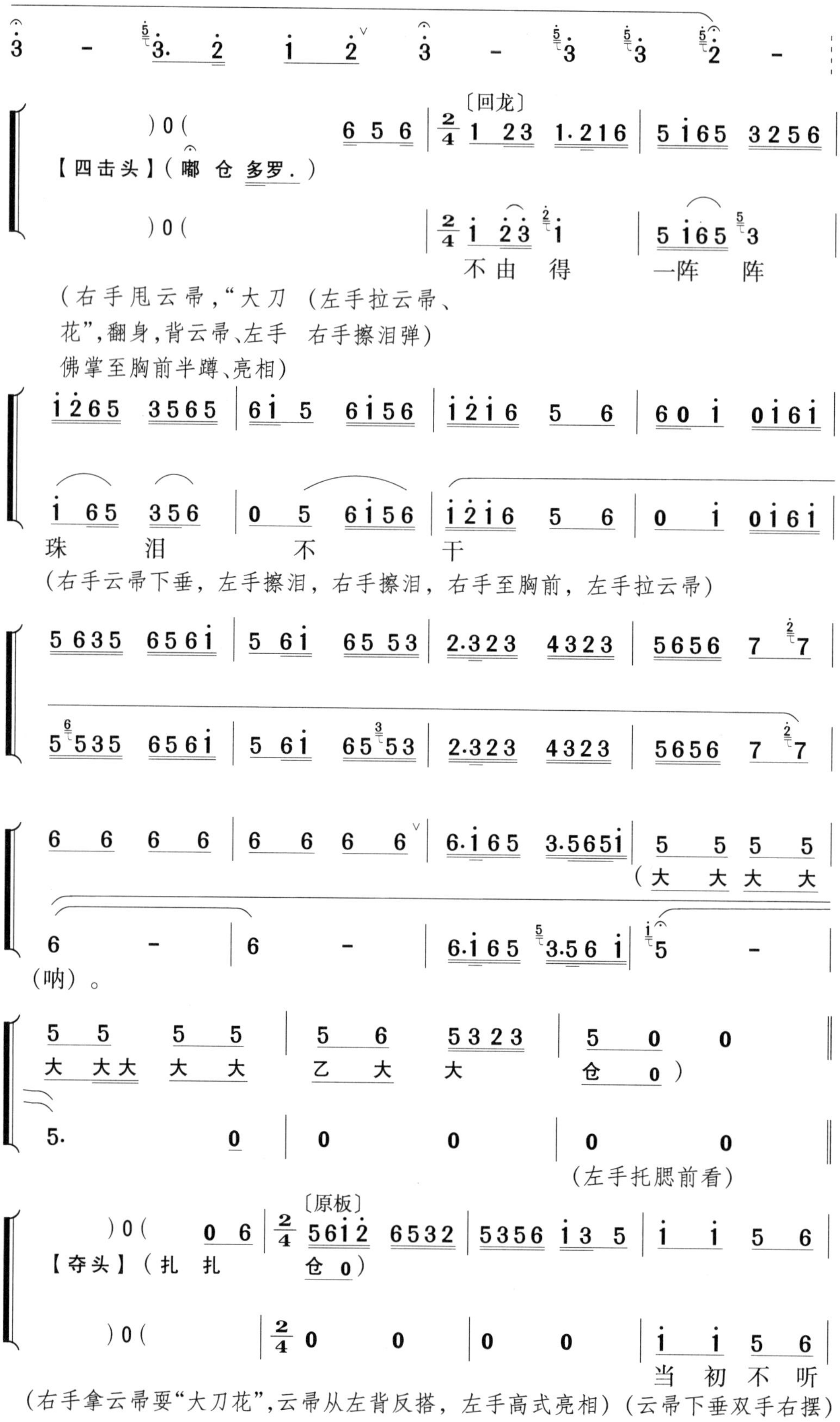
〔回龙〕
【四击头】（嘟 仓 多罗.）
不由得 一阵阵
（右手甩云帚，“大刀花”，翻身，背云帚、左手佛掌至胸前半蹲、亮相）
（左手拉云帚、右手擦泪弹）
珠 泪 不 干
（右手云帚下垂，左手擦泪，右手擦泪，右手至胸前，左手拉云帚）
（大 大 大 大
（呐）。
大 大大 大 大 乙 大 大 仓 0）
（左手托腮前看）
〔原板〕
【夺头】（扎 扎 仓 0）
当 初 不 听
（右手拿云帚耍“大刀花”，云帚从左背反搭，左手高式亮相）（云帚下垂双手右摆）

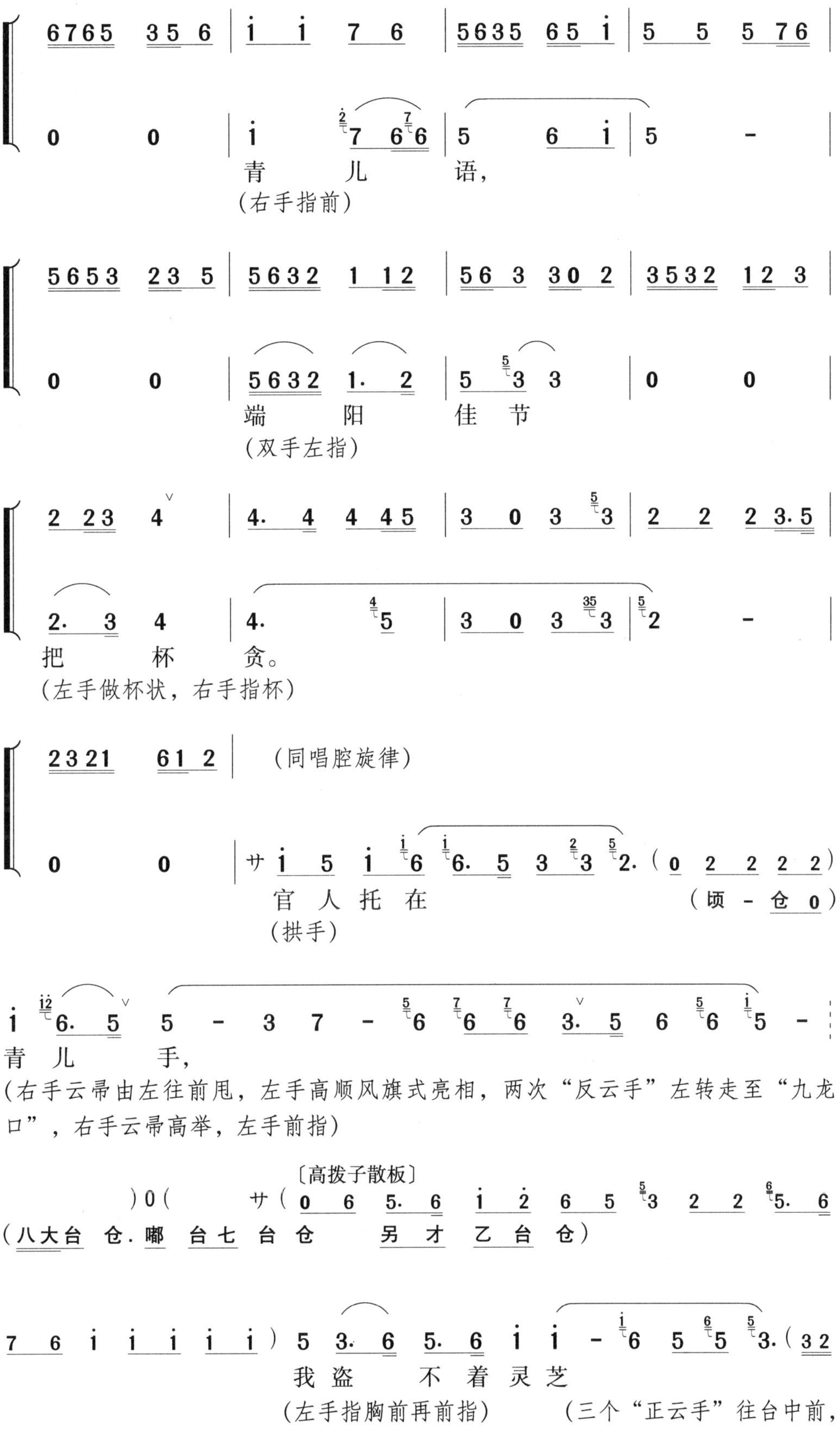
青 儿 语，
（右手指前）
端 阳 佳 节
（双手左指）
把 杯 贪。
（左手做杯状，右手指杯）
（同唱腔旋律）
官 人 托 在
（顷 - 仓 0）
（拱手）
青 儿 手，
（右手云帚由左往前甩，左手高顺风旗式亮相，两次“反云手”左转走至“九龙口”，右手云帚高举，左手前指）
〔高拨子散板〕
（八大台 仓.嘟 台七 台 仓 另 才 乙 台 仓）
我 盗 不 着 灵 芝
（左手指胸前再前指）
（三个“正云手”往台中前，

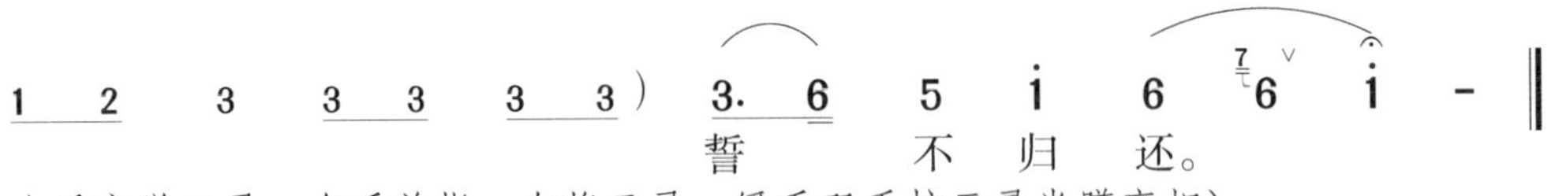

右手高举云帚，左手前指，左将云帚，缓手双手拉云帚半蹲亮相）

鹿　童　（**大仓**）（持剑上，阻止白前进，使白后退至台中左前侧；鹿盘剑侧身亮相。白注视鹿童）何处妖魔，竟敢偷探灵山！【**大锣冷锤**】

白素贞　仙官，休得如此。（双手拱请）【**大锤五击**】（右云帚搭左佛手前看）奴乃白素贞，本在峨嵋修炼，只为思凡下山，与许郎成亲，不想我夫身染重病，特到仙山，（左手指山）采借灵芝。（云帚由左朝右指）

鹿　童　灵芝本是仙家之物，怎能轻予别人！（左手插腰、右手持剑）

白素贞　仙家以慈悲为本，（右手云帚搭左手一躬）望求仙官赐我灵芝，不然我夫，就无有回生之望了！（双手摊掌）

鹿　童　休得巧言舌辩，快些走去！（仗剑欺身）【**大锣一击**】

白素贞　（退步，转念侧观灵芝，【**阴锣一击**】再择路前进。【**阴锣一击**】思之已定，直奔灵芝而去）

鹿　童　妖魔大胆！（**撕边八大仓**）（鹿持剑阻止，被用云帚压住，鹿顺势将白云帚挑开，抛向空中）

白素贞　仙官你【**大锣冷击**】（右手食指怒指鹿，按剑欲战，转又竖掌稽首，求助为妥。左手暗摘腰悬之剑）慈悲慈悲吧！

鹿　童　休得胡言，看剑！（挥剑刺向白，【**大锣夺头**】白左手解剑鞘提剑虚握，右手盖鹿剑，顺势推其背；左手遂将剑出鞘抛向空中。向后掷剑鞘、右手接剑舞穗挥花，剑侧横于顶、左手前指在右后角亮高相；鹿被推后，向前越步、左翻身，弯花，弓左步，在左前侧抱剑亮矮相）

<开打音乐>

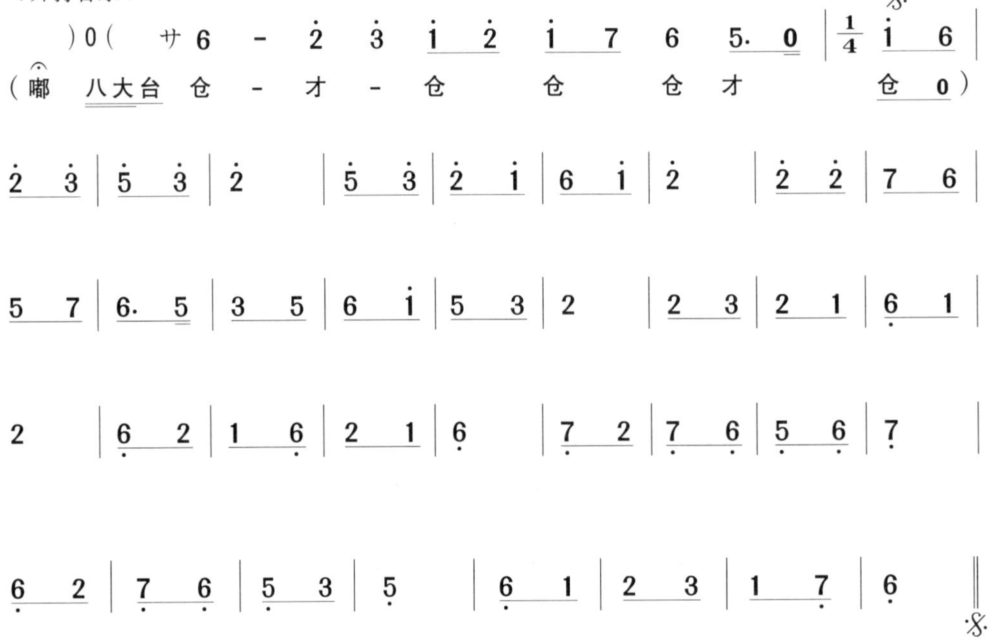

〔各原地持剑弯花、盘于胸前、逼视对方。鹿向右缓剑点刺白左肋；白剑尖朝下搪截。白拧剑刺鹿胸；鹿竖剑搪接。鹿向右绞绕白剑，各腕花。鹿刺白肚，双方顺势向外合扇转身。鹿刺白“封头”；白横剑架住。少顷，白奋力推鹿出去，再向灵芝处推进；鹿挥剑削其左手。白扣剑刺鹿左额，鹿左手搪握白右腕。鹿复扣剑刺白左额；白左手搪截鹿右腕。鹿绞剑刺白肚；白接刺肚。各起腕花，向外合扇转身。双剑向上架起。少停。鹿向白处挤压；白再次将鹿向左前侧推出；左手急欲采摘灵芝；鹿闪剑削白左手。白扎剑漫鹿头；鹿低头闪过。白盘剑向右回刺鹿；鹿亦回剑反刺白。各原此背对背反“推磨”右转一周。移动位置：白左后角；鹿右前角。白舞剑穗反漫鹿头；鹿低头右转。白再反掏剑穗反漫鹿头；鹿仰身涮腰右转。白、鹿双剑反上搭。白下刺鹿右肋；鹿剑尖朝下防搪。鹿遂拧剑直刺白胸；白剑尖朝下搪截。趁势甩剑穗抽鹿“抢背”。（**八大仓**）鹿归右前角，弓右步抢剑亮矮相；白归“大边”，涮盘剑穗，后别左腿亮高相。片刻停顿。白直奔灵芝而去，欲意采摘；鹿急步从左侧紧追，剑臂白左手。白向右回身剑穗反漫鹿头。换位白归“小边”，甩剑穗往里一盖两盖，往外一盖两盖。鹿缓剑弓右步直刺白；反挥剑穗缠绕鹿执剑右腕。白带鹿向右侧前行数步，迫使鹿剑抛掷于地上。鹿举右手再欲拾剑；白左掌撩开其右手。鹿俯身左手再欲拾剑时，白刺中鹿左上臂。（**八大仓**）吹奏乐上。【**四击头**】头锣白用右足尖提起落地之剑盘，将剑踢还给鹿；鹿接住掷来之剑。然后各自亮相：白左翻身、舞穗、腕花、剑交左手横握式，踏右步，右手“剑诀”式过顶，在舞台右前侧亮高相；鹿左翻身、弓右步，伏剑式在舞台左前侧亮矮相。

〔【**急急风**】鹿跟右步仍欲还击，白欺身紧逼，追逐鹿从山景处逃下。白左手背剑，疾步奔向山崖、采取灵芝（下场）。此时鹤童执剑从另侧山峰上，发现白行踪，“台蛮”翻下；白从左后侧复上，右手举灵芝喜形于色，得意地前行之机，突然遭遇鹤阻截，急将灵芝背于身后。鹤仗剑逼迫白后退三步。【**大锣三击**】僵持良久、相互左、右凝视：鹤极力搜寻灵芝；白急于择路而奔。左、右扯动，横向一挤两挤。【**大锣流水**】鹤蹚右步伸剑刺白胸；白左手提剑横磕出去，左转身，急将右手灵芝衔于口中。剑交右手上刺鹤顶；鹤左上磕。白右转身回剑击点鹤腹；鹤剑尖朝下封挡。即顺势向外绞绕白剑，吸抬右腿压住白剑，高式造型；白踏左步矮式造型。白上右步反腕拧剑回刺鹤肋；鹤右脚弓右步竖剑搪接。鹤移重心于左脚，伸左手抓夺灵芝，白左转闪过。【**大锣三击**】鹤腕花刺白“封头”；白横剑接“封头”架住：鹤左手握白右腕；白左手握鹤右腕。【**撕边**】鹤跟右步，欺身前俯；白后仰“射燕”。遂向上奋起，【**马腿儿**】鹤左手再抓灵芝；搭叉移位，左转，反上搭，下滑。各原地穿翻身、上磕，再原地反翻身、归斜场：白右后侧、鹤左前侧。鹤向白头左劈、右砍；白左盖右盖。白缓险赶刺鹤胸；鹤竖剑搪接，左侧蹉步。鹤盘剑向右侧赶白；白涮剑穗剑横于头顶向右横行约三步。鹤左手背剑，右手抓灵芝；白向下削鹤右手。鹤剑复交右手，各向左后角倒退三步、剑在右上方挥舞两个近面花，原地翻身。鹤外劈、里劈；白外拔里盖；同时向里“合扇”转身。再向外盖，同时向外“合扇”转身。白挥剑刺鹤鼻；鹤竖剑接鼻，向左前角走“旋子”，（**撕边八大仓**）白顺势左转，左手接握剑穗、剑刺鹤鼻，剑成十字交叉架住，白“探海”式亮相；鹤弓左步竖剑接鼻迎架。稍作停顿。鹿自左后侧上，【**急急风**】挑开白剑，刺白肚过去，至右前角。三人并排白居中。鹤上刺白左额；白向上磕搪。鹿下刺白右肋；白向下封挡。如是两次。白顺势上挂、撩削鹿头进去。三人成三角形：鹤绕压白剑，鹿趁机削剁白右腕；白撒手置剑于地。（**八大仓**）鹿起右脚踢白“屁股座子”，白起跳后侧卧于地。鹤、鹿仗剑逼近白。

〔南极仙翁内白：“慢动手！”

〔【**大锣原场**】转【**冲头**】南极仙翁右手执云帚、左手持寿杖，行至山前，鹤、鹿退归南极仙翁左右侍立。

南极仙翁 胆大白素贞，竟敢来到仙山盗（哦）草！

白素贞 哎呀仙翁啊！【**大锣五击**】素贞死不足惜！（左手摆）可叹我那许郎…… （拱手）哎！【**大锣一击**】就无有回生指望（哭泣）了啊！【**软边一击**】

南极仙翁 我念你痴情果敢，又兼身怀有孕，赐你仙草，搭救你家官人性命，你就下山去吧！（右手一挥）

白素贞 （【**大锣冷击**】陡然感激！双手在胸前捧起灵芝，跪地。弦乐骤起

サ 0 5 - 6 5 4 3 - 3 - | 1/4 0 4 | 3212 |
（仓 0） （多）

3 4 | 3212 | 3 4 | 3212 | 3 0 | サ 5 - 6 4 3
（乙 大 乙大乙 仓 0）

2 1 - 6 2 3 1 2 1 3 3 0 ‖

转〔行弦〕白向南极仙翁跪步前移）谢仙翁！

〔【**大锣一击**】正欲拾起失落之剑，鹤、鹿恐其再动武，警惕地仗剑相逼。南左、右示意鹤、鹿不可动手、放其回去；白小心懂慎地左手拾剑、右手举灵芝慢慢站立。南率鹤、鹿内转朝山景处缓缓步下。白左转挥剑穗垂搭于右臂肘弯，踏右步，右手捧举灵芝，在右前角造型，凝视灵芝。在【**大锣原场**】、【**冲头**】中慢慢移步，向舞台右侧下。

第七场

观潮

<开幕曲>

2/4 5 1 6 5 | 3. 5 | 2 1 2 3 | 5. 3 |: 5. 3 5 6 |
（法海左手持佛珠、背影，慢慢转身朝台前，发现许，一点头“下场门”下）

2. 2 | 7 2 7 6 | 5. 3 | 5 3 5 6 | 1. 6 |
（许仙由“上场门”心事重重低头走至“九龙口”亮相） （垂右袖、掂

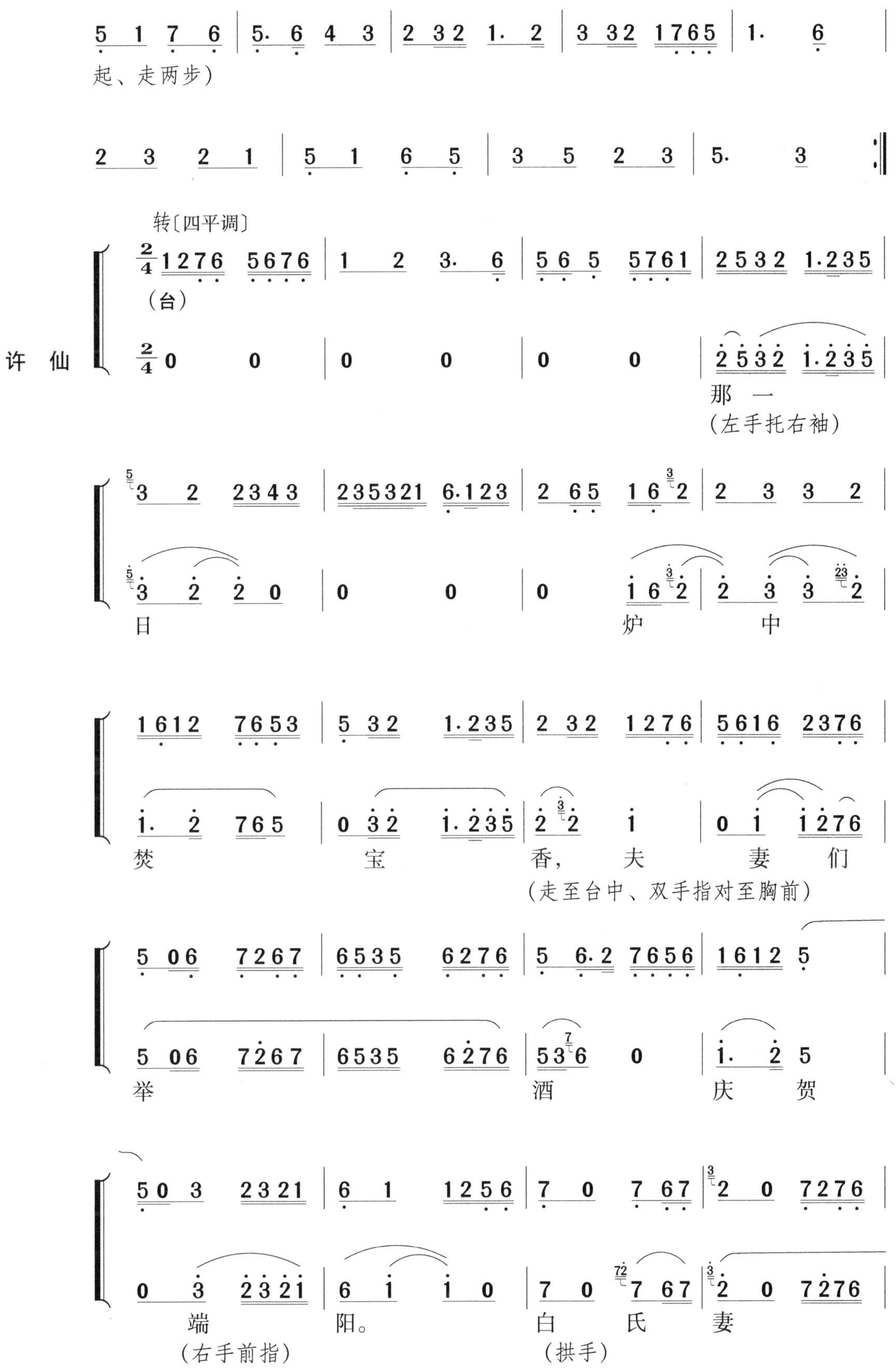
起、走两步）
转〔四平调〕
（台）
许仙
那一
（左手托右袖）
日
炉
中
焚
宝
香，夫
妻们
（走至台中、双手指对至胸前）
举
酒
庆
贺
端
阳。
白
氏
妻
（右手前指）
（拱手）

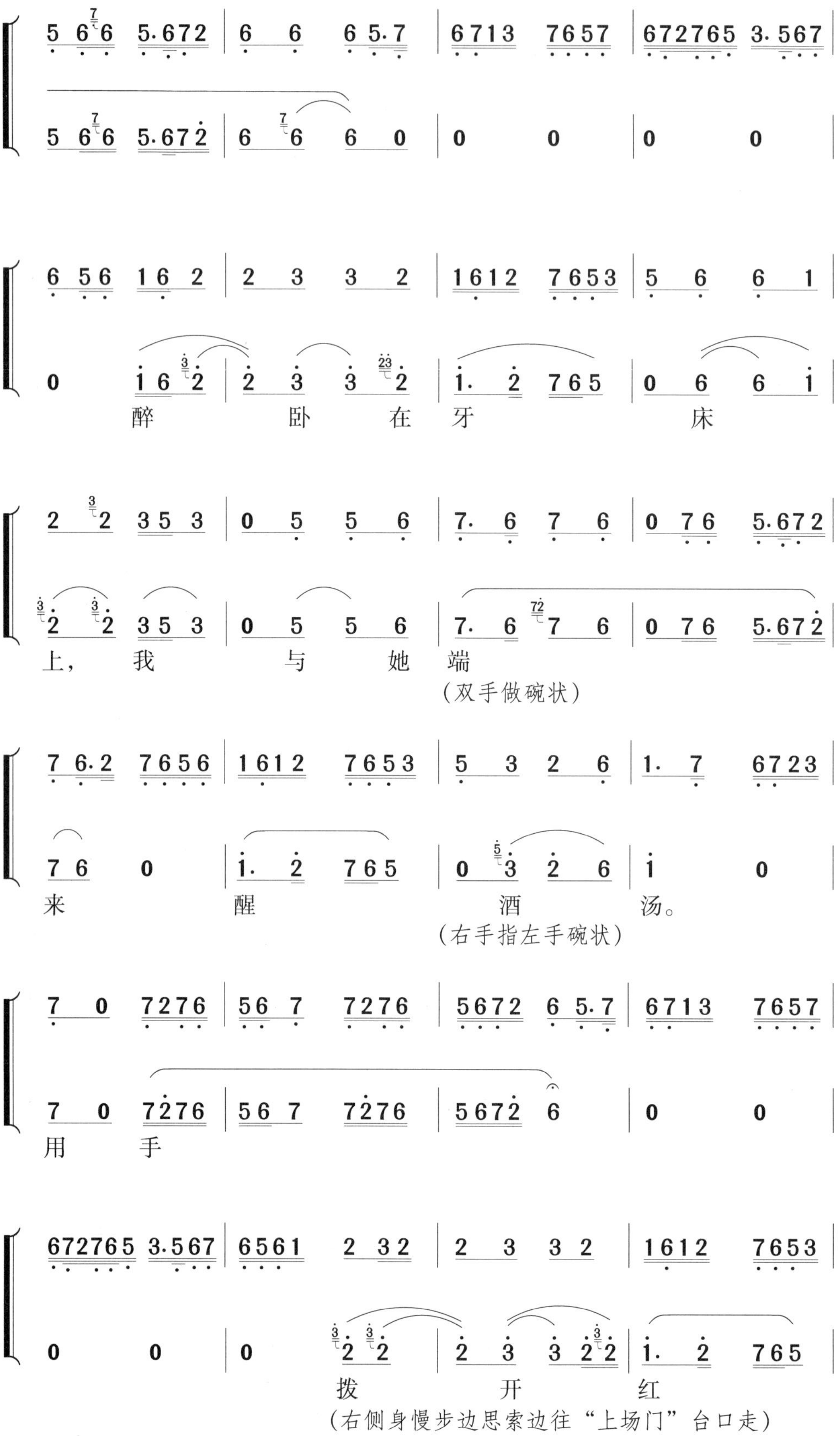
醉 卧 在 牙 床
上，我 与 她 端
（双手做碗状）
来 醒 酒 汤。
（右手指左手碗状）
用 手
拨 开 红
（右侧身慢步边思索边往“上场门”台口走）

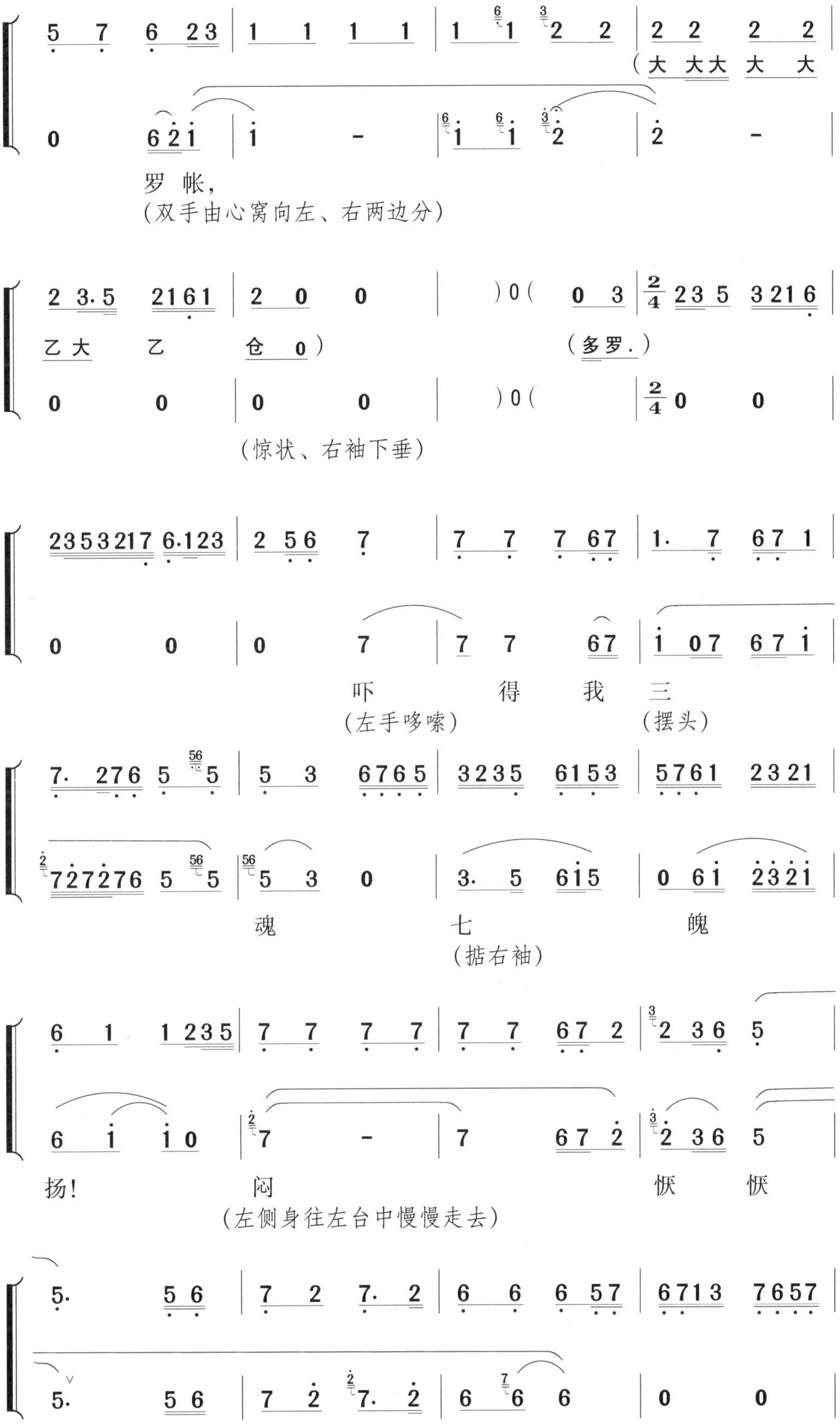
（大 大大 大 大
乙大 乙 仓 0）
（多罗.）
罗 帐，
（双手由心窝向左、右两边分）
（惊状、右袖下垂）
吓 得 我 三
（左手哆嗦） （摆头）
魂 七 魄
（掂右袖）
扬！ 闷 恹 恹
（左侧身往左台中慢慢走去）

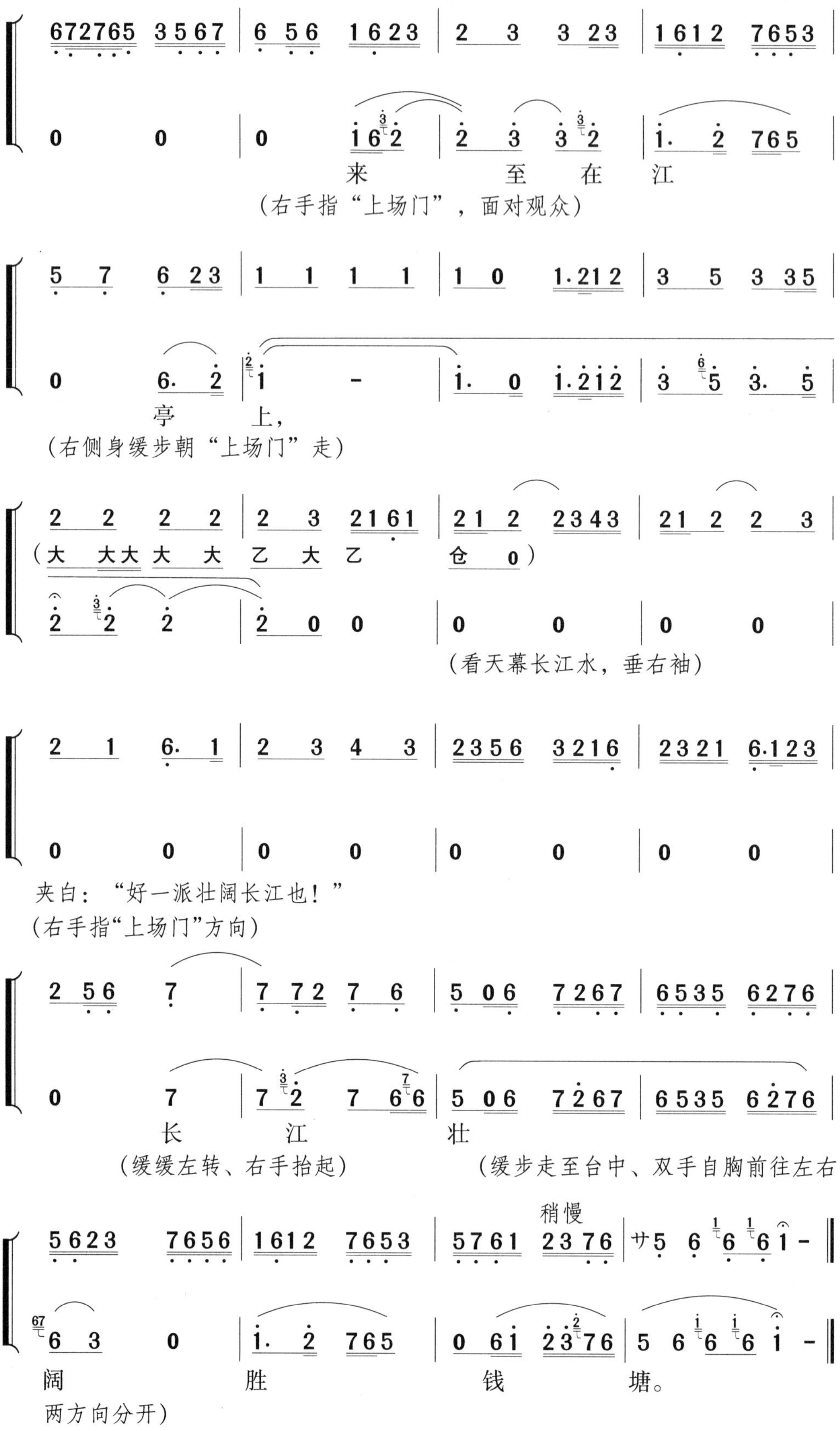
来 至 在 江
（右手指“上场门”，面对观众）
亭 上，
（右侧身缓步朝“上场门”走）
（大 大大 大 大 乙 大 乙 仓 0）
（看天幕长江水，垂右袖）
夹白：“好一派壮阔长江也！”
（右手指“上场门”方向）
长 江 壮
（缓缓左转、右手抬起）
（缓步走至台中、双手自胸前往左右
稍慢
阔 胜 钱 塘。
两方向分开）

〔法海从“下场门”上，右手拍许肩，许惊。

法　海　施主。

许　仙　原来师父在此，多日不见了。（拱手）

法　海　老僧年高，前日忽染重病，几乎就见不到施主了。（右手一摆）

许　仙　师爷得的什么病哪？（双手摊问）

法　海　受了一点惊吓，故而病了。

许　仙　弟子与师父害的一样病。（左手略抬）

法　海　怎么，施主也受惊了？（右手摊问）莫非吃了“醒酒汤”？（右手做杯状）（**大台**）

许　仙　（一惊退步）嗯……

法　海　老僧的话应验如何？

许　仙　果然不差。（点头）

法　海　那日你原已死去，白素贞去往蓬莱，（与许互换位置）盗来仙草，（右手指前）将你救活。（指许）若非妖怪，焉能有此本领？（双手摊）

许　仙　哦！我妻仙山盗草，（双手拱请式）救我性命，（右手指胸）她倒是好人了。（右手伸拇指赞美式）

法　海　她哪里是救你性命，不过贪恋你眉清目秀，（右手抬）叫你多活一时。（右手指许）

许　仙　她如今，已有七月身孕，也是假的不成哪！（双手摊）

法　海　（右手摆）许官人听道：

（念）昔有一人去进香，
　　遇一美女泣路旁。（右手指前）
　　诉她继母心肠狠，
　　逼女提篮采野桑。（右手前指）
　　此人怜爱将她救，（对许）
　　引女归家效鸳鸯。（双手指对）
　　十月怀胎生一子，（摇头）
　　如鱼得水度时光。（右手自胸前划一圈）
　　忽然一夜风波起，（双手自胸前向左右两边分开）
　　她化作银蟒十丈长！（两人互换位置、右手指前，许惊状）
　　先把娇儿吞吃掉，
　　后咬此人一命亡。（**仓**）（右手前指，许害怕）
　　你今年轻眉目秀，（右手抬至颊前托掌）
　　白蛇与你配鸾凰；（双手食指直伸在胸前并拢）
　　一旦青春不再来，（右手摆动）
施主啊，施主！（对许）
　　白蛇腹内葬许郎！（右手指腹）

许　仙　（**大大大大仓**）（许惊急问）哎呀，师父哇！但不知何法可解？（双手摊问）

法　海　皈依佛法，自然可解。（右手佛掌至胸前）

许　仙　弟子病中也曾许下心愿。与娘子说知，（拱手）要往宝刹拈香还愿，还望师父多多指引。（右手略掂一下）

法　海　只是，老僧“法不空传。”（摇头，右手摆）

许　仙　哦！弟子这里有纹银十两（右手指左袖），望求师父笑纳。（欲拿银两）
法　海　（右手摆）有道是："菩提不用黄金买"。
许　仙　依师父之见呢？（双手摊）
法　海　入我门来！（右手前指）
许　仙　明日如何？（右手摊）
法　海　明日你就走不成了。
许　仙　哎呀！师父，你忒以心急了哇！（双手前搭）
法　海　从水火中救人，不得不急。（右手摆）
许　仙　哦，如此师父请上，受弟子一拜。（右袖一甩，左拉右袖单腿跪）
法　海　阿弥陀佛。（右手合十，双手搀许起，左手让许）随为师来呀！

<闭幕音乐>

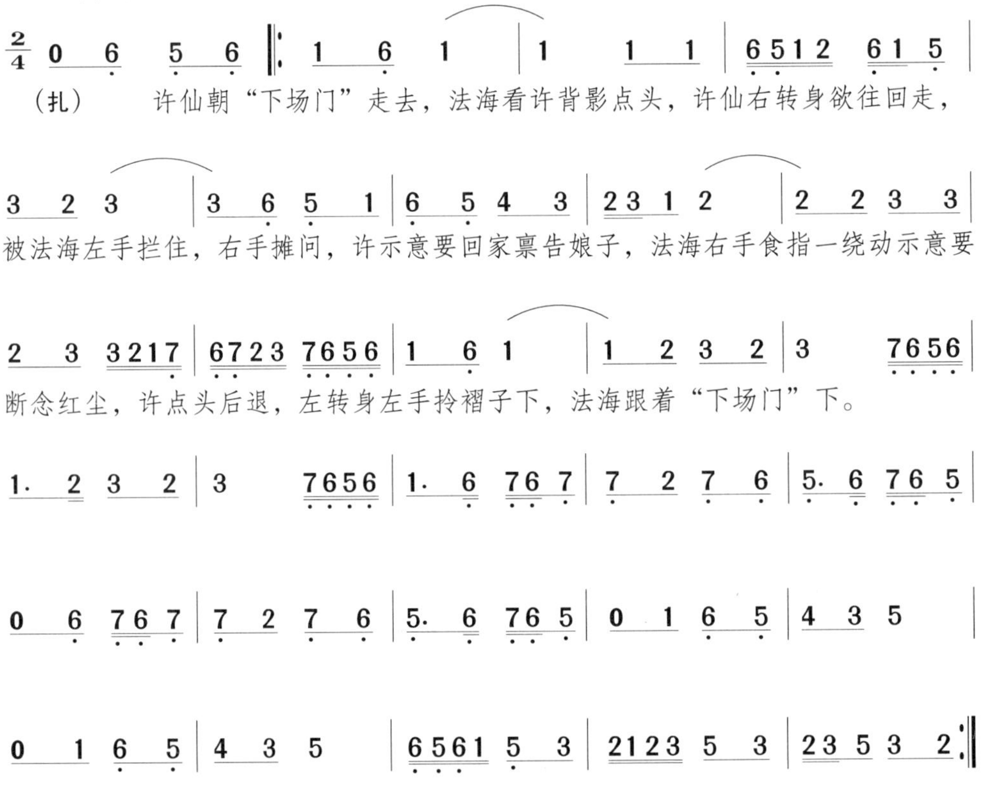

第　八　场

索　夫

<开幕曲·画眉序>

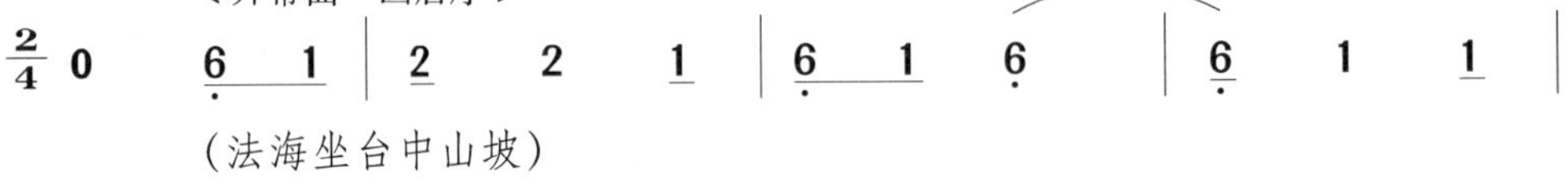

5 6 | 1 6 1 | 2 1 6 6 | 1 6 1 | 3 5 3 |
（大大大 大 大
（白素贞双手拿白绸从“上场门”

0 6 5 | 3 5 3 3 | 5 5 2 1 | 6 2 1 2 | 0 1 6 1 |
乙 大 大 仓 嘟 仓 台 才 台 乙 台 仓 才 仓 台 台
上，左高右低顺风旗式“九龙口”亮相，双手舞绸摆动圆场前行，小青“上场门”

2 3 2 | 1 2 3 | 2 2 3 | 1 1 6 | 1 6 0 1 |
七 台 乙 台 仓 才 仓 才 仓 台 台 七 台 乙 台
上，二人“一抄二抄”，双进门向外翻“八字”，白站“大边”青给“小边”看法海、二人

2 1 6 6 | 1 231 | 0 3 2 1 | 6 1 | 1 0 ‖
仓 另 大 仓 儿 另 才 乙 台 仓）
顺风旗亮相，青右手插腰，左手指法海）

小　青　秃驴，还俺姑爷来呀！（冲向法海，白上前拦青）（**嘟 – 仓**）（白半个“推磨”，左手摆，二人归“小边”）

白素贞　嗯！（小青、扭头、扶剑亮相）啊老禅师！（右手合十）我丈夫（右手抚胸）三日前到宝刹拈香，（右手掸动两下）望求老禅师唤他出来，我们一同回去。（双手左指）

法　海　你丈夫是谁？

白素贞　许仙。（右手按掌）

法　海　许仙！不在本寺，（摇头）到别处去找吧。（右手甩一下云帚）

白素贞　**【撕边一击】**（右摆手，归“大边”，小青在“小边”）我丈夫临行之时，明明说是到宝刹拈香还愿。（左手合十）望求老禅师（双手佛掌）唤他出来，夫妻重聚。（双手食指并拢）

法　海　我实对你讲，你丈夫已拜在老僧名下，在本寺出家，他不能回去了。（白左手扶鬓惊，双手摆动。**【冲头】**青上前怒起欲拔剑逼。**【撕边一击】**白双手阻拦）

白素贞　这怎么使得！**【撕边一击】**（双手摆）我与他海誓山盟，各不相负，好端端夫妻，生生拆散，（双手食指直伸抖动分开）怎肯甘心？（**仓**）（以右拳击左掌心后变双摊掌）**【撕边一击】**（小青上前欲拔剑刺杀法，白拦青，双手分“反云手”）**【大锣叫头】**老禅师啊！（双手合十）**【大锣住头】**（小青不满甩剑穗亮住）我与他恩深爱重，不能一日相离，望求老禅师放他出来，我夫妻永感老禅师大恩（**仓**）（右手将绸撑起）大德。（左手将绸撑起右转身朝法海欲跪，小青向前阻拦）

法　海　孽畜。

〔西皮原板〕

）0（ 0 6 | $\frac{2}{4}$ 5 i 6535 | 2165 3212 | 6125 3612 |

【大锣夺头】（扎 扎 仓 0）（小青拔剑；白拦，右转身，白左手高、右手低“顺风旗”亮住相；小青半拔剑半蹲亮相）

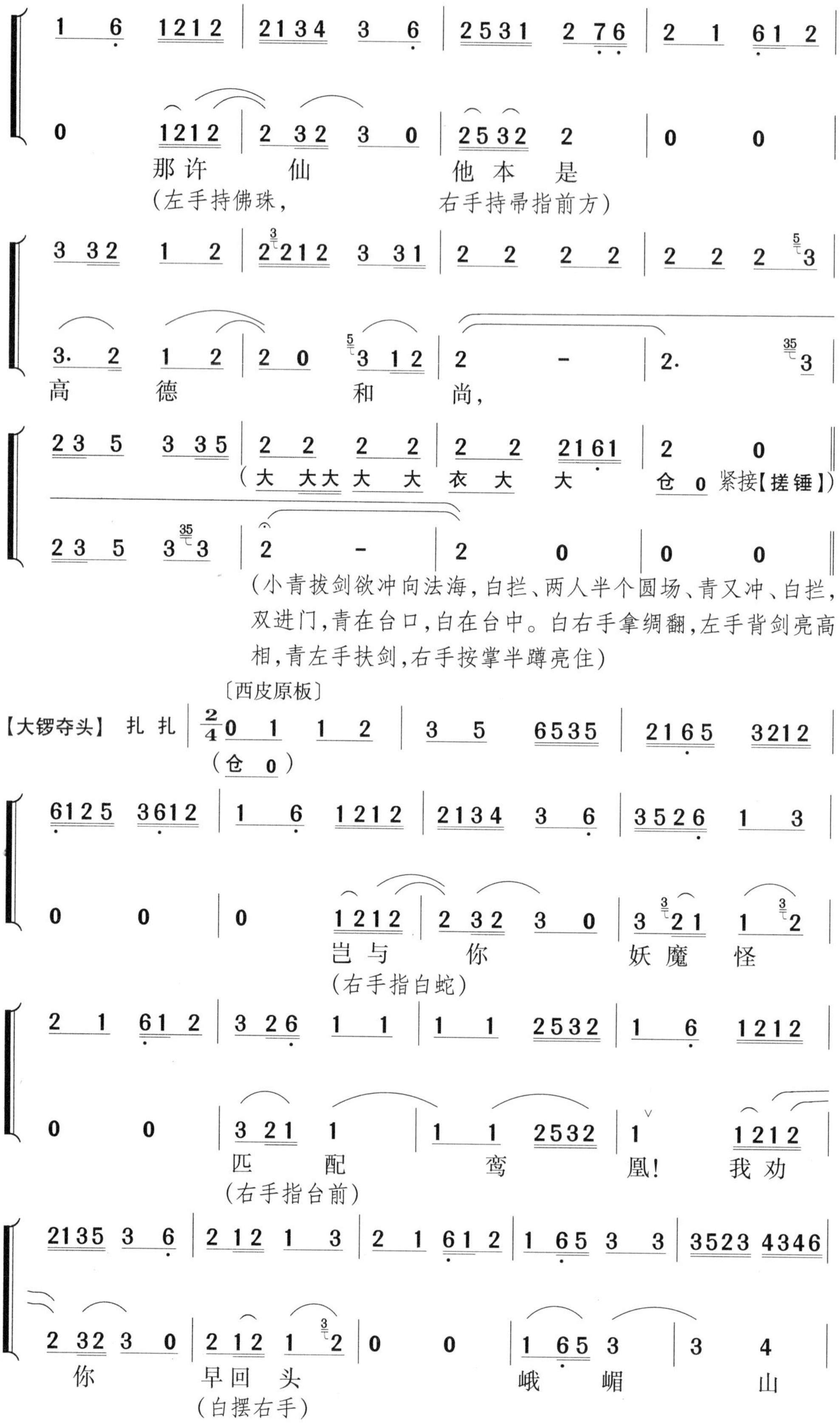
那许仙 他本是
(左手持佛珠, 右手持帚指前方)
高德和尚,
(大 大大大 大 衣 大 大 仓 0 紧接【搓锤】)
(小青拔剑欲冲向法海,白拦、两人半个圆场、青又冲、白拦,双进门,青在台口,白在台中。白右手拿绸翻,左手背剑亮高相,青左手扶剑,右手按掌半蹲亮住)
〔西皮原板〕
【大锣夺头】 扎 扎
(仓 0)
岂与你 妖魔怪
(右手指白蛇)
匹配 鸾凰! 我劝
(右手指台前)
你 早回头 峨嵋 山
(白摆右手)

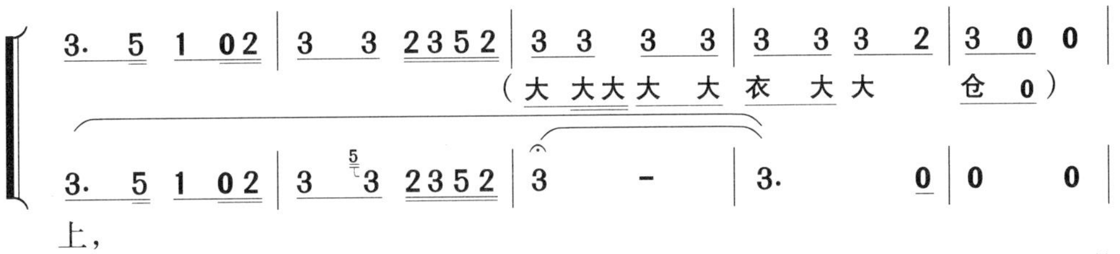

（青转身归外边看法，白推青，拦青，二人双转身，青"正云手"亮"顺风旗"式斗蹲，白双照手前看）

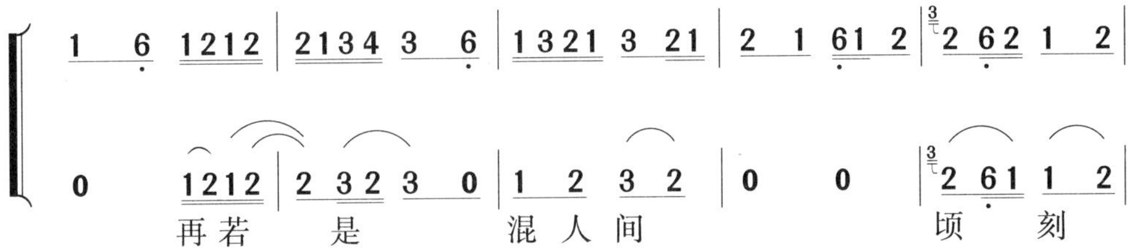

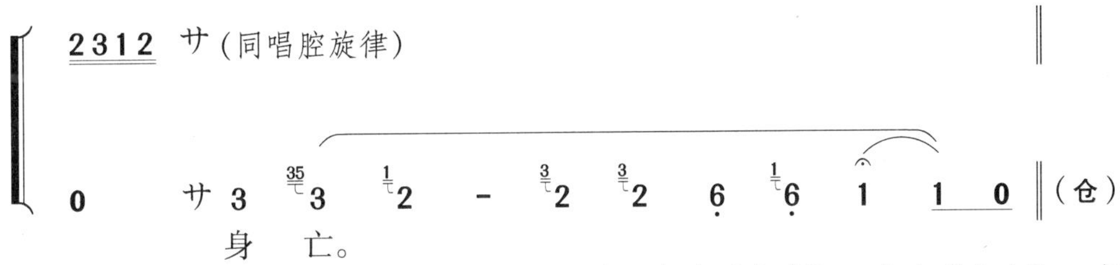

（持云帚右前指出）（白、青分开归两边，白站"大边"，青站"小边"，青左转右手指法，白双手拦）

小 青 秃驴！

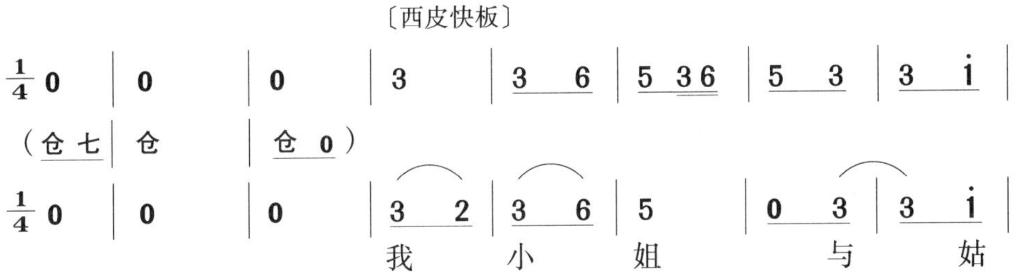

（右转右握拳，左手扶剑）

（拱手） （左手指法海）

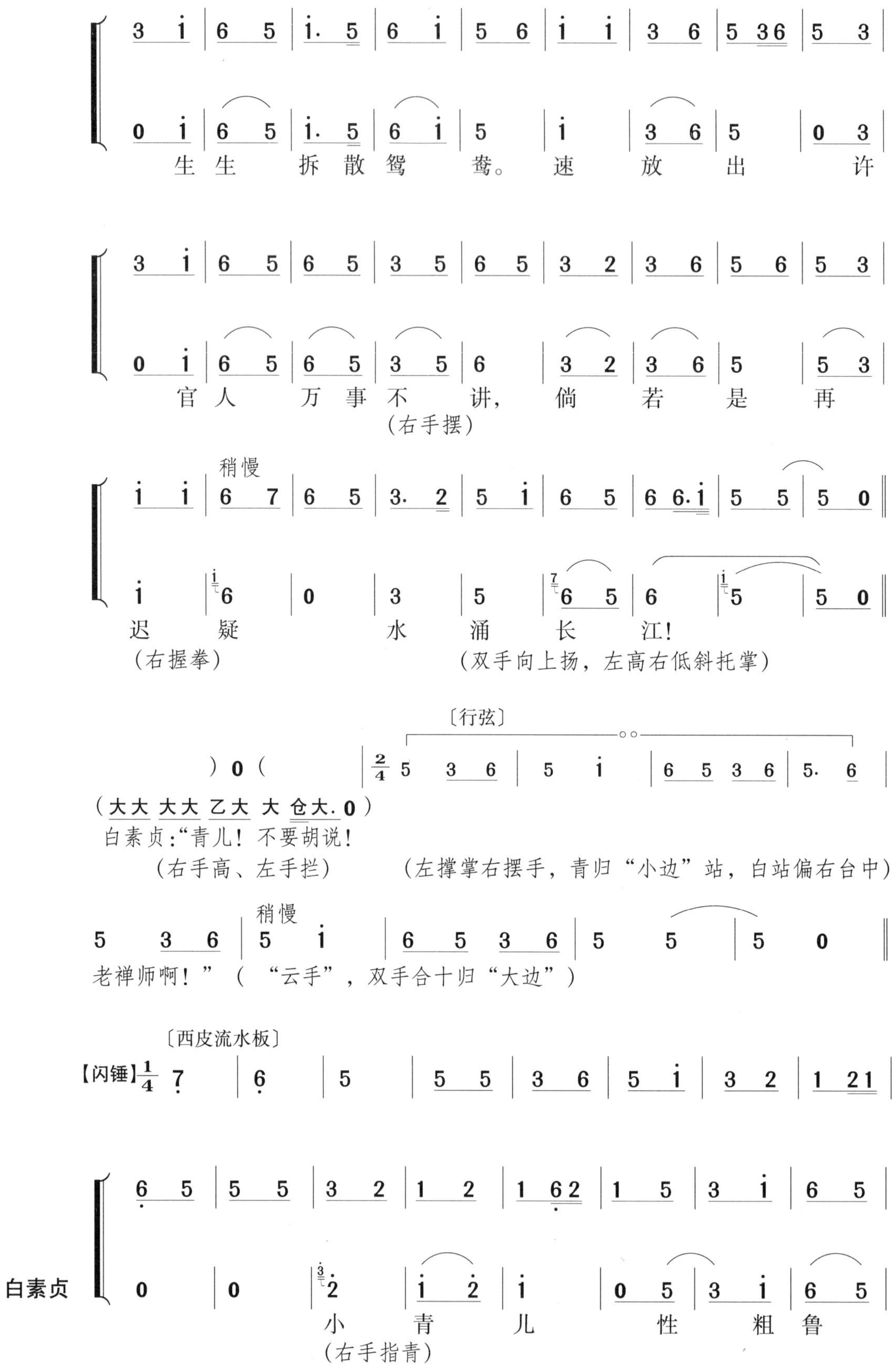
生生拆散鸳鸯。速放出许
官人万事不讲，倘若是再
（右手摆）
稍慢
迟疑水涌长江！
（右握拳）
（双手向上扬，左高右低斜托掌）
〔行弦〕
（大大 大大 乙大 大 仓大. 0）
白素贞:“青儿！不要胡说！
（右手高、左手拦）
（左撑掌右摆手，青归“小边”站，白站偏右台中）
稍慢
老禅师啊！”（“云手”，双手合十归“大边”）
〔西皮流水板〕
【闪锤】
白素贞
小青儿性粗鲁
（右手指青）

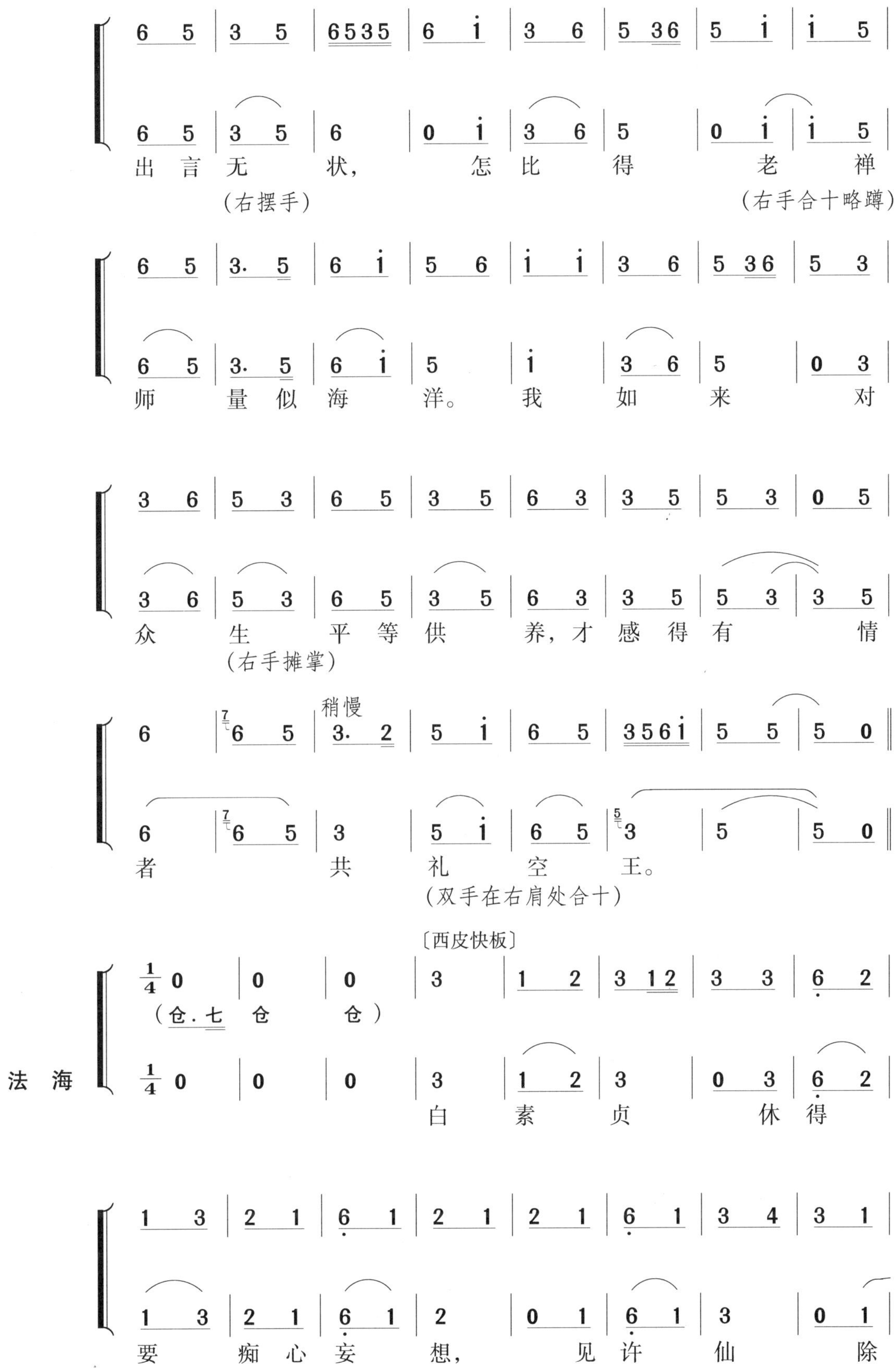

出言无状，怎比得老禅
（右摆手）
（右手合十略蹲）
师量似海洋。我如来对
众生平等供养，才感得有情
（右手摊掌）
稍慢
者共礼空王。
（双手在右肩处合十）
〔西皮快板〕
（仓.七 仓 仓）
法海
白素贞休得
要痴心妄想，见许仙除

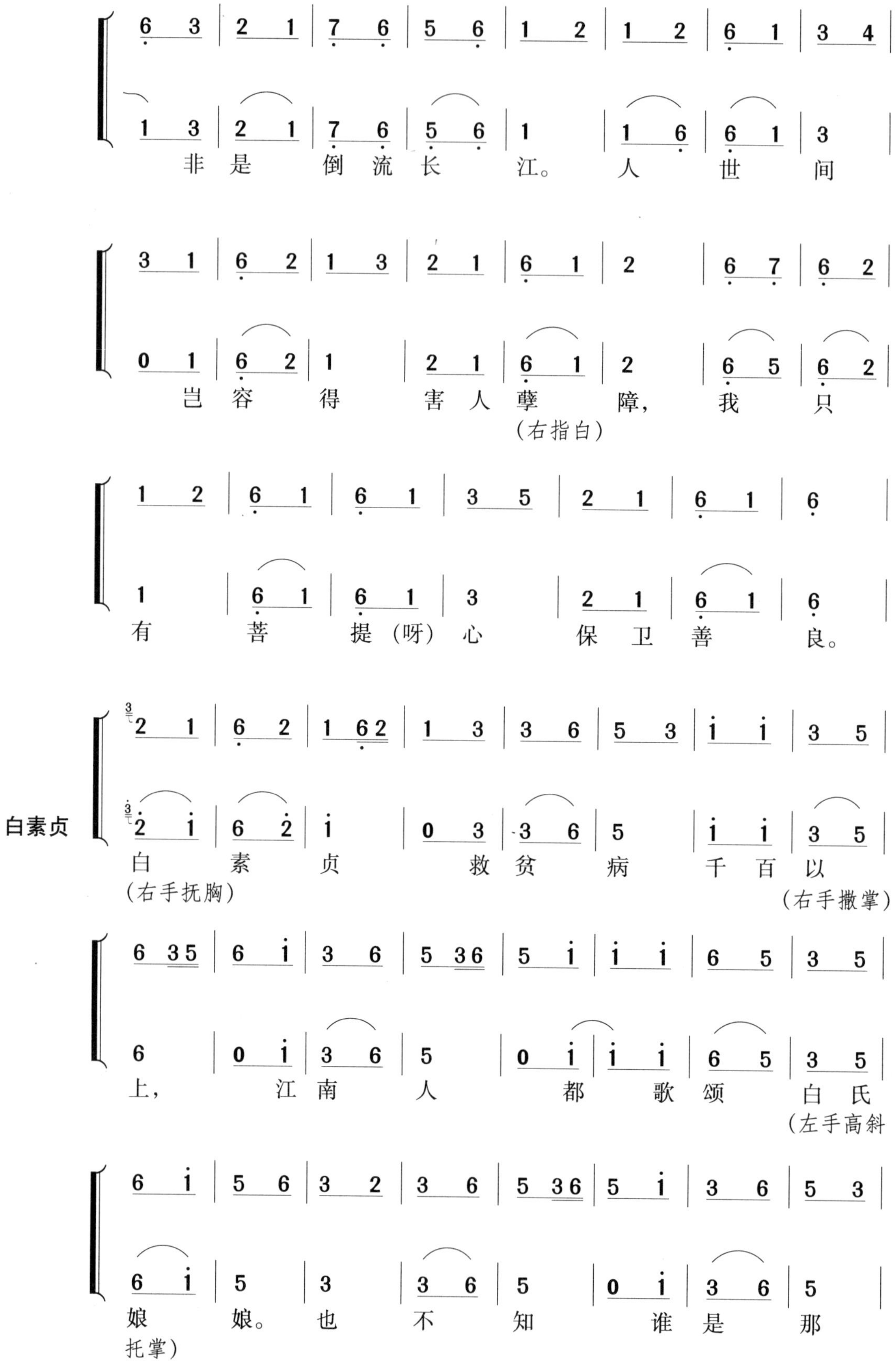
非是倒流长江。人世间
岂容得害人孽障，我只
（右指白）
有菩提（呀）心保卫善良。
白素贞
白素贞救贫病千百以
（右手抚胸）
（右手撒掌）
上，江南人都歌颂白氏
（左手高斜
娘娘。也不知谁是那
托掌）

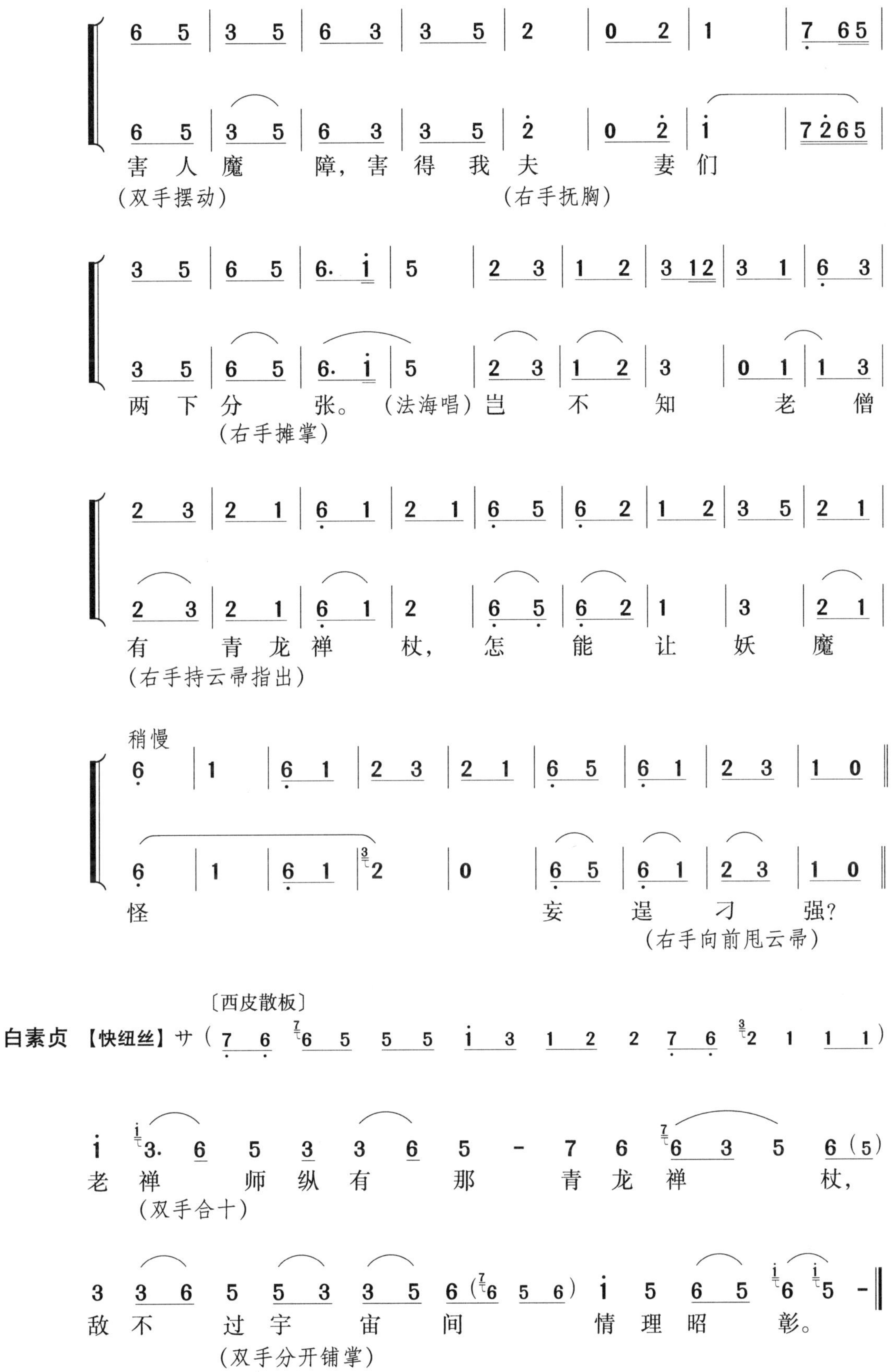
害人魔障，害得我夫妻们
（双手摆动）
（右手抚胸）
两下分张。（法海唱）岂不知老僧
（右手摊掌）
有青龙禅杖，怎能让妖魔
（右手持云帚指出）
稍慢
怪妄逞刁强？
（右手向前甩云帚）
〔西皮散板〕
白素贞 【快纽丝】
老禅师纵有那青龙禅杖，
（双手合十）
敌不过宇宙间情理昭彰。
（双手分开铺掌）

小　青　姐姐呀！（拱手）

〔西皮散板〕

【双楗大锣凤点头】サ（7 6 ^{7}6 5 5 5 i 3 1 2 2 7 6 ^{3}2 1 1 1）

3 3 6 5 5 ^{2}7 6 5 6 6 3 5 6（6. 5 3

哪 有 这 闲 言 语 对 他 来 讲！

（左手指法）

3. 5 6 6 6）3 3 6 5 i - ^{i}5 - ^{7}6 -

（仓）姐 妹 们 今 日 里

（右手托至胸）

（6. 5 3 3. 5 6 6 6）3 6 5 ^{7}6 5 ^{5}3 5 - ‖

（顷 － 仓）大 闹 经 堂！

（左手甩剑穗，右手拔剑亮住，白拦左手扶剑，右手按掌，亮住）（两人"合扇"回身向法示威，青再绥剑穗右转身按剑亮住，白左转身急双摆手）

〔西皮散板〕

法　海　【大锣凤点头】サ（7 6 ^{7}6 5 i 3 1 2 2 7 6 2 1 1 1 1）

1 2 3 1 2 3 ^{1}2（2. 1 6 6. 1 2 2 2）

望 空 中 叫 一 声

<水仙子>

2. 5 ^{35}3 ^{1}2 - 3. 6 5 - ^{6}5 ^{6}5. 3 5 -

护 法 神 将…… （啊）

〔【擂鼓】、【急急风】白、青二人急搓双手。【大锣四击头】青左手按剑柄，右手按掌亮相；白左手扶剑柄，右手举掌亮相，从"下场门"急下。比丘僧持扁铲率四神将持枪"上场门"；韦驮持杵、金甲神持双锤率四神将"下场门"两边上"合龙口"，向内"合扇"转身，面向法海落枪礼仪。在【双楗凤点头】中，韦、比、金中央成"三丁"，八神将列为大八字形，分弓左、右腿。拉枪式低姿造型塑像。

〔西皮散板〕

【双楗大锣凤点头】サ（7 6 ^{7}6 5 i 3 1 2 2 7 6 2 1 1 1）

^{3}2 2 1 1 1 3 3 ^{3}2 6 1 ^{3}2 1 0 ‖

快 与 我 拿 妖（哇）孽 保 卫 经 堂。

（右手云帚朝前指出）

众　领法旨。

〔【急急风】八神将举枪抄过，半圆场至韦、比、金身后成扇面形，左、右丁字步拉枪式、亮高相集体造型，【四击头】暗转、闭幕。

第九场

水　斗

〔天幕下设水片，波涛滚滚。

〔众水族内唱。

＜二犯江儿水＞

【大锣归位】サ 6　6　3 6　564 4　4　3 - 3 0
纷　纷　水　宿，　（嘟 儿　仓 0）

〔【水声】四蚌“上场门”上了成“斜胡同”；【软四击】众水族相继各式跟斗翻上，抄“过包”，（撕边八大仓）众斜场前低后高堆相造型。

3 | 2/4 3[①] 2 3 | 2 2 3 | i 6 i | i 6 | 5 45 |
哎　齐　簇　簇　纷　纷　水　宿，

众水族自中间向外翻，到天幕成三排，蚌居后排。水族依序翻“窜扑虎”、“倒扎

6. i 65 3 | i i 6 5 | 3 6 5 3 | 2 5. 6 | i 6 5 |
鱼　虾　蟹　鳖　友，　闹　垓　垓

虎”、“肘丝扑虎”、“入洞”、“叠筋”等各种跌扑、鱼跃、翻腾技巧。然后分

2 3 2 | 1 7 6 | 3 5 3 | 3 i 6 6 | 5. i |
爬　跳　游　去　来　游，

为三组在【抽头】循环窜“九毛”。再分列两侧，以各式长、串跟斗。斜场十字插

6 5 3 | 5 3 2 1 | 2 3 1 6 | 5 65 4 5 | 6. 0 ‖
似 蛟 龙 在 江　上　走。

（仓.才 台 才 仓）接【抽头】（嘟 儿－八大仓 0）

翻，横场对翻。【撕边一击】以“串小翻”、“串虎跳前扑”结束。【四击头】四蚌自两侧合围到第一排，蹲于小青两旁；八男水族两侧列八字形，白素贞持红令旗居中高立：众簇拥白成半月形画面塑像。【三锣】白三挥令旗。【撕边】（八大仓）白将令旗掷于小青。白左侧隐下。【急急风】青中间挥动旗舞：四蚌环绕青内圈反转圆场；八男水族外圈正圆场。小青归“下场门”后角，四蚌在青前成斜排、八水族依次在蚌前成两行斜排、组成方队阵形。【四击头】青与四蚌，八水族“过合”右侧

① ＜二犯江儿水＞原有随唱锣鼓经，演出时因按新要求，而未加伴奏。

二幕下。八神将"下场门"举抢成两横排上、拧抢式，与蚌、水族对峙。**【急急风】**八神将、与蚌、水族原地一扯两扯、前排四神将与四蚌刺肚过去，与水族漫头刺胸；水族抓掠神将枪架住；后排四神将扎漫四蚌头过去。左转刺蚌，四蚌合闭蚌壳夹神将枪架住。水旗携前排神将右侧下；蚌夹后排神将左侧下。

〔"五股档"：青、白持双剑"上场门"，比持铲、韦持杵、金持双锤"下场门"，双冲出去。大扯至正中场"半合"，青、白马韦压刺肚、韦隐下。接转小"四股档"：青与比"下场门"斜场"过合"。白向左横场漫比头过去。小青横场漫金头过去。白对比前排，青对金后排。分别打比、金鼻子削头。**【大锣一击】**亮相。**【急急风】**白追比"下场门"下。留青与金往外双冲、磕"过合"、磕反抄回去、双锤打双剑上下左右。青剑挑双锤往里刺肚，向里"合扇"转身，青打金鼻子削头。金"下场门"败下。

〔青马二神将接打剑枪"三股档"：神甲"上场门"持枪扎青脖。**【撕边】(八大仓)**青一绕两绕神甲枪，向外"合扇"转身剁神甲头，侧横亮高相；神甲弓右步拧枪式亮矮相。

〔**【开档·上天梯】**打"单对儿"神甲枪提柳花刺右腿；青反"云手"五花右剑向下截搪。神甲枪右端击青头；青左剑盖下来。右剑刺神甲"腰封"，左剑再刺神甲左肋；神甲竖枪搪挡。青右剑再砍神甲头；神甲顺势外盖。青回剑砍神"腰封"，青左转削神甲头，神甲低头。**【马腿儿】**上挂，各向右转身、反拉肚，再上挂、青削神甲头。位置移成左斜对角线。神甲赶扎青头部三枪；青后退，横剑左、右、左向上搪击、滑开。青右剑向下挑绕神甲枪，左剑盖神甲抢。随即前进：右、左、右剑三刺神甲"腰封"；神甲向后退，竖抢三次左、右、左接"腰封"。青双剑盖神甲抢，砍神甲马腿。反兜，右转，抢变棍把，再下滑。青左、右剑分砍神甲头；神甲以抢头向两侧拨击。顺势点青胸，青以左剑搪托，右转。左剑扛于左肩臂，右剑下滑，双剑上挂，反拉肚，各向右转，青削神甲头。移动换位。袖甲刺青面部三枪；青右转正"云手"右、左、右滚击拨开。青右剑砍神甲头；神甲向左后拨开。青左剑砍神甲前胸；神甲搪接"腰封"。青右剑臂砍神甲头；神甲向前盖剑。青右转削神甲头，神甲低头。如是三次。至最后青撩盖神甲枪，向右前角抽打神甲抢背。

〔**【急急风】**神乙"上场门"持抢上，自青身上"窜抢背"过去至左前角；青向右翻身。青撩削神甲头；再向左马神乙上挂，拉肚，各左转，打神乙鼻子削头。复向右马神甲反搭兜，右转身、反搭兜。撩削神甲头。向里盖神乙"腰封"；神乙奔向右前角。再外盖"神甲腰封"；神甲奔向左后角。甲、乙换位。青与神乙一绕两绕向外"合扇"转身，剁神乙头；起右剑切打神甲抢背。**【四击头】**青再剁神乙头、成蓬头式亮高相；神乙右弓步拧抢式于右侧亮矮相；神甲左后侧斜拧枪式，右丁字步亮高相。**【急急风】**青盖神甲"腰封"；神甲向左侧缓枪。青漫神乙头后右边侧幕下。

〔神乙涮抢与神甲并行。水族"上场门"持双钳上，与神甲乙"斜过合"，反刁神甲出去，向右侧斜场漫神乙头；神乙"下场门"下。再撩打神甲"抢背"；神甲起身后"下场门"下。金甲神持双锤"下场门"接神甲上。

〔**【急急风】**金甲神与六水族激战"七股档"：与水族 1 磕刀花"过合"，再磕反抄回来，归原位下兜。互打双"九刀半"漫头、漫头。金打水族，向右前角走"抢背”，水族 2 持双刀“上场门”上，金与水 1、2 抽“四门抢背”。三人归中场。金向左打水 1 鼻削头；水 2 打金右靴底，右转，水 2 削金头；金削水 1 头。压，水 1、2 串金肚换位。水 3、4、5 天幕前正场横排徒手上，金及水 1、2 向后扫水 3、5 直场“虎跳前扑”翻上；水 4“旋扑虎”自金身上腾空跃过一往里“滚堂”，金自水 4 身上跳出去。水 3、5 往左、右“滚堂”；水族 1、2 分别从水 3、5 身上跃过。金中间交叉打水 1、2“抢背”进去。扫水 6、4 左、右斜场插翻“大过桥”、“串小翻提下蛋”为高难度技巧。金中间与水 1 一绕、两绕剁头；翻身右腿踹踢水 2 “抢背”；水 3、5 自左、右两侧向台口中间窜毛，再往回翻“串小翻”。**【四击头】**金抛右锤反面花、左手拐住、骑马式右手托掌亮矮相；水 3、5 在左、右前角、弓左、右腿，“栽锤”托左、右掌亮矮相；水 1、2 于金左、右前侧成三角形，“掖刀式”、分弓左、右腿亮矮相；水 4、6 在金身后两侧，起“飞脚”砍身成“虎豹头式”亮高相。总体成扇面形大八字式画面造型。**【急急风】**金双拱水 3、5 “抢背”左、右分下；原地与水 1、2 刺肚，水 1、2 两侧下；带水 4、6 毛下，金尾追水 6 “下场门”侧幕。

〔比丘僧“下场门”持扁铲；水族甲“上场门”持双矛；双冲出去。**【撕边】**（八大仓）比一绕两绕剁水甲头。**【开档·上天梯·马腿儿】**比与水甲亮相，打扁铲对对双矛。水族甲至左侧，右手持矛掷“撇桃”**【撕边】**比用铲柄接矛挑转数周再抛递予水甲。**【大锣一击】【急急风】**水族乙“下场门”翻上；比托其跟斗过人、水乙右侧下。水丙持刀翻上，打“三丁”最后比居中，掷扁铲反“撇桃”接住。**【四击头】**飞脚、砍身低头；水甲、丙削比头三人成斜“顺风旗”亮相。上水族中间打下比。神将持枪“上场门”上，打下二水族。

〔白素贞持枪“上场门”上、漫神将头上别。打“快枪”扎“老虎枪”至最后**【撕边】**神将刺白脯，白右转枪漫神将头；神将挑绕白翻身，白起右腿踢神将“抢背”**【四击头】**亮相。（撕边八大仓）神将乙持双枪上、掷扔“撇桃”白磕击回去。

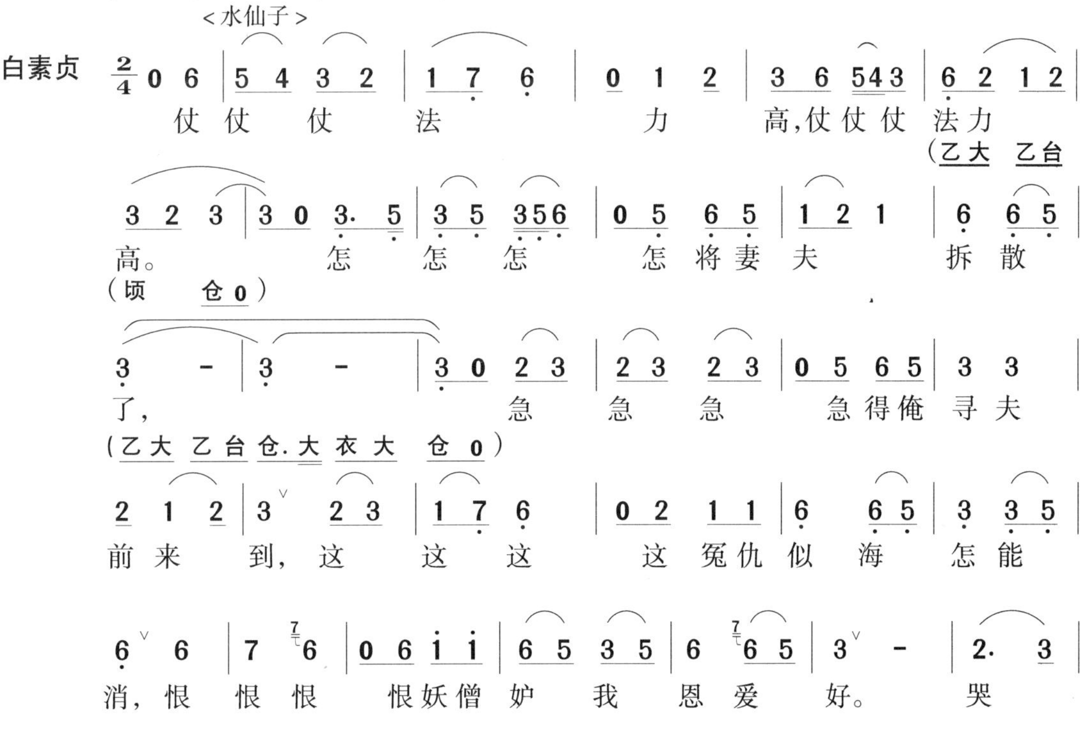

稍慢

2· 3 | 2 1 3 | 0 2 3 2 | 1 2 | 3· 2 3 23 | 3 5 321 | 2· 0 ‖

哭 哭 哭得咱 两 眼 泪 珠 抛。

(龙冬 大台 仓 儿另才 乙台 仓)

(在此曲中续上四神将，边打、边扔、边唱，十杆枪打出手，通过“抛、磕、碰”、“吊鱼”、“撇桃”、“前踢”、“后踢”，“漏踢”、“掏接”、“回拍”、“串肚”、打“鼻子”、刺“腰封”“三换”、“四换”、“五换”、“拐踢”等技巧，表现白素贞舍身激战群敌。只身敌挡八方兵刃，曲终【撕边】(八大仓)成“五梅花”；画面、耍“劈猴”【四击头】五换，白挑四神将“抢背”、背双抢中间亮高相：四神双枪交叉后高、前低亮群相)

〔【急急风】四神将围白反“串肚”，白向左侧打金“抢背”；再与比“过合”后，右后侧架四神将之枪。此时，韦驮于左侧示意比狠击白受孕之腹部。趁白奋力抵挡四神将之机（八大仓）比挥铲骤然击中白腹、触动胎气、霎时疼痛难忍、挣扎应战。小青急救应上、二人相应与众神将激烈鏖战、拼杀。将左，右飞来之抢踢挡回去。小青全力护卫白。最后激战中，白“拐踢”，青“大后踢”。再度拦截神将之枪。白压住比扁铲、青推挡众神将之枪。【搓锤】神将力逼青、白向右侧蹉步移动。白在艰难抗挣中：突然想到许仙，竭力喊出！“官人。”

〔【急急风】众水族、蚌从“上场门”拥上，护卫白渐渐隐下。青与比“封头”架住，众神将自左向右包围青行反圆场；众水族自右向左在外圈包圈神将行正圆场。形成内外三层裹转之势。至最后水族归右侧，神将归左侧，自台中一对一逐对往里刺肚、神将归“大边”左前角，组成方阵画面追式造型，水族、蚌簇拥青归“上场门”“九龙口”处，组合圆形画面、蚌列前排、青在中央高擎红令旗【四击头】分为两组亮相。少顷，三次挥舞旗帜，【水声三击】寓意水势大作，汹涌澎湃、浪花飞卷、波浪滔天。【急急风】众神将移步向前，眼望水势难进其身，只得无奈地止步停戈。幕落。

第 十 场

逃 山

<开幕曲·普庵咒>

2/4 1· 2 35 1 | 2· 3 | 2· 3 5 6 | 5 - | 5 6 i |

6 i 5 | 5 i 6 5 | 3· 2 | 3 32 1 2 | 3· 2 |

1 21 6 | 5· 3 | 5 3 2 5 | 3· 5 | 2 5 3 2 | 1 - ‖

白蛇传

〔【快长锤】许仙左手拿着经书随看着从“上场门”缓缓上场，走至“九龙口”亮住，摇头，叹气，抖右袖。

〔亮弦〕

サ（2. 3 4 6 5 5 5 5）

〔西皮摇板〕

许　仙　【闪锤】（1/4 7 | 6 | 5 | 5 5 | 3 6 | 5 5 | 3 2 | 1 1 | 6 5 |

5 5）| 5 i 6 5 5 5. 7 7 6 - 5 -

到 金 山 原 指（喏） 望 避

6 - 6 - 3 5 - 6 - |（6 5 | 3 5 | 6 5 | 3 2 |

灾 脱 险，

（右手摊掌） （慢步走往台口中）

1 1 | 6 5 | 5 5）| 3 3 6 5 - 3. 6 5 - 3

又 谁 知 锁 禅

（右手前指）

i - 6 - 3 - 5 i - 6 5 5 - 5 -

（呐） 堂 度 日 如 年。

（6 5 | 3 6 | 5 5 | 3 2 | 1 1 | 6 5 | 5 5）| 3 -

对

3 6 5 - 3 6 5 - 7 - 6 - |（6 5 |

法 华 我 只 （喏） 把

（右手指书）

3 5 | 6）| 7 - 6 6 5 5 5 - - 6 - |

娇 妻 念，

〔许仙双手握书，忽所堂鼓声，惊，往“上场门”扔经书，右翻袖急冲台口。【五击头】小沙弥从“上场门”上，二人“合扇”双进门，许站“大边”沙弥归“小边”双手合十向许作躬。

〔西皮散板〕

许　仙　【快纽丝】サ（7 6 6 5 i 3 1 2 2 7 6 2 1 1 1）

$\dot{1}$ $\overset{\dot{1}}{}6$ 5 5 $\underline{3\ \dot{1}}$ $\overset{\dot{1}}{}6$ - $\underline{3.\ 6}$ 5 $\overset{7}{}6$ $\overset{6}{}5$ - ‖
山 门 外 却 为（呀） 何 喊 杀 连 天？
（双手分右摊）

许 仙 【大锣叫头】（右翻袖）小师父哇！【五击头】这山门之外，何来人声喧嚷？（双手摊）

小沙弥 这（一想）【撕边一击】这我可不能告诉你。（左手冲许）

许 仙 莫非我那娘子找我来了？（右手摊）

小沙弥 嘿！真让你给猜着啦！（左手指许）哎哟！你那丫头可好厉害哟！（左袖一抖）

许 仙 小师父快让我们夫妻见面吧。（双手拱）

小沙弥 哎呀你得了呗！（一甩左袖）（大大仓）你也不想想，到这个时候，怎么能让你们夫妻见面呢？师父说了，（双手合十）你那娘子是个妖怪，（右手指前）她是个假的。

许 仙 可是她的情意是真的呀！（左手拉住右袖，右手掸动两下）（一想）哦，我明白了！（点头）【五击头】这山门之外，（右手指前）喊杀连天，莫非师父与我那娘子交手了不成？【大锣一击】（双手拱，右手摊向小沙弥）

小沙弥 师父正派护法神将，捉拿你那娘子去了。（朝许左指）

〔【大锣一击】许惊双手摊，堂鼓声响，许抖右袖边翻右袖与小沙弥两人外翻，许看"下场门"、沙弥看"上场门"，许双手颤抖。

许 仙 【叫头】小师父哇！【五击头】我妻已有七月身孕，她如今怎经得起这场恶战！（双手颤抖指左台口）【撕边一击】（右袖垂下）小师父，快快放我出去吧！【撕边一击】（双手指台前）

小沙弥 你出去干什么呀！（右手摊）

许 仙 我，我要帮……（激动、右手握拳左拉右袖）【撕边一击】

小沙弥 你帮谁！（拉许右手）

许 仙 帮助我那妻子。

小沙弥 你得了呗！【撕边一击】（许右袖甩沙弥）到这个节骨眼儿，你这不是给我惹子吗？（双掌拍摊问）

许 仙 小师父，方便方便吧。（作揖）

小沙弥 哎哟！我不能放你出去呀！

许 仙 我……我与你跪下了。（跪下，小沙弥双手搀起）

小沙弥 快起来！快起来！【撕边一击】哎呀！你看看，我还就见不得这个。许官人，趁他们打的正热闹，干脆我放你逃下山去吧！（左手前指）

许 仙 多谢小师父！（许跪）

小沙弥 快快请起！随我来。（双手搀）

〔【大锣水底鱼】许仙与小沙弥"推磨"换位置，小沙弥右手拉许左手圆场一圈，双手往"下场门"一指。

许 仙 多谢小师父！（许跪，小沙弥右一搀）多谢小师父！（许跪，小沙弥后退双手摆示意不用）多谢小师父！（许跪，小沙弥双手搀许）

小沙弥 快走！

〔【大锣软四击头】二人水袖往里翻，【大锣软四击头】二人水袖往外盖，（八大仓）右袖扬、示意许快走，（八大仓）左袖扬，【撕边】许双袖急绕、小沙弥双手推许

（八大仓）许右水袖翻扬亮住朝“下场门”急下。【冲头】

小沙弥 哎呀，【小锣一击】看许仙是逃下山去了，（右手指前）师父回来要是知道了，还不是要打我呀？（左手摸屁股）哎呀这，这，这……【小锣一击】（一想）哎嗨有了！（双手合十）看四下无人，干脆！我也逃下山去喽！（双手往左台“下场门”一指，回身，朝上扔佛珠，佛珠套头，脖甩佛珠，走“矮子”“下场门”下）

第十一场

断　桥

<开幕曲·玉交枝>

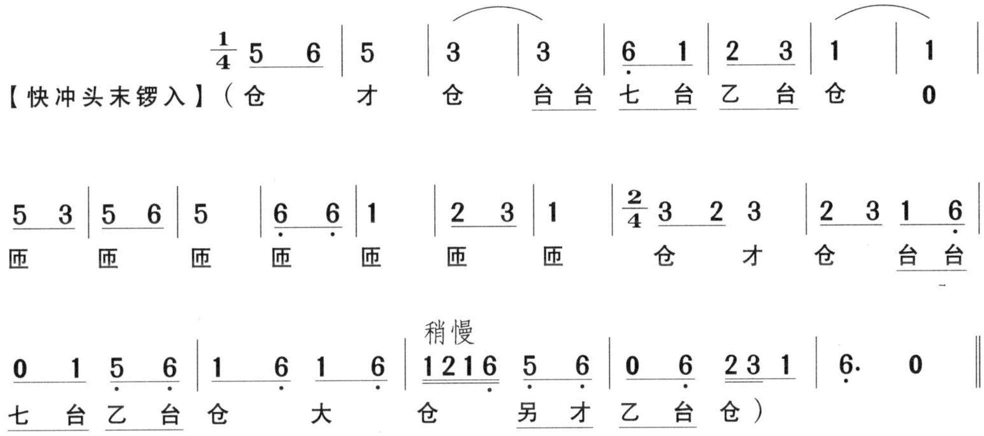

〔白素贞内唱。

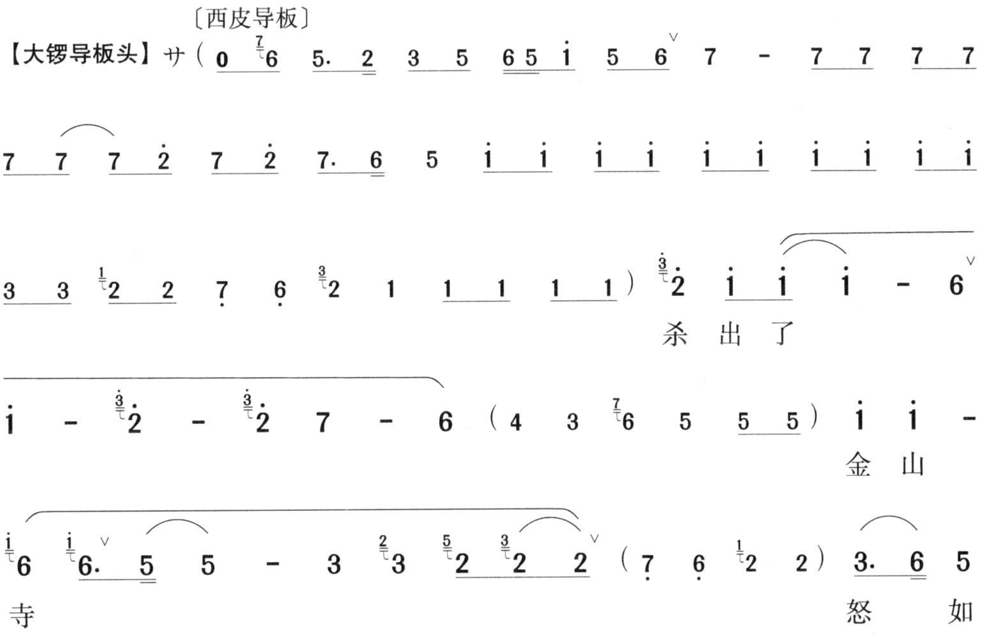

5 – 6 – i – 6 2 2 2. i 6 i – 2 – 2 – i –
烈 火!

（嘟 八大台 顷 仓 0）
（白素贞双手分拉腰包从“上场门”冲至“九龙口”左手高“顺风旗”亮相）

〔哭头〕
白素贞 （0 6）5 – 6. 6 5 6 6. 0 i –（2/4 1 1
啊!（八大台 仓 –
（右提袖指前，翻右袖捂肚，

（吟唱）
1 1 12 | 5 5 | 2 1 6 2 | 1 0）6 – 3 – 2 –
仓 – 仓 仓 台 七 台 仓 0）狠 心 的
右转身左手指“下场门”，左转左翻袖右高撑袖蹉步至台中，双袖下揉肚，双翻袖右高

2 – 2 2 2 72 6 5 – 5 – 3. 5 3 5 –
许 郎 啊!
摔袖，左至胸前）
（乐队入）
6 6 6 5 5 4 – – 3. 5 3 5 – 6 –

2 – 7 2 7 2 7. 6 5 6 – 6 – 5 – ‖【乱锤】
（水袖慢垂双翻袖，拉开朝“上场门”）白：“青儿！”【急急风】（圆场至“上场门九龙口”。双大翻袖左转急走至“下场门”台口。小青左挎宝剑，拉右“山膀”“上场门”急上。两人双进门归左、右台口。白在“大边”，小青在“小边”，相合，二人对视）

白素贞 青儿!
小 青 姐姐!
白素贞 青妹!【双键风点头】（双翻水袖扑青，青上前搀扶，“推磨”换位置）

〔西皮散板〕
サ（7 6 6 5 5 5 i 3 1 2 2 7 6 2 1 1 1）3 3. 6
法 海
（抖右水袖）

5 6 – 6 – 5 6 5 6 5 –（2 3 6 5 5 5）i 3
贼 无 故 起 风 波。 官 人
（右手指前）

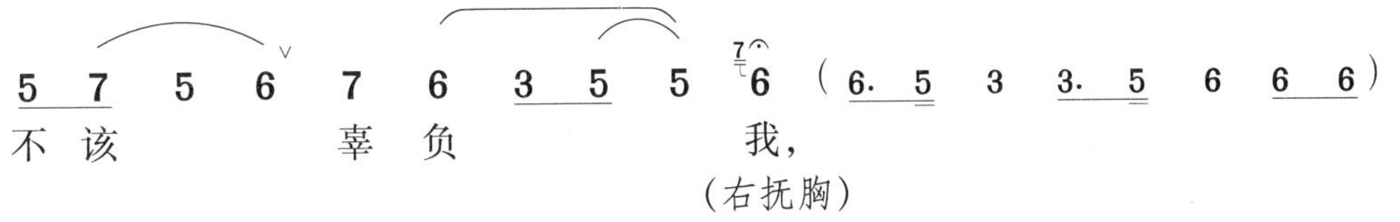

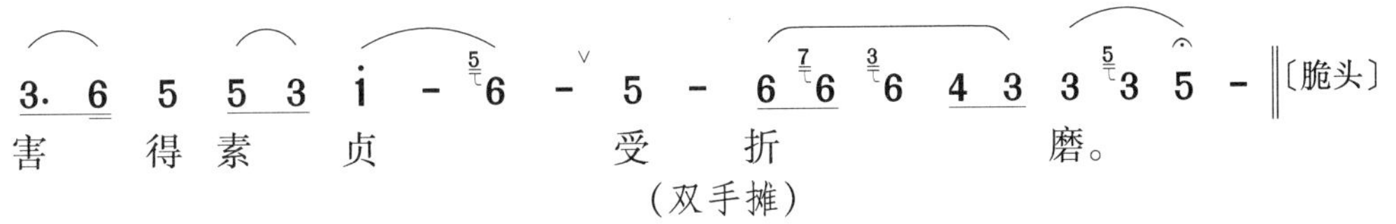

小　青　（迎上前双手搀扶）姐姐，怎么样了？

白素贞　腹中疼痛，寸步难行。（右手摆）

小　青　想是要分娩了吧。（双手摊）**（大大大台）**（往“下场门”走两步一看，回身朝白）姐姐，且到前边歇息片时，（右手指左方向）再想良策吧。（双手摊）

白素贞　（无奈叹气）哎！只好如此。**【五击头】**（边点头边往左台口走）（嘟 - 仓）（白突然见到断桥，惊）青妹，这不是断桥么？（左袖反翻急走几步）（嘟 - 仓）

小　青　正是。（点头）

白素贞　哎呀！断桥哇！（右翻袖前指）**【五击头】**（往台中口走）（深情地）想当日与许郎雨中相遇，（托右袖）也曾路过此桥，如今桥未曾断，（双手左一摆手）素贞我，（双翻袖冲两步）却已柔肠寸断了哇！（哭泣，右擦泪）

〔西皮散板〕

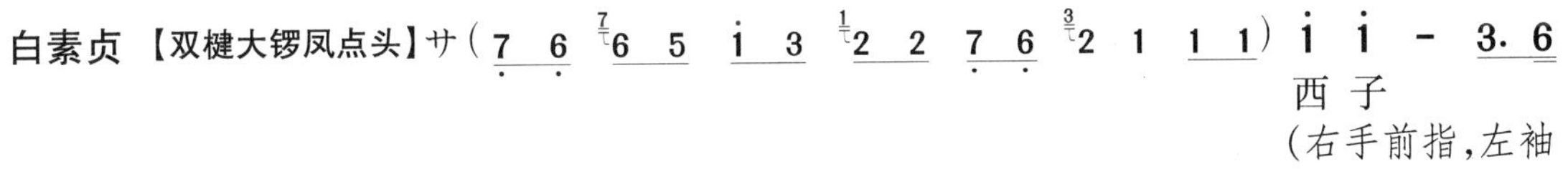

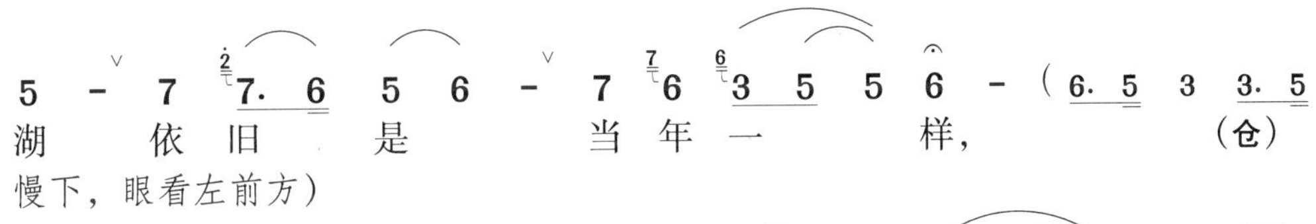

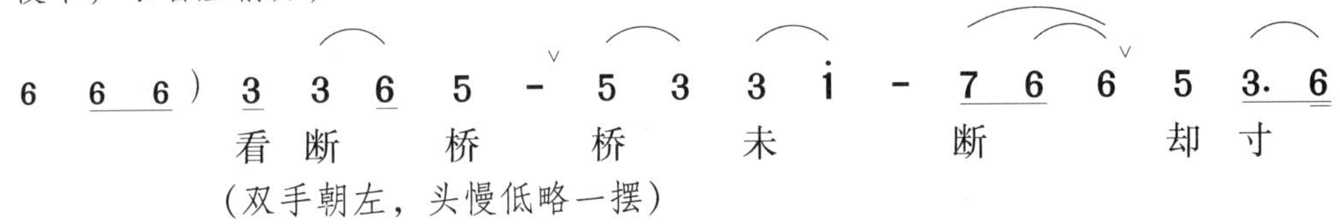

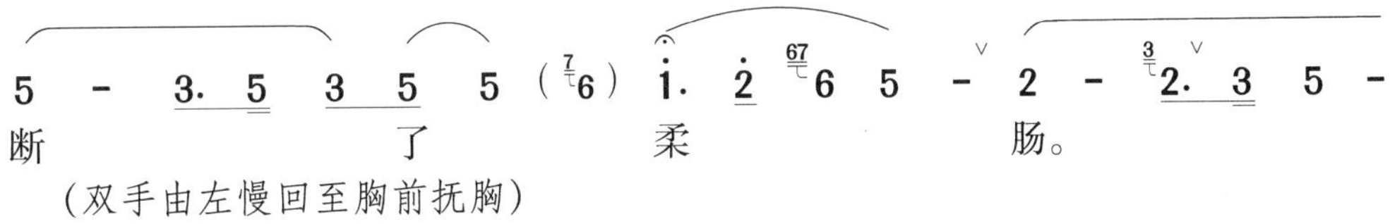

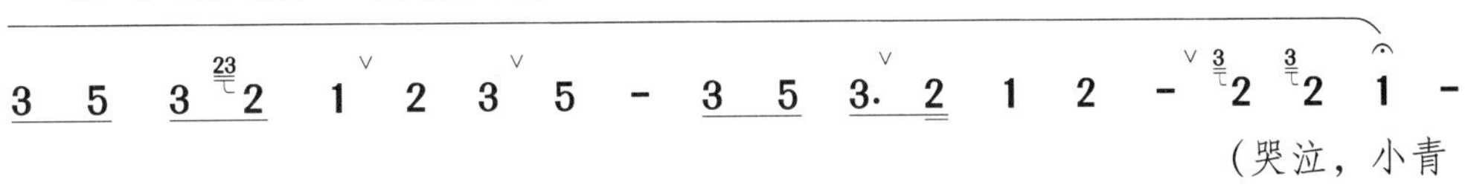

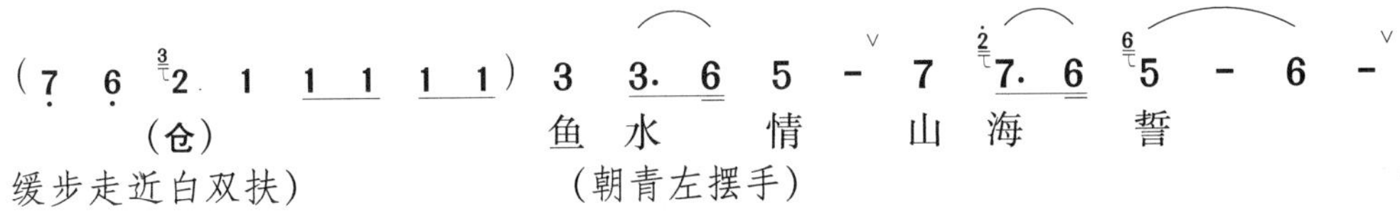

7 ⁷6 ⁶3 5 6 - (6. 5 3 3. 5 6 6 6) 3 3 6 5 - 5 3
全 然 不 想，(仓) 不由 人 咬
(甩左袖)

i ⁱ6 (6. 5 3 3. 5 6 6 6) i ⁱ5 6 5 5 3 5 - ‖ 【脆头】
银 牙 埋 怨 许 郎。
(双手指前) (白腹痛、小青扶白慢慢走向石礅处)

小　青　这样负心之人，（右手前指）小青早就劝过姐姐舍弃了他，姐姐不听，如今害得姐姐有孕之身，（左手指白腹）这样颠沛流离，（右手由外向内掸动两下）俺小青（右手至胸）若再见许仙之面，定饶不了他！【撕边一击】

白素贞　（双手拦青）为姐也深恨那许郎薄情无义，（左手拉腰包，右手指一小绕指已再前指），只是细想起来，只怪那法海从中离间，（右手指左掌）以致如此。（双手摊）

小　青　（面向白）纵然法海不好，也是许仙不该听信他的谗言哪！（右手前指）

白素贞　许郎疑惧于我，（右手抚胸）也是常情，（点头）还是法海不好。（右手拉左腰包左手指前）

小　青　到了这时候，姐姐还是这么向着他，（右手指前）你的苦还没受够吗？（双手摊开）姐姐！（青握拳朝台口走生气）

白素贞　（双手摆动）青妹！（青走近白前扶）

〔西皮散板〕

白素贞　【双榹大锣凤点头】サ(7 6 ⁷6 5 5 5 i 3 1 2 2 7 6 ³2 1 1 1)

3 3. 6 5 5 7 7 5 6 - 7 ⁷6 ⁶3 5 6 -
我 与 他 对 双 星 发 下 誓 愿，
(双手指前) (双手拱请式)

(6. 5 3 3. 5 6 6 6) i i - ⁱ3. 6 5 i ⁱ5 6 3. 6
夫 妻 们 相 信 赖 各
(双手抚胸前)

5 6 5 3 5 - (2 3 6 5 5 5) i ⁱ3. 6 5 7 7 6
不 猜 嫌。(仓) (小青接唱) 贤 姐 姐 虽 然
(面对青双手自里向外缓一圆圈再双手摆动) (双手拱向白)

5 6 - 7 ⁷6 6 3 5 6 - (6. 5 3 3. 5 6 6 6)
是 真 心 不 变，
(右手抚胸前)

3 3 6 5 5 3 3 5 6 - 1̇ 6. 5 3 5 5 (2 3 6

那许 郎 已 不 是 当 日 的 许 仙。 （仓）

（右手指前，由外自胸掸动两下）

5 5 5) 5 1̇ 1̇ - 3 5 7. 6 5 - 6 (6. 5 3 3. 5

叫 天 下 负 心 人 （顷 -

（右手自胸前向外撒出） （右拔剑止步

6 6 6) 2̇ 2̇ 1̇ 6 1 - 2̇ - 2̇ 3̇ 1̇ 1̇ -

仓 0） 吃 我 一 剑！

亮相）

白素贞 青儿！（双手招呼青，青急过去）

〔许仙内：“走哇！”【快纽丝】左手拎褶子下边“上场门”急上至“九龙口”，抖右袖。

许 仙 (7 6 6 5 1̇ 3 1 2 2 7 6 2 1 1 1) 3 6

不

5 5 3 1̇ 6 5 1̇ 5 6 5 - (2 3 6 5

分 日 （喏）夜 奔 家 园。 （仓 0）

（双手指左边）

5 5) 3 6 5 5 7 6 - 6 5 5 7 - 6 6 -

一 路 只（喏）把 贤 妻 念，“哎呀！”

（往台中走，拱手，猛抬头看见小青、白素贞在路边，抖右袖）

【大锣凤点头】(7 6 6 5 1̇ 3 1 2 2 7 6 2 1 1 1)

3 3 6 5 1̇ 5 5 6 1̇ 4 3 2 3 5 - (2 3 6

只见 她 花 憔 柳 悴 在 断 桥 边！ （仓）

（双手指白） （看见青正

5 5 5) 5 1̇ 5 7 6. 0 7 6 3 5 6 (6. 5 3

小 青 儿 腰 挂 三 尺 剑， （仓）

在发怒） （右手指青身上挂的剑）

3. 5 6 6 6) 3 6 5 5 3 1̇ 6 6 5 1̇ - 5 6

圆 睁 杏 （呐）眼 怒 冲

（右手抬至眼睛位置）

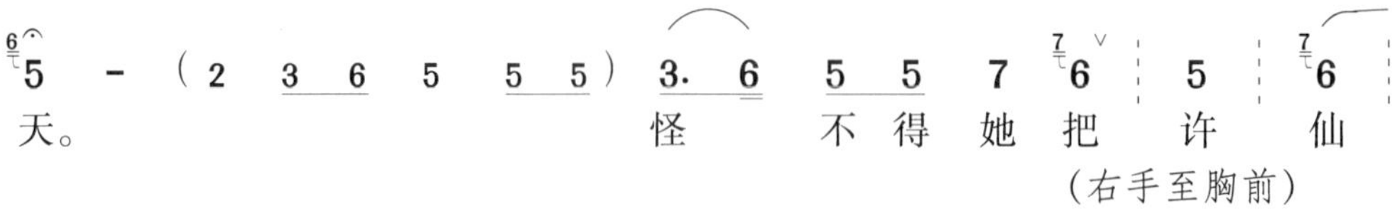

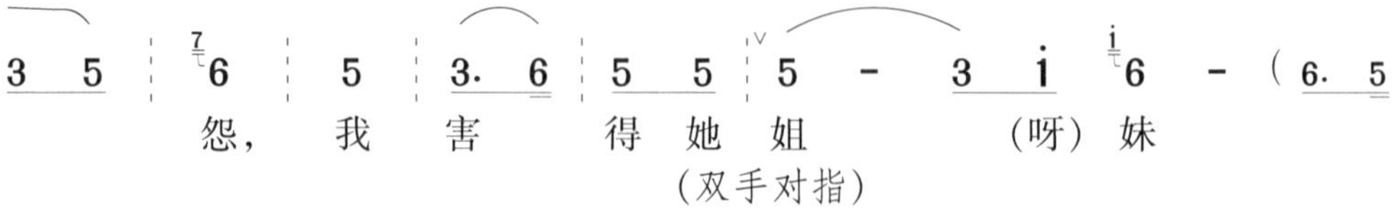

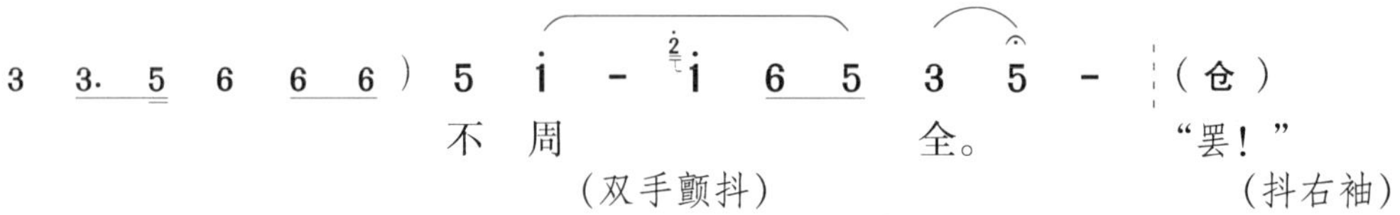

【双楗大锣凤点头】

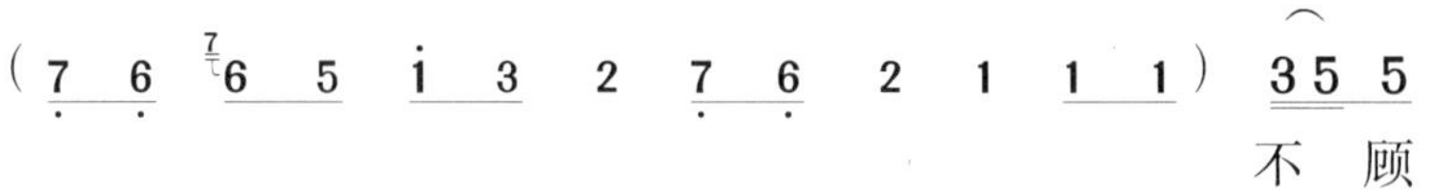

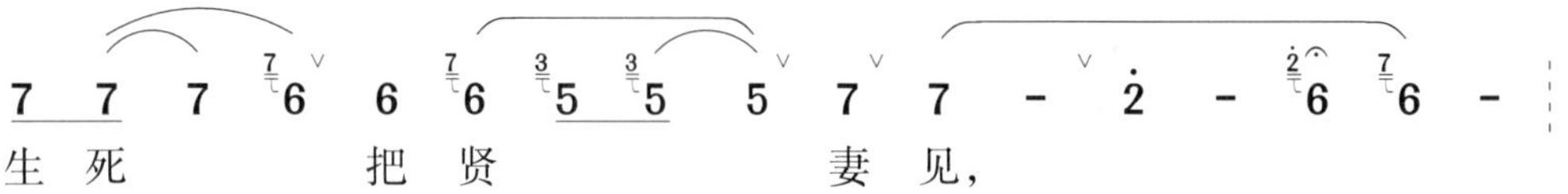

（双拱手，右手抓水袖急走至白、青前）娘子！

白素贞 （惊，右手指许）官人！

小 青 许仙！你，你，你来得好！（直逼许）

〔（嘟 - 八大仓）小青右手打许脸，许惊捂脸，青拔剑，刺许、白在中拦。**【急急风】**青追许、“推磨”，许退至左台口，青再刺，白拉青，许走“屁股座子”，惊慌亮住。**【乱锤】**接**【大锣凤点头】**

白素贞

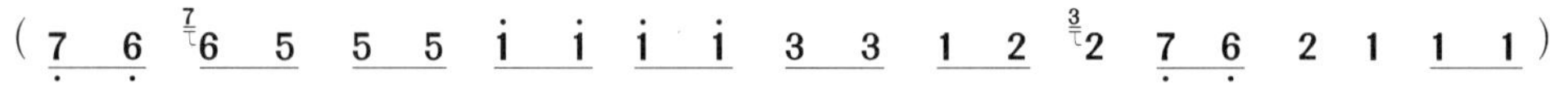

（左手指许，再狠指许一下）

许 仙 娘子，你救命哪！

白素贞 （右撑袖，左翻袖至胸）怎么，你今日也要为妻救命么？

许 仙 嗳！

白素贞 你，（左手指）你，你……（仓 0）（青欲刺，白双翻袖拦，许颤抖）

白蛇传

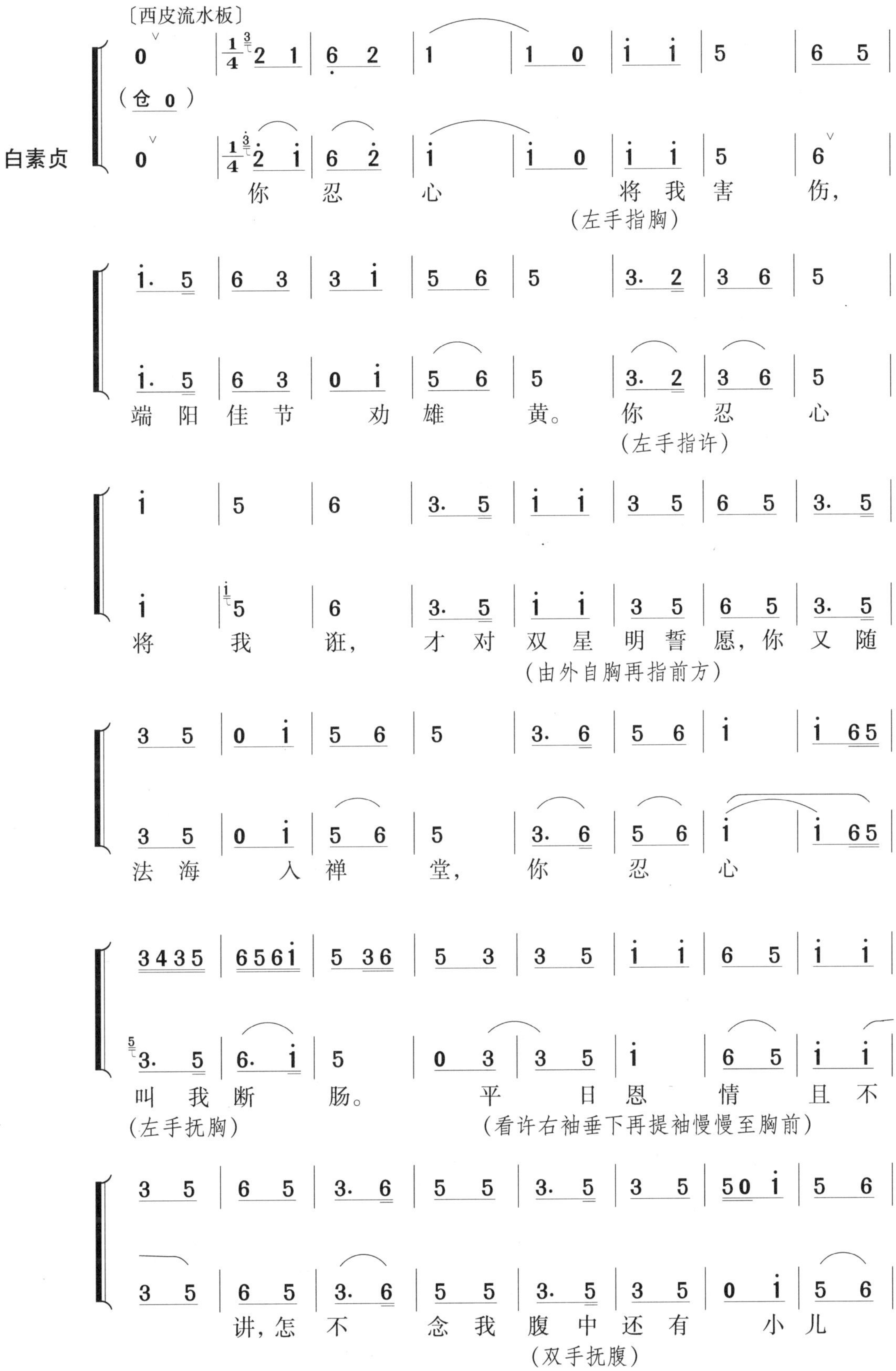
〔西皮流水板〕
（仓 0）
白素贞
你忍心将我害伤，
（左手指胸）
端阳佳节劝雄黄。你忍心
（左手指许）
将我诳，才对双星明誓愿，你又随
（由外自胸再指前方）
法海入禅堂，你忍心
叫我断肠。平日恩情且不
（左手抚胸）
（看许右袖垂下再提袖慢慢至胸前）
讲，怎不念我腹中还有小儿
（双手抚腹）

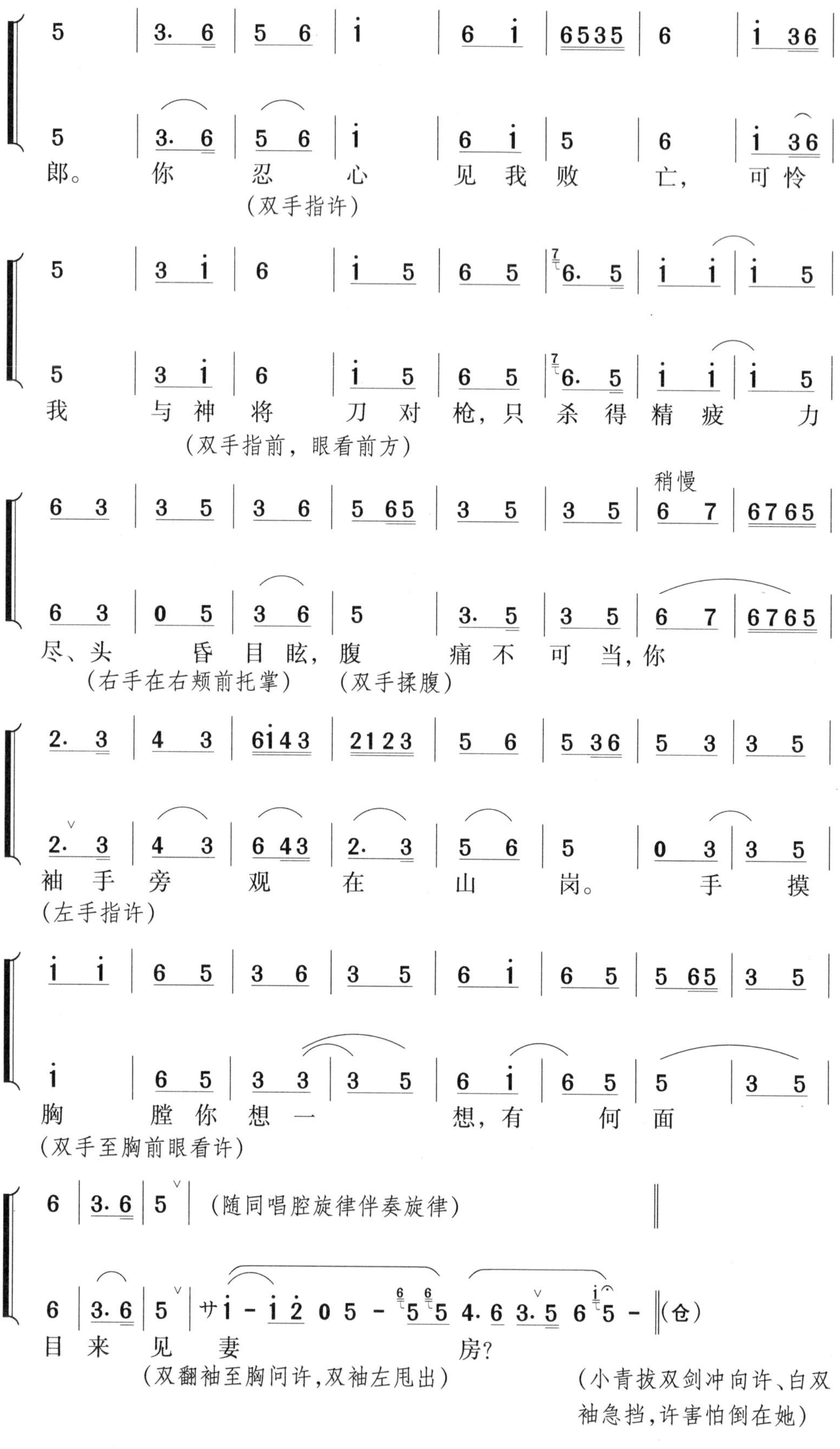
郎。你忍心见我败亡，可怜
（双手指许）
我与神将刀对枪，只杀得精疲力
（双手指前，眼看前方）
稍慢
尽、头昏目眩，腹痛不可当，你
（右手在右颊前托掌）（双手揉腹）
袖手旁观在山岗。手摸
（左手指许）
胸膛你想一想，有何面
（双手至胸前眼看许）
（随同唱腔旋律伴奏旋律）
目来见妻房？
（双翻袖至胸问许，双袖左甩出）
（仓）
（小青拔双剑冲向许、白双袖急挡，许害怕倒在她）

许　仙　娘子啊！

【闪锤】站起，双抖袖，走至左台口。

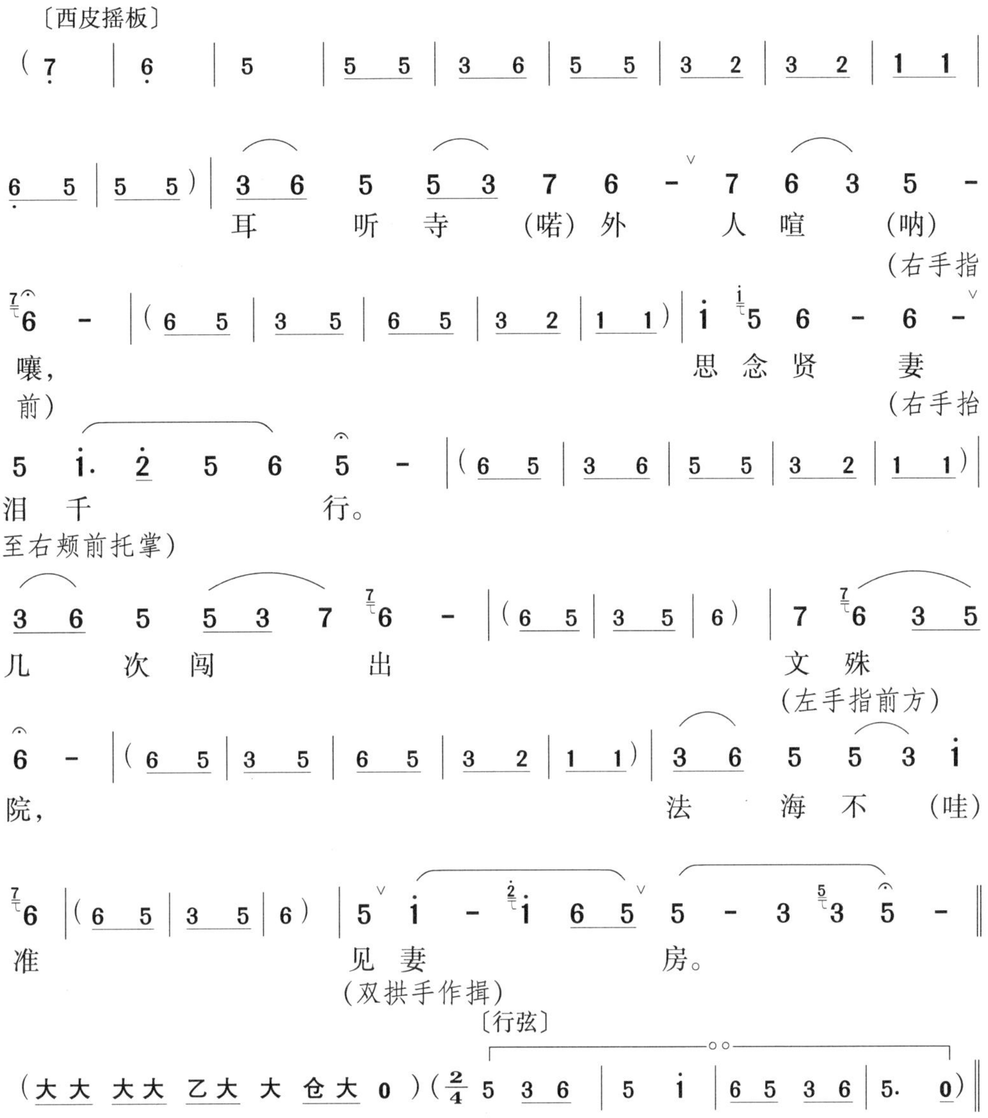

小　青　许仙！（剑合在右手上前两步）既是法海不许你前来见小姐，从镇江到此，（左手指前指地）干什么来了？（左手摊掌看许）

许　仙　只因……（欲说）

小　青　（急念）是不是法海命你追赶我们姐妹来了呢？（左手拉许右手，白稍靠后拦青）

许　仙　（忙解释）哪有此事呀！

小　青　这样负心之人，待我杀了你！（〔行弦〕停）

许　仙　哎呀……

「【急急风】小青左手甩许，往右台口走两步、双手持剑刺许、许右转身在左台口摔倒，白冲向许欲搀，青右手挥剑两下指许、急圆场，两手分剑冲向“下场门”，白护许低头走至“上场门”，“过合”，小青翻身、双手高举剑，白双手托住青右手，许右袖挡住头，三人蹉步向“上场门”横走至台中，白双袖一甩青，看许。

许　仙　娘子，听我说！听我说呀！
白素贞　青儿，且听他讲些什么。（右袖指许，眼看许）
小　青　讲！
许　仙　娘子，（青右剑指许，许害怕退步）哎，青姐啊！（抖右袖）

〔西皮流水板〕

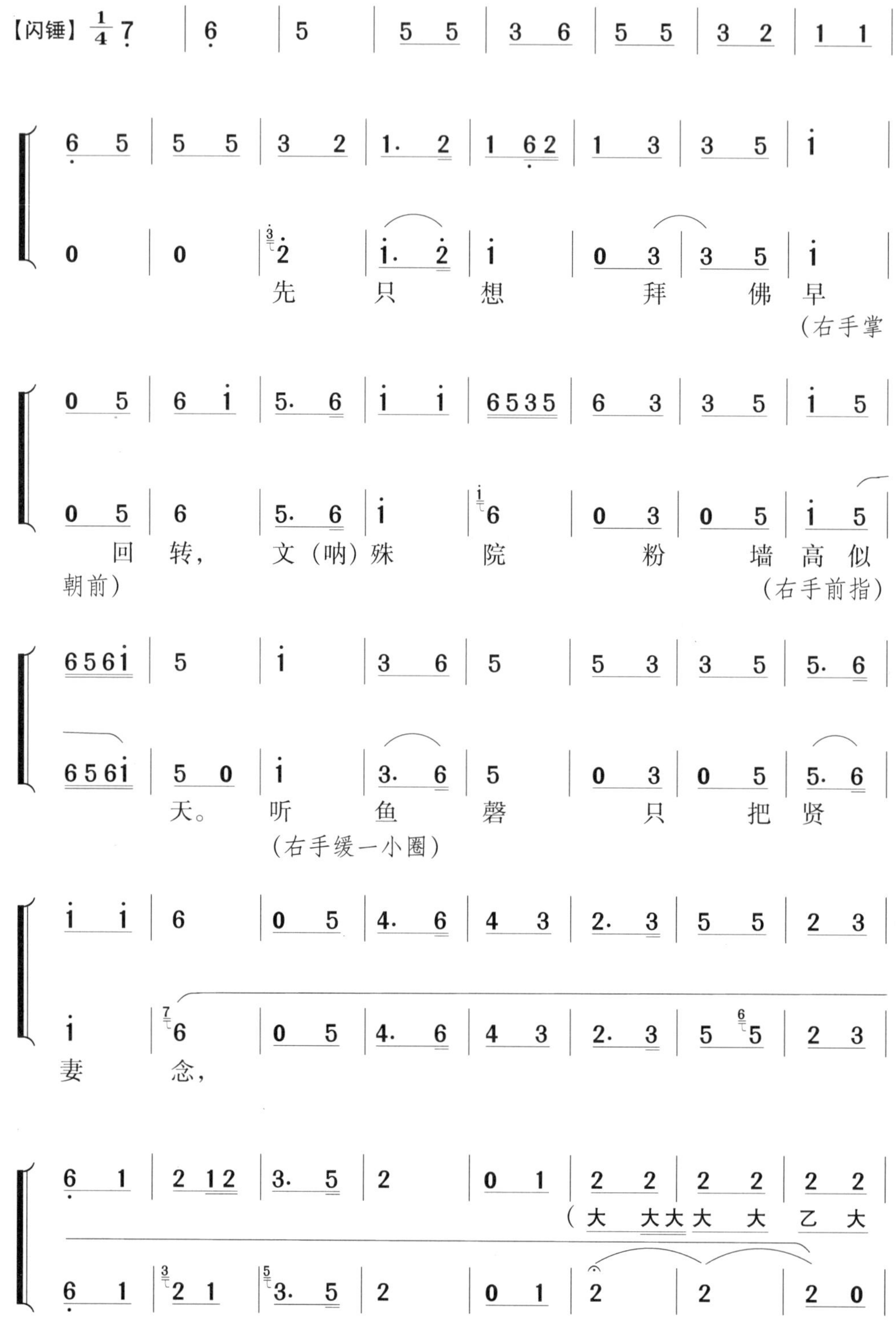

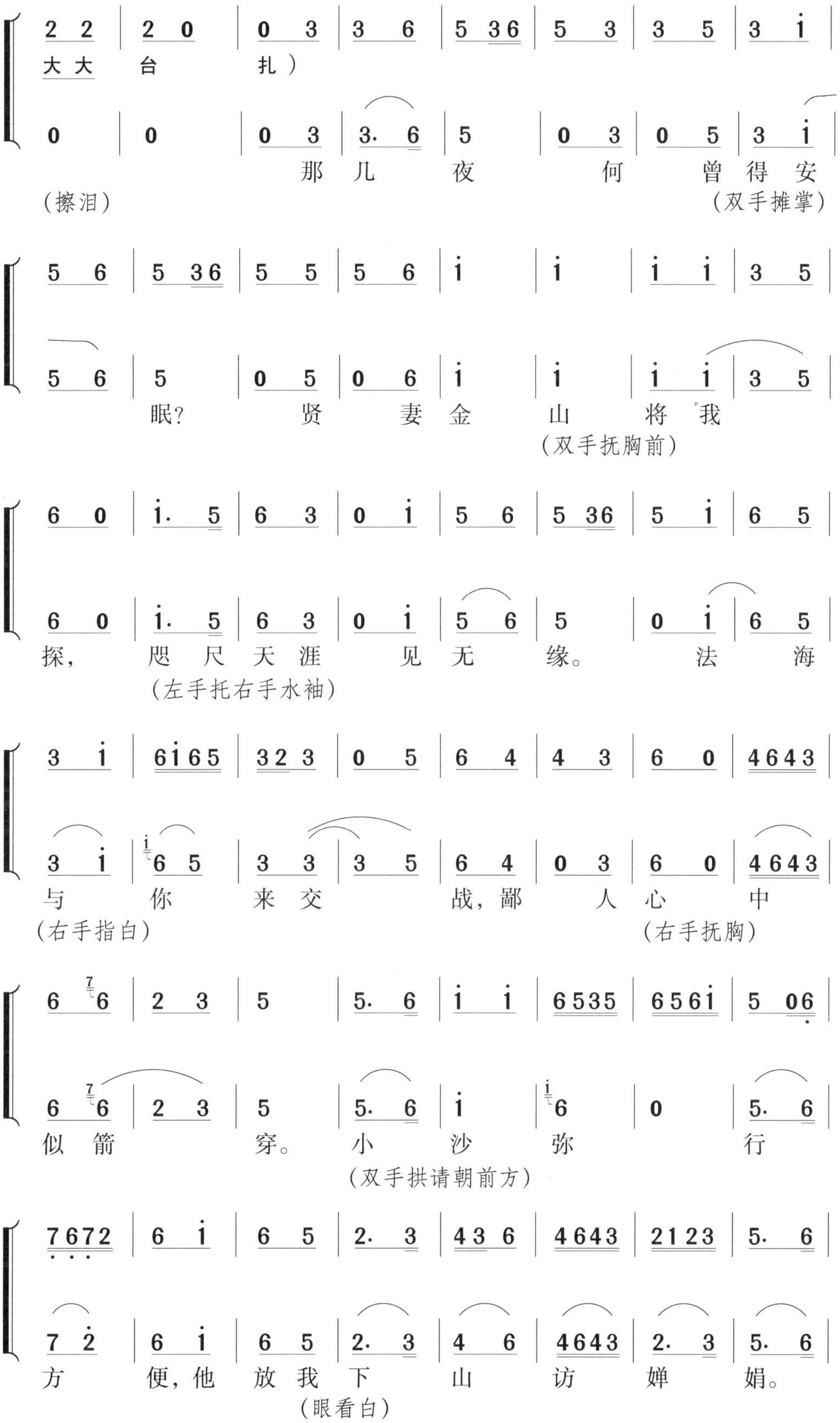
大大 台 扎）
（擦泪）
那儿夜 何 曾得安
（双手摊掌）
眠？ 贤 妻金 山 将我
（双手抚胸前）
探，咫尺天涯 见无 缘。 法 海
（左手托右手水袖）
与 你 来交 战，鄙 人心 中
（右手指白）
（右手抚胸）
似 箭 穿。小 沙 弥 行
（双手拱请朝前方）
方 便，他 放我下 山 访 婵 娟。
（眼看白）

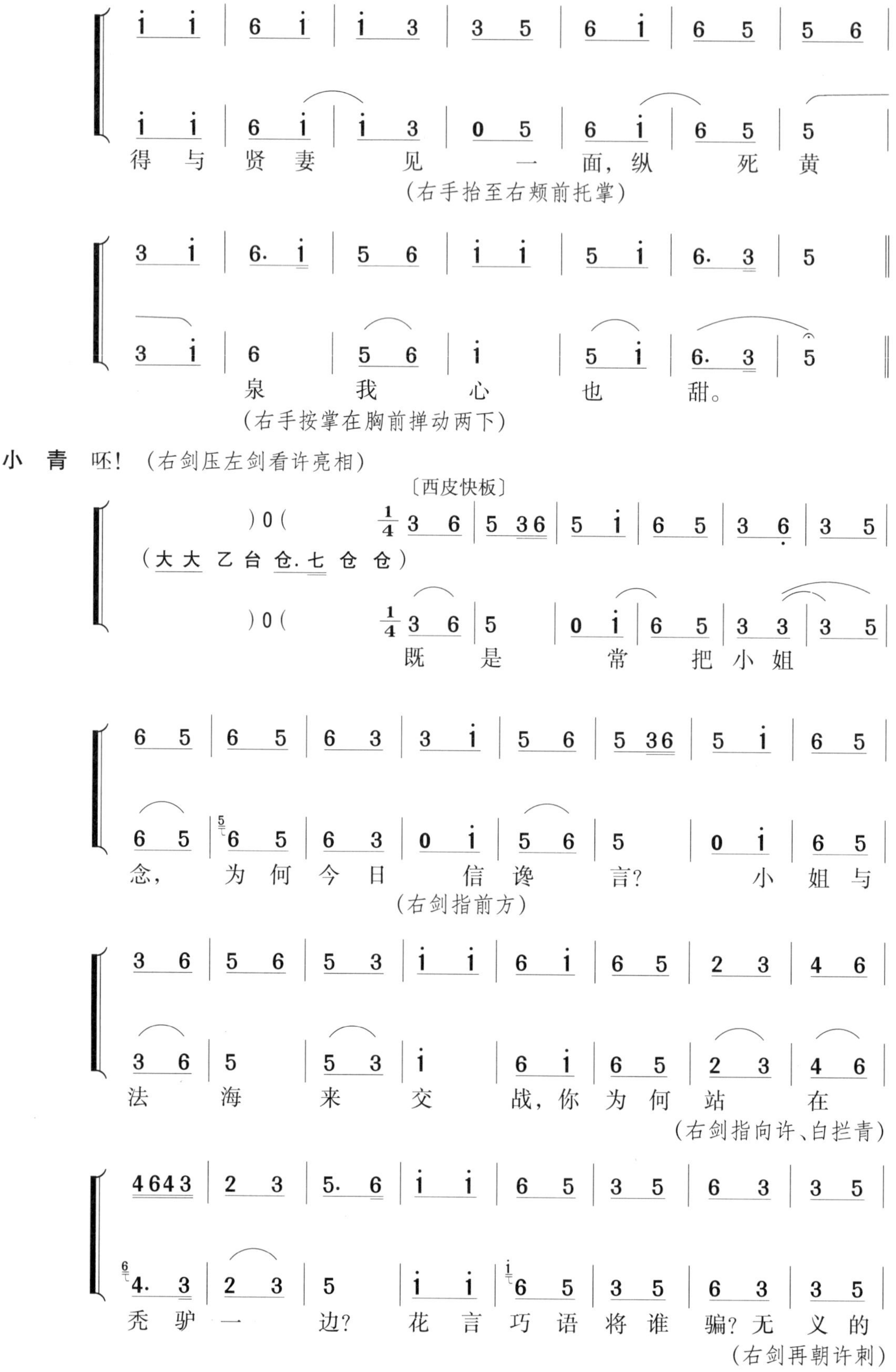
得 与 贤 妻 见 一 面，纵 死 黄
（右手抬至右颊前托掌）
泉 我 心 也 甜。
（右手按掌在胸前掸动两下）
小 青 呸！（右剑压左剑看许亮相）
〔西皮快板〕
（大大乙台仓.七仓仓）
既 是 常 把 小 姐
念，为 何 今 日 信 谗 言？小 姐 与
（右剑指前方）
法 海 来 交 战，你 为 何 站 在
（右剑指向许、白拦青）
秃 驴 一 边？花 言 巧 语 将 谁 骗？无 义 的
（右剑再朝许刺）

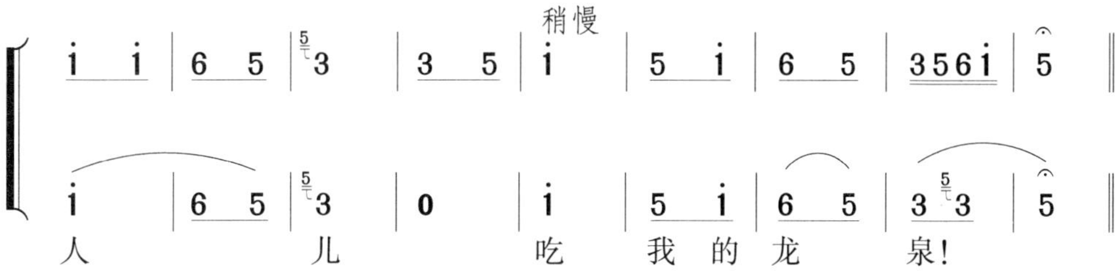

〔【四击头】小青左转身耍双剑花砍、双手举剑，在头顶上方呈交叉状。白左手架往青右手，许“屁股座子”，左袖向上翻撑袖挡头，颤抖。

白素贞 青妹慢举（左手推青，双翻袖，青双剑刺向许、拦住）

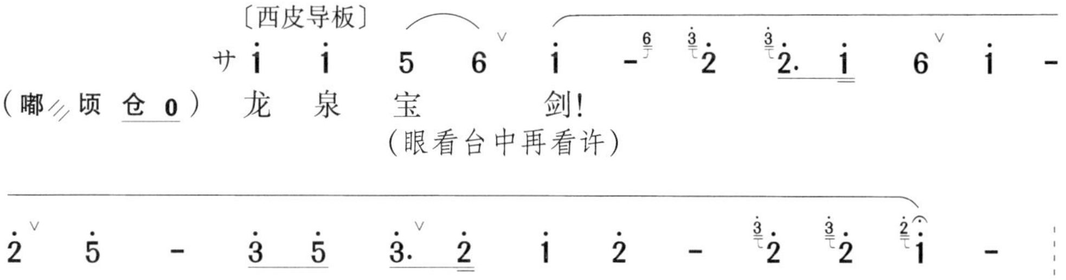

（许、白对视抽泣，白右手一指许额头，许一后倒，白急双袖搀，许站起，青跺脚，许双腿跪，青欲刺、白拦住，青后退，再次刺许、白再次拦住，白走至许、摇头，叹气无奈）

白素贞 冤家呀!

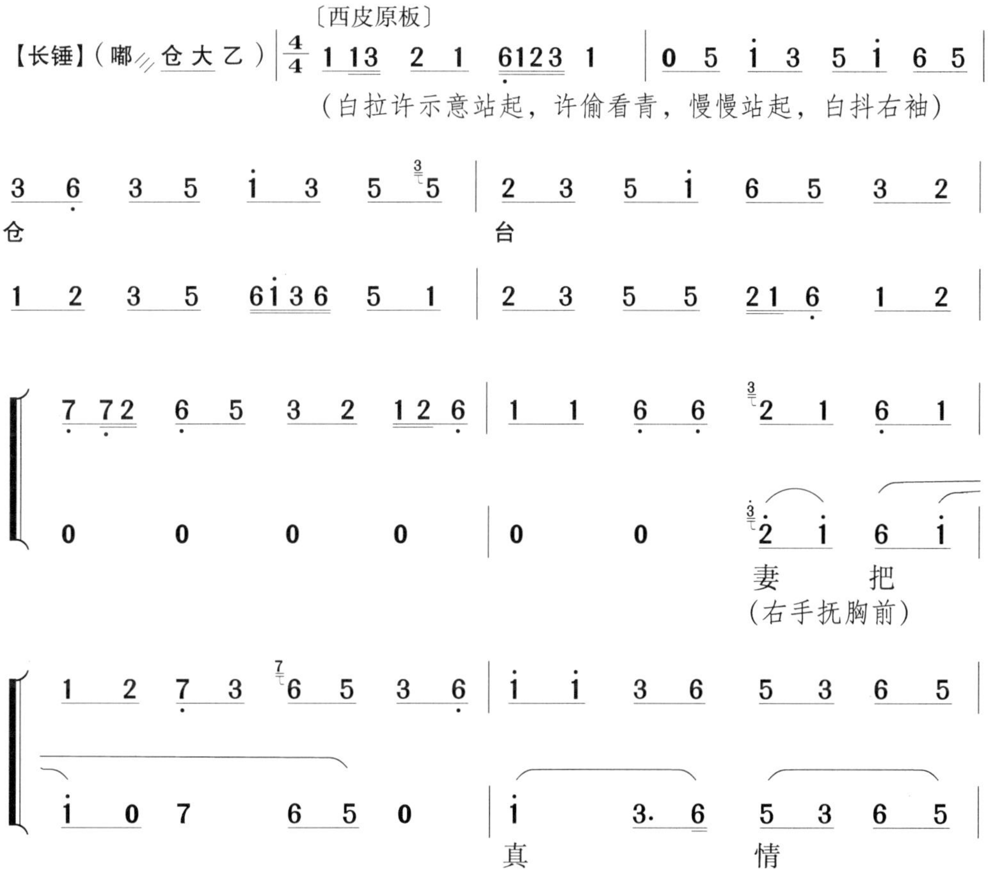

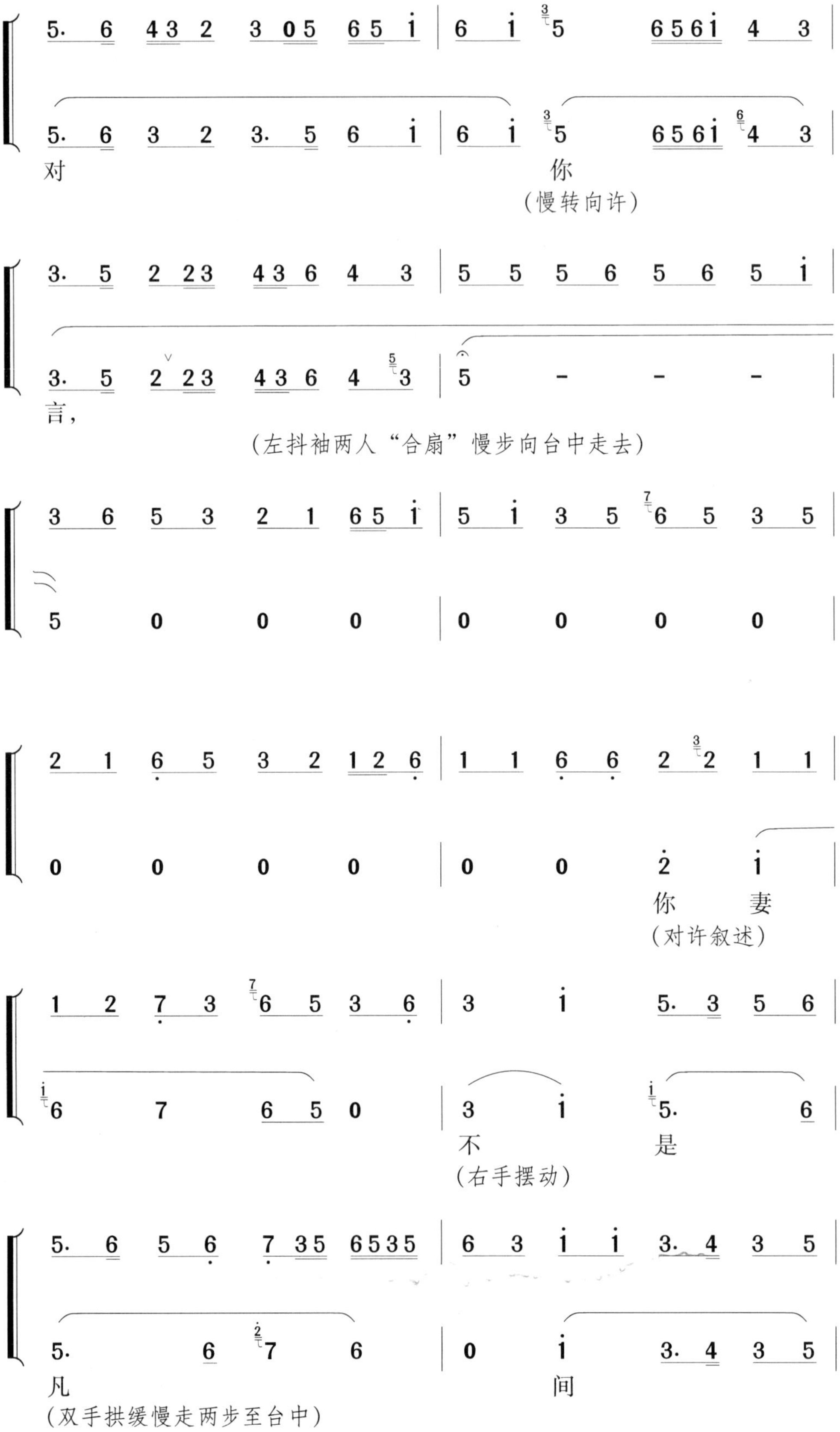
对
你
（慢转向许）
言，
（左抖袖两人“合扇”慢步向台中走去）
你
妻
（对许叙述）
不
是
（右手摆动）
凡
间
（双手拱缓慢走两步至台中）

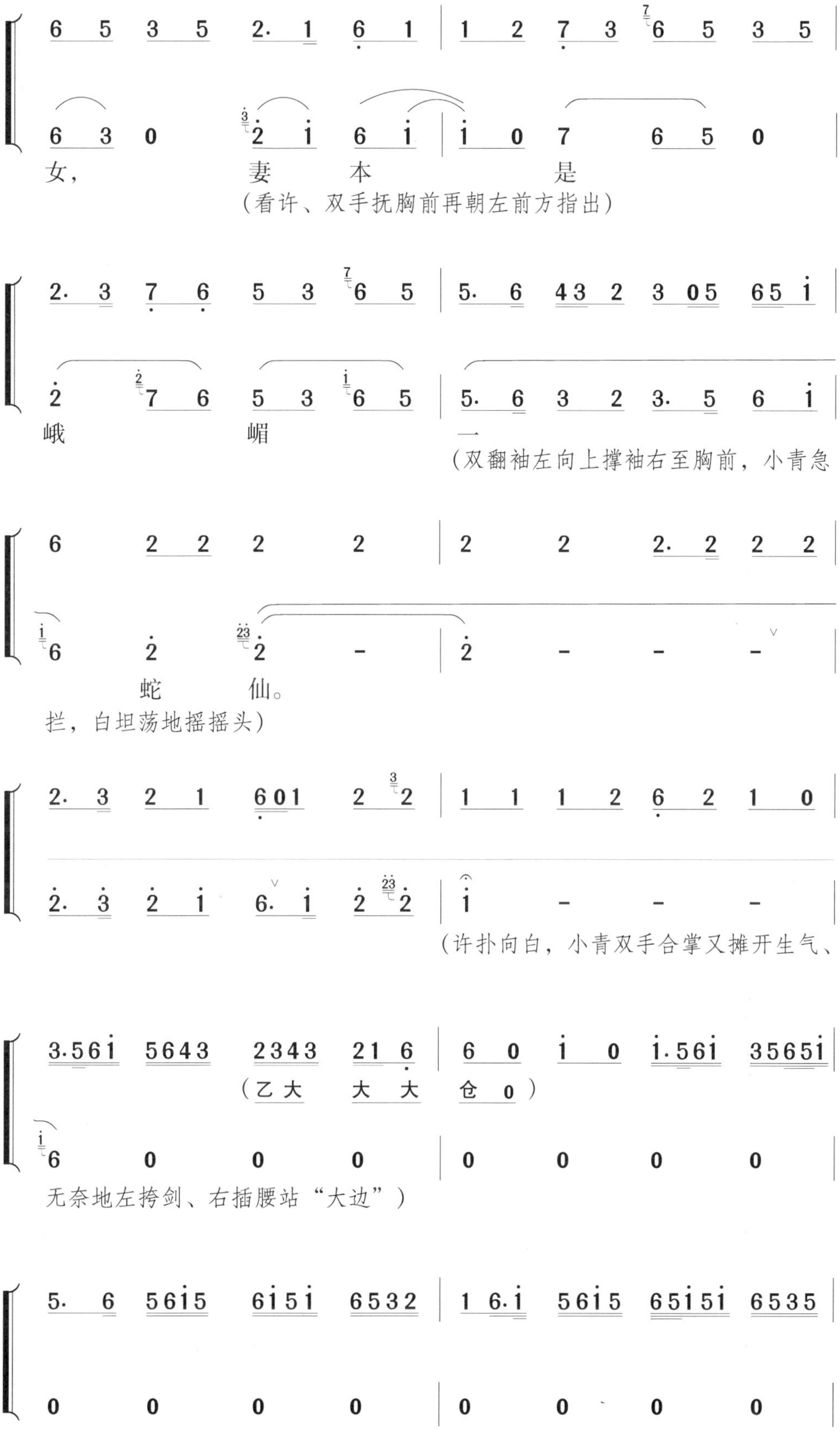
女，
妻 本 是
（看许、双手抚胸前再朝左前方指出）
峨 嵋 一
（双翻袖左向上撑袖右至胸前，小青急
蛇 仙。
拦，白坦荡地摇摇头）
（许扑向白，小青双手合掌又摊开生气、
（乙大 大 大 仓 0）
无奈地左挎剑、右插腰站“大边”）

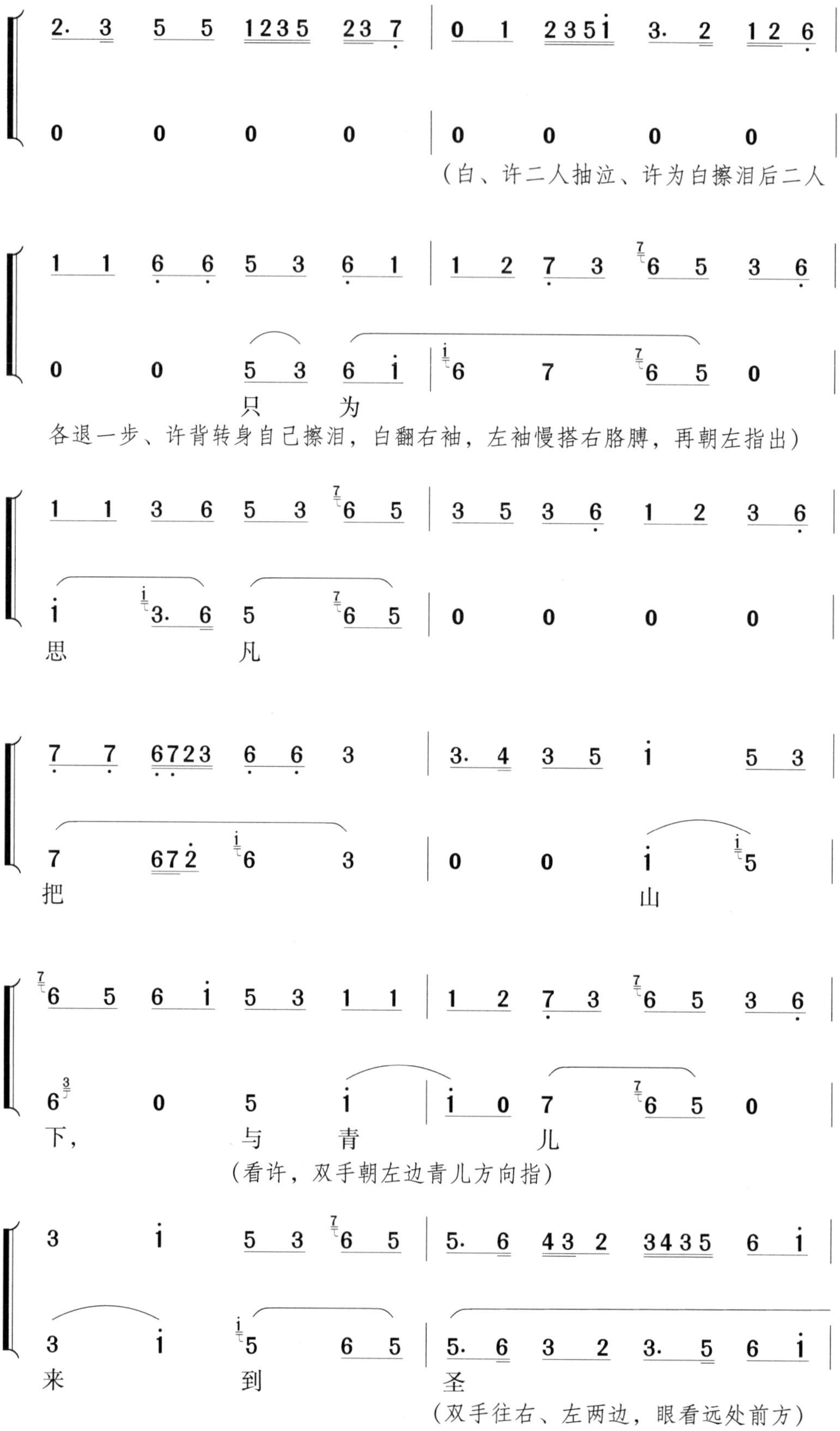
（白、许二人抽泣、许为白擦泪后二人
只 为
各退一步、许背转身自己擦泪，白翻右袖，左袖慢搭右胳膊，再朝左指出）
思 凡
把 山
下，与 青 儿
（看许，双手朝左边青儿方向指）
来 到 圣
（双手往右、左两边，眼看远处前方）

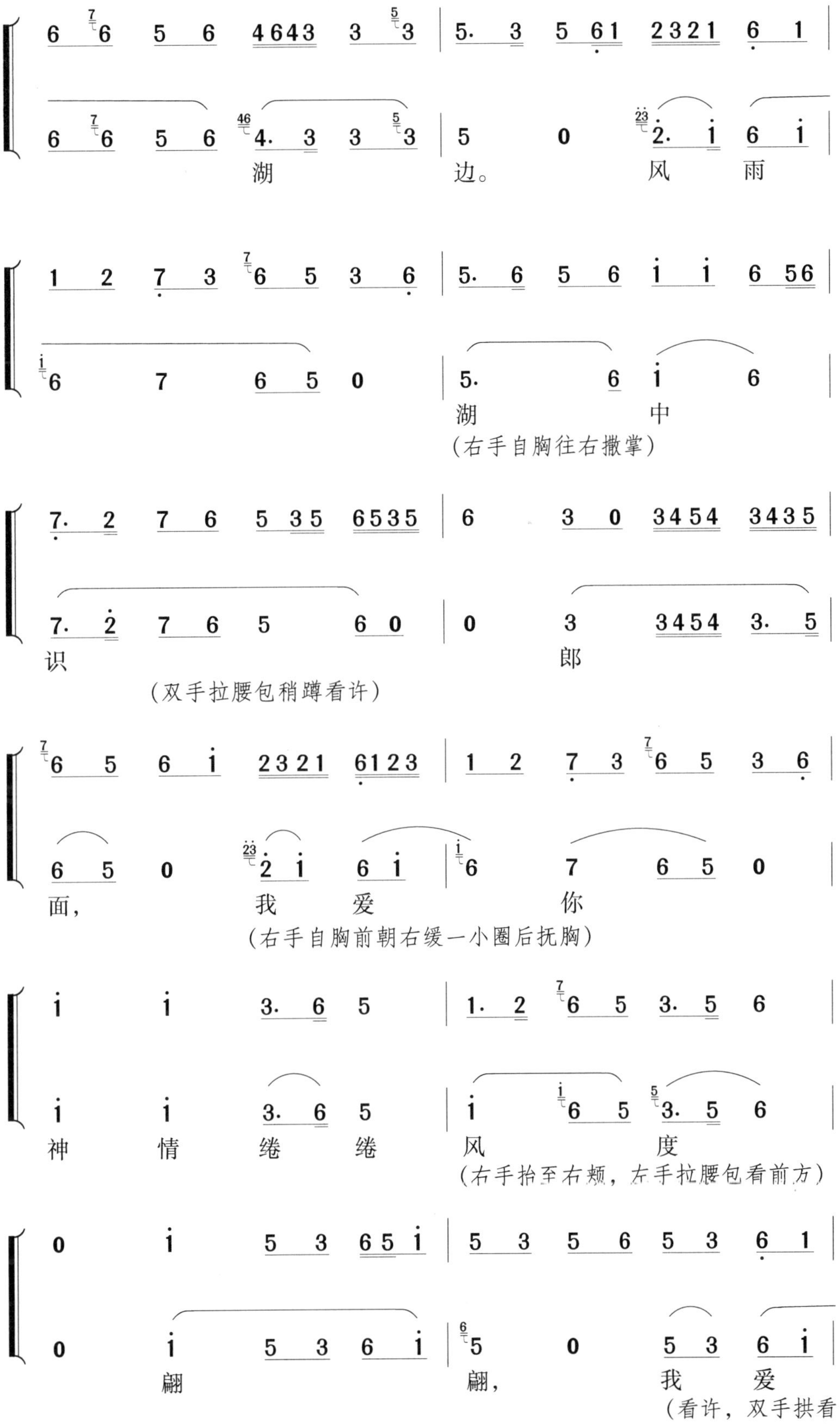
湖 边。 风 雨
湖 中
（右手自胸往右撒掌）
识 郎
（双手拉腰包稍蹲看许）
面， 我 爱 你
（右手自胸前朝右缓一小圈后抚胸）
神 情 绻 绻 风 度
（右手抬至右颊，左手拉腰包看前方）
翩 翩， 我 爱
（看许，双手拱看

你 常 把
台前方）
娘 亲 念，我 爱
（右手自胸前看许）
你 自 食 其 力
（右手指许、自外慢翻背袖，翻左袖指出）
不 受 人
怜。
（轻轻地摇头）

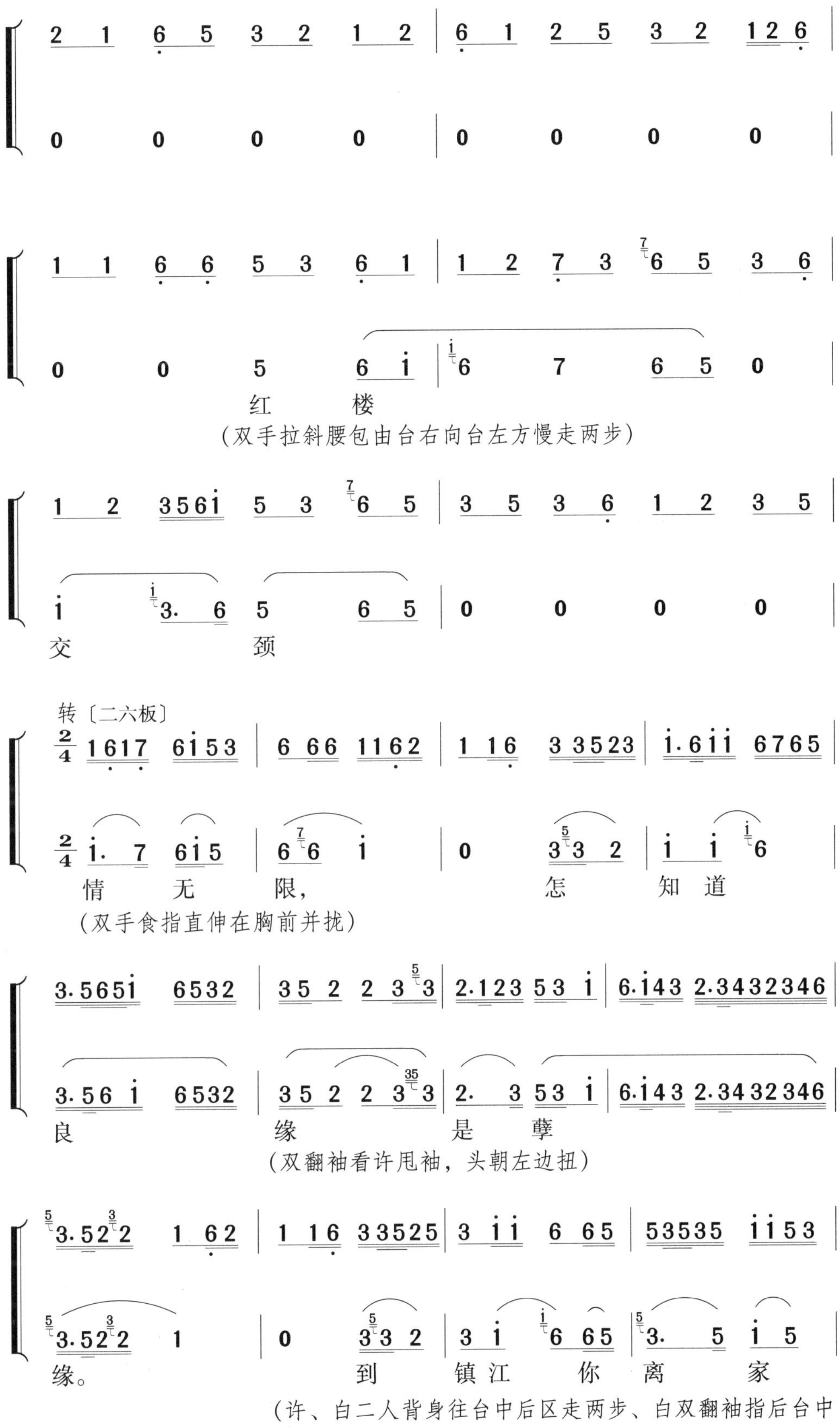
红 楼
（双手拉斜腰包由台右向台左方慢走两步）
交 颈
转〔二六板〕
情 无 限，
怎 知 道
（双手食指直伸在胸前并拢）
良 缘 是 孽
（双翻袖看许甩袖，头朝左边扭）
缘。
到 镇 江 你 离 家
（许、白二人背身往台中后区走两步、白双翻袖指后台中

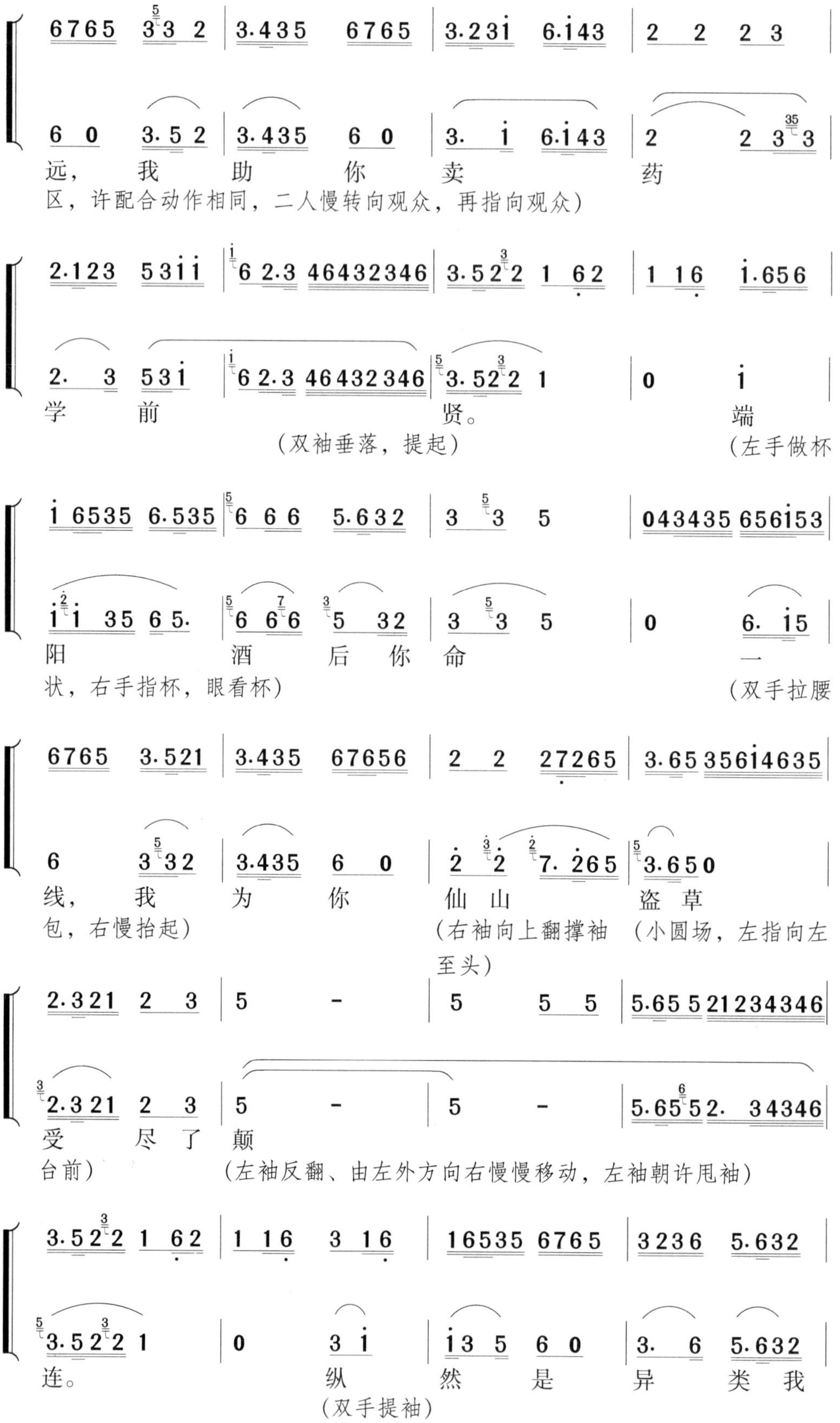
远，我助你卖药
区，许配合动作相同，二人慢转向观众，再指向观众）
学前贤。端
（双袖垂落，提起）
（左手做杯
阳酒后你命一
状，右手指杯，眼看杯）
（双手拉腰
线，我为你仙山盗草
包，右慢抬起）
（右袖向上翻撑袖至头）
（小圆场，左指向左
受尽了颠
台前）
（左袖反翻、由左外方向右慢慢移动，左袖朝许甩袖）
连。纵然是异类我
（双手提袖）

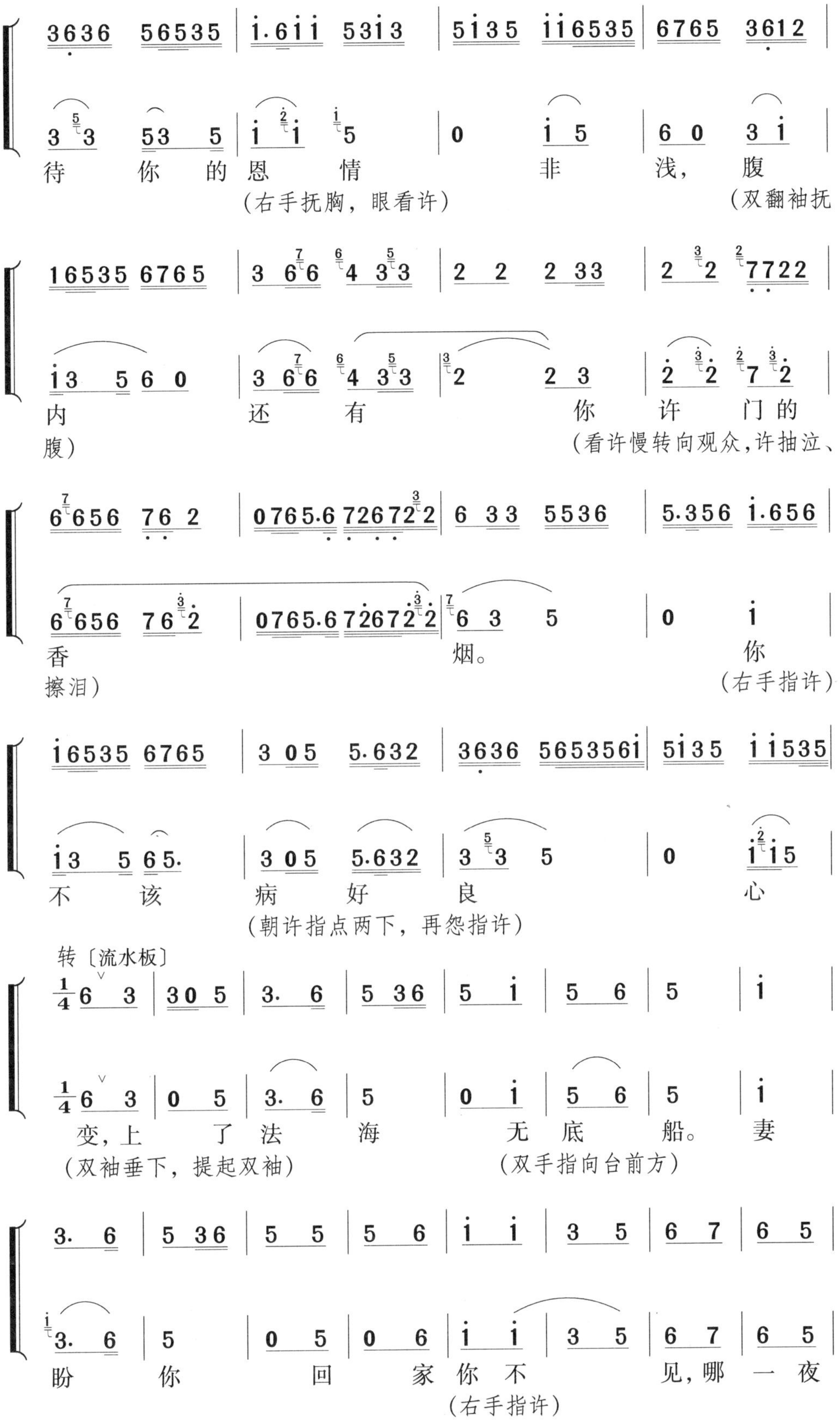

待你的恩情非浅，腹
（右手抚胸，眼看许）
（双翻袖抚腹）
内还有你许门的香烟。
（看许慢转向观众，许抽泣、擦泪）
你不该病好良心
（右手指许）
（朝许指点两下，再怨指许）
转〔流水板〕
变，上了法海无底船。
（双袖垂下，提起双袖）
（双手指向台前方）
妻盼你回家你不见，哪一夜
（右手指许）

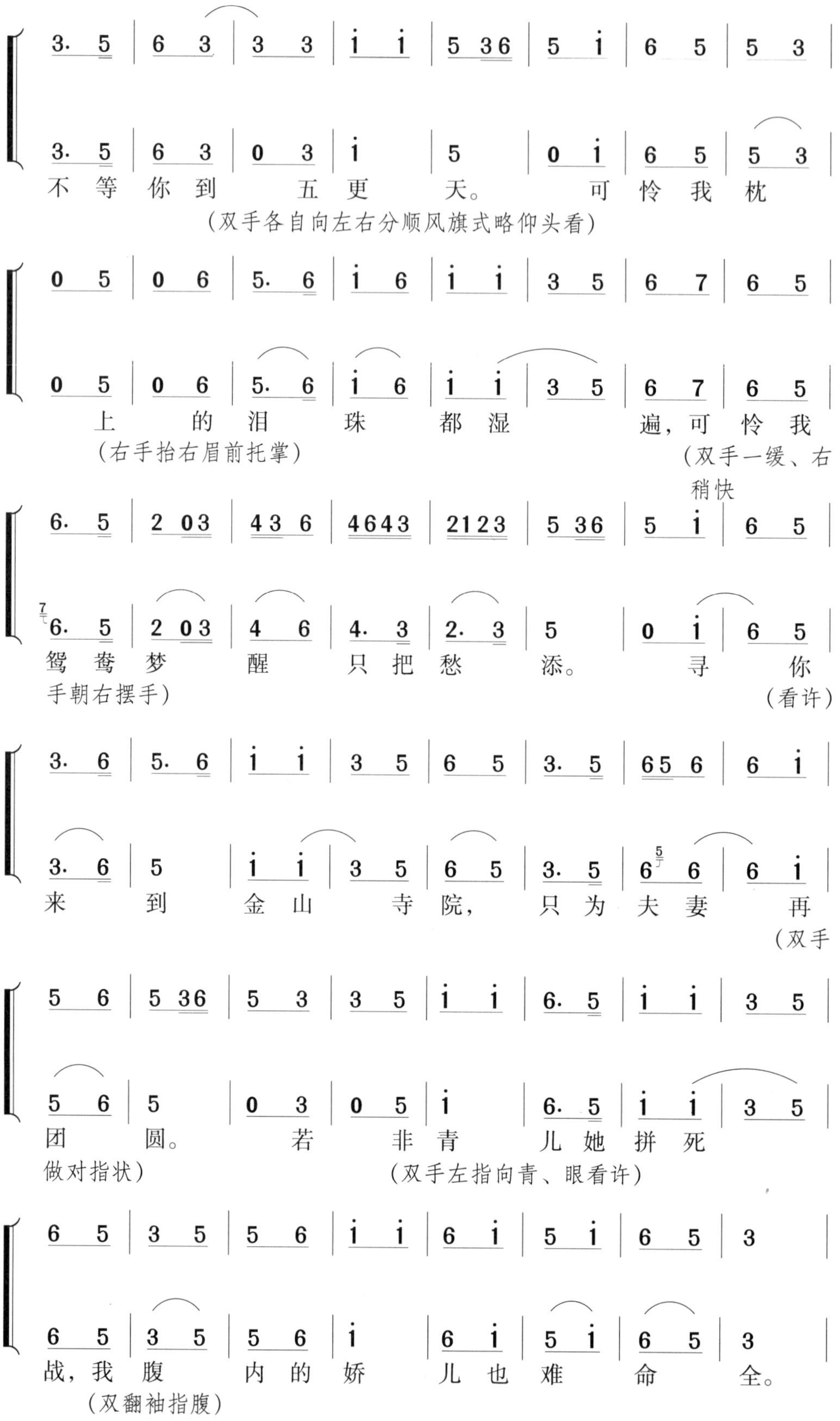
不 等 你 到 五 更 天。 可 怜 我 枕
（双手各自向左右分顺风旗式略仰头看）
上 的 泪 珠 都 湿 遍，可 怜 我
（右手抬右眉前托掌）
（双手一缓、右
稍快
鸳 鸯 梦 醒 只 把 愁 添。 寻 你
手朝右摆手）
（看许）
来 到 金 山 寺 院， 只 为 夫 妻 再
（双手
团 圆。 若 非 青 儿 她 拼 死
做对指状）
（双手左指向青、眼看许）
战，我 腹 内 的 娇 儿 也 难 命 全。
（双翻袖指腹）

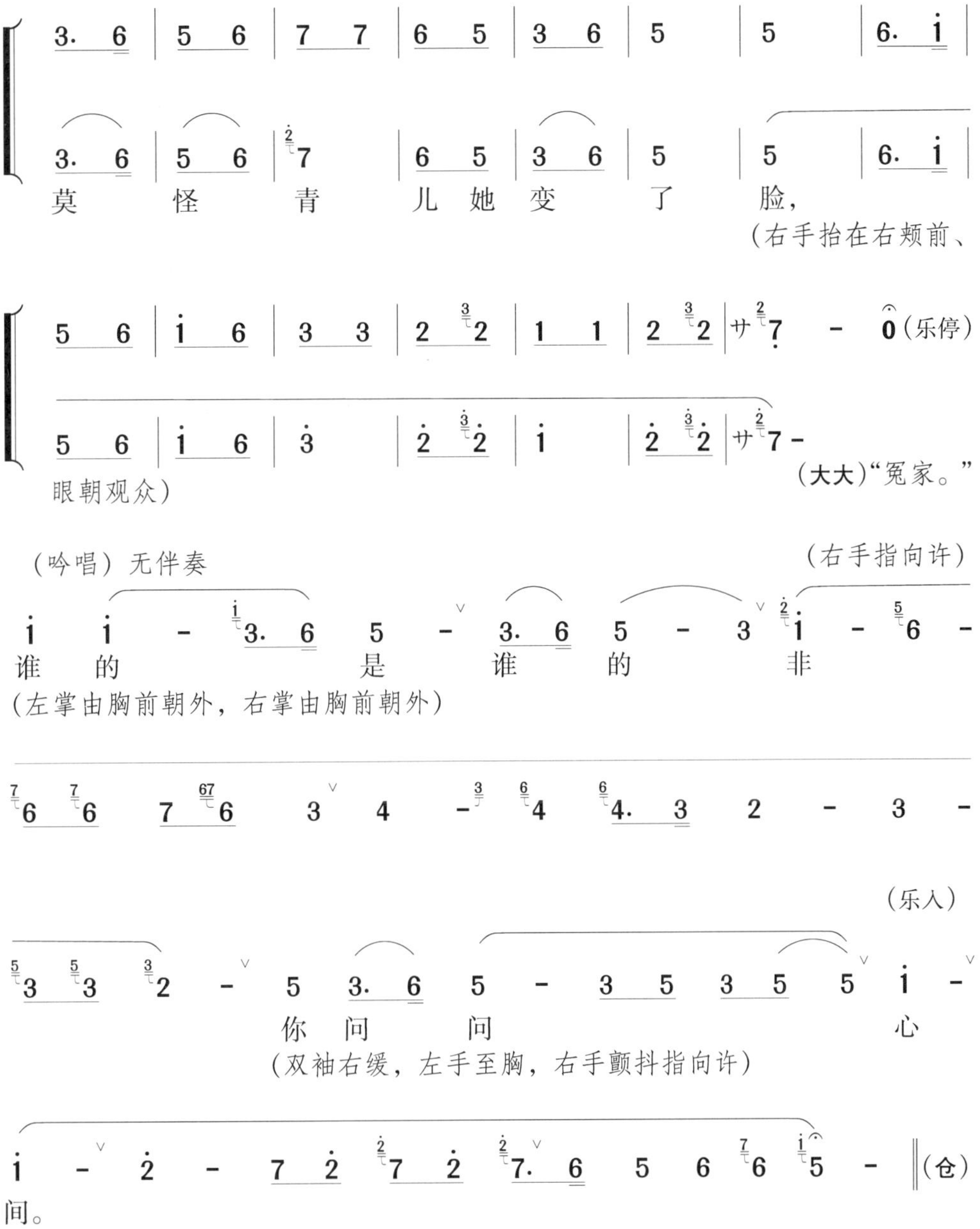

许　仙　娘子啊！

【闪锤】（许、白各自退两步、擦泪、白在台中、许在“小边”，青在“大边”）

〔西皮摇板〕

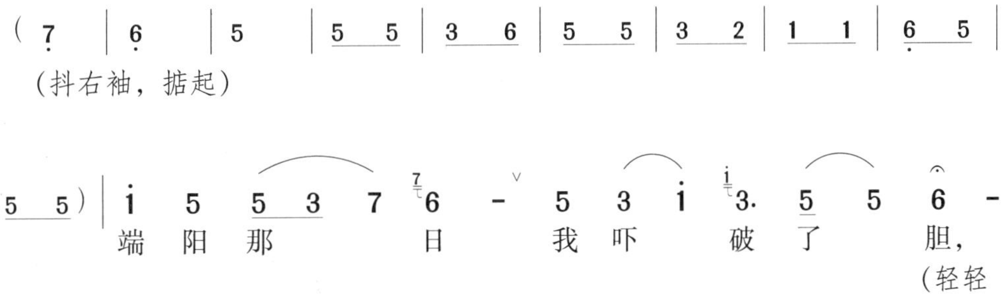

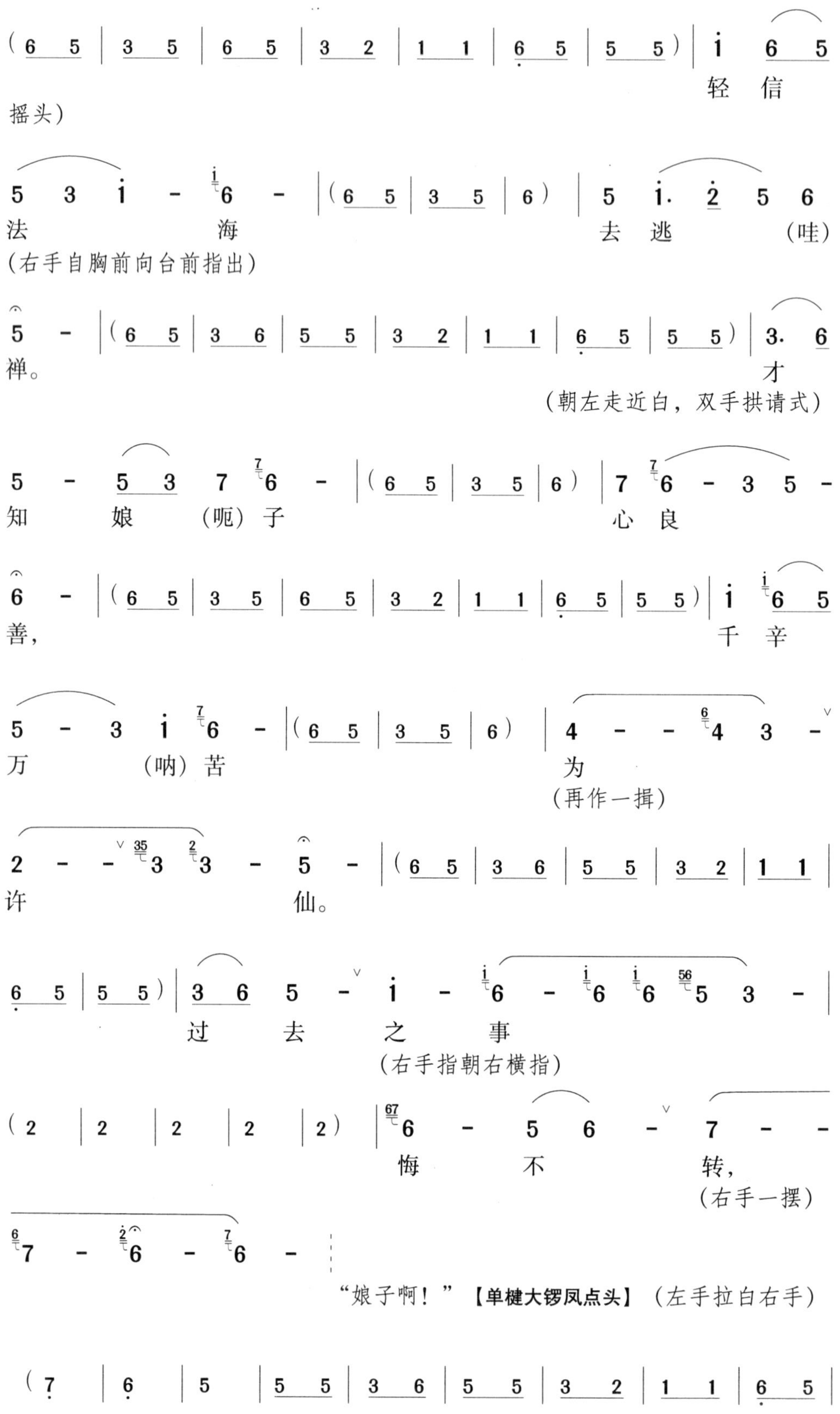
轻 信
摇头）
法 海
去 逃 （哇）
（右手自胸前向台前指出）
禅。
才
（朝左走近白，双手拱请式）
知 娘 （呃）子
心 良
善，
千 辛
万 （呐）苦
为
（再作一揖）
许 仙。
过 去 之 事
（右手指朝右横指）
悔 不 转，
（右手一摆）
“娘子啊！”【单槌大锣凤点头】（左手拉白右手）

5 5）| 3 6 5 i 6 - 5 - 6 - 5 - ）0（
往 后之事 有 青 天！（大大 大大 乙大 大仓大.0）
（右食指朝上指）

〔行弦〕
2/4（5 3 6 | 5 i | 6 5 3 5 | 5. 6）‖（反复）

小青：“许仙！（右手指许）只顾你一人自在，哪里知道小姐的苦楚！”（双手拉白左手）白素贞：（双手拉青右手）“如今官人他都明白了。”小青：“怎见得他都明白了？”（左手指许，拉白朝左台口急走两步）许仙：“娘子，娘子啊！”（急上双手拦，拉白右袖）

〔西皮散板〕
【双楗大锣凤点头】 サ（7 6 6 5 5 5 i 3 1 2 2 7 6 2 1 1 1）3 6
许

5 5 6 6 6 6（6. 5 3 3. 5 6 6 6）i 5
仙 再 把 心 情 变，（仓） 三 尺
（右手掌在胸前摊）

6 6 - i 5. i 6 3 5 - ‖
青 锋 尸 不（哇）全。 **（八大仓）**
（双腿跪） （白惊急朝许奔去，小青拦白，白右袖甩青，双翻袖急走跪许旁）

白素贞 喂呀！（白、许二人相互搀起，朝石磡走去，白坐下）

小　青 呀！

〔亮弦〕
（4 3. 2 3 6 5 -）
（看白、许二人，思索）

〔西皮散板〕
【双楗大锣凤点头】 サ（7 6 6 5 5 5 i 3 1 2 2 7 6 2 1 1 1）

5 i 5 7 7. 6 5 6 - 7 6 3 5 6 -（6. 5
他 夫 妻 依 旧 是 多 情 眷，
（左手握剑，右指左白、许二人） （右手按掌）

3 3. 5 6 6 6）5 i i. 2 6 5 5 3 3 5 6 -
（仓） 到 将 来 必 定 是

〔亮弦〕
4 - 4 3 3 3 5 - 0（2. 3 4 6 6 5 5 5 5）
再 受 熬 煎！（仓） **【双楗大锣凤点头】**
（眼先看左掌再看右掌） （低头思索眼左珠左右一转，一点头，右手一扬）

（7 6 7/6 5 i 3 1 2 2 7 6 3/2 1 1 1）3

倒

3. 6 5 7 2/7. 6 5 - 6 - 7 6 5 5/3 5/3

不 如 辞 姐 姐 天 涯 走

（右手拳式） （右手“剑诀”式前指，急

5 - 6 7 7/5 6 - 7 - 6/7 2/6 - ‖

远。

左扭身，奔向白，站住）“姐姐，多多保重，小青拜别了！”（双腿跪）

白素贞 青儿！（站起，双袖高撑上前，许双手拦，青站起右转身急走至台口）

〔西皮散板〕

【双楗大锣凤点头】（7 6 7/6 5 5 5 i 3 1 2 2 7 6 3/2 1 1 1）

3 3 6 5 3 6 5 6 i - i/6 i i/6 5 5 6. i 5 -

我 与 你 患 难 交 何 出 此 言！

（左袖摊，扔袖）

（2 3 6 5 5 5）i i/3 6 5 5 7 6 5 6 i/6 3 5

（仓） 不 念 我 怀 胎 儿 就 要 分

（右指腹）

6 5 3 6 5 5 - 3 i - 67/6 5 6/4 3 2 3 5 -

娩，不 念 我 流 离 在 道 路 边。

（左手掌自胸前向左外方撒掌）

（2 3 6 5 5 5）3 3 6 5 5 2/7. 6 5 - 6 7. 6

（仓） 你 忍 心 叫 为 姐 单 丝

（左手拉青左膀，右手抚胸）

〔行弦〕

67/6 3 5 - 3/ 3/5 - 7/6 - 6 0 | 1/4（6535 | 6 7 | 6535 | 6. 7）‖

独 线， （嘟 - 仓 大.）

（右手拉青左膀，左手指向台前）

“青儿，想此事都怪那法海，（左手指前）如今官人他，他都明白了。（左手指许）青儿，（双手拉青手）你就饶了他吧！（左手指许、青一扫头不理）青妹，青妹！”（白双高撑袖与许同跪，青急上前搀起白、许）

白蛇传

小　青　姐姐！

〔西皮散板〕
【双槌大锣凤点头】
小青我与姐姐血肉相连。
（扶白右膀）
（仓）下山时姐妹们发下誓愿，同生死共患难不相弃捐。
（右手按掌由右朝左掸动两下）（右手掌朝白、再朝自己，一摆手）
（仓）但愿得产麟儿母子康健，但愿得那许……
（双手掌朝白指，退后一步）
（右手插腰，左手指许）
（许朝青作揖，白摆手示意青别动武）
〔西皮快板〕
（扎 扎 仓 0）
但愿得我姑爷爱定情坚。倘若是贤姐
（双摆手）

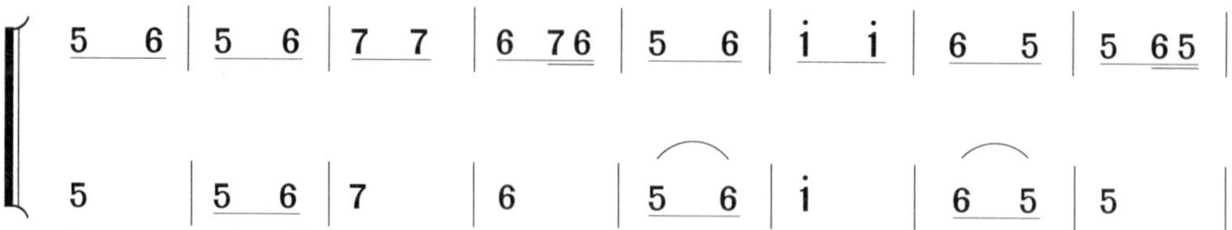

姐 再受欺 骗，这 三 尺 无

（左手扶剑，右拔剑一半眼看许）

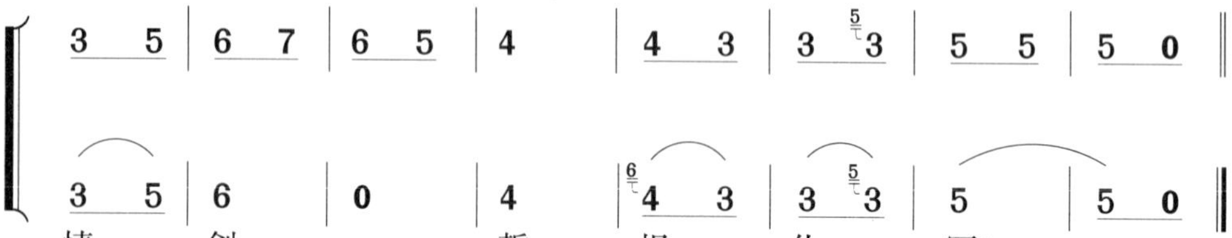

情 剑 誓 报 仇 冤！

（一缓剑，插剑亮住）

许　仙　青姐啊！

〔西皮摇板〕

【双楗大锣凤点头】

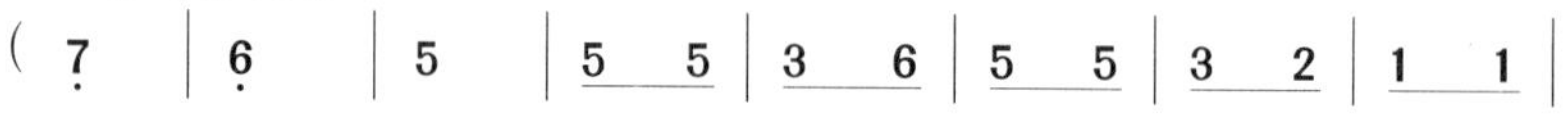

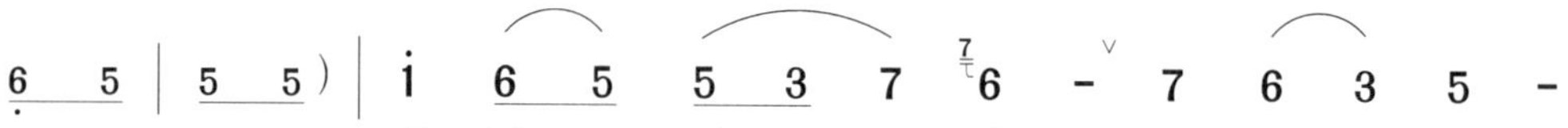

千 锤 百 炼 真 金 （呐）

（看青，右手按掌）

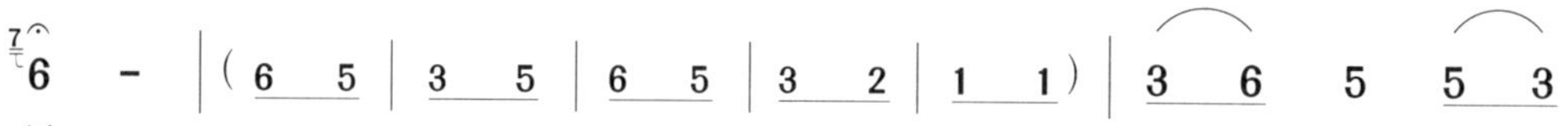

显， 许 仙 永

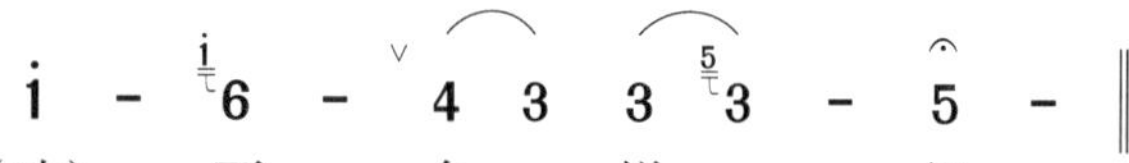

【脆头】

（哇） 不 负 婵 娟。

（双手自胸前，双拱手对白、青二人作揖状）（白腹痛，青、许急搀）

小　青　想是要分娩了。

白素贞　我们往哪里安生？（左手拉右袖右手按掌）

许　仙　（一想，朝白表示）到我姐姐家中暂住，再做道理。

白素贞　（与青交流、点头）也好，但此去不可提起金山之事。（左手指前）

许　仙　（点头）那是自然。

白素贞　（右手招呼青）青妹，来呀！

〔西皮散板〕

白素贞　【双楗大锣凤点头】

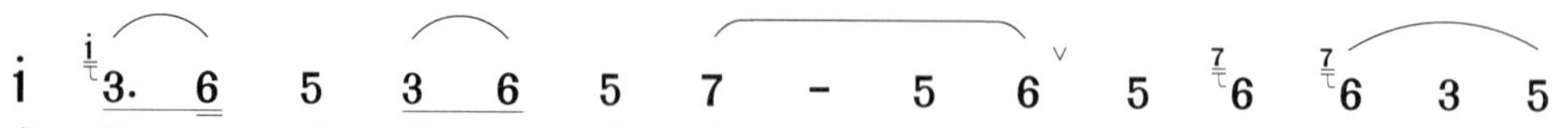

难 得 是 患 难 中 一 家 重

（看青感叹地）

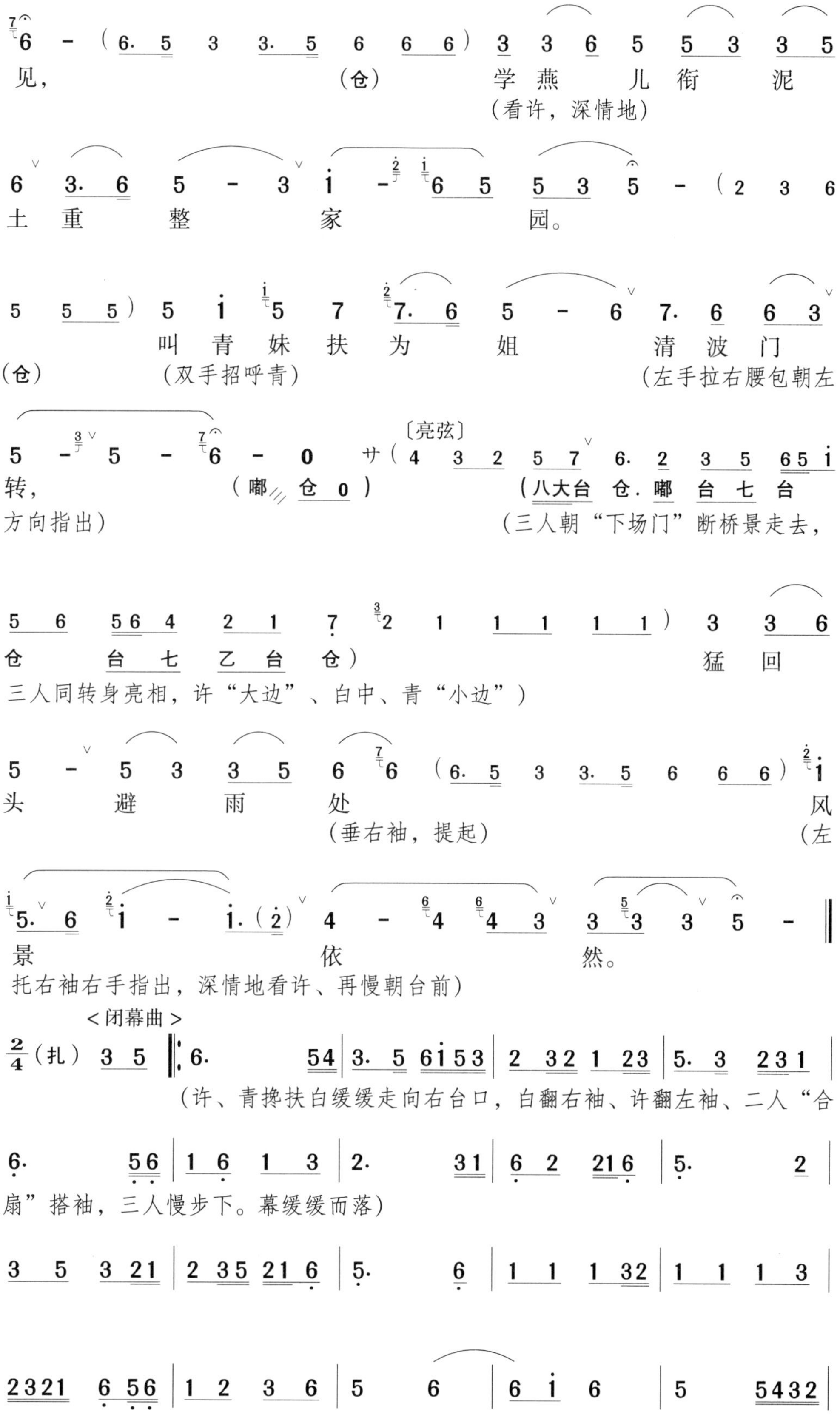
见，
（仓）
学燕儿衔泥
（看许，深情地）
土重整家园。
叫青妹扶为姐清波门
（仓）
（双手招呼青）
（左手拉右腰包朝左
转，
（嘟 仓 0）
〔亮弦〕
（八大台 仓.嘟 台 七 台
方向指出）
（三人朝“下场门”断桥景走去，
仓 台 七 乙 台 仓）
猛回
三人同转身亮相，许“大边”、白中、青“小边”）
头避雨处
（垂右袖，提起）
风
（左
景依然。
托右袖右手指出，深情地看许、再慢朝台前）
<闭幕曲>
（扎）
（许、青搀扶白缓缓走向右台口，白翻右袖、许翻左袖、二人“合
扇”搭袖，三人慢步下。幕缓缓而落）

3　535 | 6 i 6 5 | 1 6 1 23 | 5 6 5 | 5 0ˇ 3 5 :‖

（乐曲进行中渐弱结束）

第十二场

合　钵

〖桌椅“大座”斜放舞台“小边”，上放一镜子左侧放一高花瓶架，上放花瓶。

＜开幕曲＞

多 多 2/4 3 5 3 21 | 6 1 3 2 | 1· 7 | 6123 1 2 | 5 3 2 1 |

6i65 4 3 | 5· 6 | 56 i 6i65 | 4· 3 | 2 3 6 3 | 5· 0 ‖

稍慢

〖【小锣抽头】许仙左手拿花喜悦从“上场门”上场至“九龙口”。

〔西皮摇板〕

（7 | 6 | 5 | 5 5 | 3 6 | 5 5 | 3 2 | 1 1 | 6 5 |

（抖右袖，提袖）

5 5）| i 5 5 3 7 6 －ˇ 7 6 3 5 5 6𝄐 － |

娇儿满月心欢喜，

（右手抚胸）

（6 5 | 3 5 | 6 5 | 3 2 | 1 1）| i 5 6 6 －ˇ i 5· i

今日亲朋试壮（呃）

（右手指左横指“下场门”）

6 3 5𝄐 － |（6 5 | 3 6 | 5 5 | 3 2 | 1 1）| 3· 6 5 7

啼。采得鲜

（右手指左手花）

6 －ˇ 7 6 3 5 － 6𝄐 － |（6 5 | 3 5 | 6 5 | 3 2）|

花香扑（哇）鼻，

（用鼻一闻）

3 6 5 5 3 i 6 －ˇ 4 3 3 3 － 5𝄐 － ‖

且到兰房慰爱妻。

（走至右台口）　（右手往左一指）

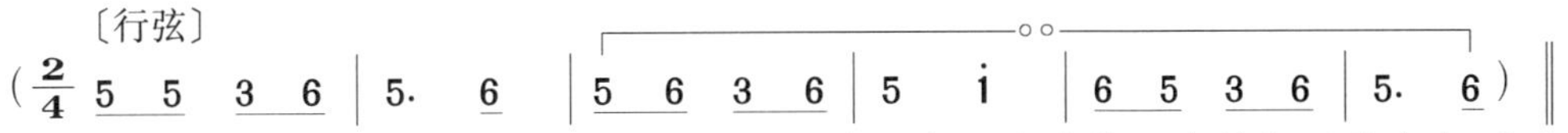

〔许仙进门往“小边”放花瓶处，将花插入花瓶中，右略转翻右袖轻盈地走向“下场门”，〔行弦〕止。

〔白素贞内唱。

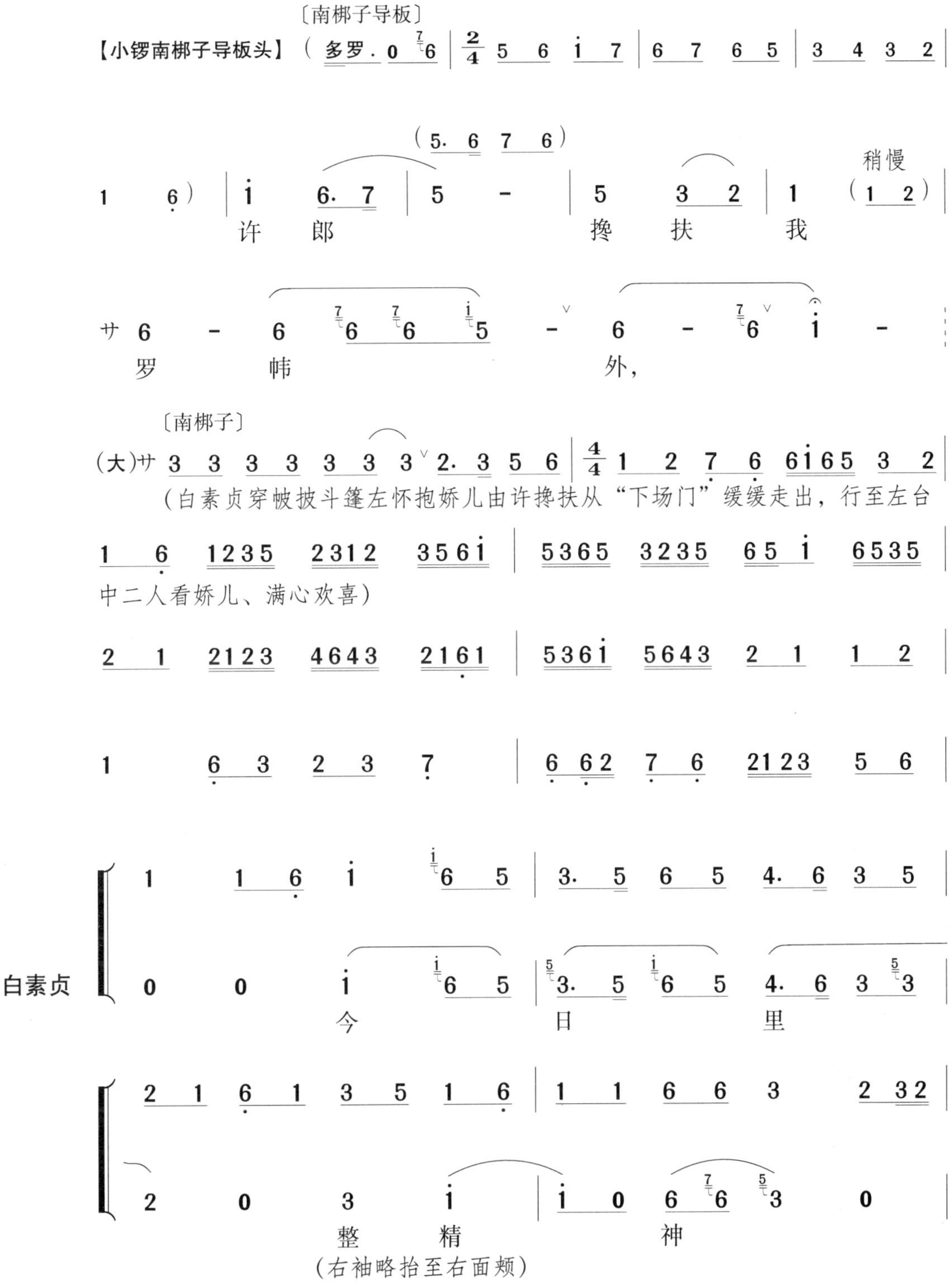

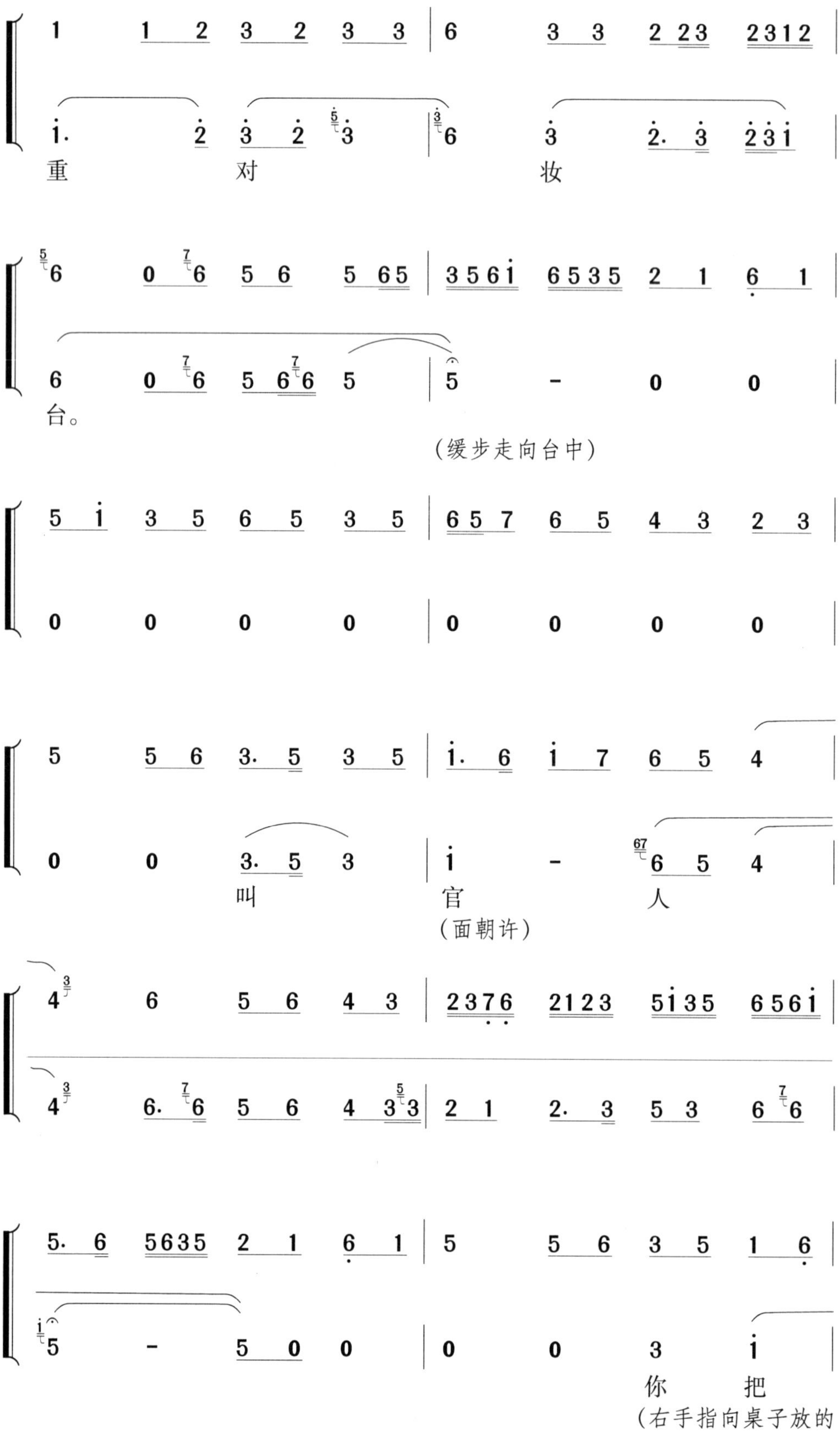
重
对
妆
台。
（缓步走向台中）
叫
官
人
（面朝许）
你
把
（右手指向桌子放的

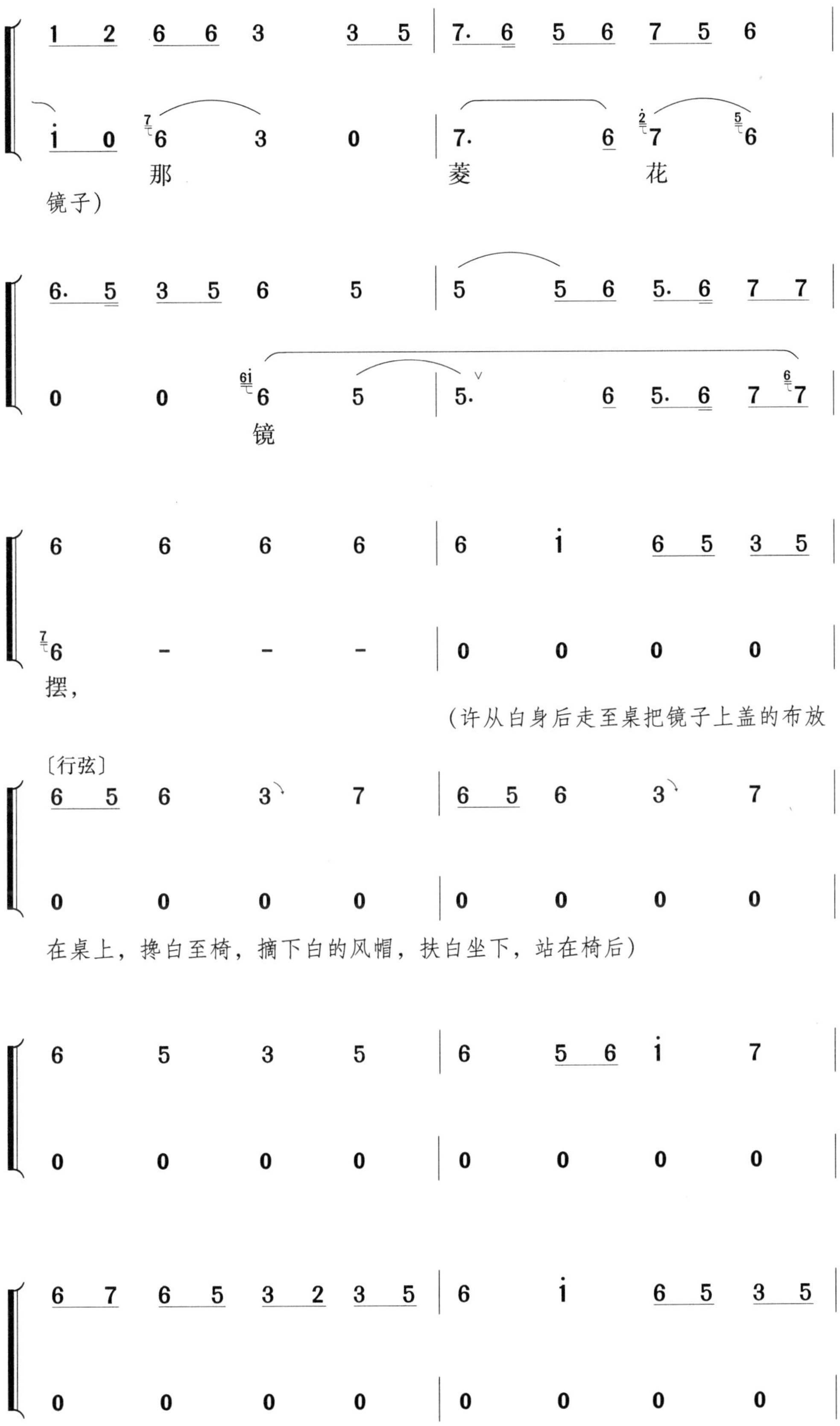
那 菱 花
镜子）
镜
摆，
（许从白身后走至桌把镜子上盖的布放
〔行弦〕
在桌上，搀白至椅，摘下白的风帽，扶白坐下，站在椅后）

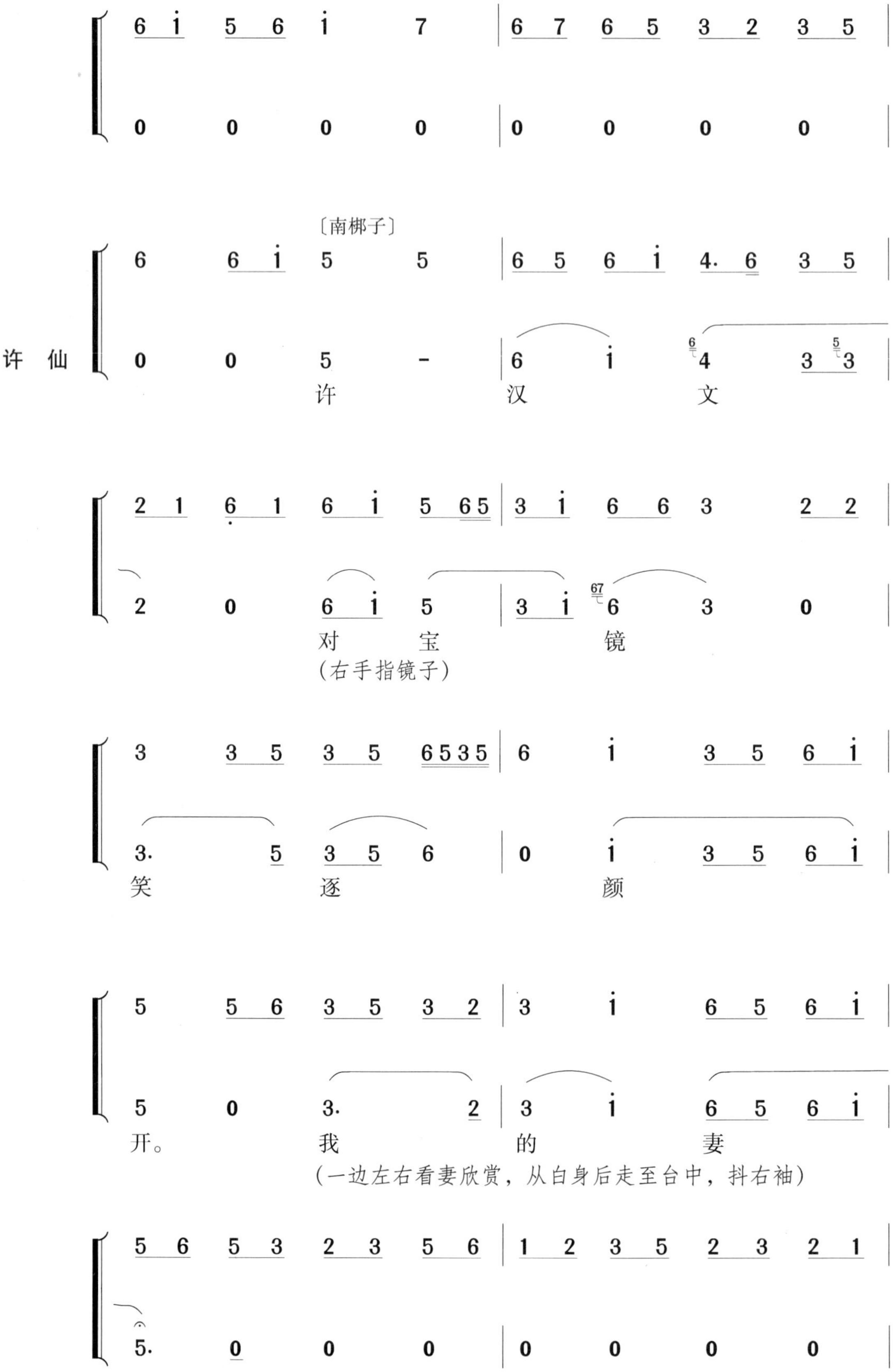
〔南梆子〕
许 仙
许 汉 文
对 宝 镜
(右手指镜子)
笑 逐 颜
开。我 的 妻
(一边左右看妻欣赏，从白身后走至台中，抖右袖)

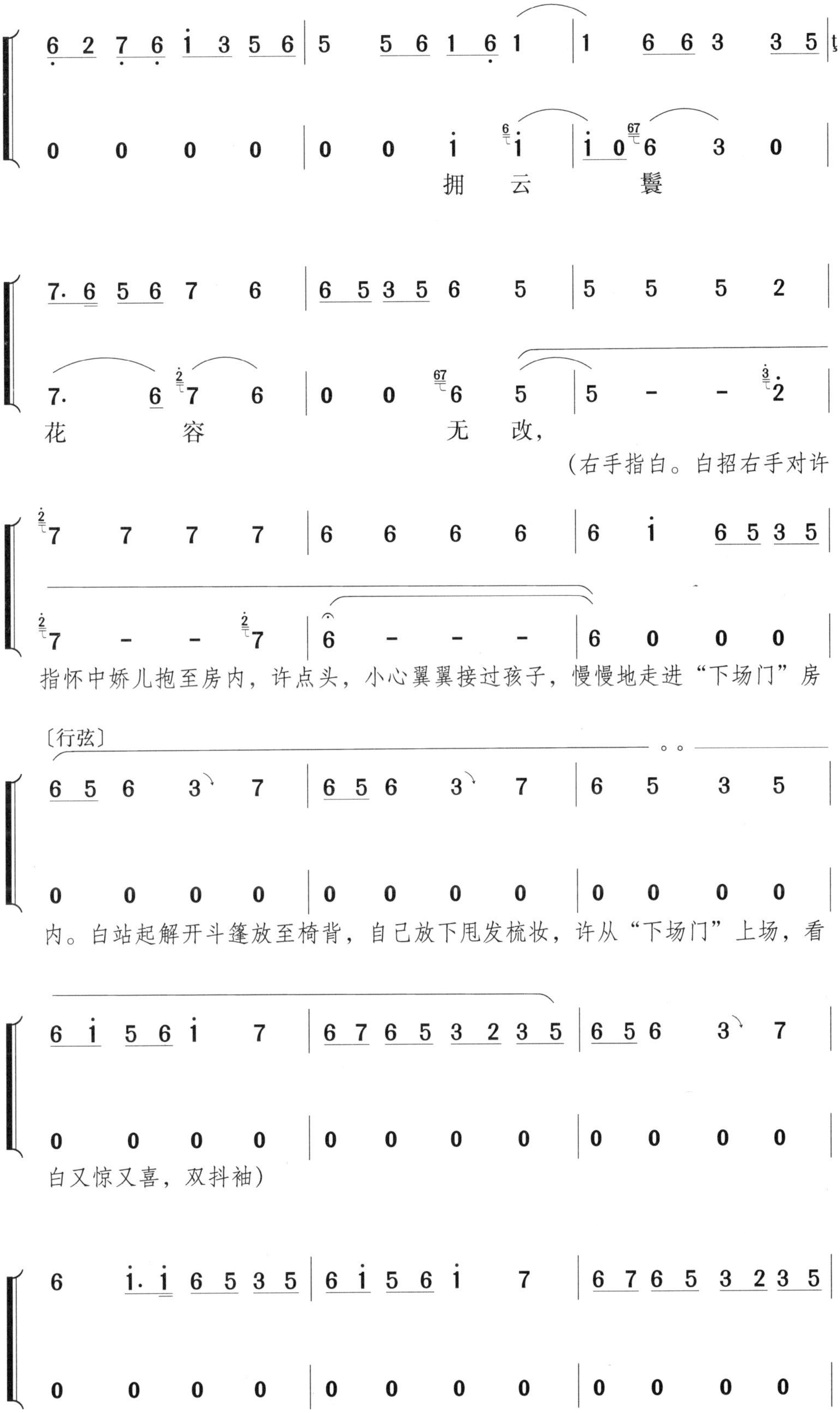
拥 云 鬟
花 容 无 改，
（右手指白。白招右手对许
指怀中娇儿抱至房内，许点头，小心翼翼接过孩子，慢慢地走进“下场门”房
〔行弦〕
内。白站起解开斗篷放至椅背，自已放下甩发梳妆，许从“下场门”上场，看
白又惊又喜，双抖袖）

恰 好 似 天 仙
（左转身右手指白）
女 初 下 瑶
（双手指由右经左一小绕左指）
台。我 这 里
将 鲜 花 与 妻
（走至花架指花）
插
（右手略抬右脸颊）

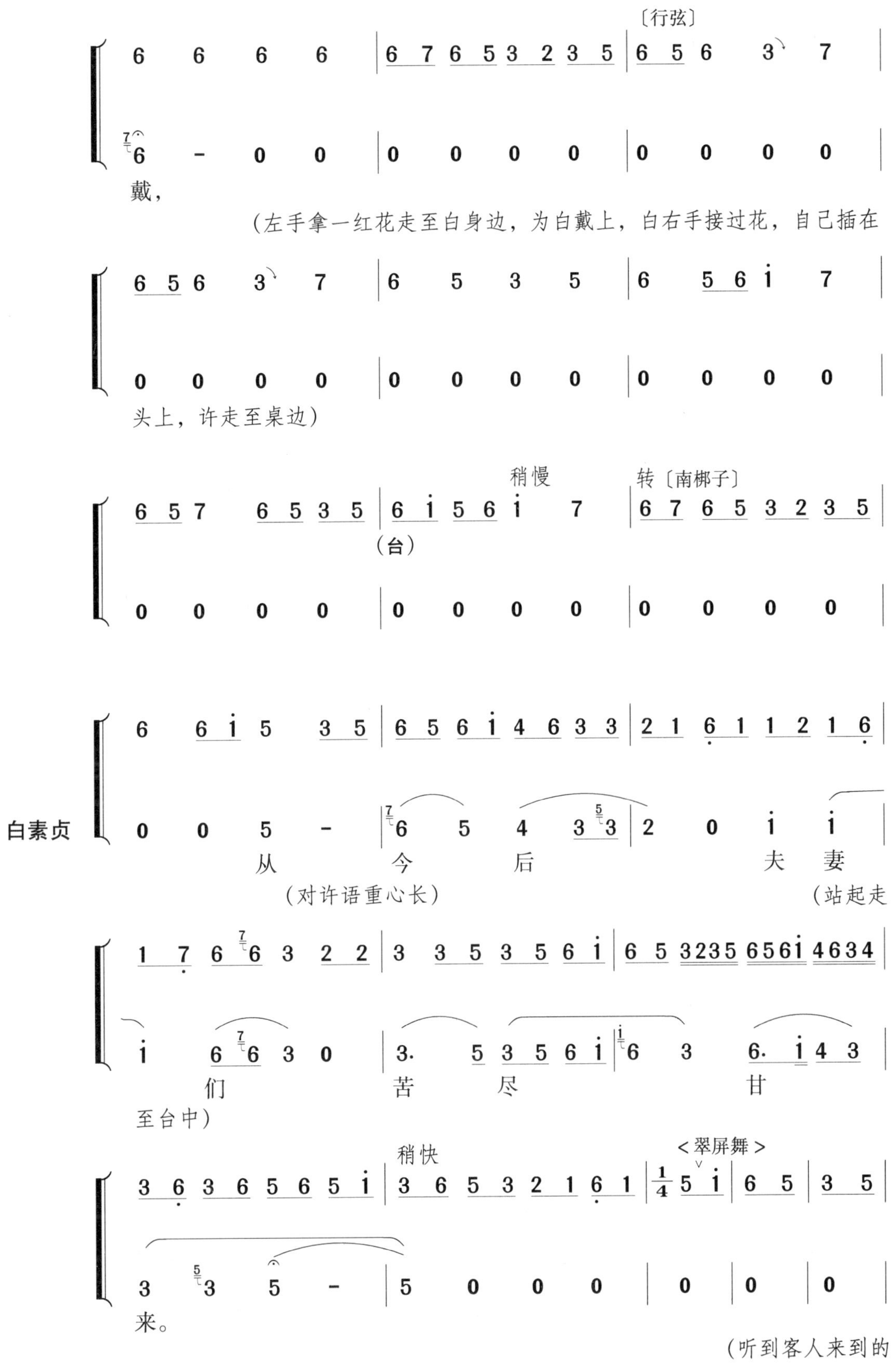
〔行弦〕
戴，
（左手拿一红花走至白身边，为白戴上，白右手接过花，自己插在
头上，许走至桌边）
稍慢
转〔南梆子〕
（台）
白素贞
从 今 后 夫 妻
（对许语重心长）
（站起走
们 苦 尽 甘
至台中）
稍快
<翠屏舞>
来。
（听到客人来到的

6 | 0 2̇ | i̇ 7 | 6 5 | 6 | 5 6 | 7 2̇ | 7 6 |

声音，二人往前走两步）　　（小青从“上场门”上，进门挖至“小边”，

5 | 0 i̇ | 6 5 | 4 3 | 5 | 0 i̇ | 6 5 | 4 3 |

边”，白、许站“大边”）　小青:“姑爷、小姐，（右手指台前）亲戚朋友专为看

5. 6 | 5 2 | 0 2 | 2 3 | 5 6 | 5 | 5 6 | 7 6 | 7 |

小姑爷来了。”许仙：（朝青）“你先去前厅，招待亲人,我们少时就来呀!”(白

7 | 7 | 2̇ | 3̇ | 2̇ | 7 | 6 | 5 | 5 0 ‖

示意许快去抱娇儿，许点头）许仙:“哈哈哈哈……”

法　海　许仙!（台正中窗突然打开，法海左手持佛珠、右手持云帚站在高台中央，韦驮由“下场门”拿双锤上至台左侧里手）你与素贞孽缘已满，随为师金山去者。

许　仙　你、你、你又来了!（左手颤抖指向法海）娘子!（**八大仓**）（双翻袖）

〔【**急急风**】韦驮冲至许、白中间，许白二人外翻，白“下场门”下，许“下场门”下。小青持双剑急上至台中与韦驮上下左右对打、韦驮双锤压住青双剑。

小　青　姐姐!

〔韦驮与小青蹉步，白持剑从“上场门”上场，由二人身后左手指向法海，塔神持金钵从“下场门”上，见白立即高举钵，白见钵退步、扔剑。（**仓**）右袖挡右转身、双袖高撑往右台口蹉步。

法　海　阿弥陀佛!

白素贞　哎呀!

许　仙　娘子!

〔【**急急风**】许一边甩发由“下场门”急走至台中。（**八大仓**）白双袖挡钵“屁股座子”，许一小倒步看白，许白蹉步。许右翻袖跪至白左边。

〔二黄散板〕

白素贞　【**快纽丝**】サ（5 5 3 2 2 3 3 2 2 2 2 2 1 6 6 5 5 5 5）

6 2̇ i̇ - 6 2̇ - 7 6 6 3 5 6 i̇ 2̇ 7 6

法　海　　　　苦　苦　将　　我　　害，生　离

（右手指胸）

5 6 | 7 2̇ | 6 | 6 5 | 5 | 6. i̇ 5 -（3 2 1 6 6

死　　别　　好　伤　　怀。　　　　　　（仓）

（双手向左右两侧分）　　　　　　　　　（擦泪）

5 5 5 5）i̇ 6 5 6 6. i̇ 5. 6 i̇ - i̇. 6 2̇

夫　妻　　恩　爱　今　难　　　　再，

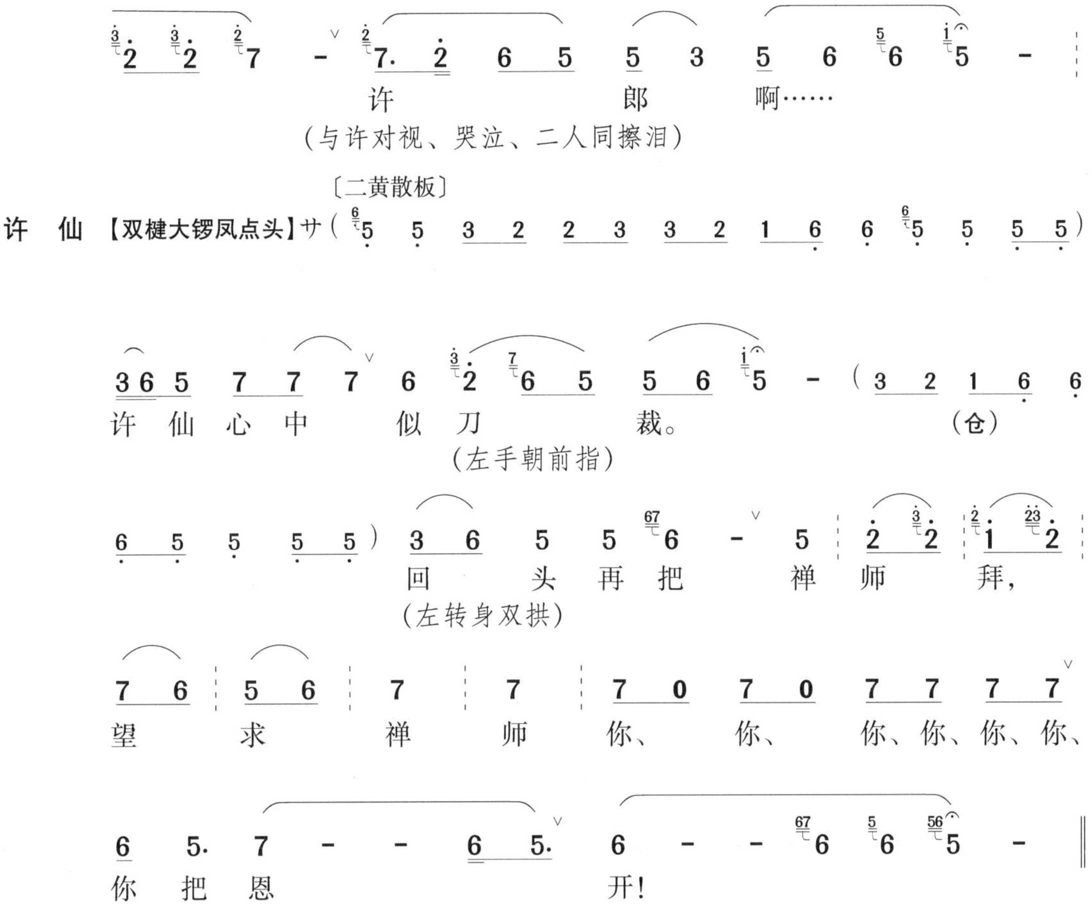

〔白素贞双袖左挡避钵。许站起【叫头】右翻袖。

禅师呀！【大锣五击】（抖右袖）我妻身无过犯，为何下此毒手？（双手摊掌）我妻一死，夫妻恩爱再休提起，（双指对指再朝外掸动两下）只是撇下这才满月的婴儿……（仓）（双手抱娇儿状）哎！无人抚养，（双手摊掌）望求老禅师（双拱手）开恩饶恕，我、我、我与你跪下了。（欲跪）

白素贞 官人！（双大抛袖，许急跪至白旁）

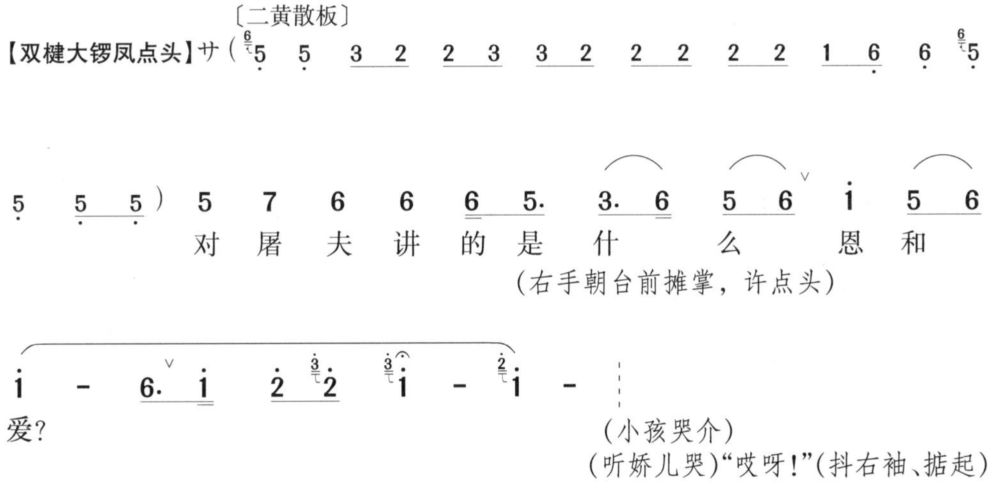

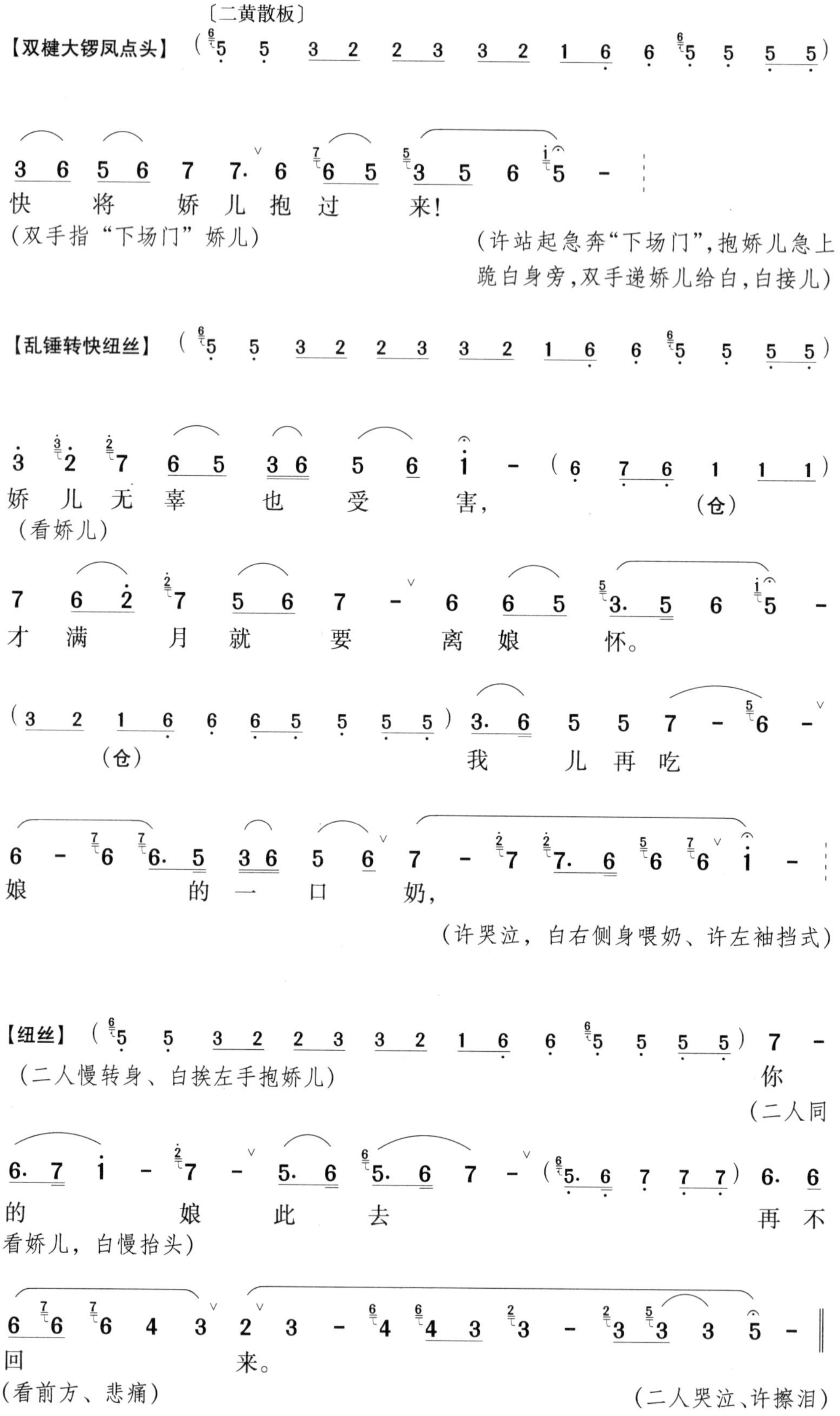
〔二黄散板〕
【双楗大锣凤点头】
快 将 娇 儿 抱 过 来!
(双手指“下场门”娇儿)
(许站起急奔“下场门”,抱娇儿急上跪白身旁,双手递娇儿给白,白接儿)
【乱锤转快纽丝】
娇 儿 无 辜 也 受 害,
(仓)
(看娇儿)
才 满 月 就 要 离 娘 怀。
(仓)
我 儿 再 吃
娘 的 一 口 奶,
(许哭泣,白右侧身喂奶、许左袖挡式)
【纽丝】
(二人慢转身、白挨左手抱娇儿)
你
(二人同看娇儿,白慢抬头)
的 娘 此 去 再 不
回 来。
(看前方、悲痛)
(二人哭泣、许擦泪)

| 白蛇传 |

白素贞 【叫头】（右袖翻高撑袖）官人哪！（仓才仓才仓）（掂袖）
可恨法海，（右朝外指）将你我夫妻生生拆散，可怜这小娇儿！（仓）（看娇儿）才满一月就要离娘，（慢抬头，一摇头）他是你一点亲骨血，（右手指许）你可央求姐姐，（右手由右向左）把他当作亲生（指姣儿）抚养成人，（指前方）为妻纵死，（嘟儿 － 仓）（右翻袖）也得甘心瞑目了！（二人同抽泣、头靠娇儿）

〔二黄散板〕

白素贞 【双楗大锣凤点头】サ（5 5 32 23 32 16 6 5 5 55）6 3
小 娇

2 1 1 2 － 7 6 35 5 6 － 36 5 6 6 － 2 2 1 －
儿 才满 月 就 失 依 傍，
（看娇儿） （二人无奈，一摇头）

法　海 阿弥陀佛！（仓）（塔神再举钵）
白素贞 哎呀！（右袖高撑袖）
许　仙 娘子、娘子……好恼！（站起抖右袖）

【快纽丝】（5 5 32 16 6 5 5 55）276 56 72
不由 怒 气
（掂袖，走至台中） （右手抚胸）

6 65 3.5 65 5（32 16 6 5 5 55）
满 胸 膛。 （仓）

336 5 5 6 － 1 1.6 56 1 2
悔不 该 错 把 金 山 上， 轻
（右手颤抖前指）

76 56 72 65 35 7.6 6 5 －
信 法 海我 惹 祸 殃。
（右手指法，双手掌颤抖摊掌）

【双楗大锣凤点头】サ（5 5 32 23 32 16 6 5 5 55）3.6
打
（抖右袖）

5 6 6. 06 5 2 1. 1 2 － 2 2 1 －
破 金 钵 把 贤 妻 放！
（右手指金钵，双拱请式） （握右拳冲至塔神打）【软四击头】

法　海　许仙！（许看法）若非老僧指点，早被妖孽吞吃腹内了。（手指白）

许　仙　呸！**【双楗大锣凤点头】**（转圈甩发）

（^{6}5 5 3 2 2 3 3 2 1 6 6 ^{6}5 5 5 5）2 2 5 ^{5}3 - 3 3
吃人(呐)的　是
（右手颤抖指向法海）

^{3}2 2 - ^{5}3 -（6 1 2 3 3 3）3 3 5 - 2 2 - 2 1 2 -‖
法 海（顷 - 仓）不 是 妻 房！
（再缓手指法亮相）（双手颤抖双拱请式）

法　海　阿弥陀佛！（八大仓）

白素贞　哎呀！（右袖高撑袖）

法　海　哈、哈、哈……

白素贞　**【纽丝】**　（2. 3 5 6 3 2 5 3 6 6 6 6 6 6 3 2 2 2
（仓 台 七 台 仓. 0）
（许将甩发朝前甩三下，跪至白旁接抱娇儿）

1 6 6 ^{6}5 -）6 3 1 ^{3}2 - 7 ^{7}6 5 ^{3}2 1. 2
法 海 贼 不 必 笑 呵 呵，
（抛右袖，掂起）

7 6 5 5 6 7 6 7 2 6 6 5 3. 5 6 1 5 -
你 是 带 着 屠 刀 念 弥 陀。
（右手做刀状，抛左袖）

（3 2 1 6 6 6 5 5 5 5）3 6 5 5 ^{7}6 5 ^{3}2 1
（仓）任 你 罩 下 黄 金 钵，
（右手指前）

2 5 5 ^{6}5 3 2 1 ^{2}1. 2 ^{5}3 -（3 2 3 4 3 6
我 夫 妻 的 情 爱（顷 -
（许、白双站起，“推磨”，白左袖高撑袖，右扶许）

3 3 3 3 3）2 - ^{3}2 3 5 - ^{5}3. 5 2 1
仓）永 不

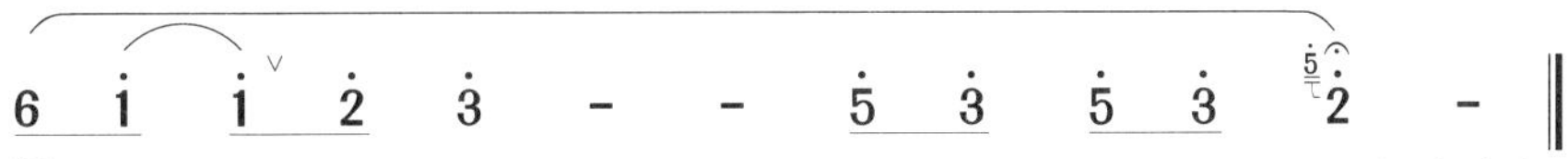

【大锣住头】

磨!　　　　　　　　　　　　　　　　　　　　　　　（二人面向处亮相）

〔幕落。

第十三场

倒塔

〔天幕中央设雷峰塔景。

【大锣收住】奏唢呐曲牌＜红绣鞋＞

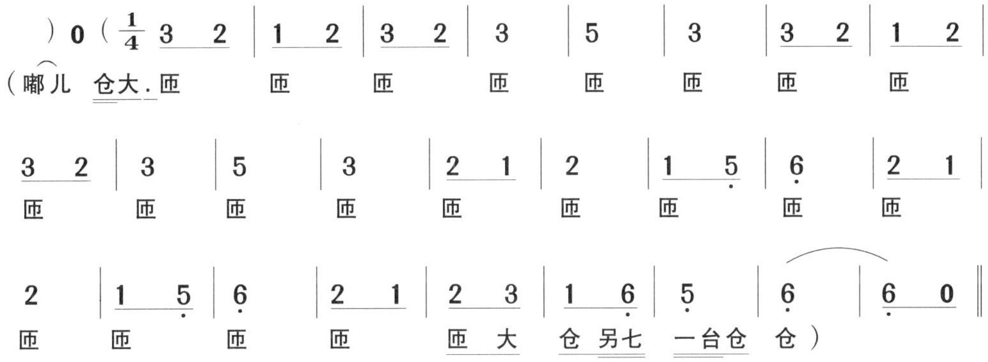

加堂鼓【急急风】小青戴七星额子、右手持红旗"上场门"上、圆场至舞台左前角旗交左手横握，右手掏翎亮相。

奏唢呐曲牌＜八声甘州歌＞

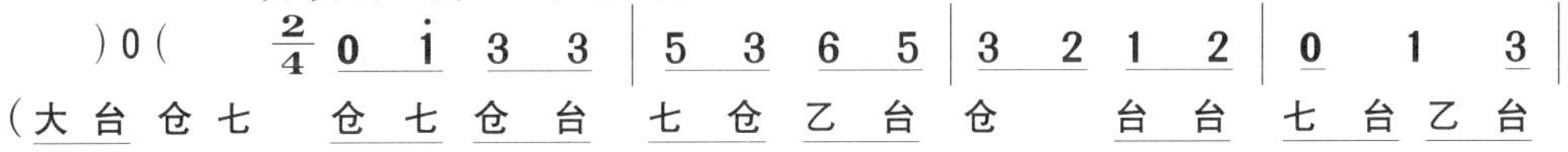

（小青往"九龙口"处反圆场，右转身领八水族持风旗上、圆场至舞台中央正场"挖

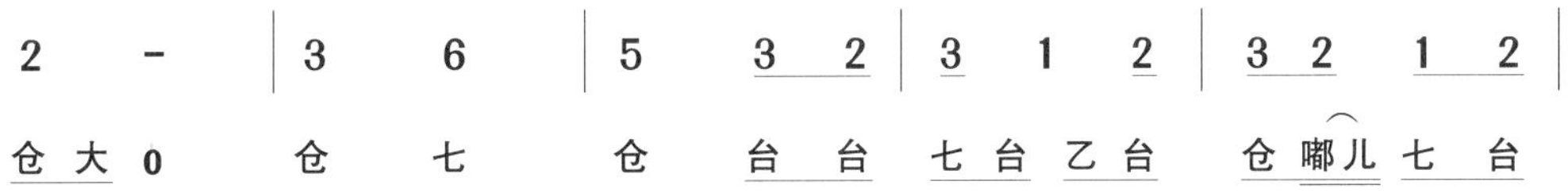

门"，分列两侧。持旗向塔丁字步站立）

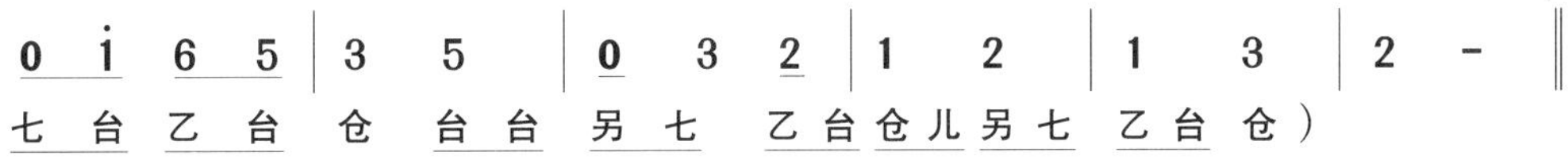

【擂鼓】【四击头】塔神持鞭，正中场与小青"半个合"。青以旗压鞭架住；八神将